W0207295

mainbook

Das Buch

Martinis Albtraum erfährt seinen Höhepunkt.
Der Detektiv erwacht morgens neben einer weiblichen Leiche. In seiner Wohnung. In seinem Bett. Blutverschmiert, von oben bis unten.
Wo kommt die Frau her, die mit fünfundzwanzig Messerstichen ermordet wurde? Hat er sie getötet?
Filmriss!
Die Polizei glaubt nicht an seine Unschuld. Martini flüchtet.
Kurz darauf kommt es zu einem Amoklauf in einem Kaufhaus in der Frankfurter Innenstadt. Eine Zeugin beschreibt den Täter, der Martini wie aus dem Gesicht geschnitten ist.
Hat der Ex-Polizist all die Taten begangen, die ihm zur Last gelegt werden? Und wenn nicht, wer steckt dahinter? Wie war es möglich, alle Indizien auf Martini hindeuten zu lassen?
Der Detektiv greift nach jedem Strohhalm, um seine Unschuld zu beweisen. Menschen, die er so gut wie nicht kennt, muss er um Hilfe bitten, mit ihnen zusammenarbeiten, sie um Verzeihung bitten und ihnen vergeben...

Der Autor:

Der gebürtige Frankfurter Alexander Schaub erblickte 1969 das Licht der Welt. Bis 2014 lebte er in der Mainmetropole. Im April ´14 zog er mit seiner Traumfrau Corinna nach Hattersheim. Über zwanzig Jahre arbeitete Schaub in der IT und war für Netzwerke im Microsoft-Umfeld verantwortlich. Seit 2007 arbeitet er im technischen Support eines 3D Drucker Herstellers.
Über sein Schreiben sagt er: „Ich liebe Serien mit einem roten Faden und so soll es auch mit meinen Büchern werden. Die Charakterentwicklung meiner Protagonisten ist mir enorm wichtig."
Mehr Informationen über den Autor sowie anstehende Lesungen finden Sie unter: www.alexander-schaub.de

Alexander Schaub

Die Rache des Engelmachers

Krimi

No words, I can say, can describe
How I hate your fucking face

W.A.S.P. - U

Prolog

Rückblickend weiß ich nicht mehr, wie es soweit kommen konnte. Man sagt, jeder erschafft seine eigenen Dämonen, aber dieser Dämon – mein Dämon – hatte mich erwählt. Vor knapp drei Jahren setzte seine Metamorphose ein, seine Verwandlung zu einem Serienkiller. Das Monster hatte die Maske fallen lassen, um mich Nacht für Nacht im Schlaf heimzusuchen. Doch das reichte ihm nicht. Er wollte auch mein Leben, meine Liebe, meine Freunde, einfach alles zerstören. Viele Menschen könnten noch leben, wäre ich ihm nie begegnet.

Aber war ich dafür verantwortlich?

War es meine Schuld?

Ich wusste nur eins: Es musste enden!

Zu viele Menschen waren gestorben. Wie viele sollten noch sterben? Erneut zog der Engelmacher eine blutige Spur durch Frankfurt, aber nicht nur durch die Mainmetropole. Würde es mir diesmal gelingen den Dämon auszutreiben?

Die Zeit war reif für eine Entscheidung, entweder er oder ich…

07. August 2010, 23:59

„... Ja, ich glaube den Täter zu kennen."

„Wer ist es? Und warum haben Sie die Polizei nicht informiert?"

„Ich will den Mörder meiner Tochter selbst stellen, da die Polizei sich völlig stümperhaft anstellt. Leider habe ich im Moment keine Beweise, nur Vermutungen, was den Täter angeht. Als ich anfing, in dem Fall zu ermitteln, führten mich die ersten Spuren nicht nach Frankfurt, sondern ... Nein, das dauert jetzt zu lange und Sie haben keine Zeit. Wir müssen uns treffen. Packen Sie ein paar Klamotten und verschwinden Sie!"

„Und warum soll ich Klamotten zusammenpacken?"

„Weil die Polizei auf dem Weg zu Ihnen ist, um Sie festzunehmen. Ich dachte, Sie seien mal Polizist gewesen?"

„Wir können doch zur Polizei gehen."

„Nein, wir lassen sie vorerst in dem Glauben, den Richtigen zu jagen."

„Ich finde das nicht zielführend."

„Aber notwendig. Los jetzt, verschwinden Sie! In einer dreiviertel Stunde am Goetheturm in Sachenhausen."

„Okay."

„Mehr Zeit haben Sie nicht, andernfalls finden Sie sich in Handschellen auf dem Rücksitz eines Polizeiwagens wieder."

Karl Mertens beendete die Verbindung und schaltete die Freisprecheinrichtung seines Wagens aus. Er befand sich auf dem Weg zum Goetheturm, dem Treffpunkt mit Thomas Martini.

Er hatte den Detektiv gewarnt. Alle Spuren im Fall des Engelmachers führten direkt zu Martini. Mertens war der Einzige, der wusste, dass Martini unschuldig war.

Fünf Minuten später erreichte er den menschenleeren Parkplatz am Rande des Stadtwalds. Er stellte sein Auto im Wendelsweg ab und lief zurück zum Goetheturm.

Mertens setzte sich auf die Stufen des Podests, auf dem der Turm ruhte. Es war zehn Minuten nach Mitternacht. Martini würde bestimmt noch eine halbe Stunde auf sich warten lassen.

Die Nacht war sternenklar und warm. Mertens fröstelte trotz der Temperatur von etwa zwanzig Grad. Er schloss für ein paar Sekunden die Augen. Müde und abgespannt war er. Die Jagd nach dem Killer seiner Tochter hatte ihn ausgelaugt.

Das Knacken eines Asts ließ in aufhorchen. War das bereits Martini? Er blickte auf die Uhr, zwölf Minuten nach Mitternacht. Zu früh für den Detektiv. Mertens blickte sich um. Niemand zu sehen. Er setzte sich wieder.

Schloss die Augen. Kurze Pause. Vierundzwanzig Stunden schlafen, das wünschte er sich. Sein Kopf sank leicht nach vorn, seine Atmung wurde langsamer. Schlafen.

Er schreckte hoch. Die Luft wurde ihm knapp. Ein Arm hatte sich um seinen Hals gelegt und drückte zu. Er wandte sich hin und her. Keine Chance! Der Arm glich einer Stahlklammer. Ein Messer blitzte vor seinen Augen auf.

„Ganz ruhig“, zischte eine Stimme in Mertens Ohr.

„Wer sind Sie?“, krächzte Mertens.

„Sie sind Detektiv. Kombinieren Sie!“

„Larusso!“

„Gut!“ Larusso verstärkte den Druck auf Mertens‘ Hals, achtete aber genau darauf, ihm nur das Blut abzustellen, nicht den Kehlkopf zu verletzen. Er sollte nur bewusstlos werden. Ein paar Sekunden später sackte Mertens zusammen. Larusso ließ ihn zu Boden fallen.

Er ging zu seinem Auto und holte mehrere Seile aus dem Kofferraum. Je eins band er um die Arme des Bewusstlosen und eins um dessen Beine. Danach zog er alle Seile am Turm empor, nur so weit, dass Mertens noch auf dem Boden lag, sich aber nicht mehr bewegen konnte. Larusso nahm Riechsalz, um ihn aufzuwecken.

Mertens schlug sofort die Augen auf. Er versucht aufzustehen. Die Stricke, mit denen er gefesselt worden war, ließen ihm ein bis zwei Zentimeter Bewegungsfreiheit, nicht mehr. Er konnte weder aufstehen noch die Arme heben oder senken, lag auf dem Rücken wie der sprichwörtliche Maikäfer.

Larusso trat in sein Sichtfeld. „Hallo Herr Mertens. Eigentlich würde ich erst einmal Höflichkeiten mit Ihnen austauschen, aber dazu bleibt mir leider keine Zeit“, seine Stimme troff vor Sarkasmus. „Kommen wir gleich zur Sache“, er zog ein Skalpell hinter seinem Rücken hervor. „Woher kennen Sie meinen Namen und wie sind Sie auf meine Spur gekommen?“

Mertens schwieg.

„Ihr Schweigen wird Ihnen nicht helfen.“ Larusso bückte sich zu ihm hinunter und schnitt Mertens Hemd auf. Dann setzte er das Skalpell auf die rechte Brust, drückte es ein wenig in die Haut und zog es sehr langsam hinüber zur linken Brust. Mertens Gesicht verkrampfte sich vor Schmerzen. „Schlimm?“

„Sie Sadist!“, keuchte der am Boden Liegende.

„Das war erst der Anfang“, grinste Larusso diabolisch. Er setzte das kühle Metall wieder auf die rechte Brust und zog es in einem leichten Winkel hinunter zur linken Brust. Er drückte etwas fester. Mertens schrie. „Woher kennen Sie meinen Namen?“

„Nachforschungen“, stieß Mertens hervor.

„Welche Nachforschungen?“ Larusso ritzte weiter, immer darauf achtend, seinem Opfer nicht zu viel Schmerz zuzufügen, damit dieser nicht bewusstlos wurde. „Welche Nachforschungen?“, wiederholte er seine Frage, nachdem er die beiden ersten blutigen Linien mit einer dritten verbunden hatte.

„Internet!“, rief Mertens schmerzerfüllt aus.

Larusso hielt inne und hob das Skalpell von der Brust des Mannes. „Wir wären schneller fertig, wenn Sie nicht nur Ein-Wort-Sätze hervor brächten. Was für Nachforschungen im Internet?“

„Darknet“, war die Antwort.

„Ich verliere langsam die Geduld. Und seien Sie sich gewiss, das wollen Sie nicht erleben!“ Larusso ritzte einen vierten blutigen Strich in Mertens Brust. „Was haben Sie im Darknet gefunden? Das Forum?“ Am Rippenbogen angekommen, drückte er das Skalpell in den Körper seines Opfers, glitt dabei an einer Rippe ab. Die scharfe Klinge hinterließ eine zehn Zentimeter lange Furche. Mertens schrie wieder und wandte sich unter Schmerzen. „Antworten Sie!“, presste Larusso mit unterdrückter Ungeduld zwischen den Zähnen hervor.

„Ja, haben wir…“ In der selben Sekunde, in der die Worte seinen Mund verlassen hatten, wusste Mertens, dass er einen Fehler begangen hatte.

„Wer ist wir?“, ein martialisches Lächeln umspielte Larussos Lippen.

„Ich meinte, ja, ich habe es gefunden“, doch die Lüge war schlecht und Mertens war sich dessen bewusst.

„Wer ist wir?“ Das Skalpell zeichnete erneut Spuren auf Mertens Brust und Bauch. „WER IST WIR?“, brüllte ihn Larusso an. Er ritzte jetzt ohne Unterlass. „WER IST WIR?“

Mertens sprach nicht mehr, er schrie vor Schmerz.

Larusso hielt ihm das Skalpell vor die Augen. „Sie wollten es nicht anders.“ Die Klinge näherte sich dem linken Auge. Mertens versuchte seinen Kopf wegzudrehen, aber sein Peiniger hielt ihn mit der freien Hand fest umklammert.

„Nein! … Nicht!...“, schrie Mertens.

„Dann reden Sie!“

„Ich kann nicht!“

„Dann soll es so sein.“ Der chirurgische Stahl tauchte unter den linken Augapfel. Mertens schrie in Agonie, als die Schneide den Sehnerv durchtrennte und das blind gewordene Auge heraus hebelte. Ein Blutstrom ergoss sich aus der Augenhöhle auf den Waldboden, der das Lebenselixier gierig aufsog. „Wer ist wir?“

Mertens war verstummt. Larusso dachte für eine Sekunde, sein Opfer sei tot, aber er konnte einen schnellen Puls am Hals spüren. Er zog ein zweites Riechsalz-Fläschchen aus der Tasche, brach es auf und hielt es unter Mertens Nase. Der Gepeinigte schlug wieder die Augen auf. Er stöhnte.

„Wer ist wir?“, wiederholte Larusso seine Frage erneut und hielt die Klinge über das verbliebene Auge. „Ich beende Ihr Leiden, schnell und schmerzlos, wenn Sie mir den Namen sagen.“

„Oh Gott… ich kann nicht…“, jammerte Mertens, das nahe Ende vor Augen. „Sie…“ Seine Stimme brach.

Larusso riss der Geduldsfaden. Er ritzte, wie in wilder Raserei, in den Bauch seines Opfers. „WER IST SIE?“, schrie er immer wieder.

Mertens wurde erneut ohnmächtig. Larusso weckte ihn wieder mit Riechsalz auf. „WER?“, brüllte Larusso außer sich vor Zorn, beugte sich über den am Boden liegenden Mann und führte das Skalpell ganz langsam unter das rechte Auge.

Mertens war nicht mehr in der Lage, sich zu beherrschen. Der Schmerz brachte ihn um den Verstand. Und um endlich erlöst zu werden, Ruhe zu finden, keine Schmerzen mehr zu erleiden, stieß er mit letzter Kraft einen Namen hervor…

Surely, tonight the Heavens are hung in black

Abraham Lincoln

Kapitel 1

Samstag, 13. April 2013, 07:55

Die Wolken waren dunkelgrau, hingen tief und flogen wie gehetzte Schafe am Himmel dahin. Von den Wiesen stiegen vereinzelte Nebelschwaden auf. Der Frühling verdrängte langsam den Winter und die Temperaturen näherten sich dem zweistelligen positiven Bereich an. Windböen bogen die Äste der Büsche und Bäume am Schwanheimer Ufer und zogen die Dunstschleier mit sich hinfort. Kein Vogel zwitscherte, um den neuen Tag zu begrüßen, nur gelegentlich war das Krächzen eines einsamen Raben zu hören, der sich an den Ästen eines schwankenden Baums festkrallte.

Jay hatte sich bei mir untergehakt. Wir liefen gemütlich dem Wind trotzend das Schwanheimer Ufer Richtung Staustufe entlang. Außer uns waren keine Spaziergänger unterwegs, nur ein einzelner Jogger hatte uns vor ein paar Minuten sehr kurzatmig passiert. Wir unterhielten uns über unsere Zukunft. In ein paar Monaten, nach dem Abschluss ihres Studiums, wollte Jay zu mir nach Frankfurt ziehen. Im Moment wohnte und studierte sie in Heidelberg. Wir waren sehr verliebt und wollten so schnell als möglich zusammen ziehen.

Wir überlegten uns gerade, wie es mit uns weitergehen könnte, da sahen wir den Jogger auf dem Boden liegen. „Der hat sich ein bissel viel zugemutet", kommentierte Jay die Situation.

„So seh ich das auch", antwortete ich. „Guck mal", ich deutete auf ihn. „Ich glaube er atmet nicht mehr." Der Jogger lag reglos auf der Wiese. Sein Brustkorb hob und senkte sich nicht mehr.

Jay kniete nieder und begann sofort mit Mund-zu-Mund-Beatmung. Zwischendurch massierte sie immer wieder das Herz des Mannes. Nach zwei, drei Minuten hob sie den Kopf. „Ich glaub der ist hin."

Ein Toter am frühen Morgen, das konnte ich gebrauchen wie ein Loch im Kopf. Ich zog mein Handy aus der Tasche, um die Polizei und einen Krankenwagen zu rufen. Jay blickte mich zerknirscht an, sie schien das Gleiche zu denken wie ich.

„Notruf Zentrale", meldete sich eine Stimme aus meinem Telefon. Ich holte Luft, um meinen Namen zu nennen und die Situation zu schildern, da geschah es.

Der Jogger richtete sich auf. Aus blutunterlaufenen Augen grinste er mich an wie der Leibhaftige. Mit ausgestreckten Händen näherte er sich meiner Freundin. Jay hatte bisher nichts mitbekommen, sie blickte noch in meine Richtung. Jetzt registrierte sie meine überrascht geweiteten Augen und drehte sich zu dem Jogger. Der Mann ergriff ihren Kopf und zog sie zu sich heran, dabei ließ er sich wieder zurück auf die Wiese fallen. Er presste seine Lippen auf Jays. Sie begann sofort, sich zu wehren, aber der Mann war zu stark für sie. Ich kniete mich neben das ringende Paar auf den Boden, ergriff die Arme des Mannes und zog so fest ich konnte. Ohne Erfolg. Er war auch für mich zu stark. Ich ballte meine Rechte zur Faust und schlug ihm aus Verzweiflung in die Weichteile.

Keine Reaktion!

Jetzt nahm ich wahr, dass sich die Wangen von Jay und dem Mann aufblähten. Zwischen den Lippen der beiden floss Blut heraus. Panik ergriff mich. Was passierte da?

Ich wich einen Schritt zurück, als das Blut zwischen den beiden heraus spritzte. Ganz unvermittelt ließ der Mann die Hände sinken. Jay war wieder frei. Sie erhob sich langsam, den Rücken mir zugewandt.

„Jay!“, ich packte sie an der Schulter. „Was ist da passiert?“ Sie wandte sich mir zu, ich zog meine Hand zurück. Ihre Augen waren rot unterlaufen, ihr Gesicht blutverschmiert. „Jay, was ist?“

Der Jogger erhob sich vom Boden, aber er hatte sich verändert. Das war nicht möglich. Ich wich zurück, weit zurück. Vor mir stand jetzt ein fast zwei Meter großer Schwarzer mit Glatze. Seine linke Wange war von Narben übersät.

Ich war wie versteinert. Josef Larusso und meine Freundin Jay kamen auf mich zu. Unisono fragten sie: „Was hast du getan?“ Ihre Hände ergriffen meinen Körper und schüttelten mich.

Ich versuchte sie abzuwehren, aber ihre Finger krallten sich in den Stoff meiner Jacke. Sie schüttelten mich weiter. „Tom, Tom, Tom“, riefen sie nun meinen Namen.

Die Stimmen verschmolzen zu einer einzelnen. „Tom, wach endlich auf!“ Stefan Carstens ließ meinen Arm los, als ich endlich die Augen öffnete.

Ich lag in meinem Bett. „Was… machst… *du* hier?“ Denken und Reden fiel mir außerordentlich schwer.

Stefan blickte auf mich herab. „Tom, was hast du getan?“

„Was… was, meinst du?“ Mein Hirn war wie Brei.

„Wo bleibt denn die Spusi? Ist bestimmt schon zwanzig Minuten her, das ich angerufen habe", hörte ich Till Ressmanns Stimme.

„Du auch?" Was machten meine beiden Freunde an einem Samstagmorgen in meinem Schlafzimmer?

„Ist er endlich wach?", fragte Till an Stefan gewandt.

„Ich bin im Raum, du kannst mich direkt fragen…"

„Du solltest uns das hier erst einmal erklären!", forderte Till mich auf.

„Was denn?" Ich erinnerte mich wieder an den Traum. „Oh Mann, ich muss euch von meinem Albtraum erzählen", begann ich mit immer noch schwer zu kontrollierender Zunge zu erzählen.

Stefan unterbrach mich: „Der Alptraum scheint noch nicht zu Ende zu sein…" Er blickte mich ernst an. Seine Augen wanderten zu der zweiten Matratze des Doppelbetts. Ich folgte seinem Blick.

Neben mir lag eine nackte Frau, mit aufgerissenen toten Augen. Blutverschmiert. Ich blickte an mir herunter zu meinen Händen. Mein Körper war rot gefärbt, als hätte ich in ihrem Blut gebadet.

13. April 2013, 08:03

„Was hast du getan, Tom?" Stefan blickte mich aus seinen blauen Augen fassungslos an.

„Ich weiß es nicht!", rief ich und mein Magen hob sich. „Ich kann mich… an nix erinnern! Ehrlich! Oh Gott!" Ich musste tief durchatmen. Das Gefühl, keine Luft zu bekommen, breitete sich in meiner Brust aus. Was war passiert? Wo kam die Frau her? Wer war die Tote? Hatte ich sie ermordet? War es ein Unfall? All diese Fragen schossen durch meinen Kopf. Ich stand auf und blickte wieder an mir herab. Alles voller Blut.

„Ich versuch schon eine ganze Weile, dich wach zu bekommen", eröffnete mir Stefan.

„Wie bitte?" Ich hatte zugehört, aber es kam mir so vor, als ob ein Rauschen in meinen Ohren alles übertönte.

Jetzt betrachtete ich zum ersten Mal bewusst die Tote. Ihre matten Augen starrten in meine Richtung. Wieder krampfte sich mein Magen zusammen wie nach einem Fausthieb. Sie war jung, blond, schlank und gut gebaut, soweit ich das unter all dem Blut sehen konnte. Ihr Körper war von unzähligen Messerstichen übersät. Der Täter... *ich?* ... musste in blinder Wut auf sie eingestochen haben.

„Stefan, ich..." Ich wusste nicht, was ich sagen sollte. „Stefan, ich...", setzte ich ein zweites Mal an. Aber egal in welchem Teil meines Hirns ich nach einer Erklärung suchte, ich fand nur Leere vor. Nichts! Ein schwarzes Loch. Wie sollte ich meinem Freund, der Kriminalhauptkommissar bei der Mordkommission war, die Anwesenheit einer toten nackten Frau in meinem Bett erklären, deren Blut meinen Körper bedeckte?

„Wer ist das?", drang Tills Stimme wieder an mein Ohr.

Ich drehte den Kopf zur Schlafzimmertür. Till stand hoch aufgerichtet im Türrahmen und blickte mich aus seinen fast schwarzen, dämonisch wirkenden Augen an. „Kennst du sie?"

Ich schüttelte den Kopf. „Keine Ahnung... wie sie... in mein Bett...", ich zuckte die Schultern. Tills Blick strotzte vor Skepsis. „Ihr müsst mir glauben. Ich... Ich weiß es nicht. Filmriss!", beteuerte ich, während ich meinen Blick zwischen Till und Stefan hin und her wandern ließ. Beide wirkten nicht überzeugt. „Wir sind Freunde! Ich war das nicht." Ich deutete wild fuchtelnd mit den Armen auf die Leiche. „Traut ihr mir *das* wirklich zu?" Keiner der beiden bejahte meine Frage, aber sie dementierten auch nicht.

Stefan trat neben mich. „Als dein Freund glaube ich dir", es folgte eine Pause, er wirkte verlegen. „Aber was würdest du an meiner Stelle denken?"

Till kam auch ein Stück näher, vergrub seine Hände in den Taschen seiner schwarzen Jeans und senkte den Kopf. Er wich meinem Blick aus, als er sagte: „Du weißt, was jetzt kommt. Wir müssen dich mit aufs Revier nehmen."

„Wollt ihr mich verarschen?" Ich sah Stefan hilfesuchend an, aber auch er war nicht mehr in der Lage, mir in die Augen zu sehen. „Das ist nicht euer Ernst!"

Stefan ergriff das Wort: „Was bleibt uns übrig?"

„Ich würde jedem von euch glauben. Ohne Wenn und Aber", erwiderte ich angriffslustig.

Stefan hob den Kopf wieder und blickte mich fest an: „Wie gesagt, ich glaube dir und ich werde alles tun, um deine Unschuld zu beweisen, genauso wie Till, aber bis dahin muss ich dich festnehmen. Pack bitte ein paar Sachen zusammen. Ich bring dich ins Präsidium."

„Wie bitte?!", rief ich aus.

Till mischte sich ein. „Verdammt Tom! Was sollen wir denken? Deine Wohnungstür war abgeschlossen." Und als ich etwas erwidern wollte, ergänzte er: „Von innen!" Mir klappte der Mund auf. „Der Schlüssel hat noch gesteckt, als Stefan mit seinem Zweitschlüssel die Tür geöffnet hat."

„Aber das ist kein Beweis..."

Till fiel mir ins Wort: „Vielleicht ist es nur ein Indiz, aber wir haben hier zu viele Verdachtsmomente gegen dich." Er senkte die Stimme. „Wie Stefan schon gesagt hat, als Freunde glauben wir dir, aber als Bullen müssen wir den offiziellen Weg einhalten. Sorry!"

„Darf ich zumindest frische Klamotten anziehen?"

„Hast du einen großen Plastiksack?", lautete Tills Gegenfrage. Ich nickte. „Dann zieh dich bitte komplett aus und pack alles in den Sack, für die Spurensicherung. Du kennst das Prozedere. Eigentlich müsste dich erst Reiner unter die Lupe nehmen. Aber das können wir auch später im Präsidium machen."

Ja, ich kannte die Vorgehensweise in solchen Fällen. Ich ging ins Bad, holte einen 120 Liter-Beutel, zog mich bis auf die Haut aus und stopfte alles hinein. Die verpackte, blutgetränkte Kleidung reichte ich Till, wobei ich ihm den Sack wütend gegen die Brust knallte. Ich war enttäuscht. Und vor allem gekränkt. Meine beiden Freunde dachten anscheinend wirklich, dass ich die Frau ermordet hatte. Ja, zugegeben, sie mussten den Dienstweg einhalten und ja, objektiv betrachtet sah es wirklich nicht gut für mich aus, aber wir hatten so viel zusammen durchgestanden, da konnte ich doch ein wenig Vertrauen erwarten.

Ich zog frische Unterwäsche, eine Jeans, ein T-Shirt und ein Kapuzenshirt an. Meine Hände waren immer noch rot vom Blut der Frau. „Mach mal ein paar Fotos von meinen Händen, Till."

„Warum?"

„Ich kann das Gefühl des getrockneten Bluts nicht mehr ertragen. Bitte!", flehte ich ihn an.

Till schüttelte den Kopf. „Überleg mal, das könnte dich entlasten." Er gab mir zwei Sekunden zum Nachdenken. Dann fuhr er fort: „Sollten keine Hautpartikel unter deinen Nägeln zu finden sein, beweist es, dass du sie nicht gekratzt hast oder dergleichen." Ich nickte niedergeschlagen. „Ich will dir nur helfen", erklärte er mir seine Entscheidung.

Till hatte recht, trotzdem hätte ich mir am liebsten die Haut von den Händen gezogen. „Na gut."

„Nimm am besten ein paar neue Plastikbeutel und zieh sie über deine Hände." Als ich etwas einwenden wollte, sagte Stefan: „Nur bis ins Präsidium."

„Darf ich vorher noch mal aufs Klo?", fragte ich Till.

Er nickte und ging in die Küche. Als er zurückkam, reichte er mir zwei Gefrierbeutel. „Überziehen und nicht die Hände waschen!"

Auf dem Weg ins Bad stoppte ich kurz an der Küchentür, sah mich schnell um, griff um die Ecke und steckte mein Handy ein. Ich zog die oberste Schublade der Küchenzeile auf und nahm einen kleinen Schlüssel heraus. Ich schob die Schublade lautlos zu und ging weiter ins Bad. Ich wartete einige Minuten, dann betätigte ich die Spülung. Verdammt! Wie war das möglich? Ich stützte mich auf den Waschbeckenrand und blickte mir im Spiegel in die rot unterlaufenen Augen. Bestand die Möglichkeit, dass ich die Frau ermordet hatte, aber mich nicht erinnern konnte? Jay hätte mir die Frage beantworten können. Als Psychologin kannte sie bestimmt solche Fälle und wusste, wie man mit den betroffenen Personen umgehen musste oder ihnen helfen konnte. Ich senkte den Kopf und spürte heiße Tränen aus meinen Augen rinnen.

Es klopfte. „Bist du soweit? Wir müssen los", rief Stefan durch die geschlossene Tür.

„Ich komme", antwortete ich. Mein Blick fiel auf das Badfenster. Flucht? Aus dem zweiten Stock? Keine Chance! Trotzdem hielt ich bereits den Fenstergriff in der Hand. Mein Echsenhirn hatte unabhängig von Logik und Verstand gehandelt. Ich zog die Hand zurück und ging hinaus zu Stefan und Till.

„Ich bring dich ins Präsidium. Till bleibt hier und wartet auf Reiner und Joe." Ich nickte resignierend. Nie hätte ich mir das träumen lassen: Pathologe Johann Berger und der Chef der Spurensicherung Reiner Meister dienstlich in meiner Wohnung. Unglaublich.

Stefan lotste mich zur Wohnungstür hinaus. Vor der Tür fragte er: „Muss ich dir Handschellen anlegen?"

Ich schüttelte den Kopf. „Ich werde schon nicht flüchten" und mit leicht sarkastischem Unterton, setzte ich hinzu: „Vorausgesetzt, dass du mir das wenigstens glaubst."

„Fuck, Tom. Ich glaub dir. Aber wie oft muss ich dir erklären, dass wir den Dienstweg einhalten müssen? Vor allem, um dich ordnungsgemäß zu entlasten, das ist wichtig."

„Ist ja gut!" Ich lief die zwei Treppen langsam, fast andächtig hinunter. Ganz so, als könne ich einen Erinnerungsfetzen auf einem der

Treppenabsätze finden. Mein Freund, der hinter mir lief, drängte mich nicht. Er überließ mir das Tempo.

Im ersten Stock kamen uns Reiner und Joe entgegen.

„Till ist oben. Er erwartet euch", begrüßte sie Stefan. Reiner ging an mir vorbei und nickte mir zu. Joe blieb kurz stehen, legte eine Hand auf meinen Unterarm: „Till hat mir alles am Telefon erzählt. Ich glaube nicht, dass du es warst. Ich werde alles tun, um deine Unschuld zu beweisen."

Mir steckte ein Kloß im Hals: „Danke, Joe", sagte ich mit belegter Stimme. Der Pathologe war der Erste an diesem Morgen, der mir glaubte, ohne die Fakten zu kennen. Er klopfte mir auf die Schulter und setzte dann seinen Weg fort.

13. April 2013, 08:43

Ressmann sah den beiden nach, dann schloss er die Wohnungstür. Nachdem sie die Wohnung heute Morgen betreten und die *Überraschung* im Schlafzimmer entdeckt hatten, dachte er über die möglichen Beweggründe – das Motiv – seines Freundes nach. 2010 war Martini schon einmal unter Tatverdacht geraten. Jetzt, knappe drei Jahre später, befand er sich in der gleichen Situation. Jedoch sah es diesmal wesentlich schlechter für ihn aus.

Ressmanns Überlegungen wurden von der Türglocke unterbrochen. Er öffnete die Wohnungstür. Joe Berger und Reiner Meister standen im Hausflur.

„Kommt rein", begrüßte er die beiden Männer, die er vorhin verständigt hatte. „Reiner, könntest du dir als erstes das Türschloss ansehen? Ich will wissen, ob sich jemand dran zu schaffen gemacht hat."

„Glaubst du, jemand ist eingebrochen?"

Ressmann rieb sich sein Kinn. „Ich weiß es nicht. Es deutet nichts auf die Anwesenheit einer dritten Person oder Partei hin."

„Sagst du", mischte sich Berger ein.

„Wie meinst du das?", gab Ressmann zurück.

Berger runzelte die Stirn und faltete die Hände über seinem leichten Bauchansatz. „Wie ich das meine?", echote er. „Verdammt, Martini war einer von uns und ist unser Freund. Glaubst du wirklich, dass er zu einem Mord imstande ist?"

Ressmann blickte zu Boden, wich dem Blick des drei Jahre älteren Pathologen aus. „Alles spricht gegen ihn", nuschelte er unverständlich vor sich hin. „Und außerdem hast du die Leiche noch nicht gesehen."

„Du hast sie mir am Telefon beschrieben. Und trotzdem glaube ich an Toms Unschuld."

„Aber…", setzte der Kommissar an, wurde jedoch von Berger unterbrochen.

„Lass mich meine Arbeit machen, dann sehen wir weiter." Berger wandte sich ab und verschwand im Schlafzimmer.

Die Balkontür stand offen. Ressmann blickte die Hänggasse hinunter. Der Motor des Dienst-Passats wurde angelassen. Dann schoss der Wagen aus der Parklücke und fuhr viel zu schnell die Martinskirchstraße entlang. Hatte Stefan es so eilig, Tom im Präsidium abzuliefern? Egal.

Meister hatte das Schlafzimmer foto- und videografiert. Jetzt war Berger dort am Werkeln, während Meister die Eingangstür untersuchte.

„Hast du schon was gefunden?", fragte der Kommissar.

Meister hob nicht den Blick, inspizierte jede Einzelheit des Schließzylinders und Beschlags. „Wunder brauchen etwas länger. Ich habe gerade erst begonnen. Das Einzige, was ich mit ziemlicher Sicherheit sagen kann, ist: Es wurde nicht eingebrochen. Das Schloss und alle darin enthaltenen Schließungen sind vollkommen intakt. Um sicher zu gehen, muss ich allerdings den kompletten Zylinder zerlegen und überprüfen."

„Das hieße, niemand ist unrechtmäßig hier eingedrungen?", setzte Ressmann nach.

„Anscheinend nicht." Jetzt blickte der Forensiker auf. „Warum seid ihr zwei eigentlich hergekommen?"

„Wegen Toms Nachbarin." Ressmann knetete sein Kinn. „Frau Weber hat Schreie aus Toms Wohnung gehört. Auf ihr Klopfen und Klingeln hat er nicht reagiert. Da hat sie Stefan angerufen. Direkt nachdem der Engelmacher aus dem Verkehr gezogen worden war, hatte Stefan Angst, Tom könnte eine Dummheit machen… du weißt schon, wegen Daniela. Deshalb hat er ihr damals seine Privatnummer gegeben."

Meister nickte verstehend. „Komisch. Martini hat nicht geöffnet… hmmmm." Meister stand auf und sah den Flur auf und ab. Auf der linken Seite befanden sich Bad und Küche, rechts Arbeits- und Wohnzimmer, geradeaus das Schlafzimmer. „Das Opfer muss sehr laut geschrien haben, weil das Schlafzimmer am weitesten vom Hausflur entfernt liegt. Nehmen wir an, Martini hat sie wirklich getötet. Hätte er nicht versucht, alle verräterischen Geräusche im Keim zu ersticken?"

Ressmanns Kinn hatte sich bereits rot verfärbt, denn der Kommissar knetete es immer noch, als wolle er einen Kuchenteig zubereiten. „Glaubst du auch an Toms Unschuld?"

„Ich gehe nur alle Möglichkeiten durch. Die Schuld oder Unschuldsfrage ist dein Ressort", Meister bückte sich wieder zu dem Schloss hinunter.

Ressmann wandte sich ab und lief langsam durch die einzelnen Räume der Wohnung. In der Küche wurde er stutzig. Normalerweise lag Toms Handy über Nacht auf der Arbeitsplatte zum Laden. Der Detektiv wollte es nicht die ganze Nacht neben dem Kopf liegen haben, angeblich sollte das ungesund sein. Der Kommissar suchte die gesamte Wohnung ein zweites Mal ab. Nichts. Kein Handy.

„Joe, hast du Toms Handy gesehen?", fragte er den Pathologen, der gerade die Lebertemperatur der Leiche maß. Berger schüttelte stumm den Kopf. Auch Meister verneinte. Das Handy schien verschwunden. Dieser Schlurie, dachte Ressmann. Er zog sein Telefon aus der Tasche und wählte die Nummer von Stefan Carstens. Es dauerte ungewöhnlich lange bis sein Kollege den Anruf entgegen nahm. „Stefan! Du musst Tom durch…"

Carstens unterbrach ihn: „Er ist weg… geflüchtet!"

13. April 2013, 09:51

Ressmann stürmte das Treppenhaus hinunter. Fast wäre er im ersten Stock auf dem Treppenabsatz aus Marmor ausgerutscht, fing sich aber gerade noch. Unten angelangt brach er zum Leidwesen seines Kollegen in Gelächter aus.

Carstens lag auf dem Rücken. Seine Handschellen hingen durch das Metallgeländer. Eine schlang sich um sein linkes Fußgelenk, die andere um sein rechtes Handgelenk. „Mach mich los, du Idiot!", blaffte er Ressmann an. „Die Stellung ist nicht gemütlich!"

Ressmann suchte nach seinen Handschellenschlüsseln und befreite Carstens aus seiner Misere. „Wie konnte das denn passieren?"

„Er hat mich überrumpelt… zack", Carstens klatsche in die Hände. Sein rechtes Handgelenk war wundgescheuert. Der Kommissar rieb es vorsichtig. „Dieser Sack, hat mir das Handy aus der Tasche genommen und so platziert, dass ich es nicht erreichen konnte. Erst nachdem ich mir den Arm fast ausgekugelt hatte, konnte ich es greifen und da hast du angerufen.“

Ressmann musste immer noch grinsen, die Position seines Kollegen vor seinem geistigen Auge. „Warum hast du nicht gerufen?“

Carstens suchte nach seinen Zigaretten, steckte sich eine in den Mund, vergaß aber sie anzuzünden. „Hab ich. Die Firmen im ersten Stock arbeiten samstags nicht. Und im zweiten Stock bin ich nicht gehört worden. Oder hast du mich ignoriert?“

Ressmann schüttelte energisch den Kopf. „Natürlich nicht. Aber lass uns als erstes eine Fahndung nach Tom rausgeben.“ Er zückte sein Handy. „Wie hat Tom dich eigentlich überrumpelt?“

Carstens verschränkte die Arme vor der Brust. „Er hat mich ausgetrickst, wie einen Anfänger“, er senkte den Kopf und besah sich seine Schuhspitzen. „Er hat gesagt, er müsse sich den Schuh binden. Beim Aufstehen hat er mich angerempelt, gegen die Wand gedrückt und mir die Dienstwaffe aus dem Schulterholster gezogen. Er zwang mich, meine Handschellen anzulegen.“

„Er hat dich mit der Waffe bedroht? Tom?!“, fragte Ressmann fassungslos.

Sein Kollege nickte. „Hat er!“

„Ist der völlig durchgedreht?“ Ressmann wählte die Nummer ihres Chefs Alfred Köster, Leiter des K11. Er berichtete in kurzen Worten was vorgefallen war.

„Ich fahre sofort ins Präsidium und leite alles Nötige in die Wege. Wir müssen Martini finden, bevor er die Situation unnötig verkompliziert. Wie lange ist er schon flüchtig?“

Ressmann blickte Carstens an, der mitgehört hatte. „Vierzig bis sechzig Minuten.“

Köster atmete schwer aus. „Das ist sehr lang. Er könnte schon halb in Düsseldorf sein. Und zusätzlich ist er auch noch bewaffnet.“

„Glauben Sie, er fährt wieder zu Dorian Singer?“, fragte Ressmann.

„Nein!“, wehrte Köster ab. „Das war ein Beispiel. Ich werde eine landesweite Fahndung herausgeben. Wir sehen uns später in meinem Büro.“ Köster beendete die Verbindung.

„Ich glaube, der ist nicht glücklich“, sinnierte Ressmann.

„Wäre mir nicht aufgefallen“, gab Carstens zurück. Er machte sich große Vorwürfe. Martini stand unter Mordverdacht, war flüchtig und bewaffnet. Hoffentlich ging das gut aus…

13. April 2013, 10:10

Die Sonne lachte von einem fast wolkenlosen, blauen Himmel. Dieter Schulz lief Hand in Hand mit seiner Freundin Karolin Nestler die Zeil hinauf. Der Samstag stand ganz im Zeichen des Einkaufsbummels. MyZeil, das im Oktober 2009 eröffnete Einkaufzentrum, lag hinter ihnen. Karolin steuerte zielstrebig auf den Horten zu.

„Hasiiiii", zog sie den Kosename ihres Freundes in die Länge, „ich hab bei Horten ein tolles Kleid gesehen. Glaubst du, das ist noch im Budget?"

Der fünfundzwanzigjährige Dieter, der seiner ebenso jungen Freundin fast keinen Wunsch abschlagen konnte, grinste zu ihr hinab. Karolin war nur eins dreiundfünfzig und wirkte neben ihm mit seinen eins achtzig wie ein Zwerg. „Kommt darauf an was es kostet?"

„Ist ganz billig", lächelte sie und klimperte mit den Wimpern.

Schwupps, da war es um Dieter geschehen. Er musste an ein Lied von Seeed denken: *Deine Augen machen bling bling, und alles ist vergessen.* Ja, das passte genau zu seiner Freundin. Karolin lächelte, ihre Augen machten bling bling und er konnte nur noch ja sagen. „Wir schauen mal", was eine andere Umschreibung war für: ist gebongt.

Sie betraten den Horten und liefen in Richtung der Rolltreppen. Die beiden hielten sich eng aneinander geschmiegt, Arm in Arm. Karolin wippte in heller Vorfreude beim Gehen auf und ab.

Da fiel der erste Schuss. Für eine Sekunde herrschte eine Stille, als habe ein höheres Wesen die Zeit angehalten. Hunderte von Augenpaaren blickten umher, suchten nach der Quelle des Geräuschs. Bis der zweite Schuss die Stille zerriss, gefolgt von einem Mark erschütternden Schrei. Von einem Moment auf den anderen brach das Chaos aus. Menschen schrien und liefen durcheinander. Karolin und Dieter wurden angerempelt, gegen einen Kleiderständer gedrückt, bis sie mit ihm zusammen zu Boden stürzten.

Die junge Frau schrie in Panik: „Was ist das? Dieter!"

„Ich weiß nicht!", brüllte dieser zurück, um die lärmende und tobende Menschenmasse zu übertönen. Die Schüsse kamen näher. „Wir müssen hier weg!" Dieter versuchte Karolin auf die Beine zu helfen, wurde aber immer wieder umgestoßen. Jeder versuchte, sich selbst zu retten. Keiner der verstörten Menschen nahm Rücksicht auf die anderen.

Als Dieter es fast geschafft hatte, wurde er erneut geschubst. Ein Mann, etwa so groß und schwer wie er selbst, fiel wie ein Sack auf ihn und begrub Dieter unter sich. „Hey! Runter!“, brüllte er den Mann an. Keine Regung. Dieter spürte etwas Nasses, Klebriges. Als er seine Hand ansah, wurde er der roten zähen Flüssigkeit gewahr. Blut! Dieter geriet in Panik. Schlug um sich, schrie nach Karolin. Mit vereinten Kräften schafften sie es, den Toten von Dieter herunter zu wuchten.

„Scheiße, der ist tot“, sagte Karolin. Tränen liefen ihr die Wangen herunter. „Tot!“

Beide saßen immer noch auf dem Granitboden des Hauptgangs. Dieter startete den nächsten Versuch. Aufstehen und weg hier. Als er den Oberkörper aufgerichtet hatte, die Knie noch auf dem Boden, blickte er in die Mündung einer Pistole. Ihm blieb keine Zeit zum Reagieren. Die Kugel drang über seiner Nasenwurzel in den Schädel ein, grub ein Loch quer durch fast alle Gehirnregionen und trat auf der Rückseite von Dieters Kopf wieder aus. Sein lebloser Körper kippte zur Seite.

Karolin blickte in die blauen Augen eines schwarzhaarigen Mannes, der fast zwei Meter maß. Sie erstarrte wie das Kaninchen vor der Schlange. Ihr Leben zog an ihr vorbei.

Da ließ der Mann die Waffe sinken und rief Karolin etwas zu. Dann drehte er sich zum Ausgang und rannte zusammen mit den anderen angsterfüllten Passanten davon.

13. April 2013, 10:28

Ressmanns Handy klingelte, Köster. „Hallo Chef“, meldete er sich. „Wir sind fast auf dem Weg…“

„Wo sind sie genau?“, unterbrach ihn der K11-Leiter.

„Wir warten auf die Kollegen von der Streife, weil Tom unseren Passat geklaut hat.“

„Sie sind noch in Schwanheim“, resümierte Köster. „Wenn die Kollegen kommen, fahren Sie mit ihnen in die Innenstadt. Es gab einen Amoklauf im Horten.“ Ressmann wurde um eine Nuance blasser. Ein Amoklauf, oh mein Gott, dachte der Kommissar, wie schrecklich. Er stellte sein Telefon auf Lautsprecher, damit Carstens mithören konnte. „Anscheinend ist der Schütze geflüchtet. Aber mir fehlen die Details. Lassen Sie Martini Martini sein. Das hat Priorität.“

„Geht klar, machen wir“, antwortete Ressmann und beendete die Verbindung.

Carstens blickte ihn fragend an. „Schütze?“

„Ein Amokschütze im Horten.“

„Fuck!“ Mehr sagte sein Kollege nicht. Er wirkte plötzlich sehr angespannt.

In diesem Moment klingelte es, die Kollegen vom 10. Revier waren da. „Hallo zusammen, ihr braucht ein Taxi haben wir gehört“, begrüßte sie Polizeiobermeister Ernst Mielke, der nur Elmie genannt wurde. „Was ist denn hier los? Ist das eine Beerdigung?“

„Köster hat angerufen, unser Ziel hat sich geändert. Wir müssen zum Horten“, antwortete Ressmann.

„Zum Einkaufsbummel?“, erwiderte Mielke spöttisch.

Ressmann blieb ernst. „Nein, Amoklauf.“

Mielkes Grinsen verschwand. „Ernsthaft?“ Als weder Ressmann noch Carstens lachten, sagte er: „Dann los. Vielleicht ist noch was zu retten.“

13. April 2013, 10:48

Karolin Nestler lag neben der Leiche ihres Freundes und weinte still vor sich hin. Ein älterer Mann hatte versucht, sie mit sich nach draußen zu nehmen, aber sie wehrte sich. „Lassen Sie mich“, war ihre tränenerstickte Antwort gewesen. Nach dem dritten Versuch hatte der Mann von ihr gelassen.

Die große Haupthalle war so gut wie leer. Nur vereinzelt liefen noch geschockte Menschen wie Zombies umher. Karolin war das alles egal. Sie würde das Gesicht des Mannes nie vergessen, der ihren Dieter erschossen hatte und dann davon gelaufen war.

Ein hochgewachsener Mann, ganz in schwarz erschien in ihrem Blickfeld. Er kniete sich zu ihr auf den Boden und hielt ihr etwas hin, was sie mit ihren verweinten Augen nicht erkennen konnte. „Ich bin Kriminalhauptkommissar Ressmann. Kommen Sie bitte hoch, Frau…?“ Er steckte das grüne Stück Papier weg, dafür streckte er ihr seine rechte Hand entgegen. „Ich möchte Ihnen helfen.“

„H… h… helfen Sie Dieter!“, antwortete sie am ganzen Leib zitternd.

„Ein Arzt ist unterwegs, er wird sich um Dieter kümmern", antwortete der Kommissar mit warmer, einfühlsamer Stimme.
„W… w… wirklich?", fragte Karolin.
„Ja, ganz sicher", beteuerte ihr Gegenüber.
Langsam löste sich die verwirrte Frau von ihrem Freund. Sie ergriff die Hand des Polizisten und ließ sich auf die Beine helfen, knickte jedoch sofort wieder ein. Ressmann griff mit beiden Armen zu und bewahrte sie davor, auf den Boden zu fallen.
„Oh Gott, Dieter", jammerte sie leise. Der Kommissar drückte ihr Gesicht vorsichtig gegen seine Brust. Karolin begann leise zu schluchzen und weinte. „Er ist tot! Oder?"
Ressmann nickte sehr langsam, als könne er so den Schock mildern, die Nachricht sachter übermitteln. Jetzt hielt nichts mehr ihre Tränen zurück. Die junge Frau weinte hemmungslos. Sie schlang ihre Arme um die Hüfte des Kommissars, während Weinkrämpfe ihren Körper schüttelten.
Ein anderer Mann, der wie ein Arzt gekleidet war, zog sie von Ressmann fort. „Kommen Sie. Ich bringe Sie hier raus", sagte er. Erst wollte sie sich nicht aus der Obhut des Kommissars lösen, aber dann überkam sie das Gefühl, diesen Ort verlassen zu müssen. Der weiß gekleidete Mann legte einen Arm um ihre Schulter und führte sie langsam nach draußen.
Als sie bereits fünf, sechs Schritte gegangen waren, drehte sie sich noch einmal um. „Sie sagten, dass Sie Polizist sind?" Ressmann nickte. „Der Mann, der Dieter getötet hat, hat etwas zu mir gesagt, bevor er weg gerannt ist."
Der Kommissar kam eilig heran. „Was?"
Als Karolin den Satz des Killers wiederholte, hatte sie das Gefühl, so etwas wie Angst über das Gesicht des Kommissars huschen zu sehen: „Er sagte: Ich habe die Frau nicht getötet."

13. April 2013, 12:55

„Fuck", rief Carstens aus, nachdem Ressmann ihm von der Aussage der jungen Frau erzählt hatte. „Das ist bestimmt Zufall, das muss Zufall sein!"

Die Kommissare standen auf der Zeil, vor dem Haupteingang des Horten. Carstens schob sich eine Zigarette zwischen die Lippen. Als er sie anzündete, bemerkte Ressmann, dass die Hand, die das Feuerzeug hielt, leicht zitterte. Nach einem tiefen Lungenzug legte er den Kopf in den Nacken und blies den Rauch aus. Die hellgraue Wolke stieg hinauf in einen Himmel, der sich verdunkelt hatte. Schwarze Wolken verdeckten die Sonne, als wollten sie ihr Antlitz verhüllen, das Leid auf der Erde sich selbst überlassen.

„Möglich“, sagte Ressmann und knetete sein Kinn, ein Zeichen, das er angestrengt nachdachte. „Wäre aber ein sehr großer Zufall.“ Er drehte sich einmal um die eigene Achse und begutachtete den Menschenauflauf. Der Platz vor dem Horten war großräumig abgesperrt, von der Bäckerei an der Ecke Schäfergasse bis zum Eingang des Primark. Vor den Geschäften auf der gegenüberliegenden Seite hatten sich Menschentrauben gebildet. Alle wollten sehen, was geschehen war. Diese verdammten Gaffer, dachte Ressmann, am Unglück anderer weiden. Laut fuhr er fort: „Ich kann das nicht glauben. Erst tötet Tom eine Frau in seiner Wohnung und dann läuft er mit deiner Waffe durch den Horten und ballert wahllos Menschen ab!“ Bei der Erwähnung der Waffe zuckte Carstens zusammen. „Entschuldige“, sagte Ressmann und legte seinem Kollegen die Hand auf die Schulter. „Es war bestimmt nicht Tom und auch nicht deine Pistole. Ich bin mir sicher.“ Doch der Ausdruck auf seinem Gesicht widersprach seinen Worten.

„Ich ruf Tom an. Du hast doch gesagt, dass sein Handy weg ist.“ Ressmann nickte. „Also…“ Carstens zog sein Smartphone aus der Tasche und wählte die Nummer. Nach dem fünften Freizeichen meldete sich die Mailbox. „Nichts! Ich hab eine bessere Idee.“ Er wählte eine andere Nummer. „Rudolf? Sind Sie es? Könnten Sie bitte ein Handy orten? Oder besser, wo es sich vor einer Stunde befunden hat. Geht das?… super!“ Carstens gab Rudolf, dem jüngsten IT-Mann bei der Frankfurter Polizei, Martinis Telefonnummer. „Es ist eilig!“, setzte er nach.

Rudolf versprach, sich sofort darum zu kümmern.

„Was machen wir, wenn es wirklich Tom war?“, fragte Ressmann.

„Keine Ahnung. Aber was mach ich, wenn er mit meiner Waffe gemordet hat?“ Er nahm den nächsten tiefen Zug.

„Das ist nicht deine Schuld. Du hast nicht geschossen!“, argumentierte Ressmann resolut.

„Aber er hat mich überrumpelt!“ Er hielt sich krampfhaft an seiner Zigarette fest, als könne sie ihm Halt geben oder helfen, das Geschehene ungeschehen zu machen.

„So schnell sieht man sich wieder. Leider!“, sagte Reiner Meister und gesellte sich zu den beiden Kommissaren. Jetzt standen sie wie die Orgelpfeifen nebeneinander. Meister mit eins fünfundsiebzig, Carstens etwa zehn Zentimeter größer und zuletzt Ressmann mit fast zwei Metern. Sie starrten auf die Tür des Kaufhauses, aus der mittlerweile der fünfte Zinksarg herausgetragen wurde. Acht Tote und drei Schwerverletzte hatte das Massaker gefordert. „Wer macht so etwas?“ Der Chef der Spurensicherung, der mit seinen siebenundfünfzig Jahren schon einiges gesehen hatte, wirkte schockiert.

Ressmann erzählte ihm von dem letzten Satz des Attentäters. „Das glaub ich nicht. Was für ein Zufall!“

„Wir glauben auch an einen solchen, aber…“, Ressmann sprach nicht weiter. Alles deutete auf ihren Freund Thomas Martini hin. Hinzu kam, dass Karolin Nestler, nachdem sie medizinisch versorgt worden war, eine Beschreibung des Manns abgegeben hatte, welche den Verdacht gegen Martini erhärtete.

Ressmanns Handy klingelte. Auf dem Display erschien der Name Andi. „Hallo Schatz“, begrüßte er seine Freundin Andrea Lamprecht.

„Ich habe von dem Amoklauf gehört. Wie schlimm ist es?“, fragte Lamprecht ohne Begrüßung.

Ressmann erzählte ihr die Ereignisse in groben Zügen, bis hin zu dem Verdacht gegen Martini und dessen Flucht. „Nein! Das war nicht Tom. Weder das eine noch das andere“, erwiderte sie im Brustton der Überzeugung.

„Aber alles spricht dafür… alles!“ Ressmann klang verzweifelt.

„Ich nehme mir frei und komm nach Frankfurt, um euch zu helfen.“

„Nein, Andi. Wir bekommen das hin.“ Er dachte einen Moment nach. „Vielleicht meldet sich Tom bei dir, weil du weit ab vom Schuss bist. So könnten wir an ihn rankommen.“

„Du meinst eine Falle?“ Lamprecht klang entrüstet. „Nur weil Tom früher mein Partner war, heißt das noch lange nicht, dass er sich mir nichts, dir nichts bei mir meldet.“ Ihre Stimme wurde lauter. „Und zu allem Überfluss soll ich den Köder spielen?“

„Nicht den Köder, den Lockvogel.“

„Wo ist da der Unterschied?“, entgegnete Lamprecht gereizt.

„Also ich…“, Ressmann war aus dem Konzept gekommen. Mit einer solch heftigen Reaktion seiner Freundin hatte er nicht gerechnet. „Na ja,…“

„Du weißt es nicht. In Ordnung! Darüber reden wir, wenn alles vorbei ist. Tom ist unser Freund. Denk mal drüber nach!“ Sie unterbrach die Verbindung.

Der verdatterte Ressmann hielt das Handy immer noch am Ohr.

Im Polizeipräsidium in Heidelberg legte Lamprecht den Hörer zurück auf das Telefon. Warum war ihr Versetzungsantrag nach Frankfurt noch nicht durch? Warum musste sie in diesem Nest festsitzen? Sie hoffte inständig, dass Martini sich bei ihr melden würde. Sie mochte nicht darüber nachdenken, was passieren würde, sollte einer der übereifrigen Frankfurter Kollegen ihn zwischen die Finger bekommen.

Tomorrow is another day
And you won't have to hide away
You'll be a man, boy!
But for now it's time to run, it's time to run!

Run Boy Run – Woodkid

Kapitel 2

13. April 2013, 13:05

Ich hatte das Gefühl, durch die halbe Stadt gefahren zu sein, ohne meine Umgebung bewusst wahrzunehmen. Ich fühlte mich wie betäubt. Das klare Denken hatte ausgesetzt. Mein Kopf fühlte sich an wie eine breiige Masse. Mir war immer noch brutal schwindelig. Einmal überfuhr ich fast eine rote Ampel. Zum Glück war keine Polizei in der Nähe.

Ich hatte das Bedürfnis mit Jay zu sprechen, aber ich durfte sie nicht von meinem Handy aus anrufen. Das hatte ich ausgeschaltet und die SIM-Karte herausgezogen, damit ich nicht angepeilt werden konnte. Also hielt ich an einer der spärlich gesäten Telefonzellen und versuchte sie zu erreichen, aber sie hob nicht ab, was mir schwer zu schaffen machte.

Meine besten Freunde vertrauten mir nicht. Ich konnte es nicht glauben. Stefan hatte mich verhaftet, um mich in Untersuchungshaft zu stecken. Tills Blick konnte ich nicht vergessen. Seine Augen spiegelten Traurigkeit und Misstrauen wider. Beide schienen überzeugt von meiner Schuld. Und ich…? Ich konnte mich an nichts erinnern, Filmriss! Was war letzte Nacht geschehen? Ich musste es dringend herausfinden! Beziehungsweise, wer mich in diese Situation gebracht hatte. Ich war verwirrt, wusste nicht was ich tun sollte.

Plötzlich befand ich mich in Sachsenhausen, am Goetheturm. Na das passte ja. Seit 2010 hatte ich den Platz gemieden, jetzt stand ich hier, geleitet von meinem Unterbewusstsein. Einige Autos standen auf dem großen Parkplatz, der Passat fiel nicht auf.

Ich wusste von früher, dass jedes Zivilfahrzeug der Polizei einen GPS-Sender besaß, jedoch musste dieser von den Beamten, die das Fahrzeug fuhren, aktiviert werden. Da ich mir nicht sicher war, ob es mittlerweile technisch möglich war, den Sender aus der Ferne zu aktivieren, entschloss ich mich, dem Passat die Freiheit wieder zu geben. Das Risiko geschnappt zu werden, war zu groß. Zugegeben, in Frankfurt zu Fuß auf der Flucht war nicht wirklich eine Alternative, aber besser als mit einem Leuchtsignal herum zu fahren.

Ich verschloss den Wagen, steckte die Schlüssel ein, vergrub meine blutverschmierten Hände in den Hosentaschen und lief den Sachsenhäuser Landwehrweg entlang, Richtung Hainerweg. Als ich an den schönen kleinen Häuschen entlang lief, kam mir eine Idee. Es gab vielleicht jemanden, den ich um Hilfe bitten konnte. Von Berufs wegen war er der prädestinierte Helfer und er wohnte keine zweihundert Meter entfernt.

Als ich die Kreuzung Hainerweg, Sachsenhäuser Landwehrweg erreichte, fiel mein Blick direkt auf die Sankt Bonifatius-Kirche. Letzten Winter, kurz vor Weihnachten, hatten meine Ermittlungen mich hierher geführt. Ich überquerte die Straße und klingelte am Pfarrhaus. Es dauerte eine gefühlte Ewigkeit, bis die Tür geöffnet wurde und Pfarrer Christopher Horn vor mir stand. Seine Wrestler-Figur füllte fast den kompletten Türrahmen aus. Die Türklinke verschwand in seiner rechten Hand vom Format Baggerschaufel.

„Herr Martini, was führt Sie zu mir?" Überraschung schwang mit in der tiefen sonoren Stimme des Geistlichen.

„Ich brauche Ihre Hilfe", brach es aus mir heraus.

Horns Gesichtsausdruck veränderte sich sofort. Er schien die Verzweiflung in meiner Stimme zu hören.

„Kommen Sie rein!" Er winkte mich an sich vorbei.

Es gab keinen Flur in der Pfarrerswohnung. Direkt an die Haustür schloss sich die Küche an. Von hier führten zwei Türen in angeschlossene Räume. Ich wusste, dass sich Horns Arbeitszimmer rechts befand und steuerte darauf zu.

„Gehen Sie nach links, Herr Martini. Wir setzen uns in mein Wohnzimmer", erklang Horns Stimme hinter mir.

Ich wechselte die Richtung und trat in einen warm und gemütlich eingerichteten Raum. Links befand sich ein großes Fenster, durch das man den Kirchhof sehen konnte. Die Stirnwand wurde komplett von einem Bücherregal eingenommen. In der Mitte war nur eine Tür ausgespart worden. Rechts dominierte ein dunkles Ledersofa mit Couchtisch und zwei Sesseln. Direkt neben der Eingangstür stand ein Esstisch mit vier Stühlen.

„Setzen wir uns." Horn machte eine einladende Geste in Richtung der Couch. Als wir saßen, faltete der Pfarrer die Hände und sah mich erwartungsvoll an. „Wie kann ich Ihnen helfen?"

Wie sollte ich beginnen, ohne Horn zu verschrecken oder ihn zu veranlassen, die Polizei zu rufen? Meine Hände steckten immer noch in meiner Hose. Ich wusste aus der Vergangenheit, dass man ihn nicht so schnell aus der Fassung bringen konnte, aber was ich in Petto hatte…

„Kann ich bei Ihnen beichten?“, begann ich. „Also ich meine, fällt unser Gespräch unter das Beichtgeheimnis?“

Ein angedeutetes Grinsen huschte über Horns Gesicht. „Wenn Sie das möchten, bin ich gerne bereit, Ihnen die Beichte abzunehmen.“ Er stand auf, verließ den Raum und kehrte nach eine paar Minuten mit einer lilafarbenen Stola zurück. Der Pfarrer ließ sich mir gegenüber nieder und schlug das Kreuzzeichen. „Was hast du zu beichten mein Sohn?“

Ich war etwas verdutzt, aber Horn machte ernst. Er nahm meine Bitte zu beichten für bare Münze. „Ich… ich bin vor der Polizei geflüchtet…“ Wenn der Geistliche überrascht war, ließ er es sich nicht anmerken. „Heute Morgen lag in meinem Bett eine nackte, weibliche Leiche und ich weiß nicht, wie sie dort hingekommen ist…“ Mir versagte die Stimme, während ich meine roten Hände aus den Taschen zog.

„Etwa Frau von Linde?“

Ich blickte auf: „Nein, natürlich nicht! ... Aber alle Indizien sprechen gegen mich, ich bin ratlos. Deshalb komme ich zu Ihnen. Ich brauche Ihre Hilfe!“

Horn wiegte den Kopf. „Wie soll ich Ihnen helfen? Wollen Sie Unterschlupf oder kirchliches Asyl? In diesem Fall dürften Sie das Kirchengelände nicht mehr verlassen.“

„Nein, ich dachte mehr an praktische Hilfe. Ich habe den Dienstwagen meiner Freunde gestohlen und bräuchte ein Transportmittel und etwas Bargeld.“ Ich berichtete Horn den Ablauf meines Tages, vom Aufwachen bis zum Erreichen des Goetheturms. „Ich weiß, das ist viel verlangt, aber ich kann mich sonst niemandem anvertrauen. Meine Freunde, Verwandten und Familie werden bestimmt von der Polizei überwacht. Aber keiner wird glauben, dass ich ausgerecht bei Ihnen Unterschlupf suche.“

Horn musterte mein Gesicht, lange und eingehend. Seine Miene ließ keinerlei Rückschlüsse auf seine Gedanken zu. Wollte er die Polizei rufen…? Ach ja, das konnte er nicht, ich hatte gebeichtet. Ausplaudern war tabu für den Geistlichen.

Nach endlosen Minuten, nickte er mir zu. „Ich helfe Ihnen.“ Mir fiel ein Stein vom Herzen, Format: Erde zerstörender Meteor. „Als erstes benötigen Sie neue Kleidung. Ich habe noch Kleiderspenden im Lager, von der letzten Sammlung. Da findet sich bestimmt etwas für Sie.“

Ja, es fand sich etwas für mich, aber modisch eine Katastrophe. Okay, niemand achtet auf den Kerl mit den alten zerschlissenen Klamotten, aber man soll sich doch wohlfühlen. Als ich mein Kapuzenshirt auszog, um mir ein altes kariertes Holzfällerhemd anzuziehen, tippte mir Horn auf die Schulter. „Sie haben da Blut im Nacken." Ich fasste mir hektisch ans Genick und fing an zu reiben. „Herr Martini, wollen Sie erst einmal duschen?"

Da stand ich nun, wie ein Häufchen Elend, meine neuen Kleider in den Händen, die Schultern zusammen gezogen und den Kopf beschämt gen Boden gerichtet. Und da, im Lagerraum einer Kirche, brach alles aus mir heraus. Ich sank auf die Knie und begann zu weinen wie ein kleines Kind. Wie sollte ich aus diesem Schlamassel je wieder herauskommen?

13. April 2013, 13:07, Polizeirevier Heidelberg

Andrea Lamprecht hatte die Nachrichten verfolgt. Die Berichterstattung war, wie immer in solchen Fällen, sensationsheischend. Ein Amoklauf in der Frankfurter Innenstadt. Für die Boulevard-Presse und das Fernsehen ein gefundenes Fressen. Zusätzlich ein Fahndungsaufruf der Polizei, die Suche nach Tom. Zum Glück wurde er nur wegen dem Mord an einer jungen Frau gesucht, noch wagte man sich nicht, ihn öffentlich mit dem Massaker im Horten in Verbindung zu bringen. Wie konnte Till nur glauben, Tom habe mit dem Amoklauf etwas zu tun? Unmöglich! Genauso die Leiche in seinem Bett. Tom war ihr Freund. Lamprechts Bauchgefühl, auf das sie sich fast immer verlassen konnte, sagte ihr, Tom war unschuldig. Auch beim Engelmacher-Fall hatten Stefan und Till an Toms Schuld geglaubt, sie nicht.

Sie loggte sich mit ihrer alten Frankfurter Dienstnummer in ihren Computer ein, um vollen Zugriff auf die Akten des K11 zu haben. Glücklicherweise hatte Köster diesen Zugang nicht deaktivieren lassen. Jetzt suchte sie nach ersten Berichten über die tote Frau. Joe Berger hatte eine vorläufige Zusammenfassung seiner Untersuchungsergebnisse an das K11 in Frankfurt geschickt. Sie las sie aufmerksam, dabei lehnte sie den Kopf mit den kurzen blonden Haaren auf eine Hand. Nach jeder Zeile wurde ihr schwerer ums Herz. Als sie am Ende angelangt war, starrte sie noch einige Minuten auf den Monitor. Ihr ungeschminktes Gesicht mit den grünen Katzenaugen spiegelte sich in der Mattscheibe. Verdammt, das konnte nicht wahr sein!

Der Todeszeitpunkt konnte auf etwa halb sechs Uhr morgens festgelegt werden. Ungefähr die Zeit, zu der Toms Nachbarin Schreie in der Wohnung gehört hatte. Die Frau war mit fünfundzwanzig Messerstichen getötet worden. Blindwütiger Hass, dachte Lamprecht, das Werk eines angeschossenen, aufbrausenden, unbeherrschten Tiers. Das passte nicht zu Tom.

Irgendwer versuchte die Ereignisse des heutigen Morgens Tom anzuhängen. Aber warum? Wenn sie diese Frage beantworten konnte, war sie dem wahren Täter einen großen Schritt näher.

Ein neuer Gedanke manifestierte sich in ihren Gehirnwindungen. Letztes Jahr vor Weihnachten, auf der Jagd nach dem Apokalypse-Killer, war sie vom BND kontaktiert worden. Von einem der Agenten hatte sie erfahren, dass es eine undichte Stelle im Frankfurter Polizeirevier gab. Diese war noch nicht gefunden worden. Till und Stefan kümmerten sich darum – inoffiziell – nur sie und Köster wussten darüber Bescheid. Konnte der Hase da im Pfeffer liegen? Hatte jemand den Auftrag, Tom zu diskreditieren?

Vielleicht konnte ihr Toms Freundin, die Psychologin Jasmina von Linde weiterhelfen. Sie hatten sich im Februar bei einem Abendessen in der Heidelberger Innenstadt kennengelernt. Jay war ihr sofort sympathisch gewesen. Und am Ende des Abends bei der Verabschiedung nahm Lamprecht die junge Frau in den Arm und drückte sie fest an sich. Das war überhaupt nicht ihre Art, aber Jays Ausstrahlung und Wärme hatte sie dazu verleitet. Mit ihr hatte Tom das große Los gezogen, da war sie sich sicher.

Sie nahm den Hörer von der Gabel und wählte Jays Nummer. Sie hob nach dem ersten Klingeln ab. „Von Linde", meldete sie sich mit brüchiger Stimme.

„Hallo Jay, hier ist Andrea. Alles okay?"

„Hi. Nein, nicht ganz. Ich versuche schon den ganzen Morgen, Tom zu erreichen. Aber er geht weder an sein Festnetz noch ans Handy." Lamprecht hörte ein schweres Schlucken.

„Ja… also, Tom ist…"

„Ist ihm was passiert?", fiel ihr die junge Frau ins Wort.

„Nein, nicht direkt."

„Wie? Nicht direkt. Red nicht in Rätseln!" Jasmina klang jetzt erregt.

„Er ist auf der Flucht."

„Wie bitte!?"

Die Kommissarin schilderte ihr, was sie in den Nachrichten und von Ressmann erfahren hatte. Nach ihrer Berichterstattung war es totenstill in der Leitung. „Jay? Bist du noch da?“

Ein Räuspern: „Ja, bin ich. Ist das wahr? Glaubst du daran?“

„Nein, natürlich nicht. Aber alles spricht gegen ihn. Die Aussage der Frau aus dem Horten wiegt schwer. Bei jedem anderen würde ich auf ‚Schuldig‘ plädieren…“ Sie ließ den Satz unvollendet. Jetzt, da sie die Geschichte noch mal erzählt hatte, kamen ihr erste Zweifel. War es möglich, dass… nein, schalt sie sich, das konnte nicht sein. „Geht's wieder?“

Jay nuschelte eine Zustimmung in den Hörer. Ihr fehlten die Worte. „Kannst du mir helfen? Wo könnte Tom sein? Oder hat er sich bei dir gemeldet?“

„Ich hab doch gesagt, dass ich ihn nicht erreiche. Warum die Frage?“

„Ich dachte, du wolltest es mir nicht sagen, weil ich Polizistin bin.“

„Nein, bestimmt nicht. Tom vertraut dir und ich auch.“ Sie schwieg kurz. „Wenn er nicht bei Stefan oder Till ist, vielleicht bei seiner Mutter? Ach nee, seine Freunde halten ihn ja für einen Mörder“, verbesserte sie sich. „Mir fällt sonst niemand ein.“

„Mal was anderes...“ Lamprecht kam ein Gedanke. „Könntest du dir einen Grund vorstellen, der Tom zum Morden bewegen könnte?“

„Ausgeschlossen! ... Außer er hätte plötzlich Wahnvorstellungen oder Paranoia. Wirkte er denn verwirrt oder desorientiert?“

„Das weiß ich nicht genau, aber Till meinte, er wäre aufgebracht gewesen.“

„Na ja, wach du mal neben einer Leiche auf, von der du nicht weißt, wo sie herkommt, da wäre ich auch aufgebracht.“ Sie schwieg eine Sekunde. „Wie kommt eigentlich eine fremde Frau in sein Bett?“ Die Psychologin klang jetzt noch verwirrter, aber auch verärgert.

„Das weiß ich nicht, aber die vordringliche Frage ist im Moment, wer hat sie getötet? Das Wie und Warum ergibt sich dann von selbst. Da bin ich mir sicher.“

„Hoffentlich.“

Die Kommissarin dachte einen Moment nach. „Ich versuche mehr herauszubekommen und heute Abend gehen wir Essen, reden und entwickeln einen Schlachtplan, wie wir Tom helfen können.“

„Ja, so machen wir es. Danke Andrea“, antwortete Jasmina mit belegter Stimme.

„Kein Problem“, gab Lamprecht zurück. Dann verabschiedeten sie sich. Sie stützte den Kopf in beide Hände und seufzte tief.

13. April 2013, 13:29

Nach einer Dusche sah die Welt schon wieder ganz anders aus. Ich trocknete mich ab, schlüpfte in die trockenen Klamotten und kämmte meine schwarze krause Mähne vor dem Spiegel. Meine blauen Augen waren leicht trübe, was für ein Wunder an solch einem Tag.

Auf einmal merkte ich, dass ich noch nichts gegessen hatte. Mein Magen meldete sich ziemlich lautstark zu Wort. Ich ging die Treppe aus dem ersten Stock hinunter. Aus der Küche hörte ich Tellergeklapper. Horn stand am Herd und rührte in einer Pfanne. Der Duft von Speck und Rühreiern stieg mir in die Nase. Mein Magen machte ein weiteres Mal auf sich aufmerksam.

„Setzen Sie sich Herr Martini!“ Horn wies auf die Bank in der Ecke der Küche. „In Ihrer Erzählung kam keine Mahlzeit vor. Also dachte ich mir, Sie könnten hungrig sein.“ Mein Bauch knurrte so laut, dass es durch den ganzen Raum zu hören war. „Das deute ich als ein Ja.“

Er stellte zwei Teller auf den Tisch und teilte die Eier auf. Dazu gab es frisches Brot, Butter, Käse, Wurst und Marmelade.

Eine halbe Stunde später war ich satt. Der Pfarrer konnte gut kochen. Nachdem mein Magen befriedigt war, meldete sich mein Geist. Er verlangte Lösungen für die Probleme, die ich nicht wegdiskutieren konnte.

„Vielen Dank, Herr Horn. Köstlich.“

„Gern geschehen.“ Er nickte, wobei er mich eingehend musterte. „Was liegt Ihnen auf dem Herzen?“

Ich grinste: „Sie sind ein Menschenkenner. Ich weiß nicht, wie ich in mein normales Leben zurückkehren soll. Seit heute Morgen ist alles aus dem Ruder gelaufen.“

„Und es scheint, das war noch nicht alles.“

„Wie kommen Sie darauf?“ Ich runzelte die Stirn.

Der Geistliche öffnete einen der Eckschränke. Zum Vorschein kam ein kleiner Fernseher, was mich ehrlich verblüffte. Als der kleine Flatscreen hell wurde, sah ich die ersten Bilder einer Kamera, die offensichtlich über die Zeil schwenkte. Der Eingang des Hortens war zu sehen, Einsatzkräfte der Polizei, Krankenwagen, Absperrungen, verwirrte Menschen und natürlich Schaulustige, die wie Aasgeier um die Absperrgitter kreisten. Begleitet wurden die Bilder von der sachlich klingenden Stimme eines Nachrichtensprechers.

„…so kurz nach der Tragödie sind die Menschen noch völlig verängstigt. Unser Reporter sprach mit mehreren Passanten, niemand kann fassen, was sich hier vor etwas mehr als zwei Stunden zugetragen hat. Ein Mann, der auf Anfang bis Mitte vierzig geschätzt wird, schwarze Haare, blaue Augen, etwa eins neunzig groß, deutscher Herkunft, lief durch das Kaufhaus Horten und erschoss wahllos Kunden. Bevor die Polizei ihn festnehmen konnte, flüchtete er zusammen mit den Menschen, die in Panik das Gebäude verließen. Aus einer anonymen Quelle erfuhren wir, dass der Täter zu einer Frau gesagt haben soll, Zitat: ‚Ich habe die Frau nicht getötet'. Diese Aussage wirft eine Menge Fragen auf, vor allem wie es um den Geisteszustand des Mannes bestellt ist. Als nächstes müssen wir uns…"

Horn stellte den Ton ab. „Sehen Sie, worauf das hinausläuft?", fragte der Geistliche.

Ich brauchte eine Sekunde, aber dann dämmerte es mir. Ich nickte langsam: „Jemand versucht, meine Existenz und Glaubwürdigkeit zu zerstören." Ich spürte wie mir das Blut aus dem Gesicht wich. „Aber warum?"

„Sie haben mir erzählt, dass Sie nicht wissen, wie Sie an den Goetheturm gekommen sind…" Horn rieb sich über die Stirn.

„Wie meinen Sie das? Dass ich das gewesen sein soll?" Ich zeigte auf den Fernseher. „Aber ich kann mich nicht erinnern!" Ich war wie vor den Kopf gestoßen.

„Herr Martini…"

„Nein, das glaub ich nicht", fiel ich dem Pfarrer ins Wort. „Ich bin doch nicht geistesgestört! Da versucht jemand, mein Leben zu zerstören."

„Herr Martini", setzte Horn wieder an. „Ich glaube Ihnen", beruhigte er mich. „Haben Sie eine Vermutung, wer das alles eingefädelt haben könnte?"

Ich richtete mich kerzengerade auf, bevor ich antwortete: „Das kann nur einer gewesen sein, Josef Larusso."

13. April 2013, 13:41, Heidelberg

Jasmina von Linde lief die Hauptstraße in Richtung Bismarckplatz. Der Anruf von Andrea Lamprecht hatte sie beunruhigt und verängstigt. Sie sorgte sich um Martini. Was war geschehen? Sie war überzeugt davon, dass Martini weder die Frau in seiner Wohnung getötet hatte noch

Amok gelaufen war. Sie versuchte zum zehnten Mal, ihn auf dem Handy zu erreichen. Ohne Erfolg. Warum meldete er sich nicht bei ihr? Er musste doch wissen, dass sie ihm helfen würde, egal wie verfahren die Situation war. Nun hatte sie sich entschlossen, einen Menschen aufzusuchen, von dem sie gehofft hatte, ihn nie wiedersehen zu müssen.

Sie bog nach links in die Märzgasse ab. Kurz darauf erreicht sie die Einmündung Landfriedstraße, der sie folgte. Am ersten Haus rechter Hand hielt Jasmina an. Ihr Finger schwebte ein paar Sekunden über der Klingel mit dem Namen J. Anderson. Welche Wahl bleibt mir?, dachte sie. Keine! Sie klingelte.

Nach einer gefühlten Ewigkeit, während derer Jasmina überlegte wegzulaufen, knackte die Gegensprechanlage: „Wer stört?"

„Ich bin es, Jay."

Es folgte eine Pause. „Du? Wie kommt's?"

„Ich brauche deine Hilfe. Dringend!"

„Na dann." Die Stimme aus dem Lautsprecher veränderte sich, wurde anzüglich. „Komm rauf!"

Der Türöffner summte. Sie stieß die Tür auf und stieg in das oberste Stockwerk hinauf. Als sie es erreichte, stand er schon in der Tür, Julian Anderson, ihr Ex-Freund, ein überhebliches Grinsen auf den Lippen. „Ich wusste, dass du nicht ohne mich leben kannst."

„Bild dir nix ein! Ich brauch deine Fähigkeiten am Computer, mehr nicht."

„Das klang vor einem Jahr ganz anders." Er versuchte, sie zu umarmen und zu küssen.

Jasmina schob ihn von sich und trat in den Flur der Wohnung. „Oh Mann, lass das! Du bist mir was schuldig!"

„Warum? Weil ich dich einmal betrogen habe?"

„Einmal?!", rief sie aus.

„Okay." Er hob beschwichtigend die Hände. „Zweimal!"

„Die Nummer mit den Zwillingen zählt doppelt! Du Arsch."

„Auch das", lenkte er ein. „Also, was willst du?"

„Du musst jemanden für mich finden."

„Ich soll für dich hacken? Einen PC, ein Netzwerk oder ein Mobiltelefon?"

„Du musst den Standort eines Handys ausfindig machen", sie reichte Julian einen Zettel mit Martinis Telefonnummer.

„Denkst du, er betrügt dich?" Julians Überheblichkeit wechselte zu Arroganz.

Jasmina verdrehte die Augen. „Nein. Er ist nicht so ein Arsch wie du. Ich muss ihn finden." Sie versuchte den letzten Satz beiläufig klingen zu lassen, was ihr misslang.

„NUR finden?", wiederholte ihr Ex. „Was ist mit dem Kerl?"

„Woher wusstest du, dass es um einen Kerl geht?", versuchte Jasmina abzulenken.

„Ich glaube nicht, dass du neuerdings auf Frauen stehst."

„Dreht sich bei dir alles nur um Sex?"

„Damals hat es dir gefallen."

„Aber die Welt dreht sich nicht nur um das Eine."

Julian schüttelte den Kopf. „Es dreht sich immer um Sex, Macht und Geld. Was anderes kennt unsere Gesellschaft nicht. Davor kannst auch du nicht die Augen verschließen. Also", er trat näher an sie heran, „wie wäre es mit einem Quicky? Ich kann mich gut an..."

Jasmina schnitt ihm das Wort ab. „Oh Gott, du bist und bleibst ein Idiot. Warum habe ich gedacht, du hättest dich geändert und würdest mir helfen? Leck mich doch."

Sie wollte ihn zur Seite schieben, um die Wohnung zu verlassen, doch Julian hielt sie am Arm fest. „Okay. Ich such den Kerl. Scheint keinen guten Einfluss auf dich zu haben." Er schob die junge Frau vor sich her in sein Wohnzimmer. Ein großer Raum mit weißen Wänden, großem Sofa, fünfundsiebzig Zoll-Flatscreen und einer großen Computer-Ecke. Drei PCs und vier 24-Zoll-Monitore teilten sich die Hälfte des Zimmers. Julian schubste die Maus an, woraufhin die Flachbildschirme zum Leben erwachten.

Jasmina blickte sich bewundernd um. „Bezahlen deine Eltern immer noch die Miete und deine Spielereien?" Sie deutete auf das Computer-Equipment.

„Tun sie! Klingt aber wie ein Vorurteil ..."

„So lernst du nie auf eigenen Beinen zu stehen."

„Ich komm klar."

„Übrigens, das war einer der Gründe, warum ich mit dir Schluss gemacht habe, auch ohne den Betrug." Jasmina verschränkte die Arme vor der Brust.

Julian stellte sich vor sie. Mit einem Meter fünfundsiebzig überragte er die junge Psychologin um fünfzehn Zentimeter. Er lächelte selbstsicher auf sie herab. In diesen Momenten erinnerte er sie an den jungen Brad Pitt. Ein Grund, warum sie sich vor vier Jahren in ihn verliebt hatte. Leider hatte er seinen Charme nicht nur bei ihr versprüht. Das war ihr aber erst viel zu spät bewusst geworden, an dem Tag, als sie ihn in seiner Wohnung mit Zwillingen in flagranti ertappt hatte. „Ich glaube, du willst im Moment etwas von mir. Wäre es da nicht taktisch klüger, nett zu mir zu sein?“

„Für das, was du mir angetan hast, bist du mir was schuldig. Ich habe dich damals gedeckt, als die Polizei dich beim Hacken erwischt hat. Und du hast es mir gedankt, indem du mit anderen Frauen ins Bett gegangen bist.“

Die Erwähnung der alten Geschichte ließ das Grinsen aus Julians Gesicht verschwinden. „Na gut.“ Er wandte sich den Rechnern zu, startete ein Tracking-Programm und gab die Handynummer ein. Es dauerte ein paar Minuten. Eine Deutschlandkarte baute sich auf dem Bildschirm auf. Sie zoomte langsam näher, die Mitte Deutschlands… Hessen… Frankfurt. „Er ist im Hainerweg.“

Jasmina zog ihr Handy heraus und wählte Martinis Nummer. Der Anruf ging sofort auf die Mailbox. „Warum nimmt er nicht ab?“

„Er könnte telefonieren, die Rufumleitung permanent ein- oder das Handy ausgeschaltet haben. Dieses Programm spürt auch ausgeschaltete Telefone auf, solange der Akku Spannung liefert und die SIM-Karte eingesteckt ist.“

„Kannst du rausfinden, wo sich das Telefon zwischen zehn und elf Uhr befunden hat?“

„Klar.“ Julian änderte einige Parameter und startete die Suche von neuem.

Diesmal dauerte es etwas länger. Jasmina wurde nervös. Welche Daten würde der Tracker ausspucken? Die letzten vier Monate mit Martini waren der Himmel auf Erden gewesen. Ihre Liebe war aufrichtig, leidenschaftlich und voller Wärme. Würde sie wieder enttäuscht werden, wie von Julian, nur diesmal auf eine brutalere Weise?

Ein Piepen erklang. Dann sahen sie die Innenstadtkarte von Frankfurt auf dem Monitor. Eine rote Linie zog sich mit einigen Verschlingungen über die Zeil, bis zu deren Ende, dann verschwand sie. „Was bedeutet das?“, fragte die junge Frau.

Julian fuhr mit dem Zeigefinger über den Monitor. „Dein Freund hat in der fraglichen Zeit einen Bummel über die Einkaufsmeile von Frankfurt gemacht.“

Jasmina ließ sich auf die Couch sinken. „Das muss ein Irrtum sein!“

13. April 2013, 13:51

Wer sonst? Wer sonst wäre in der Lage, mich in diese ausweglose Situation zu manövrieren? Nur einer: Josef Larusso. Er besaß genug destruktive sadistische Energie und die Hilfe für solch ein Unterfangen. Aber wie hatte er das hinbekommen?

„Ich habe gehört, dass Ihnen Larusso entkommen ist, letztes Jahr kurz vor Weihnachten. Gibt es irgendwelche Spuren, die zu ihm führen könnten?", holte mich der Pfarrer zurück in die Gegenwart.

Ich rieb meine Nase. „Leider nicht. Hinzu kommt das angebliche Leck bei der Polizei. Entweder war das nur eine Finte, um uns zu verunsichern, oder der Maulwurf kann sich exzellent verstellen. Weder Ressmann und Carstens noch ich konnten irgendwelche Spuren finden, die auf einen Verräter hindeuten würden." Ich hielt kurz inne. „Wenn ich Larusso finde, kann ich meine Unschuld beweisen. Eine andere Möglichkeit gibt es nicht. Andernfalls müsste ich mich schwer täuschen. Er und seine Helfer müssen die heutigen Aktionen organisiert haben… ganz sicher!"

„Gibt es Menschen, die Ihnen diese Geschichte glauben?" Nach endlos wirkenden Sekunden fügte er hinzu: „Außer mir!" Er lächelte aufmunternd.

Ich überlegte einen Augenblick. „Ich hätte erwartet, dass meine Freunde mir glauben. Aber dem scheint nicht so zu sein. Dann wäre da Frau von Linde, meine Mutter und vielleicht Dorian Singer und Andrea Lamprecht. Bei General Bülow und Schmidt bin ich mir nicht sicher. Warum fragen Sie?"

„Wie Sie schon sagten, Ihre Freunde und Verwandten werden bestimmt von der Polizei überwacht. Das heißt, die ersten drei Personen scheiden aus. Dazu kommt, dass Singer beim Landeskriminalamt arbeitet. Er wird sehr wahrscheinlich nicht anders als ihre Freunde reagieren. Bülow kann ich nicht beurteilen, aber ich könnte mit Schmidt reden, wenn Sie das wollen."

Ich war skeptisch. Der Agent vom Bundesnachrichtendienst war mir im letzten Dezember begegnet und wir waren uns nicht wirklich grün. Im Gegenteil, er hatte mir gedroht. Etwas später hatte er mir seine Hilfe angeboten, sollte ich diese je benötigen, aber ich traute ihm nicht. Wir, Jay und ich, waren uns fast sicher, dass Schmidt eigene Ziele verfolgte, die für uns im Dunkeln lagen. Wir nahmen ihm die Wandlung vom Saulus zum Paulus nicht ab.

„Warten wir ab. Ich weiß, Schmidt ist für Sie ein Vertrauter, Fürsprecher und Beschützer, aber für mich…“, ich grübelte vor mich hin. „Lieber nicht.“

Der Geistliche nickte. „Wie Sie wünschen. Ich werde ihn erst kontaktieren, wenn Sie es ausdrücklich von mir verlangen. Was jetzt?“

Ich zuckte die Schultern, ja was jetzt? Ich war allein auf mich gestellt, lediglich ein früher für den BND tätiger Pfarrer hielt zu mir… besser als nichts. Aber wie kam ich an Larusso ran? Wir versuchten seit Monaten, eine Spur von ihm und seinen Jüngern zu finden. Bisher ohne Erfolg. Aber zunächst musste ich Jay anrufen und ihr mitteilen, dass alles in Ordnung war – mehr oder minder. Es war sehr riskant mein Telefon zu benutzen, aber es ging nicht anders. Danach musste ich mein Handy auf jeden Fall wieder ausschalten, um nicht aufgespürt zu werden.

Ich steckte den SIM zurück in mein Smartphone und schaltete es ein. Kurz darauf hörte ich nur noch pling, pling, pling. Entgangene Anrufe und Nachrichten. Mehr als zehn Mal hatte Jay versucht mich zu erreichen. Fünf Anrufe von Stefan und Till, Mutter, Dorian und zwei unbekannten Teilnehmern.

Als erstes hörte ich meine Mailbox ab. Jay hatte fünf Nachrichten hinterlassen. Anfangs entspannt, *hey Schatz, wo bist du?* Dann etwas beunruhigter, *alles Ok bei dir?* Gefolgt von Nervosität, *Schatz, stimmt das was Andrea mir erzählt hat?* Zum Schluss, *meld dich dringend bei mir!*

Stefans Nachrichten klangen ähnlich. Nur meine Mutter wollte, dass ich ihr drei Kästen Wasser kaufe und in den Keller stelle. Dorian hatte keine Nachricht hinterlassen, einfach aufgelegt.

Der erste unbekannte Anrufer hatte auch keine Nachricht hinterlassen, aber der Zweite. Allerdings keine Sprachnachricht, sondern eine SMS. Ich öffnete sie und war überrascht: *Lesen Sie Ihre Mails und schalten Sie Ihr Mobile aus.*

Ich hielt Horn den Text hin. „Sie sollten dem Rat folgen. Mir hat es von Anfang an nicht gefallen, dass Sie Ihr Telefon eingeschaltet haben.“

„In Ordnung. Haben Sie einen PC?“, frage ich während ich das Handy ausschaltete und die SIM Karte herauszog.

Der Pfarrer legte den Kopf schief. „Glauben Sie, die katholische Kirche hält die moderne Technik für Teufelswerk? Auch ich bediene mich der Möglichkeiten des Internets.“

Ich hob die Hände. „Sorry, so war das nicht gemeint. Ich dachte nur…“

„Sie denken zu viel. Kommen Sie mit!“

Wir gingen in Horns Arbeitszimmer. Dort stand links auf dem alten Massivholz-Schreibtisch mit der betagten, verkratzten Oberfläche ein Laptop. Der Pfarrer fuhr ihn hoch und tippte das Passwort ein, um sich anzumelden. „Haben Sie einen Web-Zugang zu Ihrem Mail-Postfach?" Mit diesen Worten stand er auf und überließ mir den Platz hinter der Tastatur.

Ich rief die Webseite auf, von der aus ich meine Mails verwalten konnte. Dann öffnete ich den Posteingang. Zehn ungelesene Nachrichten warteten auf mich. Ich fuhr mit dem Mauszeiger die Betreff-Zeilen entlang. Vier Mal Werbung. Drei Klientenanfragen. Zweimal Jay und einmal einfach F1.

„Was ist das denn?", fragte Horn, der mir über die Schulter geschaut hatte.

„F1?", fragte ich zurück. Er nickte. „Bei jedem Windows-PC und -Programm, kann man mit der F1-Taste die Hilfe aufrufen."

Horn rieb seine Stirn, wie so oft, wenn er nachdachte. „Soll das heißen, da bietet Ihnen jemand Hilfe an?"

„Schauen wir mal", ich klickte zweimal auf die Betreff-Zeile der Mail, um sie zu öffnen.

Hallo Herr Martini,
Sie sind in Gefahr. Larusso versucht mit allen Mitteln Sie zu vernichten. Ihr Leben, Ihr Ansehen, Ihre Verbindungen, Ihre Liebe. Ich kann Ihnen helfen, aber nur wenn Sie mir vertrauen. Tja, wie sollten Sie das, Sie kennen mich nicht. Richtig!

Hier ein Hinweis, der vielleicht hilft, Ihr Vertrauen zu gewinnen. 2010 hat Karl Mertens Sie angerufen und Ihnen mitgeteilt, dass er wüsste, wer der Engelmacher sei. Im Verlauf des Gesprächs hat er wörtlich zu Ihnen gesagt, Sie sollten ein paar Klamotten einpacken und verschwinden, weil sie sich sonst in Handschellen auf dem Rücksitz eines Polizeiwagens wiederfinden würden. Ich weiß das so genau, weil er, bevor er Sie anrief, mit mir gesprochen hat. In dieser Nacht wurde er zu Tode gefoltert.

Das ist nicht viel, aber es gibt in Ihrem Leben nur wenige Personen, die den Wortlaut dieses Gesprächs kennen. Außerdem habe ich Ihnen letzten Dezember die SMS geschickt, die Sie auf die Spur des Apokalypse-Killers gebracht hat.

Wenn Sie meine Hilfe wollen, dann antworten Sie einfach auf diese Mail. Teilen Sie mir ihre neue Mobilenummer mit. Ich hoffe, Sie sind so klug, Ihr altes Telefon nicht mehr zu benutzen. Die Polizei hat es bestimmt schon angepeilt oder ist gerade dabei. Verschwinden Sie von dort, egal wo Sie jetzt sind.

Sollten Sie meine Hilfe ablehnen, viel Glück und schönen Knastaufenthalt.

Als ich die Nachricht zu Ende gelesen hatte, hielt ich kurz inne. Was sollte ich davon halten? Der Verfasser der Nachricht, wusste von der SMS, die ich während der Ermittlung gegen den Apokalypse-Killer erhalten hatte. Und er kannte den genauen Wortlaut von meinem Gespräch mit Mertens, kurz bevor ich ihn tot am Goetheturm gefunden hatte.

„Was denken Sie?", unterbrach Horn mein Grübeln.

„Ich weiß es nicht. Leider habe ich kaum Alternativen. Diese Person, wer auch immer sie ist, scheint den ganzen Fall zu kennen und kennt meine derzeitige Situation. Was habe ich zu verlieren?" Ich überlegte kurz. „Wo bekomme ich ein neues Handy her, ohne von der Polizei festgenommen zu werden?"

Wortlos verschwand der Pfarrer. Als er fünf Minuten später wiederkam, legte er mir zwei altmodische Klapphandys auf den Tisch. „Die hat mir Schmidt überlassen. Für den Fall, dass er mich irgendwann mal irgendwo hinschicken muss. Ich glaube, er hat sie mittlerweile vergessen. Soll heißen: Sie sind sauber, nie benutzt. Schicken Sie dem Unbekannten die Nummer von einem der beiden."

„Vielen Dank, wie…"

„Bedanken Sie sich nicht." Er zwinkerte mir zu. „Ich helfe gerne."

Ich schaltete eines der Telefone ein, las die Nummer aus und sendete sie an den Unbekannten. „Bin gespannt, was da kommt."

„Wollten Sie nicht Frau von Linde anrufen?"

„Lieber nicht. Wenn die Polizei ihr Handy überwacht, haben sie gleich die Nummer von einem meiner neuen Telefone, das will ich erst einmal vermeiden."

Horn nickte, dann sagte er: „Verständlich. Aber wo bringen wir Sie unter? Der Unbekannte hat geschrieben, Sie sollen verschwinden von da, wo Sie jetzt sind. Ich halte das für eine gute Idee, vor allem nachdem Sie Ihr altes Telefon angeschaltet hatten."

„Ich werde mir ein billiges Hotel außerhalb von Frankfurt suchen."

„Wie wollen Sie das bezahlen?"

Ich grinste wölfisch, griff in die Tasche meiner Jeans und zückte den kleinen Schlüssel, den ich aus meiner Küchenschublade geholt und eingesteckt hatte. „Ich habe im letzten Dezember von einer Klientin einen Bonus erhalten. Einen Teil davon habe ich in einem Schließfach am Hauptbahnhof deponiert, zusammen mit einer Tasche. Irgendwie hatte ich das Gefühl, als bräuchte ich es bald. Nach dem letzten Jahr habe ich einen Notfallplan entwickelt, aber ich hätte nie mit solchen Ausmaßen gerechnet."

„Glauben Sie, dass Sie nach allem, was heute passiert ist, einfach so in den Hauptbahnhof spazieren können und wieder hinaus?“ Der Geistliche blickte mich skeptisch an.

Ich sah Horn direkt in die Augen: „Ich bestimmt nicht, aber Sie…“

13. April 2013, 14:23, Heidelberg

„Das kann nicht sein“, wiederholte Jasmina von Linde zum zehnten Mal. „Er ist kein Mörder und auch kein Amokläufer.“

„Aber laut dem Tracker war er zum fraglichen Zeitpunkt auf der Zeil. Das kannst du nicht leugnen“, insistierte Julian.

„Du bist nur eifersüchtig, mehr nicht. Und du bist sauer, weil ich nicht mehr so blöd bin und mit dir in die Kiste steige.“

„Jetzt wirst du unsachlich. Ja, ich würd gern mit dir poppen, war immer geil“, er grinste dreckig. „Aber dein Freund war auf der Zeil und wurde von einer Zeugin ziemlich genau beschrieben. Zumindest sagt das deine Bullen-Freundin. Das hat nix mit Eifersucht zu tun. Ich mach mir Sorgen um dich.“

„Pah!“, rief Jasmina aus. „Das hättest du mal machen sollen, als wir zusammen waren und du alles gevögelt hast, was nicht bei drei auf den Bäumen war… du Arsch!“

„Ja, ich habe deinen Hass verdient, aber das hier ist was ganz anderes. Denk mal drüber nach.“ Seine Stimme wurde leiser und sanfter.

Jasmina sah ihrem Ex in die Augen. Er schien es wirklich ernst zu meinen. Egal, sie musste Martini finden. Ihr Freund war in Schwierigkeiten, in großen Schwierigkeiten. „Ich fahre nach Frankfurt.“ Ihr Entschluss stand fest.

„Was willst du da? Dich auch killen lassen?“, wandte ihr Ex ein.

„Geht dich überhaupt nix an!“

Julian baute sich vor Jasmina auf: „Du bist zu mir gekommen und wolltest Hilfe. Jetzt bin ich auch ein Stück weit verantwortlich.“

„Was bist du?“

„Ich bin verantwortlich für dich und…“

„Bist du nicht. Basta!“, fiel sie ihm ins Wort. „Du hast mir einen Gefallen getan. Mehr nicht. Was nicht heißt, dass deine Schuld damit getilgt ist.“

„Genau!“, erwiderte Julian energisch. „Deshalb begleite ich dich, um die Rechnung bei dir vollends zu begleichen.“

„Und wenn ich dich nicht lasse?“

„Ich finde dich, egal wo du hingehst. Ich kenne deine Telefonnummer, mehr brauch ich nicht.“ Er stemmte die Hände in die Hüften. „Hast du doch gerade gesehen.“

Jasmina überlegte. Vielleicht konnte Julian ihr wirklich helfen. Ein Hacker, der alles und jeden finden konnte… ein wertvoller Joker. „Na gut. Aber eins von vornherein...“ Jasmina stand auf und verschränkte die Arme vor der Brust. „... Du kannst mitkommen und mir helfen, aber mehr nicht. Alles andere zwischen uns ist und bleibt wie es war. Ende der Diskussion!“

Julian grinste. „Ist klar.“ Das werden wir noch sehen, setzte er in Gedanken hinzu.

13. April 2013, 15:29

Wir fuhren zum Hauptbahnhof. Der Pfarrer hatte mir seine alte Sonnenbrille überlassen. Nachdem ich sie aufgesetzt hatte, ähnelte mein Spiegelbild der Stubenfliege Puck aus der Serie Biene Maja. Dazu trug ich eine alte Schirmmütze aus der Altkleidersammlung. So getarnt bogen wir in Horns altem Golf in die Mannheimer Straße ein. Die Schließfächer lagen dem Nordeingang am nächsten, aber an der Südseite gab es mehr Fluchtmöglichkeiten.

Wie durch Zufall fanden wir in der Karlsruher Straße einen Parkplatz, keine hundert Meter vom Bahnhof entfernt. „Wo wollen Sie warten?“, fragte Horn, nachdem er die Handbremse angezogen hatte.

„Ich werde aussteigen und die Straße auf und ab laufen. Sollten Sie, beim Verlassen des Bahnhofs verfolgt werden, kann ich mich aus dem Staub machen. Im Auto könnte ich in der Falle sitzen. Im Bahnhofsviertel gibt es Hunderte von Ecken und Hofeinfahrten, in denen ich untertauchen kann.“ Ich überlegte kurz: „Sollte ich verschwinden müssen, fahren Sie einfach zurück in die Kirche. Ich komme später zu Ihnen.“

Der Geistliche griff in seine Tasche und zog drei fünfzig Euro Scheine heraus. Er drückte sie mir mit den Worten „Nur für den Fall“ in die Hand. Dann stiegen wir aus.

Horn verschloss den Wagen und gab mir die Autoschlüssel. „So können Sie schneller flüchten. Sie fahren zurück zur Kirche und ich komme nach. An dem Bund sind auch die Kirchenschlüssel", ich wollte ablehnen, aber Horn bestand darauf. „Nehmen Sie! Glauben Sie mir, das ist besser als eine Flucht zu Fuß nach Sachsenhausen." Er drehte sich um und lief schnurgerade davon.

Ich bewegte mich Richtung Baseler Platz. Im Schatten eines Hauseingangs blieb ich stehen. Von hier konnte ich die Türen des 1883 erbauten Centralbahnhofs Frankfurt gut beobachten. Das achtundzwanzig Meter hohe stählerne Tonnengewölbe wurde nach nur fünf Jahren Bauzeit am 18. August 1888 eröffnet. Im Verlauf des zwanzigsten Jahrhunderts wurde das Gebäude mehrfach erweitert, bis 1944 die Alliierten einen Angriff auf den Hauptbahnhof flogen. Zum Glück fanden nur wenige der tausend Tonnen Mehrzweckbomben ihr Ziel. Von 2002 bis 2006 wurden die unter Denkmalschutz stehenden Dächer der fünf Bahnsteighallen erneuert. Das Projekt verschlang einhundertsiebzehn Millionen Euro.

Ich wollte nur meine fünftausend Euro, die ich in dem Schließfach deponiert hatte. Vor zehn Minuten war Horn in dem historischen Bau verschwunden. Gefühlt: eine halbe Stunde. Wurde er aufgehalten? Hatten meine Freunde und die Polizei den Pfarrer auf dem Radar? Der Name Horn war kein Thema mehr gewesen, weder zwischen Stefan, Till und mir noch bei Jay. Sollte eine Streife den Geistlichen hopsnehmen, war das der größte Zufall der Welt.

Die Minuten verrannen im Zeitlupentempo. Die Türen öffneten und schlossen sich im Sekundentakt. Zehntausende von Reisenden frequentierten den Bahnhof Tag für Tag. Da sollte ein Pfarrer in Soutane nicht auffallen. Als das zerkratzte Glas sich ein weiteres Mal öffnete, traten zwei uniformierte Polizisten auf die sonnenüberflutete Treppe. Sie blickten sich suchend um. Verdammt! War ich aufgeflogen? Dann setzten sie sich in Bewegung, genau in meine Richtung. Allerdings auf der anderen Straßenseite. Zwischen uns die stark befahrene Mannheimer Straße und die Gleise der Straßenbahn. Ich ließ die beiden nicht aus den Augen. Sie liefen gemächlich zum Bahnhofsvorplatz. Anscheinend eine normale Streife. Puh, Glück gehabt.

Plötzlich wendete einer der beiden seinen Kopf und sah zu mir hinüber. Er blickte mir direkt in die Augen, verengte sie zu Schlitzen. Ich senkte den Kopf und setzte mich langsam in Bewegung, fort von den zwei Bullen. Rennen wäre auffällig gewesen. In den Augenwinkeln sah ich, dass jetzt beide herüber sahen. Sie blickten nach rechts und links, dann liefen sie über die Straße. Hatten sie mich erkannt? Ich lief weiter. Experimente konnte ich mir nicht leisten. Auf der Verkehrsinsel bei den Straßenbahnen blieben sie stehen und kontrollierten einen abgemagerten Mann, der etwas verwahrlost wirkte. Ich stellte mich wieder in einen der Hauseingänge. Das war knapp gewesen.

Durch das kleine Intermezzo mit den Ordnungshütern hatte ich den Bahnhofseingang aus den Augen verloren. Wo war Horn? Schon auf dem Rückweg? Da stand er! Am Zebrastreifen und wartete, dass ein Auto anhielt und ihn passieren ließ. Er ging geradewegs zu dem Golf. Ich beäugte alle Personen die hinter ihm liefen, um festzustellen ob er verfolgt wurde. Alles klar. Niemand Verdächtiges. Ich verließ meinen Unterstand und lief in die Karlsruher Straße. Horn stand am Wagen und wartete auf mich. Am Wagen angekommen warf ich ihm die Autoschlüssel über das Dach hinweg zu. Der Geistliche fing sie geschickt auf, öffnete die Tür und stieg ein. Doch in der Bewegung fror er ein und blickte angestrengt zurück zum Bahnhof. „Steigen Sie ein! Schnell!“

Ich blickte mich nicht lange um, sondern ließ mich auf den Beifahrersitz fallen. Dann folgte ich Horns Augen. Drei Personen rannten auf unser Auto zu. Während ich darüber nachgrübelte, ob es eine Zivilstreife war oder nicht, startete Horn den Wagen und trat aufs Gas.

Der betagte Golf machte einen Satz nach vorn, die Räder radierten über den Asphalt und hinterließen eine Gummispur. Horn fuhr nach links in die Mannheimer Straße, zum Hafentunnel. Aber er fuhr nicht die Straße hinunter. Er nahm den Weg am Bahnhof entlang, über den Hafentunnel hinweg, bog in die Heidelberger Straße und folgte dieser bis zur Gutleutstraße.

Ich hielt nach unseren Verfolgern Ausschau. Kein Auto folgte uns.

Wir bogen auf die Gutleutstraße. Vor der Kreuzung Hafenstraße erblickten wir drei Polizeiwagen mit Blaulicht auf der Gegenfahrbahn, unterwegs in unsere Richtung. Aber sie nahmen den Weg zum Hafentunnel. Horn bog ganz gemächlich ohne Hast rechts in die Hafenstraße, weg vom Tunnel. Dann folgte er linkerhand der Speicherstraße, um dann auf den Untermainkai zu fahren.

Von der Polizei war nichts mehr zu sehen.

„Das war knapp“, resümierte der Pfarrer.

Bevor er den Heimweg einschlagen konnte, gab ich zu bedenken. „Wenn Ihre Verfolger Sie erkannt haben, wissen sie wo wir hinfahren werden. Die Kirche ist nicht mehr sicher für mich. Und Sie werden sich einige unangenehme Fragen gefallen lassen müssen… Tut mir leid!“

Horn lächelte verschmitzt. „Ich glaube, Sie kennen mich und meine Fähigkeit, Fragen *nicht* zu beantworten, zu Genüge. Mit anderen Worten, machen Sie sich keine Sorgen um mich. Wir sollten uns über Ihren Verbleib Gedanken machen."

Ich nickte langsam. Horn konnte gut auf sich selbst aufpassen, das hatte er bereits bewiesen. Und wenn es gar nicht anders ging, wandte er sich an Schmidt vom BND. Der Agent half dem Pfarrer, wenn es nötig war.

Mein Handy piepte. Eine SMS. Ich öffnete sie und war verwirrt. „Nur Zahlen! 52.38165, 4.63615, 1404 und 1400. Was soll das?"

Horn überlegte nur eine Sekunde: „Ich glaube, ich weiß, was es bedeutet. Wir brauchen einen Computer."

13. April 2013, 16:11, Polizeipräsidium Adickesallee

Carstens und Ressmann saßen ihrem Vorgesetzten Alfred Köster gegenüber. Kösters Büro war spartanisch eingerichtet. Neben dem Schreibtisch und vier Besucherstühlen befand sich an der Wand eine Karte von Frankfurt. Auf ihr stecken zwei gelbe Fähnchen, die Tatorte des heutigen Tages. An der Tür hing ein Plakat aus der Serie ‚Die Kriminalpolizei rät'. Der einzige außerplanmäße Gegenstand war ein bedauernswerter Ficus benjamini. Sein Zustand zeugte davon, dass der Alte keinen grünen Daumen hatte. Seit der Versetzung von Andrea Lamprecht nach Heidelberg war das Aussehen des Baumes Mitleid erregend.

Neben den beiden Kommissaren waren noch Marco Bergmann und Felix Arndt anwesend. Der Alte hatte eine Krisensitzung einberufen. Sie hatten im Moment zwei getrennte Mordfälle. Die tote Frau in Martinis Bett und den Amoklauf im Horten. Offiziell betrachtete die Polizei beide Taten separat. Inoffiziell gab es einen Verdächtigen, der für beides in Frage kam: Thomas Martini.

Köster griff in eine Schublade seines Schreibtischs und zog seine Pfeife heraus. Er stopfte sie mit einem wohlriechenden Tabak, der eine leichte Whisky-Note hatte. Das Rauchen in öffentlichen Gebäuden war seit Jahren verboten, aber Kösters Vorgesetzter, Kriminalrat Rohoff, tolerierte die Angewohnheit seines besten Gruppenleiters. Kösters Einheit hatte die höchste Aufklärungsquote in ganz Frankfurt vorzuweisen und das seit Jahren. Deshalb war das Büro des Alten ein inoffizieller Raucherraum.

„Wo stehen wir, meine Herren?“, fragte Köster in die Runde. Seine grauen Augen blickten stechenden über den Rand der schwarzen Hornbrille. „Und ich frage nicht nach Herrn Carstens *Heldentat*.“ Das letzte Wort betonte er über Gebühr. Köster hatte vor der Besprechung ein Vier-Augen-Gespräch mit Carstens geführt. Der Kommissar bewegte sich auf seinem Stuhl hin und her, als würde dieser glühen. Ressmann spürte, dass ihm die Situation unangenehm war und er empfand Bedauern für seinen Kollegen. Carstens zog ungeschickt sein Zigarettenpäckchen aus der Jacke, bot Bergmann eine an und steckte sich dann selbst eine Marlboro in den rechten Mundwinkel. Doch wieder einmal vergaß er sie anzuzünden.

Nachdem Marco Bergmann seine Zigarette entzündet hatte, übernahm er das Wort, wobei er den Rauch durch die Nase blies. Bergmann fasste zuerst die Ereignisse in Martinis Wohnung zusammen, von der unidentifizierten Frauenleiche, die mit fünfundzwanzig Messerstichen ermordet worden war, bis hin zu Martinis Flucht. Da es keine Nachfragen der Kollegen gab, wechselte er zu dem Amoklauf in der Stadt. „Felix und ich haben die Zeugenaussagen ausgewertet, soweit das in der Kürze der Zeit möglich war. Alle haben übereinstimmend ausgesagt, dass der Mann, ohne ein Wort zu verlieren, angefangen hat zu schießen. Er ist ausgesprochen brutal vorgegangen. Die acht Opfer, die sofort tot waren, hat er mit einem Kopfschuss, man kann sagen, hingerichtet. Bei sechs Männern handelte es sich um aufgesetzte Schüsse, währenddessen muss er ihnen quasi in die Augen gesehen haben, fast so, als wolle er sich an ihrer Angst ergötzen. Das Besondere ist, verglichen mit anderen Amokläufen, er hat nur Männer getötet, keine Frauen, keine Kinder.“

Köster hob die Hand: „Sie sagten ‚bei denen, die sofort tot waren‘. Wie meinen Sie das?“

Felix Arndt nickte, als er an Bergmanns Stelle antwortete: „Leider ist eines der Opfer im Krankenhaus seinen Verletzungen erlegen. Wir sprechen jetzt von neunfachem Mord.“ Alle Anwesenden schwiegen für einen kurzen Moment. Zählte man die junge Frau in Martinis Wohnung dazu, waren es zehn Leichen. Soviel unschuldige Opfer hatte es lange nicht an einem Tag in Frankfurt gegeben. Arndt fuhr fort: „Ein Polizeizeichner hat zusammen mit der Zeugin Karolin Nestler ein Phantombild von dem Täter angefertigt. Sehen Sie selbst!“

Arndt zog eine Zeichnung aus seiner Dokumentenmappe und reichte sie dem K11-Leiter. Köster nahm sie entgegen und beäugte sie kritisch. Ihm war keine Gefühlsregung anzusehen, nur seine Augen wurden um eine Idee stechender. Er gab das Blatt weiter an Carstens. Diesem blieb fast das Herz stehen, als er das Bild betrachtete. Es zeigte einen Mann, der Martini zum Verwechseln ähnlich sah.

Sein bester Freund ein zehnfacher Mörder? Er konnte und wollte das nicht glauben, aber alles sprach dafür.

Als der Leiter des K11 die erkaltete Pfeife wieder entzündete, wurde die Tür seines Büros geöffnet. Rudolf von der IT-Abteilung betrat den Raum. Er hielt ein DIN-A3-Blatt in der Hand. „Hallo zusammen. Herr Köster", er blickte den Alten an, „Herr Carstens hat mich beauftragt, die Spur von Martinis Handy zu verfolgen. Ich habe ein Profil erstellt, von heute Morgen bis zum Anschlag auf den Horten." Er hob das Papier nach oben. Es zeigte eine schematische Karte von Frankfurt, die mit roten Punkten übersät war. „Verbindet man alle Punkte mit einer Linie, unter Berücksichtigung des zeitlichen Ablaufs, führt Martinis Weg fast geradewegs von Schwanheim auf die Zeil in den Horten. Danach verliert sich seine Spur. Am Ende der Zeil in Höhe des Einwohnermeldeamtes erlischt das Signal, genau um elf Uhr drei. Dann ist es noch einmal kurz aufgetaucht, um dreizehn Uhr sechsundfünfzig. In Sachsenhausen, Hainerweg, Sankt Bonifatius Gemeinde."

Nach den Ausführungen des IT-Experten herrschte eine eisige Stille in Kösters Büro, bis das Telefon die Anwesenden zusammenzucken ließ.

„Köster", meldete sich der Alte mit leicht belegter Stimme. Er räusperte sich kurz: „Was gibt es? ... mmmhh … mmmhh … mmmhh." Dann legte er wieder auf. „Herr Ressmann, Sie hatten eine gute Nase. Am Hauptbahnhof wurde ein Schließfach geöffnet und eine Tasche entnommen. Die zivilen Kollegen der Bahnpolizei haben eine uns bekannte Person identifiziert und verfolgt. Leider ist Pfarrer Horn ihnen entkommen."

Carstens meldete sich zu Wort. „Ich verstehe nicht? Um was geht's hier?"

Ressmann wandte sich an seinen Kollegen: „Tom hat mir irgendwann, ich weiß nicht mehr genau wann nach den Ereignissen im Dezember, etwas von einer Notfalltasche außerhalb seiner Wohnung erzählt. Mehr beiläufig. Er wollte gewappnet sein, sollte Larusso einen neuen Angriff gegen ihn starten. Also habe ich unserem Chef geraten, die Schließfächer am Hauptbahnhof, Flughafen sowie an der Hauptwache und der Konstablerwache von den Kollegen vor Ort überwachen zu lassen. Da wir wegen dem Amoklauf nicht genug Personal und Zeit hatten, habe ich empfohlen, den Kollegen die Bilder von allen Bekannten und Freunden Martinis zu geben, damit sie auch nach diesen Ausschau halten konnten. Als letztes ist mir Pfarrer Horn eingefallen. Ich hielt es zwar für sehr unwahrscheinlich, dass er ihn aufsuchen würde, aber wie wir sehen…"

„Den Rest sollten Sie auf der Fahrt besprechen, meine Herren", unterbrach ihn der K11-Leiter. Er griff zum Hörer und wählte eine interne Nummer, als sein Gegenüber sich meldete, sagte er: „Ich brauche ein SEK, Hainerweg in Sachsenhausen…"

13. April 2013, 16:41

Horn und ich suchten ein Internetcafé in Fechenheim auf. Auf Alt-Fechenheim fanden wir eines. Der Angestellte oder Inhaber, genau konnte ich das nicht feststellen, ein Südländer, musterte Horn argwöhnisch. Wahrscheinlich wunderte er sich darüber, dass ein Pfarrer sich in sein Geschäft verirrte.

„Fünf Euro, halbe Stunde", sagte er.

Horn zahlte und wir setzten uns an den Rechner, der am weitesten von den Schaufenstern entfernt stand. Es befanden sich niedrige Trennwände zwischen den einzelnen Monitoren, um ein klein wenig Privatsphäre zu gewährleisten. Als erstes prüfte ich meine Mails. Nichts, keine neue Nachricht von dem Unbekannten, nur die SMS mit den Zahlen.

Ich schob Horn die Tastatur zu. Er rief eine Webseite auf: *gpso.de/maps*. Eine Landkarte von Amerika öffnete sich. Darüber vier verschiedenfarbige Felder. In das zweite, das gelbe, gab Horn die Zahlenkolonnen aus der SMS ein und klickte auf „Ok". Das Bild wechselte zu einer Karte der Niederlande. Haarlem war mit einem Pfeil rot markiert. Er zoomte in die Karte und als er die höchste Auflösung erreicht hatte, prangte der Marker über einer Ladenzeile, dem Grand Café Brinkmann.

„GPS-Koordinaten", entfuhr es mir. „Da hätte ich auch selber drauf kommen können."

Der Pfarrer äußerte gespielt mitleidig: „Sie sind in einer Ausnahmesituation. Da bleibt in Ihrem Gehirn nicht genug Platz für das logische Denken. Haben Sie vorhin nicht noch mehr Zahlen vorgelesen?"

„Ja", antwortete ich. „1404 und 1400. Diese Zahlen erscheinen mir jetzt logisch", ich grinste breit zurück. „Datum und Uhrzeit. Der Unbekannte will sich mit mir in Haarlem in den Niederlanden treffen. Morgen den 14. April um 14:00 Uhr."

Der Geistliche nickte. „So sehe ich das auch."

Ich rieb nachdenklich meine Nase. „Aber wie soll ich da hinkommen? Die Bahnpolizei scheint über meine Pläne informiert zu sein. Und sogar Sie wurden anscheinend als Fluchthelfer in Betracht gezogen. Am Flughafen wird es nicht besser aussehen." Ich legte den Kopf in die Hände und rieb mir die Augen. „Verdammt!"

„Ich hätte da eine Idee, aber dazu müssten Sie jemand anderem erst vergeben."

Ich blinzelte irritiert. „Wie meinen Sie das?"

„Ihr Geist fährt wirklich auf Sparflamme, Herr Martini", Horn zwinkerte belustigt. „Ihrem Vater…"

Like stealth the word spread mouth to mouth,
all corners of the land
And soon the thing began to grow,
and get right out of hand

Judas Priest – Monster of Rock

Kapitel 3

13. April 2013, 17:01

Nach einer weiteren Diskussion hatte Jasmina eingewilligt, dass Julian mit in ihrem Auto fuhr. Ursprünglich wollte sie ihren Ex nicht in ihrem Wagen sitzen haben, aber dann überwog die Vernunft. Getrennt zu fahren, war unnötige Geld- und Ressourcen-Verschwendung. Als Nachteil stellte sich heraus, dass Julian die ganze Zeit redete. Die ganze Zeit über versuchte er, Jasmina eine erneute Beziehung mit ihm schmackhaft zu machen.

„Überleg doch mal, wir hatten so viel Spaß zusammen. Wenn ich genauer über unsere Vergangenheit nachdenke, fallen mir nur positive Dinge ein. Unsere Ausflüge und Urlaube, die viele Zeit, die wir im…"

„Oh, Mann! Schluss jetzt!", rief Jasmina genervt aus. „Halt endlich die Klappe! Ich bin mit Tom zusammen und du gehörst einer Vergangenheit an, die ich gerne vergessen würde. Daran bist du selbst schuld. Es gibt keinen Weg zurück! Klar!?" Die junge Frau bereute schon, ihn mitgenommen zu haben. Warum hatte sie nicht auf ihre innere Stimme gehört? Diese Stimme hatte auch gesagt, er kann eine wertvolle Hilfe sein, aber im Moment war er eine Nervensäge.

„Ist ja okay", Julian hob abwehrend die Hände. „Muss ein toller Hecht sein, dein Tom. Wie alt ist er eigentlich? Fünfzig?"

Jasmina schnaufte. „Nein, vierzig."

„Nah dran!"

„*Mann*! Geht das die ganze Zeit so weiter? Du nervst. Wenn du nicht gleich ruhig bist, setz ich dich hier auf der Autobahn auf dem Mittelstreifen aus."

Julian lachte, doch als er in Jasminas Gesicht blickte, wurde sein Lachen unsicher. „Das würdest du nie machen."

„Sei dir da mal nicht so sicher." Jasmina legte ihre komplette Überzeugungskraft in die Worte. Wie soll ich diesen Idioten sonst zum Schweigen bringen, dachte sie.

Danach schwieg Julian, bis sie Frankfurt erreicht hatten.

Jasmina fuhr nach Sachsenhausen. Den Weg kannte sie gut. Im letzten Dezember war sie zusammen mit Tom und der Polizei oft genug in der Sankt Bonifatius-Gemeinde gewesen. Auf der Suche nach einem

Serienmörder hatten alle Spuren hier hergeführt. Was wollte Martini hier? Die Antwort lag auf der Hand, da er sich weder bei ihr noch Andrea gemeldet hatte: Hilfe.

Die Psychologin stoppte den alten Clio im Sachsenhäuser Landwehrweg, knapp vor der Einmündung zum Hainerweg.

„Los, gehen wir", forderte sie Julian zum Aussteigen auf.

Als sie das Kirchengelände betraten, fiel ihr die Ruhe auf. Ein paar Vögel zwitscherten und selbst das startende Flugzeug in der Ferne ließ den Ort friedlich wirken. Sie gingen zum Pfarrhaus und klingelten. Nichts! Niemand öffnete.

„Die Peilung ist über drei Stunden her. Wenn dein Freund nur ein bisschen clever ist, hat er die Beine in die Hand genommen und sich verpisst." Julian stemmte die Hände in die Hüften. „Was jetzt?"

„Schalte deinen Laptop ein und prüfe, ob er sein Telefon noch mal eingeschaltet hat."

Ihr Ex schüttelte den Kopf. „Wenn er das gemacht hat, ist er völlig verblödet. Dass er überhaupt sein Telefon hier eingeschaltet hat, spricht gegen seine Intelligenz."

„Verdammt, ich hab dich nicht mitgenommen, um mir deine Schimpftiraden über Tom anzuhören. Du wolltest mir helfen, also mach schon!"

Sie hatte den Satz nicht ganz vollendet, da hielten drei PKWs und ein Bus vor der Kirche. Türen wurden aufgerissen, Kommandos gerufen, Metall klirrte aneinander, unzählige Füße bahnten sich einen Weg auf das Grundstück.

Jasmina und Julian sahen sich plötzlich umringt von unzähligen Männern in schwarzer Kleidung mit Schutzhelmen und Maschinengewehren.

„Hände hoch! Hinknien! Hände so halten, dass wir sie sehen können!", brüllte einer der Polizisten, dass Maschinengewehr im Anschlag.

Die junge Frau und der Mann gehorchten sofort. Sie wollten es nicht riskieren, erschossen zu werden.

Nachdem das Gelände gesichert worden war, betraten zwei Personen das Gelände, die Jasmina sehr vertraut waren.

„Scheiße, jetzt bin ich am Arsch", flüsterte ihr Julian zu. „Wenn die meinen Laptop kontrollieren, geh ich in den Bau…"

Bevor er fortfahren konnte, zischte Jasmina: „Sei ruhig, dir passiert nix. Ich kenn die zwei."

Der Blonde stellte sich vor sie. „Hallo Jay."

13. April 2013, 17:02

„Mein Vater!", rief ich entsetzt aus. „Warum sollte ich dem vergeben?"

Horn lächelte immer noch. „Liegt das nicht auf der Hand?" Ich schüttelte energisch den Kopf. „Mir ist zu Ohren gekommen, dass Ihr Vater das Leben verändern kann."

„Bitte!?"

„Er könnte einen anderen Menschen aus Ihnen machen, besser machen lassen. Verstehen Sie?"

„Sie meinen, wie damals bevor er verschwunden ist."

„Genau, jetzt haben Sie es verstanden", Horn nickte eifrig.

„Wer weiß, ob die Möglichkeit überhaupt noch besteht. Das ist alles Jahre her."

„Einen Versuch ist es wert", konterte der Pfarrer.

„Na gut", willigte ich ein. Wir gingen zurück zu Horns Wagen. Weit mussten wir nicht fahren. Mein Vater war in die Rümelinstraße in einen der Wohnblocks gezogen. Wir fuhren die Hanauer Landstraße bis zur Cassellastraße. Dann bogen wir auf die Wächtersbacher Straße ab und schoben uns mit der üblichen Blechlawine durch den Erlenbruch. Egal zu welcher Tageszeit, hier gab es immer Stau.

„Sie sollten meinen Vater kontaktieren. Wir wissen nicht, ob die Polizei ihn überwacht."

Der Pfarrer nickte. „Aber natürlich. Ich denke, ich kann herausfinden, ob die Wohnung observiert wird oder nicht." er lächelte verschmitzt.

Das glaubte ich ihm sofort. Horn war nicht immer Priester gewesen. Vor seiner Ordination, während seiner Bundeswehrzeit von 1984 bis 1988, wurde er zum Scharfschützen ausgebildet. Er war so gut, dass er mehrere geheime Missionen im Ausland für den BND durchgeführt hatte. Mit anderen Worten, er verstand etwas vom Anschleichen und Observieren.

Wir fuhren den Erlenbruch bis zum Johanna-Tesch Platz, dann folgten wir der Raiffeisenstraße bis zur Roscherstraße. Dort suchte Horn einen Parkplatz. „Von hier gehe ich zu Fuß. Wir machen es wie am Hauptbahnhof." Er drückte mir den Autoschlüssel in die Hand. „Sie warten in der Nähe, bis ich zurückkomme. Im Notfall können Sie mit dem Wagen verschwinden."

Ich nickte: „In Ordnung."

Wir stiegen aus und Horn machte sich auf den Weg.

Ich lief die Straße auf und ab. Betrachtete die Häuser durch meine dunkle Sonnenbrille und stellte fest, dass es bereits dämmrig wurde. In ein bis zwei Stunden würde ich mit der Brille auffallen. Zum Glück hatte ich eines meiner Schminksets mit in die Tasche gepackt. Dieses benutzte ich normalerweise, um mich bei mehrtägigen Beschattungen unkenntlich zu machen. Manche Ehemänner oder Frauen wurden misstrauisch, wenn ihnen fünf Tage immer wieder derselbe Mann folgte oder begegnete.

Ich lief bis zur Max-Hirsch Straße. Vor einem Zeitschriftenladen blieb ich stehen. Ich ergriff die Gelegenheit und schrieb Jay eine kurze SMS. *‚Alles in Ordnung. Mach dir keine Sorgen. Ich liebe Dich.‘* Ich steckte das Handy weg und wandte meine Aufmerksamkeit dem Laden und seinen Kunden zu. Während ich die Auslage im Schaufenster betrachtete, öffnete sich mehrfach die Ladentür. Kunden kamen und gingen. Auf einmal blieb einer neben mir stehen. Ich spürte seinen Blick auf mir. Scheiße, ich bin erkannt worden, dass war‘s, schoss es mir durch den Kopf.

Der Mann tippte mir auf die Schulter. „Thomas?“, fragte er.

Egal, dachte ich, ich bin am Arsch. Ich wandte mich ihm zu…

13. April 2013, 17:14

„Was treibt dich hierher?“, fragte Stefan Carstens die Psychologin.

„Ich suche Tom, was glaubst du denn?“

Jasmina und Julian knieten noch auf der steinigen Erde. „Steht erst mal auf“, sagte Carstens. „Ich glaube von euch geht keine Gefahr aus.“

Sie erhoben sich. Jasmina begrüßte Carstens und Ressmann herzlich. „Was ihr hier wollt, brauche ich nicht zu fragen“, entgegnete sie und musterte die Beamten des SEK. „Dachtet ihr, Tom würde sich hier verstecken?“

Ressmann nickte. „Ja. Pfarrer Horn wurde am Hauptbahnhof gesehen, als er eine Tasche aus einem Schließfach geholt hat.“ Der Kommissar erzählte von seiner Vermutung, dass Tom Horn kontaktieren könnte, bis hin zu dem Entschluss mit einem SEK anzurücken.

„Ihr glaubt doch wohl nicht wirklich, dass Tom die Morde begangen hat?“, fragte Jasmina provokant. „Ihr seid seine besten Freunde und vertraut ihm nicht?!“

Die beiden Kommissare blickten betreten zu Boden. Einen solch energischen Tonfall waren sie von der Psychologin nicht gewohnt. Allerdings fiel beiden das leichte Zittern ihrer Stimme auf, was in diesem Fall von Unsicherheit zeugte.

„Möchtest du uns deinen Begleiter vorstellen?", wich Carstens dem peinlichen Verhör aus. „Müssten wir ihn kennen?"

Jasmina schüttelte den Kopf. „Nein. Das hofft er zumindest." Julian sah sie erschrocken an.

„Wie meinst du das?", ergriff Ressmann das Wort, dabei rieb er sein Kinn und musterte Julian eingehend. Der junge Hacker errötete unter dem prüfenden Blick des Kommissars.

Jasmina schmunzelte. Julian sollte ruhig schwitzen. „Er ist mein Ex und ein begnadeter Hacker. Er hat Toms letzten Standort aufgespürt." Julian wurde kreidebleich. Na, was ist jetzt mit deiner Coolness?, dachte Jasmina. Ihr gefiel die Situation zusehends.

Ressmann stellte sich zwei Schritte näher an Julian heran. „Hacker also… hmmmm… interessant", er rieb fester an seinem Kinn. „Sind Sie Whiterabbit?"

Julian wurde um eine Nuance bleicher, wenn das überhaupt noch möglich war. „N… n… nein. Der ist viel besser als ich… Ehrenwort!" Wie zum Schwur, hob er die rechte Hand.

„Ach, wirklich? Der ist besser als Sie?" Ressmann wandte sich Carstens zu. „Hatten wir nicht jüngst Ärger mit Hackern? Einer soll seine Angriffe von Heidelberg ausgeführt haben… hat Rudolf nicht sowas gesagt?"

„Das war ich nicht… echt nicht. Ich habe noch nie die Polizei oder eine Behörde oder so gehackt." Dem jungen Mann lief der Schweiß in Bächen den Rücken hinunter.

Ressmann wandte sich mit einem Haifischgrinsen zurück an Julian. „Gut zu wissen, aber lassen Sie sich niemals erwischen." Er klopfte dem Hacker auf die Schulter. „Sie haben keine guten Nerven. Aber das ist genau der Grund, warum ich Ihnen glaube."

Der junge Mann hatte die letzten zehn Sekunden die Luft angehalten, jetzt ließ er sie hörbar entweichen. „Nee, mach ich nicht, hatte ich auch nicht vor, wirklich, also ich…"

Carstens unterbrach den Redefluss: „Alles gut, holen Sie einfach drei Mal tief Luft und beruhigen Sie sich. Mein Kollege hat einen Scherz gemacht." Dann wurde der Kommissar ernst. „Um auf deine Frage zurückzukommen", jetzt war es an ihm tief Luft zu holen. Er wusste, dass er das Thema nicht umgehen konnte: „Ich weiß nicht, inwieweit du schon informiert bist?“ Er sah die Psychologin forschend an.

„Andrea hat mich gegen eins angerufen. Warum?“

Ressmann rieb wieder sein Kinn. „Wir haben eine Zeugin, die den Amokläufer beschrieben hat.“ Er zog die Zeichnung aus der Tasche und reichte sie Jasmina.

Als die junge Frau das Blatt entfaltet hatte, wurde sie genauso bleich wie Julian zwei Minuten zuvor. „Das ist ein Fake. Ihr wollt mich reinlegen!“ Sie knallte Ressmann das Bild vor die Brust. „Das ist nicht lustig!“

Der Kommissar nahm ihr die Reaktion nicht übel, im Gegenteil, er konnte sie verstehen. „Leider ist es kein Scherz.“

„Das glaube ich nicht. Die Zeugin muss sich irren!“

„Jay!“ Carstens kam einen Schritt näher und versuchte die aufgebrachte Frau in den Arm zu nehmen.

Sie stieß ihn zurück: „Lass mich!“ Sie drehte sich um und lief auf das Kirchengelände zu, weg von den Kommissaren. Das war nicht möglich. Tom würde nie Amoklaufen. Ganz sicher nicht. Sie war eine gute Psychologin, Tom hätte ein Soziopath sein müssen, um diese Seite vor ihr zu verbergen. Aber wenn doch…? Dann war das, was sie hier gerade machte, Verdrängung. Nicht wahrhaben wollen, was offensichtlich war. Sie schüttelte den Kopf, um klar denken zu können. Das alles musste sie klären, wenn sie Tom gefunden hatte. Sie lief zurück zu der Gruppe. „Tut mir leid, Stefan. Du hast es gut gemeint. Wir sollten Tom finden und dann alles weitere klären. Ich bin mir sicher, es gibt für alles eine logische Erklärung.“ Auch wenn sie äußerlich überzeugt wirkte, war da eine leise Stimme in ihrem Unterbewusstsein, die sagte, lügst du dir nicht gerade in die eigene Tasche? Sie ignorierte sie.

Der Leiter des SEK kam zu Ressmann. „Alles gesichert. Außer uns befindet sich niemand auf dem Gelände.“

„Mist! Vielen Dank. Sie und Ihre Männer können wieder abrücken“, an Carstens gewandt fügte er hinzu: „Der Alte wird nicht begeistert sein. Was jetzt? Hier endet die Spur.“

Julian meldete sich schüchtern zu Wort. „Vielleicht könnte ich helfen.“

Ressmann musterte ihn mit seinen Dämonenaugen. „Und wie?“

„Hat dein Freund eine Mail-Adresse?“, wandte er sich an Jasmina.

„Ja natürlich.“

„Wie lautet sie?“ Die junge Frau nannte ihm die Adresse. „Sehr gut, jetzt weiß ich den Adress-Provider.“

„Den wen?", fragte Carstens.

„Den Anbieter, der die Adresse verwaltet, die Webseite." Julian packte seinen Laptop aus und verband sich über einen USB-Stick mit dem Internet. Dann öffnete er die Kommandozeile des Rechners und startete einige Programme. Seine Finger flogen über die Tastatur.

„Was wird das?", fragte Ressmann.

Julian hielt kurz inne. „Das wollen Sie bestimmt nicht wissen. Ansonsten würden Sie es verbieten." Seine Hände verharrten in der Luft, als würde er auf ein Kommando von Ressmann warten.

Der Kommissar verdrehte die Augen. „Machen Sie weiter!"

„Na, deine Ahnungslosigkeit letztes Jahr, als es um die geheimnisvolle SMS ging, war anscheinend nur gespielt", wandte sich Carstens an Jasmina. „Du kannst dich gut verstellen."

Die Psychologin grinste unschuldig. „Na ja, ich hab nicht wirklich Ahnung davon, aber ich hab schon mehr darüber gehört, als ich zugegeben habe." Sie zuckte entschuldigend die Schultern.

Das Klappern der Tasten verstummte. „Ich glaube, ich weiß, wo er sich aufhalten könnte." Alle Augen richteten sich auf Julian. „Heute um sechzehn Uhr fünfzig wurde über das Internet auf das Postfach von Martini zugegriffen. Ich konnte die IP-Adresse, von der aus der Zugriff erfolgte, zurückverfolgen. Sie gehört zu einem Internetcafé hier in Frankfurt, Alt Fechenheim."

„Fechenheim?", sinnierte Ressmann. „Da wohnt Toms Vater…"

„Den hasst er", warf Jasmina ein.

„Ja, aber in der Not werden aus Feinden Freunde", erwiderte Carstens. „Ich kenne die Adresse, fahren wir los!"

13. April 2013, 17:18

„Du?", entfuhr es mir. Der Mann vor mir hatte die gleichen blauen Augen und schwarzen Haare wie ich. Er war etwas kleiner und knappe zwanzig Jahre älter.

„Ja, warum nicht?", antwortete Carlo Martini, mein Vater. „Ich wohne hier und was ist deine Berechtigung hier zu sein?"

Da war er wieder, der Hass auf meinen Vater. Darüber, dass er mich und Mutter hatte sitzen lassen, keine Liebe, keinen Kontakt, keinen Unterhalt. Nichts! Er war mit einer jüngeren Frau ins Ausland durchgebrannt und hatte sich nicht mehr um uns gekümmert. Im letzten Jahr war er zurück nach Deutschland gekommen. Seitdem versuchte er, bei meiner Mutter Vergebung zu erlangen. Mutter ignorierte ihn. Er war unangemeldet vor ihrer Wohnung aufgetaucht. Nachdem sie erkannt hatte, wer vor ihr stand, schlug sie ihm die Tür wortlos vor der Nase zu.

Der nächste Satz fiel mir unsagbar schwer: „Ich brauche deine Hilfe."

„Von mir?" Sein Gesicht nahm einen nachdenklichen Ausdruck an. War da eine Spur von Spott oder war es Freude? Ich konnte es nicht einordnen. „Wie sollte ich dir helfen können? Ich bin ein Hausmeister, der sich seine Wochenendration Schnaps besorgt hat."

„Hast du heute schon die Nachrichten gesehen?" Mein Vater verneinte. „Ich werde wegen Mordes gesucht und wegen eines Amoklaufs auf der Zeil."

Die blauen Augen, die meinen so sehr glichen, verengten sich zu schmalen Schlitzen. „Ist das ein blöder Scherz oder meinst du das ernst?"

„Leider ernst. Ich brauche deine Hilfe. Ich weiß, dass unser Verhältnis mehr als schlecht ist. Aber damals, als wir das erste Mal aufeinander trafen…" Ich brach ab. Wieder wurde ich mir meiner verzwickten Lage bewusst. Ich schlug die Augen nieder. Der Hass auf meinen Vater wurde auf einmal unwichtig, überflüssig, kindisch. „Mir ist in Erinnerung, wie ich auf dich reagiert habe. Ablehnend." Schamesröte kroch in mein Gesicht. „Wenn das hier vorbei ist, will ich an unserer Beziehung arbeiten… So das wir wieder Vater und Sohn werden können."

Carlos Augen hatten sich wieder geweitet und sie wirkten feucht, als er sagte: „Meinst du das ernst? Oder sagst du das nur, weil du mich brauchst?"

„Ich meine es wirklich aufrichtig, ich hoffe wir haben die Gelegenheit dazu."

Er kam näher, legte eine Hand auf meine Schulter und drückte sie. „Das wäre… wirklich schön."

Ich schluckte schwer. „Dann lass uns in Medias res gehen, bevor wir schwermütig werden."

Vater grinste glücklich, das erste Mal seit ich ihn kannte. „Wie kann ich dir helfen?" Er schüttelte den Kopf. „Nein, lass uns in meine Wohnung gehen, da ist es gemütlicher."

„Wir müssen auf einen Bekannten warten. Er sondiert die Lage vor deiner Haustür. Es könnte sein, dass dich die Polizei überwacht."

„Sag mir erst mal, was genau passiert ist!“ Mein Vater legte eine besorgte Miene auf.

Ich erzählte von meinem Erwachen heute Morgen, meiner Flucht, Pfarrer Horn, dem Hinweis des Unbekannten. Er hörte sich alles interessiert an. Als ich am Ende angelangt war, hatte sich sein Gesicht verfinstert. „Das klingt nicht gut. Wie kann ich dir helfen?“

Bevor ich antworten konnte, gesellte sich eine Person zu uns, Pfarrer Horn. „Die Luft ist rein“, sagte er und hielt Carlo die Hand entgegen. „Hallo Herr Martini, wie geht es Ihnen?“

„Ihr kennt euch?“, fragte ich entgeistert.

Horn nickte. „Ihr Vater kam Anfang des Jahres zu mir und fragte um Rat, bezüglich Ihrer Mutter.“

„Deshalb sind Sie auf ihn gekommen.“ Jetzt ging mir ein Licht auf. Horns Name war letzten Dezember durch die Medien gegangen. „Dann haben Sie mit ihm über seine *Beziehungen* gesprochen? Wieder einmal wird mir bewusst, dass Sie nicht immer Priester waren.“

„Richtig. Aber lassen Sie uns an einem bequemeren Ort weitersprechen, mit weniger neugierigen Augen.“ Sein Blick fiel in den Laden, vor dem wir standen. Außer uns waren keine Menschen auf der Straße. Da fiel ein Pfarrer in Arbeitskleidung auf, vor allem wenn keine Kirche in der Nähe war.

Wir liefen in die Rümelinstraße. Kurz bevor wir Vaters Haus erreichten, fuhr ein Skoda Octavia langsam an uns vorbei. Der Fahrer schien etwas zu suchen, denn Parklücken gab es in ausreichender Zahl. Als der Wagen fast an uns vorbei war, erkannte ich den Fahrer, Till Ressmann. Auf der Rückbank drückte sich Jay die Nase an der Scheibe platt. Wie hatten sie mich gefunden? Horn ergriff meinen Arm und zog mich sachte in die entgegengesetzte Richtung, zurück zum Zeitschriftenladen. Mein Vater wandte sich ebenfalls um und folgte uns.

„Wer war das?“, fragte Carlo, dem mein Blick nicht entgangen war.

„Die Polizei. Meine Freunde“, dabei malte ich Gänsefüßchen in die Luft. „Mit meiner Freundin.“

„Mist. Was jetzt?“, erwiderte er.

Ich überlegte. Meine Gedanken wirbelten. Jay war hier, zusammen mit Till und Stefan. Im Heck neben Jay hatte ich einen Schemen gesehen, aber nicht erkannt, wer es war. „Vorne an der Ecke zur Max-Hirsch-Straße ist eine Pizzeria, neben der Stadtteilbibliothek. Da könnten wir reingehen, bis die Luft rein ist.“ Die anderen stimmten zu.

Drei Minuten später saßen wir in der hintersten Ecke des Lokals, neben dem Notausgang. Ich behielt die Sonnenbrille und die Mütze auf, was etwas deplatziert wirkte. Aber ich fühlte mich sicherer mit meiner Tarnung.

Ein geschäftiger Kellner kam an unseren Tisch. „Gute Tag, was kann ich bringe?“, fragte er mit starkem italienischen Akzent.

Horn ergriff das Wort. „Die Karte bitte.“

„Komme sofort. Pizza dauert noch eine wenig. Ich muss erst die Ofe anheize.“

„Kein Problem, wir haben Zeit“, nickte Horn.

Als der Kellner uns die Karten brachte, bestellten wir Getränke, dann fiel mir etwas ein: „Herr Horn, müssen Sie heute keine Messe lesen? Wir haben gleich achtzehn Uhr.“

„Eigentlich ja, aber im Moment habe ich etwas Wichtigeres zu tun. Meine Schäfchen werden einen Abend ohne mich zurechtkommen. Heute kümmere ich mich um ein verirrtes Schaf“, erwiderte er mit schelmischem Gesichtsausdruck.

„Kommen wir mal zu dem Punkt, an dem du meine Hilfe brauchst. Warum seid ihr hier?“, warf Vater in die Runde.

„Pfarrer Horn hat mich daran erinnert, dass du gute Beziehungen hast… Zu Leuten, die eine Identität ändern können.“

„Ah! Du meinst meinen alten Bekannten, der mir damals einen neuen Pass *besorgt* hat“, antwortete Carlo.

Ich nickte. Als Vater durchgebrannt war, beschaffte er sich neue Papiere, um Deutschland unbehelligt verlassen zu können. „Ich brauche einen neuen Namen, um ungeschoren über die Grenze zu kommen. Sollte die Polizei den Übergang zu den Niederlanden kontrollieren, wäre meine Reise sehr kurz.“

„Du müsstest auch dein Äußeres verändern. Wenn die Polizei nach dir fahndet, werden sie auch Bilder von dir verteilen.“

„Kein Problem. Hab alles mit“, ich zwinkerte ihm zu. „Kannst du deinen Bekannten heute erreichen? Wie gesagt, der Unbekannte hat mir einen Termin zugeschickt, morgen vierzehn Uhr in Haarlem.“

„Das sollte klappen. Franz braucht im Schnitt drei bis vier Stunden für eine Expresslieferung“, grinste Carlo. „Hast du genug Geld?“

„Was verlangt er für das komplette Programm? Perso, Führerschein und Bilder?“

„Zweitausend plus Expresszuschlag. Ich denke, für mich wird er einen Sonderpreis machen.“

„Das wäre gut. Ich weiß nicht, wie lange ich untertauchen muss, da könnte mein Geld knapp werden.“ Ich starrte nachdenklich auf meine Hände.

„Ich hab ein paar Reserven, die kannst du haben... Sohn.“ Beim letzten Wort legte Carlo seine Hand auf die meine. Eine Geste, die mich berührte, trotz aller Hassgefühle, die ich bisher gegen ihn hegte. Ich konnte nichts sagen, also legte ich einfach meine andere Hand auf seine und drückte sie.

Der Kellner kam mit den Getränken. „Habe schon zu Esse ausgesucht?“ Wir bestellten drei Pizzen. „Komme sofort. Die Ofen is jetzte heiß.“ Dann verschwand er und gab unsere Bestellung in der Küche ab.

Horn erhob sein Glas. „Auf einen guten Ausgang der Geschichte.“ Wir prosteten zurück und nickten.

Wo würden mich die Ereignisse hin verschlagen? Während ich vor mich hin sinnierte, spürte ich plötzlich die Augen eines anderen auf mir ruhen. Ich drehte den Kopf zur Tür, die sich geöffnet hatte. Neue Kundschaft, dachte ich. Weit gefehlt. Im Eingang stand eine Überraschung und grinste mich an...

13. April 2013, 17:31

Jasmina von Linde blickte aus der Seitenscheibe des Octavias. Till und Stefan waren auf einen Ersatzwagen umgestiegen, da ihr Passat noch nicht gefunden worden war. Sie dachte an Tom und empfand Angst um ihren Freund. Ging es ihm gut? Aber da war auch ein Teil in ihr, der sie zur Vorsicht mahnte. Sie kannten sich knappe vier Monate. Solch starke Gefühle hatte die junge Frau noch nie für einen Mann empfunden, nicht einmal für Julian, als sie ihn kennenlernte. Mit Martini war es etwas Besonderes. Eine tiefe, aufrichtige Verbindung bestand zwischen ihnen. Trotzdem, ihr Unterbewusstsein mahnte sie zur Vorsicht. Warum war Martini zum Zeitpunkt des Anschlags auf der Zeil gewesen? Die Daten, die Julian ermittelt hatte, sprachen eine deutliche Sprache. Sollte sie dies alles ignorieren? Till und Stefan gegenüber tat sie das, aber sie hegte leichte Zweifel.

Ihr Handy hatte vor ein paar Minuten die Melodie der Tribute von Panem gespielt, eine neue SMS. Jetzt zog sie es aus der Tasche und las die Mitteilung. Tom! ‚*Alles in Ordnung. Mach dir keine Sorgen. Ich liebe Dich.*‘ Ein zufriedenes Lächeln schlich sich in ihre Züge. Gott sei Dank.

„Was freut dich so?“, riss Julians Stimme sie aus ihren Gedanken.

Sie errötete leicht. „Nichts Wildes. Eine Kommilitonin. Sie hat ihre Prüfungen bestanden. Ich freu mich für sie“, sie wirkte ehrlich und aufrichtig. Hoffentlich merkt keiner was, dachte sie immer noch grinsend.

„Toll. Glückwunsch“, entgegnete Julian und zog seinerseits ein Handy aus der Tasche. Er tippte darauf herum, las. Dann öffnete er seinen Laptop, verband sich mit dem Internet und bearbeitete intensiv die Tastatur. Ein paar Augenblicke später beugte er sich nach vorne zu den Kommissaren. „Herr Ressmann. Martini muss irgendwo hinter uns sein. Ein paar hundert Meter.“

Jasmina blickte ihn erschrocken an. „Was?!“, entfuhr es ihr.

Julians Gesichtsausdruck wurde überheblich. „Glaubst du, ich bin blöd?“

„Ich versteh nicht?“

„Du hast gerade eine SMS von Martini bekommen. Stimmt‘s?“

„Woher weißt…?“ Sie biss sich auf die Zunge. Sie hatte sich verraten. „Was hast du gemacht?“

„Ich habe heute Mittag in meiner Wohnung dein Handy geklont. Ich empfange alle Anrufe und Nachrichten, die auf deinem Telefon ankommen. Die SMS von eben kam von Martini oder du kennst mehrere Personen, die am Ende einer Nachricht ich liebe dich schreiben.“

„Du Arsch!“ Sie verpasste Julian eine schallende Ohrfeige.

Der junge Mann hielt sich die Wange. „Das macht es mir leichter“, er presste die Lippen aufeinander. „Ich habe den Ausgangspunkt der Nachricht, die Telefonnummer, trianguliert. Dein Freund ist nicht weit entfernt von uns.“

Jasmina wollte ein zweites Mal zuschlagen, doch diesmal war Julian darauf vorbereitet. Er stoppte ihre Hand in der Luft ab. „Einmal reicht“, fügte er hinzu und drückte ihren Arm auf den Sitz zwischen ihnen.

„Schluss da hinten!“, rief Ressmann mit Donnerstimme. Ein Tonfall, den er bei Verhören anschlug. „Wo genau ist er?“

Julian drehte dem Kommissar das Display des Laptops zu. „Dort ungefähr.“ Sein Finger deutete auf einen Gebäudekomplex, der entgegengesetzt zu ihrer Fahrtrichtung lag. Sie befanden sich bereits in Höhe des Johanna-Tesch-Platzes. Ressmann bog mit quietschenden Reifen links ab und fuhr mit halsbrecherischem Tempo die Raiffeisenstraße entlang, zurück zur Rümelin Straße.

An der Einmündung zur Rodbertusstraße geschah es. Ein schwarzer SUV kam von links, rammte den Octavia und schleuderte ihn in die Hecken vor den angrenzenden Häusern.

Take a look to the sky just before you die
It is the last time you will

Metallica – For whom the bell tolls

Kapitel 4

13. April 2013, 17:31, Berlin

Der Mann im schwarzen Anzug und weißen Hemd blickte zu seiner Bürotür, die sich in diesem Moment öffnete. Meier, blond, vierschrötig, trat in den Raum und schloss die Tür hinter sich. Unaufgefordert ließ er sich in einem der Besuchersessel vor dem Schreibtisch seines Chefs nieder. „Was halten Sie von der Entwicklung in Frankfurt?“, fragte er Schmidt.

Der Angesprochene schloss die Akte, die vor ihm lag, und wandte seine Aufmerksamkeit Meier zu. „Unerwartet“, kommentierte er kurz und knapp. „Die Polizei hat alle Hände voll zu tun. Warum fragen Sie?“

„Eines Ihrer alten Handys ist aktiviert worden.“

Schmidts Mundwinkel spannten sich. „Welches?“

„Eines von jenen, die sie Horn überlassen haben.“

„Seit wann?“

„Heute Mittag.“

„Konnten Sie irgendwelche Gespräche abhören?“

Meier schüttelte den Kopf. „Horn, oder wer auch immer es benutzt, hat nicht telefoniert. Nur eine SMS verschickt an Jasmina von Linde. Die Psychologin aus Heidelberg. Sie erinnern sich, wir haben ihre Telefonnummer im letzten Dezember überwacht.“

„Ich erinnere mich. Was ist mit Martini?“

„Sein Handy ist, seit Horns Nummer aktiviert wurde, tot. Von unserem Radar verschwunden.“

Schmidt überlegte. Horns Handy gab ihnen die Möglichkeit Martini zu folgen. Oder sie gaben der Frankfurter Polizei einen Hinweis, damit sie den Detektiv festnehmen konnten. Er schüttelte den Kopf, nein das würden sie nicht. Sie hatten eigene Ziele, diese galt es zu verfolgen und Martini war der Schlüssel dazu.

13. April 2013, 17:36

Dunkle Augen blickten mich aus einem farbigen Gesicht an. Die linke Wange meines Betrachters war vernarbt. Als sich seine Lippen zu einem Lachen verzogen, wirkte dies grotesk wie bei dem Joker aus dem Film The Dark Knight. Gänsehaut lief meinen Körper herunter, Kälte durch mich hindurch. Ich hatte den Eindruck, dass die Raumtemperatur um mindestens zehn Grad gesunken war, seit die Person in den Raum getreten war.

Josef Larussos diabolische Erscheinung ließ meinen Körper erbeben.

„Hallo zusammen!“, rief er uns zu. Er zog ein langes Messer aus seiner Tasche. Ich erkannte es. Es hatte bereits meine Kehle berührt. „Darf ich mich zu euch gesellen?“

Horn und Carlo waren jetzt ebenfalls aufmerksam geworden. Der Pfarrer blickte starr zur Tür und fixierte Larusso. Vater wandte sich um, öffnete die Lippen, schloss sie aber sogleich wieder. Angst sprach aus seinen Augen, er war unfähig etwas zu sagen.

„Was willst du?“, meine Stimme zitterte. Ich stützte meine Hände auf die Tischplatte, um aufzustehen.

„Sitzenbleiben!“ Er spie mir die Worte entgegen. Die Zischlaute bereiteten ihm immer noch Schwierigkeiten. Er ließ das Messer in seinen behandschuhten Fingern kreisen. „Gute Arbeit, Tom!“

„Was meinst du?“ Mein Gehirn war wie entleert.

„Was wohl?“ Er versuchte wieder zu grinsen. Es misslang. „Die Frau in deiner Wohnung, der Horten. Gute Arbeit. Ich hätte es nicht besser machen können.“

„Das war ich nicht. Und du weißt das genau!“, schrie ich jetzt und deutete mit dem Finger auf ihn.

„Die Polizei und deine Freunde sehen das anders“, insistierte er.

„Das ist eine Lüge. Du hast das alles eingefädelt!“

Meine Schreie riefen den Kellner zurück auf den Plan. Die Küchentür öffnete sich. „Ah, eine neue Gast. Ich kann eine weiter Stuhl an die Tisch…“ Er verstummte, als er das Messer erblickte.

In einer fließenden Handbewegung holte Larusso aus und warf das Messer. Nur einen Wimpernschlag später steckte es im Hals des Italieners. Er hob seine Hand an die Kehle, versuchte die rote Fontäne zu stoppen, aber es gab keine Rettung mehr für ihn. Er röchelte, Blut quoll aus seinem Mund, er schwankte und fiel zu Boden.

Nun bestand Chancengleichheit, Larusso war waffenlos. Die beste Gelegenheit für mich, ihn zu ergreifen. Ich schnellte wie von der Sehne geschossen Richtung Tür. Larusso erkannte sein Dilemma und spannte den Körper, bereit zum Schlagabtausch. Aber keine zwei Meter von unserem Tisch entfernt trat ich in die Pfütze aus Blut, die sich auf dem Boden gebildet hatte und glitt aus. Ich ruderte wild mit den Armen in der Luft, fand keinen Halt und landete krachend zwischen zwei Stühlen. Als ich wieder stand, war Larusso verschwunden.

Mittlerweile kniete Horn neben dem sterbenden Mann. Der Geistliche legte den Kopf des Todgeweihten in seinen Schoß und flüsterte beruhigende Worte. Der Mann zuckte in Krämpfen. Horn ergriff seine Hand. Nach ein paar Sekunden erschlaffte der Körper des Kellners. Der Pfarrer schlug ein Kreuzzeichen über der Leiche und erhob sich langsam, dabei griff er unter seine Soutane. Als er sich vollends aufgerichtet hatte, zog er seine Hand darunter hervor, in ihr lag eine Pistole.

„Er ist weg!“, rief ich dem Geistlichen zu. „Ohne Messer wollte er sich nicht mit uns anlegen.“

Horn ließ die Waffe wieder unter seiner Kleidung verschwinden und deutete zur Eingangstür. „Sehen Sie. Dort!“

Auf dem Platz, auf dem Larusso eben noch gestanden hatte, lag jetzt ein brauner Din-A5 Umschlag. Darauf stand: Martini!

13. April 2013, 17:36

Ressmanns Ohren klingelten. Das Bersten des Metalls klang noch in seinem Kopf. Er bewegte vorsichtig Arme und Beine, drehte den Kopf und blickte an sich herab. Keine Verletzung, keine Bewegungsschmerzen, nur der Kopf dröhnte. Die Seiten- und Kopfairbags hatten gute Arbeit geleistet.

Der Octavia stand etwa drei Meter entfernt, diagonal versetzt zu dem SUV. Die Ligusterhecke, die sich um die Wiese rankte, auf der sie zum Stehen gekommen waren, hatte ihre Fahrt abgebremst. Ansonsten hätte die angrenzende Hauswand diese Funktion übernommen, was ihnen nicht gut bekommen wäre.

Carstens stöhnte leise.

„Bist du verletzt?“, fragte sein Kollege.

„Nein, alles okay und du?“

„Hab mir die Hand aufgerissen. Aber net schlimm."

Ressmann drehte sich zur Rückbank um. „Jay? Seid ihr in Ordnung?"

Die Psychologin antwortete nicht. „Sie ist bewusstlos", kam es stockend von Julian.

„Sind Sie verletzt…?"

Bevor Ressmann zu Ende sprechen konnte, stieß Carstens ihn unsanft an und deutete zum SUV, der sie gerammt hatte. „Till!", schrie er mit erregter Stimme.

Die Augen des Kommissars folgten dem Arm seines Kollegen. Auf Fahrer- und Beifahrerseite stiegen schwarz gekleidete, vermummte Personen aus. Sie griffen fast synchron in ihre Jacken. Zum Vorschein kamen Automatikpistolen.

Ressmann zögerte keine Sekunde. Er zog wie automatisiert die Sig Sauer aus dem Schulterholster. Carstens tippte ihm auf die Schulter, so wie sie es bei Übungen praktizierten. Das Zeichen, das er ihm den Rücken deckte. Carstens konnte den Mann, der von der Beifahrerseite kam, nicht sehen, weil Ressmann ihm die Sicht verdeckte. Er übernahm den Fahrer. Ressmann zielte auf den Beifahrer.

„Bleiben Sie stehen! Waffen auf den Boden legen und Hände hinter den Kopf!", rief der Kommissar.

Die Antwort kam prompt, in Form von Blei.

Die Kommissare duckten sich, so gut wie möglich. Die Kugeln zertrümmerten die Seitenscheiben und trommelten auf die Karosserie, hatten aber nicht genug Durchschlagskraft, um sie zu durchdringen. Ein Scherbenregen ging auf sie nieder. Das Glas hinterließ kleine Schnittwunden an Gesicht und Händen der Schutzsuchenden. Ressmann griff hinter seinen Sitz und zog die bewusstlose Psychologin von der Rückbank in den Fußraum. Sie war nur eins neunundfünfzig, der Platz reichte aus. Julian kauerte sich zusammen, passte aber nicht komplett unter den Sitz.

Plötzlich verstummten die Einschläge der Kugeln. Mussten die Angreifer Munition sparen? Die Kommissare lugten aus ihrer Deckung und erwiderten das Feuer. Der Fahrer hatte keine Chance. Er stand völlig frei in Carstens Schussfeld. Die erste Kugel traf seinen Arm. Als er versuchte, erneut zu feuern, drückte Carstens ein zweites Mal ab. Das Geschoss drang in seinen Oberkörper ein, der Mann erstarrte und fiel wie ein gefällter Baum auf den Asphalt.

Ressmanns Widersacher ging hinter der Motorhaube des SUV in Deckung. Der Kommissar feuerte eine Salve von sechs Schuss ab. Als der Vermummte über den Wagen hinweg lugte, drückte Ressmann erneut ab. Die Kugel schlug in den Kopf des Angreifers ein. Sofort sackte sein Gesicht wieder hinter den Wagen.

Ressmann und Carstens warteten eine weitere Minute. Nichts geschah. Keine Regung von den beiden Männern. „Sie bleiben hier und bewegen sich nicht!", rief er über die Schulter nach hinten. „Wenn Jay wach wird, halten Sie sie unten. Wir sehen nach, ob die Luft rein ist", gab Ressmann dem Hacker weitere Anweisungen.

Julian nickte nur, sein Gesicht war aschfahl.

Ressmann versuchte, die Tür zu öffnen. Keine Chance. Der Rahmen musste verzogen sein, sie klemmte. „Wir müssen auf deiner Seite raus. Ich gebe dir Feuerschutz. Los!"

Carstens nickte, öffnete die unversehrte Beifahrertür und stieg aus. Er lief geduckt um die Motorhaube herum. Auf der Vorderseite angekommen fühlte er den Puls des Mannes, den er niedergeschossen hatte. Kein Vitalzeichen. Tot. Die Kommissare nickten sich zu. Das Zeichen für Ressmann auszusteigen, jetzt gab ihm sein Kollege Deckung. Es war nicht einfach, seine zwei Meter über die Mittelkonsole auf die Beifahrerseite zu jonglieren. Als er es geschafft hatte, lief er vorsichtig um das Heck des Octavias zur Vorderseite. Carstens stand breitbeinig da und zielte auf die linke Seite des SUV. Ressmann kniete sich neben den Beifahrer, auch er war tot. Die Kugel war durch seinen Schädel hindurch gedrungen. Keine Überlebenschance.

Plötzlich, ganz leise, hörte Ressmann Polizeisirenen. Einer der Anwohner schien den Notruf gewählt zu haben. „Da kommt die Trachtengruppe", rief er seinem Kollegen zu.

Carstens zog dem Fahrer die Ski-Maske vom Kopf. „Verdammt! Den kenn ich."

„Wie bitte?", fragte Ressmann überrascht zurück.

„Ja. Das ist der LKW-Fahrer."

„Was für ein LKW-Fahrer?"

„Erinnerst du dich? 2010?", fragte Carstens. Ressmann schüttelte den Kopf. „Der Krankenwagen, der Larusso in die Uni-Klinik fahren sollte, wurde von einem LKW gerammt und ging in Flammen auf. Der Typ hier war der Fahrer des LKWs. Ich habe sein Bild in einer Akte gesehen."

„Den meinst du?", rief Ressmann jetzt aus. „Dann war er ein Jünger Larussos."

Bevor sein Kollege seine Aussage bestätigen konnte, stoppten drei Polizeiwagen, einer aus jeder Richtung, mit quietschenden Reifen. Die Uniformierten stiegen mit gezückten Waffen aus und zielten auf die

Kommissare. „Waffen fallen lassen! Hände über den Kopf!", rief einer der Beamten.

Ressmann und Carstens kamen der Aufforderung sofort nach. Ressmann rief: „Wir sind Kollegen. Kriminalhauptkommissar Carstens und Ressmann."

Der Polizist, der Ressmann am nächsten stand, ließ die Pistole sinken. „Alles klar, ich kenne die beiden. Sie gehören zu uns." Die restlichen fünf Uniformierten steckten ihre Waffen ebenfalls weg. „Polizeiobermeister Sattler. Was ist passiert? Anwohner haben eine Schießerei gemeldet."

Ressmann gab Sattler einen kurzen Bericht. Währenddessen kümmerte sich Carstens um Julian und Jasmina. Er öffnete die hintere Beifahrertür und half Julian beim Aussteigen. Der Hacker war ziemlich wacklig auf den Beinen und immer noch weiß wie eine Kalkwand. Er stützte sich an der Mauer des Hauses ab, in dessen Vorgarten der Octavia zum Stehen gekommen war. Unvermittelt beugte er den Kopf nach vorn und übergab sich.

Carstens zog Jasmina aus dem Fußraum des Wagens. Sie stöhnte und hielt sich den Kopf. Mit Unterstützung des Kommissars kletterte sie ungelenk aus dem demolierten Auto.

„Wie geht's dir?", fragte Carstens mit besorgter Stimme.

Jasmina stand unsicher. Sie hielt sich am Wagendach fest. „Mir ist schlecht. Ich glaub, ich muss kotzen. Mein Kopf platzt gleich."

„Ich rufe einen Krankenwagen. Du hast bestimmt eine Gehirnerschütterung. Und dein Ex wahrscheinlich auch."

„Nein, nicht ins Krankenhaus. Ich muss Tom finden", widersprach die junge Frau.

„Vergiss es! Du gehst nirgendwo hin. Kuck mal in den Spiegel!"

Carstens hatte bereits das Handy in der Hand, als ein Krankenwagen hinter dem Polizeiwagen in der Raiffeisenstraße zum Stehen kam. Ein Arzt und zwei Fahrer stiegen aus. Carstens winkte den Arzt sofort zu Jasmina. Nach einer kurzen Untersuchung sagte er: „Wir bringen Sie in die BGU. Sie haben eine Gehirnerschütterung." Bei Julian war er sich nicht sicher. „Sie könnten auch eine Gehirnerschütterung haben. Das müssen wir untersuchen." Dann begutachtete er Carstens Hand. „Das muss genäht werden, ansonsten bleibt eine unschöne Narbe."

„Später", antwortete der Kommissar. „Können Sie es nicht Tackern oder so?"

„Scheiße", entfuhr es Ressmann. „Das ist genau das Haus, in dem sich Martini aufhalten soll."

Nach ein paar Sekunden des Schweigens antwortete Köster: „Ich hoffe, er hat nichts damit zu tun…"

13. April 2013, 18:34

Wir waren geflohen. Diesmal zu dritt. Wir hatten das Auto gewechselt. Vater lenkte seinen alten D-Kadett am Main entlang. Er fuhr den Untermainkai bis zur Windmühlstraße, in die er rechts einbog. Zwei Querstraßen weiter wurde aus ihr die Moselstraße. Hinter der Kaiserstraße parkte er. „Hier finden wir Franz."

„Mehr Klischee geht nicht. Ein Passfälscher, der im Rotlichtviertel arbeitet." Ich blickte Vater von der Seite an. „Echt jetzt?"

„Da ist nur sein Büro. Er wohnt in Sachsenhausen, Großer Hasenpfad, Einfamilienhaus."

„Ich sollte den Beruf wechseln, scheint sich zu lohnen", entgegnete ich. Die ganze Fahrt über hatte ich den Umschlag von Larusso angestarrt, aber nicht geöffnet. Was würde darin auf mich warten?

„Wollen Sie ihn nicht öffnen?", fragte der Pfarrer.

„Ich weiß nicht"

„Mach schon! Wir sollten nicht länger als nötig hier im Auto rumsitzen", drängte Vater. „Wird schon kein Anthrax drin sein."

Ich verzog das Gesicht. „Sehr lustig." Ich ließ den Umschlag nachdenklich zwischen meinen Fingern kreisen. Dann öffnete ich ihn. Heraus glitt: ein Smartphone. „Was soll das?" Ich sprach aus, was alle dachten.

„Er will bestimmt nicht Ihr Facebook-Freund werden. Da bin ich mir sicher."

Obwohl die Aussage des Geistlichen spaßig klang, enthielt sie eine große Portion Ernst. Was wollte Larusso von mir? Und woher hatte er gewusst, dass ich mich in dem Restaurant aufhielt? Zu viele Fragen und zu wenige Antworten. Laut sagte ich: „Das macht alles keinen Sinn."

„Darüber können wir uns später den Kopf zerbrechen. Lasst uns endlich gehen!", trieb uns Carlo zur Eile an und öffnete die Fahrertür.

Ich drehte mich zu Horn um, der sich auf die Rückbank gequetscht hatte. Sein Talar lag im Kofferraum. Er war mit dem Blut des Kellners getränkt und hätte zu viel Aufmerksamkeit erregt. Jetzt war der Geistliche in Zivil, weißes Hemd und schwarze Jeans. „Wo haben Sie die Waffe her, die Sie unter Ihrer Priesterkutte versteckt hatten?"

„Aus meinem Safe. Sie ist ein Überbleibsel aus meiner BND-Zeit. Als ich vorhin die Handys geholt habe, dachte ich mir, steck die mal ein, vielleicht brauchst du sie noch."

„Keine dumme Idee", zwinkerte ich dem Geistlichen zu. „Jetzt aber raus. Wie haben Sie es nur auf die Rückbank geschafft?"

„Raum ist in der kleinsten Hütte", antwortete er.

Ich stieg aus, um den Pfarrer aus seinem Martyrium zu entlassen. Das Handy von Larusso steckte ich in meine Jacke. Dann holte ich meine Tasche aus dem Kofferraum. Vater stand am Straßenrand und wippte ungeduldig auf den Fußballen. „Kommt schon. Hier gibt es viele Polizeistreifen." Er lief auf der rechten Seite Richtung Taunusstraße. Am Crown Hotel blieb er stehen und öffnete die Tür. „Hier müssen wir rein."

„Ein Hotel?", entfuhr es mir.

„Warum nicht? Dachtest du, er sitzt in einem Kontakthof auf einem Barhocker vor einem Zimmer und wartet auf Kundschaft?" Er grinste Horn an: „Die Losung wird Ihnen gefallen", dann wandte sich Vater dem Portier zu. „Ist Zimmer zweiundvierzig frei?" Er schob einen fünfzig Euro Schein über den Tresen.

Der Mann hinter dem Holzmöbel schüttelte den Kopf. „Nein, ist von einer Nonne belegt."

„Ich bin Pfarrer, ich muss Ihr die Beichte abnehmen."

„Wie viele?"

„Eine."

Daraufhin nahm der grau gekleidete Blonde den Hörer von der Gabel und wählte eine Nummer. „Ein Pfarrer ist hier, alleine." Er nickte, nachdem er eine Antwort erhalten hatte, und legte auf. „Gehen Sie hoch. Er erwartet Sie."

Horn und ich blickten uns konsterniert an. „Was war das denn?", fragte ich Carlo.

„Ganz einfach. Eine Nonne gleich Unschuld, bedeutet, er ist alleine, keine Kunden. Ein Pfarrer ist ein Kunde und eine Beichte bedeutet ein neuer Auftrag."

„Du schaffst es immer wieder, mich zu verblüffen." Wir blieben vor Zimmer sechs stehen. „Ich dachte, wir wollten in Zimmer zweiundvierzig?"

Vater lachte. „Das gibt es gar nicht. Es gehört zur Verifizierung. Obendrein ist zweiundvierzig ein kleiner Scherz."

„Warum?", fragte ich verständnislos.

„Douglas Adams, per Anhalter durch die Galaxis. In dem Buch wird nach der Antwort auf alle Fragen gesucht. Sie ist zweiundvierzig."

„Oh Mann", ich schlug mir vor die Stirn. „Unglaublich."

In diesem Moment wurde die Tür geöffnet. Ein etwa sechzigjähriger Mann, zwei Köpfe kleiner als ich mit untersetzter Figur, dicken Backen, Glatze und Nickelbrille, blickte mich an. „Ah, eine Berühmtheit!", rief er aus.

„Bitte?", fragte ich zurück.

„Du bist Carlos Sohn. Bist schon den ganzen Tag im Fernsehen."

„Scheiße, so schlimm?"

„Noch schlimmer", antwortet Franz. „Kommt rein!"

Wir traten in das geräumige Zimmer. Ich war überrascht, so groß hatte ich es mir nicht vorgestellt, wenn man bedachte, wo wir uns befanden. Immerhin war das hier nicht der Frankfurter Hof. „Hübsch", sagte ich laut.

Nachdem sich Franz und mein Vater herzlich begrüßt hatten, sagte er: „Ja, nettes Büro oder? Sind zwei zusammengelegte Zimmer. Das Bett brauche ich nicht, also wurde es ausgelagert. So habe ich mehr Raum zur Entfaltung", er grinste breit, dabei verengten sich seine Augen zu schmalen Schlitzen. „Ich denke mal, du bist meine Beichte? Einmal das volle Programm?" Er blickte mich auffordernd an.

„Ja, richtig, Perso, Reisepass und Führerschein. Für die Bilder muss ich mich aber erst verkleiden."

„Kein Problem. Im Bad ist ein Spiegel."

Ich nahm meine Tasche und ging in das kleine WC. Leider war es nicht so geräumig wie der Rest des Zimmers. Es fiel mir schwer, mich umzuziehen. Ich schlug ständig mit den Ellenbogen gegen die Tür.

Nach einer halben Stunde war ich soweit. Aus dem Spiegel blickte mich ein blonder Mann mit Stirnglatze an. Tiefe Ringe rahmten meine Augen, die von Kontaktlinsen braun gefärbt wurden. Dazu kam ein Oberlippenbart à la Tom Selleck. Die Wangen waren voller, dank Silikon-Applikationen.

„Mann Junge!", rief mein Vater, als ich aus dem Bad trat. „Du solltest Maskenbildner werden. Verflucht ist das gut."

„Danke. Ich bin mit meinem Beruf glücklich", gab ich zurück. „Können wir?", fragte ich an Franz gewandt.

„Komm hier rüber.“ Er wies auf einen Stuhl hinter dem eine weiße Wand stand. Vor einer halben Stunde hatte die noch nicht gestanden. Ich setzte mich und Franz nahm die Digitalkamera zur Hand. „Jetzt mal ernst gucken, wie das Vorschrift ist.“

Die Bilder waren schnell geschossen. Dann fing der Fälscher mit seiner eigentlichen Arbeit an. Ich wollte gar nicht wissen, wo er die ganzen Blanko-Ausweise herhatte. Er klebte ein Bild auf ein DIN-A4 Blatt, ich musste unterschreiben, dann wurde alles eingescannt und er ging in den Nebenraum. „Wartet hier. Was jetzt kommt, fällt in die Kategorie Geschäftsgeheimnis.“

Es war mittlerweile halb acht und mein Magen knurrte so laut, dass Carlo mich darauf ansprach. „Hunger?“

Ich nickte: „Ja. Die letzte Mahlzeit ist einige Stunden her.“

Horn stand auf. „Herr Martini?“, wir sahen ihn beide an. Er grinste: „Ich meine den, dem ich heute Mittag die hundertfünfzig Euro gegeben habe“, er blickte mich an.

Ich griff in die Hosentasche, zog die drei Fünfziger heraus und gab sie Horn zurück.

Der Pfarrer steckte sie mit den Worten ein: „Ich lasse Sie zwei alleine und besorge Döner zum Abendmahl. Einverstanden?“ Wir nickten synchron. Dann verließ der Geistliche das Zimmer.

Da saßen wir nun, Vater und Sohn, alleine, schweigend.

„Danke, für deine Hilfe“, sprach ich in die Stille des Raums.

Carlo nickte: „Gerne. Vielleicht kann ich dir so zeigen, dass es mir aufrichtig leidtut, dich und deine Mutter verlassen zu haben.“

Ich presste die Lippen aufeinander. „Ich glaub dir und bin froh, dass du mir genau jetzt zur Seite stehst. Ich weiß nicht, was ich sonst gemacht hätte.“

„Horn hätte mit dir im Kofferraum über die Grenze fahren können.“ Bei diesen Worten grinste er breit. „Ich stell mir das gerade vor.“

Ich musste unwillkürlich auch lachen. „Ja mit fast zwei Metern Länge im Kofferraum eines alten Golfs…“ Es war der erste unbeschwerte Moment an diesem Tag. Ich lachte und es fühlte sich gut an, wenn auch nur für wenige Sekunden. „Gott sei Dank brauchen wir diese Variante nicht. Mal was anderes, wie heißt Franz mit Nachnamen?“

Vaters Blick verschleierte sich. „Das kann ich dir nicht sagen. Er will nicht, dass sein Name ausgeplaudert wird. Schon gar nicht einem Ex-Bullen. Franz ist auch nicht sein richtiger Name. Es ist, sagen wir, sein Künstlername, unter dem er firmiert.“

„Traust du mir nicht?“, fragte ich irritiert.

„Doch, aber ich habe es ihm versprochen. Bitte akzeptiere das."

„Okay."

In diesem Moment klopfte es an der Zimmertür. Eine Sekunde später lugte Franz' Kopf aus dem Nebenzimmer. „Ist euer dritter Mann."

„Woher weißt du das?", gab ich zurück.

„Kamera", erwiderte er und zog den Kopf zurück in den Nebenraum.

Ich öffnete und roch sofort das Essen. Horn trat ein und verteilte die Dönertaschen. Wir ließen es uns schmecken.

„Wir müssen vorsichtig sein, wenn wir das Hotel verlassen. Ich habe Polizeistreifen gesehen, die mit unseren Bildern herumwedeln und stichprobenartig Personalien überprüfen", berichtete Horn. „Ein Polizist hätte mich fast erkannt, als ich aus dem Dönerladen gegangen bin. Wir sollten das Gebäude getrennt verlassen, um kein Risiko einzugehen." Wir nickten, akzeptierten seinen Vorschlag.

Zwei Stunden später kam Franz zurück. In der Hand meine neuen Papiere.

Ich nahm sie entgegen und begutachtete sie. „Wahnsinn. Wie echt!" Ich las meinen neuen Namen, Walter Zimmer.

„Sie sind echt. Die in Berlin könnten es nicht besser", verbesserte mich Franz. „Kommen wir zu meiner Bezahlung. Ich gehe davon aus, dass dein Vater dir den Preis genannt hat." Er überlegte kurz, wiegte den Kopf auf dem kurzen Hals hin und her. „Gib mir fünfzehnhundert. Freundschaftspreis."

Ich öffnete meine Tasche und gab Franz das Geld. „Vielen Dank."

„Kannst mich ja weiterempfehlen. Aber nicht an deine Bullenfreunde." Seine kleinen Augen blickten mich scharf an. Die Aussage war keine Bitte, eher eine unterschwellige Drohung. Aber ich hatte nicht vor, Franz je ans Messer zu liefern.

„Keine Angst", nickte ich. „Vielen Dank noch mal." An Horn und Vater gewandt fragte ich: „Wer geht als erster?"

13. April 2013, 18:41

Als Ressmann und Carstens das Restaurant zu Fuß erreichten, waren bereits Absperrungen errichtet. „Schon wieder ein Tatort", flüsterte Carstens, mehr zu sich selbst als zu seinem Kollegen. „Vier an einem Tag. Hatten wir das schon mal?"

Ressmann schüttelte den Kopf. „Nein. Ich kann mich zumindest nicht erinnern. Die Frau heute Morgen, der Amoklauf, die zwei Attentäter im SUV und jetzt ein Toter im Restaurant. Durch den Amoklauf sind unsere Kräfte weit verstreut über die Innenstadt." Ressmann blieb direkt vor dem rot-weißen Flatterband stehen und hielt Carstens am Arm fest. „Das ist Absicht!"

„Wie meinst du das, Till?"

Der Kommissar schlug sich mit der flachen Hand gegen die Stirn. „Ist doch logisch. Unsere Kräfte, Streifen, Kripo, Spusi sind quer über die ganze Stadt versprengt. Von Schwanheim bis nach Fechenheim. Auf der Zeil ist aus allen Stadtteilen Personal gebündelt im Einsatz. Jemand will uns ausdünnen. Um an einer anderen Stelle freie Bahn zu haben. Damit wir irgendwann nicht mehr reagieren können."

„Stimmt. Mit jedem weiteren Tatort dauert es länger, bis wir vor Ort sein können. Du hast recht. Aber warum?"

„Das sollten wir schleunigst herausfinden", Ressmann rieb sich das Kinn. „Lass uns reingehen."

Sie betraten den Gastraum, in dem sich nur ein Mann der Spurensicherung aufhielt. Vor und hinter dem Haus stand je eine Streife Wache. Sonst waren keine weiteren Kollegen anwesend. Vor der Tür standen zwei Angestellte des Restaurants mit den uniformierten Kollegen, die ihre Aussagen aufnahmen. Das untermauerte Ressmanns Theorie. Die Luft wurde dünner.

Die Kommissare trafen auf den Mann von der Spusi. Der überfordert wirkende junge Mann blickte auf. Ressmann hatte ihn noch nie gesehen. Sie zeigten ihm ihre Dienstausweise.

„Guten Abend, Marc Meister", stellte er sich vor. „Ich bin noch nicht lange da, ich kann Ihnen nur sagen, dass die Leiche noch warm ist."

Ressmann runzelte die Stirn. „Ist der Nachname Zufall?"

Meister schüttelte den Kopf: „Nein, Reiner ist mein Vater. Ich bin gerade mit der Ausbildung fertig geworden. Und weil heute Großkampftag ist, hat Papa mich alleine losgeschickt. Erwarten Sie bitte keine Wunder."

Carstens klopfte dem auf dem Boden hockenden Mann so fest auf die Schulter, das dieser fast umkippte. „Große Fußstapfen, die Sie ausfüllen müssen. Viel Glück. Wann können wir mit ersten Ergebnissen rechnen?" Carstens grinste und zeigte die Zähne.

Meister wurde unsicher. „Wie gesagt, ich kann nicht hexen. Und ich bin alleine, wie Sie sehen."

„Sie haben sich bestimmt einen ersten Eindruck verschafft?“, fragte Ressmann aufmunternd.

Meister nickte. „Sieht so aus, als wären mehrere Personen im Raum gewesen. In der Blutlache habe ich verschiedene Fußabdrücke gefunden. Zwei größere und ein kleineres Profil. Könnten drei Leute gewesen sein. Aus der Lage des Opfers kann ich schließen, dass der Täter in Türnähe gestanden haben muss oder zumindest in dieser Richtung.“

„Warum war es nicht einer der drei anderen?“, fragte Carstens.

„Wäre auch möglich, falls der Täter noch mal durch den Raum gelaufen ist.“

„Er könnte während der Tat neben dem Kellner gestanden haben“, mutmaßte Carstens.

„Unmöglich. Das Messer hat den Hals komplett durchdrungen. Das passiert nur, wenn es mit großer Wucht aus ein paar Metern Entfernung, geworfen wird.“

„Sehen Sie, geht doch!“ Der Kommissar klopfte Meister erneut auf die Schulter. Dann wandte er sich an Ressmann: „Drei Leute, zwei große und ein kleineres Paar Füße.“ Er hob die Hand und zählte an den Fingern auf. „Horn, der Vater und Martini. Sie sind zusammen unterwegs. Sollte eine vierte Person anwesend gewesen sein, dann war das hoffentlich der Täter.“

Ressmann nickte. „Ansonsten würde Tom mit elf Morden in Verbindung stehen.“

„Einer mehr oder weniger macht den Bock auch nicht fett“, antwortete Carstens lapidar.

„Jetzt mach mal einen Punkt!“, echauffierte sich sein Kollege. „Es geht um Mord.“

„Glaubst du wirklich, dass er es war?“

„Anhand der Fakten, ja“, nickte Ressmann.

„Und wenn du auf dein Gefühl hörst?“

„Das ist Andreas Ressort“, wiegelte der Kommissar ab. Ressmanns Handy unterbrach die Diskussion. Köster. „Ja, Chef“, meldete sich der Kommissar.

„Wie sieht es aus?“, kam der Alte sofort zur Sache.

„Meister Junior ist noch bei der Arbeit.“ Ressmann berichtete, was sie bislang herausgefunden hatten. „Wir haben noch nicht mit den Zeugen gesprochen.“

„Dann machen Sie das. Haben Sie eine Spur von dem vierten Mann? Wenn es einen solchen gab.“

„Nein, bisher nicht. Es ist nur eine Vermutung. Aber wenn es ihn nicht gibt, muss einer der anderen drei den Kellner ermordet haben."

Köster dachte nach. „Ist das schlüssig?"

Ressmann verneinte: „Überhaupt nicht. Wir vermuten, dass Martini von Horn und seinem Vater begleitet wird. Laut dem Peilergebnis von Herrn Anderson war Martini hier in diesem Haus. Die Leiche, das alles wirft mehr Fragen auf, als es beantwortet."

„Eine Variante wäre, der vierte Mann hat den Kellner getötet, weil er Martini erkannt hat", warf Köster in die Runde.

Jetzt schaltete sich Carstens ein, der über Lautsprecher mitgehört hatte. „Wer sollte das gewesen sein? Und warum sollte Martini das wollen?"

„Stand jetzt hat er vermutlich zehn Menschen auf dem Gewissen, Herr Carstens. Reicht das nicht als Grund?"

„Aber wie passen die zwei Attentäter in dem SUV dazu? Bis dahin bin ich Ihrer Meinung, aber seit dem Angriff auf uns, weiß ich nicht mehr, was ich von der Situation halten soll. Soll Martini die beauftragt haben?", fragte Carstens mit bitterem Unterton in der Stimme. „Das glaube ich nicht."

„Sie haben recht. Das passt alles nicht zusammen. Sprechen Sie mit den Zeugen, vielleicht bringt uns das weiter." Köster beendete das Gespräch.

Ressmann wendete sich an Meister: „Was Neues?"

Der Forensiker blickte auf. „Nein, ich brauch noch Zeit."

Ressmann hob entschuldigend die Hände. „Sorry, wollte nur nachfragen."

Meister nickte. „Ich verstehe Sie. Dieser Martini ist ein Freund von Ihnen, hat Papa gesagt. Ich werde besonders gründlich vorgehen. Und mit dem vierten Mann bin ich mir sehr sicher." Er stand auf und zeigte auf die Blutlache. „Es führen nur Spuren Richtung Tür, keine Richtung Notausgang. Keiner ist hin und her gelaufen, nachdem das Opfer zu Boden gegangen ist."

„Warum sind die nicht durch den Notausgang verschwunden? Und sind stattdessen durch das Blut gelatscht?"

„Das weiß ich nicht, das ist Ihre Aufgabe."

Carstens öffnete den Mund. Schloss ihn aber sofort wieder. „Ja, Stefan. Du wolltest etwas zu dem Gespräch beitragen?", fragte ihn sein Kollege.

„Nein, das war nur Quatsch. Vergiss es. Lass uns mit den Zeugen reden!" Carstens stiefelte zum Ausgang.

Ressmann folgte ihm. Die Kollegen von der Streife hatten die Personalien und eine vorläufige Aussage aufgenommen. Bei den Zeugen handelte es sich um einen Koch und den Bruder des Ermordeten, der als Chefkoch agierte. Das Restaurant gehörte ihnen zu gleichen Teilen.

„Meine Bruder hat sich um Gäste gekümmert. Ich abe mit Enzo in Küche gearbeitet. Ich abe die Essen für drei Männer gemacht."

„Sicher, dass es nur drei waren?", hakte Ressmann nach.

„Ja. Giovanni hat drei Pizze in Küche bestellt."

„Waren noch andere Gäste anwesend?"

„Nein, wir hatte gerade geöffnet. Ware die erste Gäste." Tränen standen in den Augen des Restaurantbesitzers. „Isse schlimmer als Sizilia." Er wischte sich eine Träne aus dem Augenwinkel.

„Haben Sie sonst etwas mitbekommen?"

„Si", erwiderte er und sein Gesicht nahm einen ängstlichen Ausdruck an. „Ich abe il diavolo gesehen…"

13. April 2013, 22:13

„Wir sollten uns trennen", stellte Horn nüchtern fest.

„Warum?", fragte Vater, dem die ganze Aufregung und das Verstecken gefiel.

Ich nickte: „Ja, das ist besser." An Vater gewandt fuhr ich fort, „Die Polizei sucht nicht nur mich, sie halten auch nach euch Ausschau. Deshalb wurde Herr Horn am Bahnhof verfolgt und deshalb waren Till und Stefan in Fechenheim. Sie scheinen zu wissen, dass ihr mir helft."

„Aber warum trennen?"

„Ich habe jetzt eine neue Identität. Um diese zu schützen, darf ich nicht mit euch gesehen werden. Bei einer Polizeikontrolle könnten die Beamten misstrauisch werden, wer denn Walter Zimmer ist."

Vater verstand, aber er mochte die Idee nicht. „Wir könnten bis zur Grenze fahren und…"

Ich legte ihm eine Hand auf den Arm. „Bitte. Ich weiß, dass du helfen möchtest. Und das erste Mal seit wir uns kennen, sind wir so etwas wie Vater und Sohn. Aber jetzt müssen wir uns trennen. Ich verspreche dir, wenn alles vorbei ist machen wir an diesem Punkt weiter. In Ordnung?"

Er akzeptierte mein Argument. Dann tat er etwas, was ich nicht erwartet hätte. Er zog mich zu sich und nahm mich in den Arm. „Sei vorsichtig", flüsterte er in mein Ohr und drückte mir den Autoschlüssel in die Hand. „Irgendwie musst du ja nach Holland kommen", grinste er und ließ mich wieder los. An Horn gewandt sagte er: „Lassen Sie uns gehen."

Horn kam zu mir und schüttelte meine Hand: „Passen Sie auf sich auf. Wenn Sie wieder Hilfe brauchen, melden Sie sich."

„Vielen Dank, Herr Horn, für alles."

„Gerne." Horn und Vater gingen zur Tür und verließen mit einem Abstand von zwei Minuten einzeln Franz' Zimmer.

Franz trat zu mir. „Weißt du das Nummernschild von Carlos Auto?"

Ich überlegte eine paar Sekunden. Die Initialen von Vater kamen darin vor… dann fiel es mir ein. Franz schrieb sich die Nummer auf. „Warte hier." Der untersetzte Mann verschwand noch einmal in seinem Arbeitszimmer. Zehn Minuten später kam er wieder mit einem Fahrzeugschein. „Das Auto gehört nun Walter Zimmer."

„Woher weißt du die Daten von Vaters Auto?"

„Was glaubst du, wer ihm das Ding besorgt hat?"

„Es ist geklaut?"

Franz hob die Hände: „Nein. Ein Klient hat so einen Teil seiner Schulden bezahlt. Und da ich nicht wusste, wo er die Karre her hat, habe ich sie umgemeldet", er schrieb Gänsefüßchen in der Luft. „Ich hab da einen guten Kontakt zur Zulassungsstelle. Mehr solltest du nicht wissen."

Mehr wollte ich auch nicht wissen. „Danke, Franz." Ich reichte ihm die Hand zum Abschied und verließ Zimmer sechs.

Auf der Straße angekommen lief ich direkt zu Vaters Wagen, pardon Walter Zimmers Wagen. Zehn Meter vor dem alten D Kadett traten zwei uniformierte Polizisten hinter einem parkenden LKW hervor. Sie waren beide so groß wie ich, breitschultrig, ernste Gesichter und mit Schutzwesten bekleidet. Einer trug ein Maschinengewehr über dem Arm. Sie fixierten mich und versperrten mir den Weg. Der Beamte ohne MP sprach mich an: „Guten Abend, Personenkontrolle. Dürfte ich bitte Ihren Personalausweis sehen?"

Ich versuchte ganz normal zu wirken. Zu cool oder abgebrüht hätte Verdacht erregt. „Was gibt's denn?", fragte ich, während ich meinen nagelneuen Ausweis umständlich heraus kramte.

„Routinekontrolle", antwortete der Beamte einsilbig. Er nahm die kleine Karte in Empfang und beäugte sie kritisch. Dreimal verglich er das Bild mit dem Original. Seine Finger fuhren über die Oberfläche des Ausweises. Dann betrachtete er die Rückseite. Das Ganze zog sich in die Länge. War er misstrauisch geworden? War der Ausweis doch nicht so gut wie Franz gesagt hatte? Der Beamte sah mir in die Augen. „Hatten Sie eine tätliche Auseinandersetzung?"

Ich blickte ihn ungläubig an. „Nein. Warum?"

„Sie haben Blut auf der Wange."

„Blut?", rief ich erschrocken aus. Dann dämmerte es mir, Döner, Pommes und Ketchup. Ich lachte etwas gezwungen: „Das ist Ketchup von den Pommes." Und jetzt musste ich sehr vorsichtig sein. Ohne Spiegel an meiner Maske herum zu wischen war sehr riskant. Rieb ich zu vorsichtig passierte nichts. Rieb ich zu stark, verwischte wahrscheinlich die Schminke und der Polizist könnte mich enttarnen. Aber er hatte im Schatten des LKW auch Ketchup für Blut gehalten. Vielleicht fiel eine blanke Stelle in meiner Maske nicht auf. Ich hob die Hand, leckte meine Zeigefinger an und fragte: „Wo denn?" Der Beamte deutete mit dem Ausweis ein Stück neben meinen rechten Mundwinkel. Ich wischte vorsichtig über die Stelle und merkte, wie sich etwas löste. Hoffentlich verklumpter Ketchup. Ich nahm die Hand weg und sah auf meinen Finger, nur rot. Erleichterung machte sich in mir breit. Dabei vergaß ich die Beamten.

„Hier, bitte!" Er wedelte mit dem Perso vor meiner Nase herum. „Schlafen Sie?"

„Nein, vielen Dank", antwortete ich schnell. „T'schuldigung." Ich nahm ihn entgegen.

Der Polizist musterte mich noch einmal eingehend. Er zog eine Taschenlampe aus der Weste und leuchtete mir in eines meiner Augen. „Stehen Sie unter Drogen?"

„Hey, was soll das? Gehört das zu einer Routinekontrolle?"

Er blickte zu seinem Kollegen, der einen Schritt näher gekommen war. Dieser nickte jetzt: „Seine Pupillen reagieren normal. Clean!"

„Natürlich bin ich clean. Ketchup ist keine Droge, oder?" Ich versuchte, verärgert aber nicht zu aufmüpfig zu klingen.

„Entschuldigen Sie die Störung", antwortete der Mann mit der MP. „Mein Kollege wollte nur auf Nummer sicher gehen, Herr Zimmer."

„Schon okay. Sie tun ja nur Ihre Pflicht", lenkte ich ein. Ich steckte den Ausweis ein und verabschiedete mich von den beiden. Sie ließen mich passieren und liefen zum Hotel.

Als ich im Auto saß, atmete ich schwer ein und aus. Scheiße, das war knapp gewesen. Ich startete den Motor, parkte aus und fuhr los.

Doch ich kam nicht weit. In Höhe des Hotels standen die beiden Beamten auf der Straße und hielten mich an. Sie haben mich doch erkannt, war das einzige, was ich denken konnte.

13. April 2013, 22:15, Polizeipräsidium Adickesallee

Carstens und Ressmann waren wie vor den Kopf gestoßen. Wenn die Beschreibung des Restaurantbesitzers richtig war, war sein Bruder von Josef Larusso getötet worden.

„Wir können es auch nicht glauben. Aber das Bild, das Herr Piazzi mit dem Phantombildzeichner erstellt hat, ist relativ eindeutig." Sie hatten den Zeugen mit in die Adickesallee genommen und sofort zu einem Zeichner gebracht. Jetzt wären die Erinnerungen noch frisch, hatte Ressmann gesagt, umso schneller könnten sie den Mörder seines Bruders finden. Daraufhin hatte Piazzi eingewilligt mitzukommen.

Köster, in dessen Büro sie zusammen mit Marco Bergmann und Felix Arndt saßen, nahm das Bild auf und betrachtete es eine lange Minute. „So schnell hätte ich nicht damit gerechnet", sinnierte er vor sich hin. An die Kommissare gewandt fuhr er fort: „Wie konnte der Zeuge unseren Mann sehen?", er deutete auf das Bild. „Er hielt sich laut seiner Aussage in der Küche auf?"

„In der Tür ist eine Art Bullauge, da hat er durch geschaut. Er hat auf seinen Bruder gewartet, der das Essen abholen sollte", erklärte Ressmann.

Der K11-Leiter nahm seine Pfeife aus der Schublade, stopfte und entzündete sie. Rauchkringel kamen aus seinem Mund. „Was schließen wir daraus? Warum war Larusso in dem Restaurant? Und warum hat er nicht Martini getötet?" Die Frage war an alle gerichtet.

„Ich hätte eine Theorie, aber sie könnte etwas abwegig klingen", meldete sich Arndt zu Wort. „Was, wenn er gemeinsame Sache mit Martini macht? Sie haben sich in dem Restaurant getroffen und der Kellner kam ihnen dazwischen."

„Moment, Moment! " rief Carstens und runzelte die Stirn. „Was setzt du hier für ne Scheiße in die Welt? Martini und Larusso gemeinsame Sache? Lächerlich!"

„Vielleicht sollte es nur zu einer kurzen Unterredung kommen, ein Austausch von ein paar kurzen Informationen. Ein, zwei Minuten. Nicht mehr. So ungefähr."

„Das ist doch an den Haaren herbeigezogen!", Carstens schüttelte den Kopf. „Wenn du die beiden besser kennen würdest ..."

„Ich hatte ja gesagt, es klingt abwegig. Aber es ist auffällig, dass der Kellner ermordet wurde und nicht einer der anderen drei Anwesenden."

„Stimmt", lenkte Carstens ein. „Aber das hieße auch, dass Martinis Vater und Pfarrer Horn – von denen wir glauben, dass sie mit von der Party waren – mit zu der Verschwörung gehören."

„Horn war uns die ganze Zeit suspekt und Carlo Martini hilft seinem Sohn…"

Köster brachte die beiden Kommissare mit einer Handbewegung zum Schweigen. „Genug! Wir sollten diese Theorie im Hinterkopf behalten, bis wir uns die wahren Umstände erklären können. Allerdings ist es wirklich auffällig, dass nicht Martinis Leiche in der Pizzeria gefunden wurde. Er hat Larusso entstellt und seine Pläne zweimal durchkreuzt. An Gründen hätte es ihm nicht gemangelt."

Das Klingeln des Telefons unterbrach die Diskussion. Der K11-Leiter nahm den Hörer ab, hörte aufmerksam zu, brummte leise zur Bestätigung und legte auf. Die vier Kommissare blickten ihn erwartungsvoll an. „Eine Streife hat im Bahnhofsviertel bei einer Routinekontrolle einen Mann festgenommen." Er schwieg eine Sekunde, bevor er hinzusetzte: „Der Name des Mannes ist: Martini."

You're strapped to the wheel of fortune
Don't know the cards that time will deal
It can be over too soon
'Cos time has got a heart of steel

Victory – Standing on the edge of time

Kapitel 5

13. April 2013, 22:30

Der Learjet landete nachts gegen halb elf auf dem Frankfurter Flughafen. Rhein-Main Airport war der größte Flughafen Deutschlands und der viertgrößte in Europa, nach London, Paris und Amsterdam. Dabei begann alles ganz klein im Jahr 1912 auf dem Rebstockgelände, dem ersten Frankfurter Flughafen. Damals landeten dort Zeppeline. Weil der Flughafen nicht weiter ausgebaut werden konnte, beschloss der Frankfurter Magistrat 1930 einen neuen Flughafen südlich von Frankfurt Schwanheim, im Frankfurter Stadtwald zu bauen. Die Weltwirtschaftskrise legte diese Pläne auf Eis. 1933 übernahmen die Nationalsozialisten diese Ansätze und begannen 1934 mit der Rodung des Waldes. Am 8. Juli 1936 landete die Ju52 als erstes Flugzeug zur offiziellen Eröffnung. Sie war zuvor am Rebstock gestartet.

Seit dem Ende des Zweiten Weltkriegs wurde der Flughafen sukzessive erweitert, zu einem der bedeutendsten Luftfahrtdrehkreuze der Welt.

Der Jet rollte zu seiner Parkposition am Rande des Vorfeldes. Als die Tür sich öffnete, stiegen zwei Männer in schwarzen Anzügen und weißen Hemden aus. Schmidt und Meier. Ein schwarzer SUV mit Vorfeldberechtigung rollte heran, in den die beiden BND-Agenten umstiegen.

Schmidt nahm auf dem Beifahrersitz Platz. „Wo ist er?“, fragte er den Fahrer.

„Im Bahnhofsviertel. Im Crown Hotel“, kam die Antwort wie aus der Pistole geschossen.

„Im Crown?“ Schmidt hob die Stimme. „Wie lange schon?“

„Ein paar Stunden.“

„Was ist mit seinem Vater und dem Pfarrer?“

„Die sind vor etwa zwanzig Minuten heraus gekommen, ohne Martini.“

„Wurde kontrolliert, ob Martini noch in dem Hotel ist?“ Der Agent rutschte unruhig auf dem Sitz hin und her.

„Nein, warum auch? Es gibt keinen Hinterausgang und unser Mann kann den Eingang überblicken. Kein toter Winkel.“

„Verdammt! In dem Hotel hat ein Passfälscher seine Werkstatt", erklärte Schmidt.

„In Ordnung. Aber ich verstehe Ihre Aufregung nicht."

„Martini ist ein Meister der Verkleidung... muss ich mehr sagen?"

Der Fahrer kräuselte die Stirn. „Sie meinen, er ist..."

„Ja, genau das meine ich. Fahren Sie los, aber schnell!"

Der Fahrer trat das Gaspedal durch und fuhr zum nächstgelegenen Tor, um das Flughafengelände zu verlassen. „Woher wissen Sie das mit dem Passfälscher?"

Schmidt blickte starr durch die Frontscheibe. „Seit dem 11. September 2001 hat der BND... sagen wir, Mitarbeiter in allen Schichten der Bevölkerung. Um Anschläge zu verhindern und potenzielle Attentäter führzeitig zu entlarven, haben wir Leute wie Franz rekrutiert."

„Franz? Ist das der Name des Fälschers?", fragte der Fahrer.

„Sein Künstlername. Wir lassen ihn seinen Geschäften nachgehen, haben ihn aber dazu verpflichtet, alle Verdächtigen, die einen Terroranschlag planen oder in Verbindung dazu stehen könnten, zu melden."

„Hat er schon einmal jemanden gemeldet?"

„Ja. Franz hat geholfen, einen Anschlag am Frankfurter Flughafen zu verhindern. Die Öffentlichkeit hat davon nie etwas erfahren. Die Fraport hat einige Strippen in der Politik gezogen, um den Ermittlungserfolg unter den Teppich zu kehren."

„Ist eine Person nicht zu wenig?"

„Er ist nicht der Einzige. Wir haben ein bundesweites Netzwerk aufgebaut."

„Unglaublich, war mir nicht bekannt, dass wir..."

„Stopp, da vorne ist ein Parkplatz." Schmidt deutete nach links. Bevor er ausstieg, wandte er sich erneut an den Fahrer. „Rufen Sie die Kollegen in Berlin an, sie sollen Horns Handy, welches er wahrscheinlich Martini überlassen hat, anpeilen." Als der Fahrer ebenfalls aussteigen wollte, hob der Agent die Hand. „Ich gehe alleine. Nur ich kenne die wahre Identität von Franz. Ach ja, Sie bewahren Stillschweigen über das, was sie gerade gehört haben. Ansonsten sorge ich dafür, dass Sie bis zu Ihrem Lebensende Dienst auf einer Hallig verrichten." Mit diesen Worten sprang Schmidt aus dem Wagen und rannte zum Eingang des Hotels. Er ignorierte den Portier, der hinter ihm her rief, er müsse sich anmelden, und hastete die Treppen zu Zimmer sechs hinauf. Dort angekommen klopfte er energisch gegen die Tür. „Aufmachen! Sofort!", brüllte er.

Als Franz gemächlich die Tür öffnete, stürmte Schmidt an ihm vorbei in das Zimmer. „Ihnen auch einen schönen guten Abend, Herr Schmidt", begrüßte Franz ihn höflich.

„Wo ist er?", rief Schmidt aus dem Nebenzimmer.

„Wer?"

„Sie wissen genau, wen ich meine. Martini!!!"

„Ach, Carlo. Ja, der war mit seinem Freund dem Pfarrer auf ein Bier da."

„Thomas Martini!"

„Keine Ahnung, von wem Sie reden." Franz blieb völlig ruhig. Seine Hände ruhten auf seinem Bauch und ein kleines Lächeln stahl sich in sein Gesicht.

Schmidt kam zurück und langsam näher. Der Agent ärgerte sich, dass er die Fassung verloren hatte. Er beruhigte sich und als er wieder anfing zu sprechen, klang seine Stimme emotionslos. „Lieber Franz, wir kennen uns schon so lange. Möchtest du mir nicht einfach sagen, wohin dein letzter Kunde verschwunden ist? Und vor allem, wie er jetzt heißt?" Eine unausgesprochene Drohung lag in den Worten, so belanglos sie auch klangen.

Der kleine untersetzte Mann lächelte breiter. „Sie müssten am besten wissen, dass dies unter die Schweigepflicht fällt."

„Er war also da. Wie lange?"

„Kann ich nicht sagen."

„Hör mir jetzt gut zu", Schmidt trat einen Schritt näher und sprach noch leiser als zuvor. „Ich lass dich hochgehen. Die Frankfurter Polizei wird deinen Laden demontieren und du wirst nie wieder ein Bein auf den Boden bekommen, weil du den Rest deines Lebens gesiebte Luft atmen wirst."

Franz lächelte unbeeindruckt weiter. „Sind Sie sicher? Was passiert, wenn ich mich verplappere? Wenn ich Dinge erzähle, die nicht für die Ohren der normalen Polizei bestimmt sind, Herr Schmidt." Er betonte den Namen mehr als nötig.

„Das wagst du nicht. Damit würden alle Absprachen hinfällig und das weißt du."

„Ich meine nicht diese Spitzel-Geschichte, die andere ..." Das Lächeln war aus dem breiten Gesicht verschwunden.

Der Agent runzelte die Stirn. „Was meinst du?" In seiner Stimme schwang nun zum ersten Mal Unsicherheit mit.

Franz war verwundert über Schmidts Reaktion und sagte nur ein Wort: „Bülow."

13. April 2013, 22:34

Aus! Fertig! Sie haben mich! Hier und jetzt würde meine Flucht enden. Alle Bemühungen, der Polizei zu entkommen, waren vergebens gewesen. Was hatte mich verraten? Der Ketchup auf meiner Wange? Hatte der Beamte gemerkt, dass ich eine Maske trug?

Ich ließ den Wagen langsam ausrollen, bis er direkt vor dem Uniformierten zum Stehen kam. Der Polizist mit der MP postierte sich seitlich versetzt zur Fahrerseite des Autos und ließ mich nicht aus den Augen. Sein Kollege, der meinen Ausweis kontrolliert hatte, klopfte an die Scheibe. Ich kurbelte sie herunter und fragte: „Habe ich was vergessen?"

Zu meiner Überraschung schüttelte der Mann den Kopf: „Ihr Blinklicht vorne links funktioniert nicht. Lassen Sie das bitte schnellstmöglich reparieren."

In diesem Moment versuchte ich kein allzu dummes oder erleichtertes Gesicht zu machen. „Ja, natürlich. Gleich morgen fahr ich in eine Werkstatt. Vielen Dank."

„Keine Ursache." Der Beamte nickte mir zu, drehte sich zu seinem Kollegen und die beiden verschwanden zwischen den geparkten Autos.

Ich ließ die Luft aus meinen Lungen entweichen. Oh Mann, noch so ein Ding und ich brauchte einen Herzschrittmacher. Ich kurbelte die Scheibe hoch und fuhr los. Mittlerweile standen hinter mir fünf Autos. Einer hupte. „Ich fahr ja schon", brummelte ich vor mich hin, die Erleichterung überwog jedoch den Ärger über den ungeduldigen Verkehrsteilnehmer.

Ich musste mir ein Hotel suchen. Brauchte dringend Schlaf, bevor ich in die Niederlande aufbrechen würde. Ich erinnerte mich an meine Flucht nach Düsseldorf. In jener Nacht hatte ich in einer kleinen Pension im Taunus übernachtet. Ich fuhr Richtung Messe, die Theodor-Heuss-Allee entlang und dann auf die A66. Bei Höchst wechselte ich auf die B8 und dann auf die B519.

Ich fand das mit Efeu bewachsene Gebäude auf Anhieb wieder. Walter Zimmer checkte ein und begab sich sofort auf sein Zimmer. Ich war sowas von groggy, legte die Maske ab und putzte Zähne. Sollte ich Jay noch eine Nachricht schreiben? Ich überlegte. Besser nicht. Die Gefahr, dass mein neues Telefon angepeilt wurde, war zu groß. Ich schaltete es aus und nahm den Akku heraus. Morgen würde ich das zweite

Handy von Horn benutzen. Larussos *Geschenk* hatte ich völlig vergessen. Ich legte mich ins Bett und schlief augenblicklich ein.

Von dem Wagen, der zwei Minuten nach mir angekommen war und dessen Fahrer im Auto sitzen blieb, bekam ich nichts mit.

13. April 2013, 23:35

„Wo ist Ihr Sohn?", fragte Ressmann lauter als nötig. Beamte hatten in der B-Ebene des Hauptbahnhofs Carlo Martini entdeckt und in Gewahrsam genommen. Jetzt saß er in einem kleinen Raum der Bahnpolizei, an einem Metalltisch. Ressmann und Carstens waren vor fünf Minuten eingetroffen und hatten direkt mit der Vernehmung begonnen. „Sie sind sich anscheinend nicht bewusst, in welcher Situation Sie sich befinden?"

„In welcher denn?", antwortete Martinis Vater ungerührt.

„Herr Martini, wir wollen Ihnen nichts anhängen", wendete sich Carstens an den Sechzigjährigen. „Tom ist Ihr Sohn. Das heißt, wir können Sie nicht zwingen, gegen ihn auszusagen. Aber Sie machen sich der Mittäterschaft schuldig, wenn Sie ihn schützen."

Carlo Martini grinste. „Sie sind also der gute Bulle und Herr Ressmann der böse."

Ressmann, der neben dem Tisch stand, schlug mit beiden Händen auf den Tisch, dass es knallte. „Glauben Sie das ist ein Witz? Es geht um zehn- oder elffachen Mord!"

„Glauben Sie, ich weiß das nicht?", konterte Martini. „Aber mein Sohn ist unschuldig. Und das sollte Ihnen ebenfalls klar sein."

„Im Moment ist er flüchtig und das lässt ihn nicht unschuldig erscheinen", erwiderte Ressmann. „Was ist in der Pizzeria geschehen? Wer hat den Kellner ermordet?"

„Wollen Sie das auch meinem Sohn anhängen?", echauffierte sich Martini.

„Also waren Sie in dem Restaurant!" Ressmanns Gegenüber nickte. „Dann sagen Sie uns, was passiert ist."

„Es war Larusso..." Martini gab den Kommissaren eine kurze Zusammenfassung. „... und schon war er wieder weg."

Der Arzt überlegte kurz. „Hart an der Grenze. Ich werde es versorgen. Sollten Sie aber Scherzen bekommen, fahren Sie sofort in ein Krankenhaus. Verstanden?“

„Alles klar, Doc“, grinste Carstens.

Nachdem der Arzt die Hand des Kommissars versorgt und verbunden hatte, wandte er sich den beiden Männern am Boden zu und stellte offiziell den Tod fest.

Jasmina ergriff Carstens Hand: „Finde Tom! Bitte!“

„Auf jeden Fall. Mach dir keine Sorgen.“

Jasmina und Julian gingen zum Krankenwagen, der nach einem mühsamen Wendemanöver entgegen der Einbahnstraße mit Martinshorn davon fuhr.

Carstens kam zu Ressmann. Sie demaskierten den zweiten Mann. Er war ihnen unbekannt. „Ob das auch ein Helfer Larussos war?“

„Du meinst einer der elf, die noch frei rumlaufen? Von denen dieser Christopher gesprochen hat?“, fragte Ressmann zurück. „Sehr wahrscheinlich“, nickte er. „Wir hatten großes Glück.“

„Wie meinst du das?“

„Der Typ war LKW-Fahrer, kein GSG9-Spezialist. Die zwei sind völlig dilettantisch vorgegangen. Einer hätte Feuerschutz geben müssen, während der zweite vorrückt, um uns alle zu machen. Aber sie haben nur aus der Ferne geschossen, nicht mehr“, resümierte Ressmann.

Carstens nickte bedächtig. „Du hast recht. Bin gespannt, wer der andere ist. Und vor allem, was sollte das Ganze?“

Ressmanns Handy riss die Kommissare aus ihren Gedanken über Leben und Tod.

„Köster hier“, meldete sich der Alte, als der Kommissar den Anruf entgegennahm. „Wo sind Sie?“

„In der Raiffeisenstraße.“ Ressmann gab Köster einen kurzen Bericht über die Ereignisse.

„Sind Sie verletzt?“ Die Stimme des K11-Leiters klang besorgt.

„Nur ein Kratzer an Carstens linker Hand. Allerdings hat der Notarzt Frau von Linde und Herrn Anderson mit ins Krankenhaus genommen. Gehirnerschütterung.“

„Das ist alles mehr als sonderbar“, sinnierte Köster. „Ich schicke Ihnen einen Ersatzwagen in die Max-Hirsch-Straße 34.“

„Warum nicht hierher?“

„Weil Sie dort ein weiterer Toter erwartet. Der Kellner eines italieni schen Restaurants.“

Ressmann blickte zu Carstens. „Es stimmt also. Larusso hat seine Finger im Spiel. Also waren die zwei Männer im SUV kein Zufall ..." Dann sah er Martini wieder an. „Sind Sie sich absolut sicher, dass es Larusso war?"

„Herr Kommissar! Ich war diesem Psycho letzten Dezember näher, als mir lieb ist. Ich würde ihn immer und überall wiedererkennen, da können Sie sich absolut drauf verlassen."

„Das deckt sich mit der Aussage des Lokalbesitzers", fügte Carstens bedächtig hinzu.

„Also wissen Sie jetzt, dass mein Sohn unschuldig ist."

„So weit sind wir noch lange nicht", warf Ressmann in grobem Ton ein. Er zeigte Carlo Martini das Phantombild des Amokläufers. „Das muss Tom uns erklären, genauso wie die Tote in seinem Bett."

Martini blickte tadelnd. „Zugegeben, der Mann sieht meinem Sohn ähnlich ..." Er legte den Kopf schief. „Sehr ähnlich sogar, aber das heißt nicht, dass er es ist. Sie sind sein Freund, verflucht! Und Sie auch", er musterte Carstens. „Sie beide glauben ernsthaft, er wäre zu so etwas fähig?" Er holte tief Luft. „Himmelherrgott..." Er unterbrach sich und deutete auf Carstens Hand. „Ihr Verband. Da ist Blut."

Carstens, der schon die ganze Zeit den leichten Schmerz zu ignorieren versuchte, inspizierte seine verletzte Hand. „Mist, es blutet durch."

„Ich fahr dich ins Markuskrankenhaus." Ressmann unterbrach das Verhör.

„Was machen wir mit ihm?", fragte Carstens.

„Eine Streife soll ihn in die Adickesallee bringen. Köster muss entscheiden, was mit ihm geschieht."

Martini schwieg, ihm war es egal. Sein Sohn war auf freiem Fuß.

Die Kommissare verließen den Raum und gaben den Kollegen von der Bahnpolizei Anweisungen, was mit Martini geschehen sollte.

Auf dem Weg zum Auto sagte Carstens: „Fahr mich bitte in die BGU."

„Warum? Das Markuskrankenhaus ist näher."

„Dann kann ich nach Jay sehen. Der Notarzt hat sie und Anderson dort eingeliefert."

Sein Kollege nickte, während sie in den alten Omega einstiegen. Das dritte Auto an einem Tag, das war Rekord.

Um kurz nach zwölf Uhr erreichten sie die Notaufnahme der BGU. Ressmann zeigte seinen Ausweis, was die Wartedauer immens verkürzte. Fünf Minuten nach ihrer Ankunft saß Carstens in einem Behandlungszimmer. Ein junger Arzt mit tiefen Ringen unter den Augen betrat den Raum. „Guten Abend, mein Name ist Herzog. Was gibt es denn?"

Der Kommissar hielt ihm die Hand entgegen. Herzog schnitt den Verband auf und begutachtete die Wunde. „Warum wurde das nicht genäht? Das hätte der Kollege sehen müssen." Carstens erklärte ihm, dass dazu keine Zeit gewesen wäre. „Es geht um Ihre Gesundheit, dafür muss Zeit sein."

Carstens wollte sich auf keine Diskussion einlassen, er war zu müde.

Doktor Herzog verrichtete schweigend seine Arbeit und nach einer halben Stunde war die Wunde verschlossen, frisch verbunden und der Kommissar mit einem Schmerzmittel versorgt.

Als der Arzt ihn entlassen wollte, fragte der Kommissar: „Ich suche eine Patientin, die heute mit einer Gehirnerschütterung eingeliefert wurde."

„Fragen Sie bitte am Empfang, die können Ihnen das sofort sagen", erwiderte Herzog aus kleinen Augen.

Carstens verließ den Behandlungsraum. Draußen wartete Ressmann. „Und? Alles klar?"

„Jetzt wieder. Lass uns Jay besuchen."

Die Kommissare gingen zum Hauptportal und fragten nach Station und Zimmernummer von Frau von Linde. „Station C3. Zimmer 302. Auf Zimmer 304 liegt Herr Anderson. Aber die Besuchszeit beginnt erst wieder…" Bevor die Frau aussprechen konnte, zückte Carstens seinen Dienstausweis.

„Das ist keine Freikarte. Die Patienten brauen Ruhe", erwiderte die junge Frau.

Carstens schätzte sie auf Ende Zwanzig, rothaarig, groß, schlank und gutaussehend, mit vielen Sommersprossen im Gesicht. Er lehnte sich auf den Pult, hinter dem die Frau saß, und schenkte ihr sein verführerischstes Lächeln. Sie entsprach hundertprozentig seinem Beuteschema, das erleichterte ihm die Sache. „Ich kann Sie sehr gut verstehen. Wir haben einem guten Freund versprochen, seine Freundin zu besuchen. Bei dem Unfall wurden wir beide verletzt", er legte seine verbundene Hand auf die der Frau, die sich nicht wehrte. „Wir wollen nur kurz nach dem Rechten sehen. Bitte ...", Carstens checkte das Namensschild seines Gegenüber. „Frau Veith."

Die Angesprochene schlug die Augen nieder. „Gehen Sie schon. Aber wecken Sie nicht die anderen Patienten."

Gewonnen, dachte der Kommissar. Carstens zückte seine Visitenkarte und schob sie Veith zu. „Sollten Sie irgendetwas Verdächtiges bemerken, Frau Veith, rufen Sie mich an. Tag und Nacht."

Sie griff die Karte und las sie aufmerksam. „Danke. Aber nennen Sie mich bitte Silvia." Sie lächelte verlegen.

„Gerne, Silvia."

Ressmann verdrehte die Augen. „Können wir jetzt? Ich will irgendwann mal ins Bett."

„Ciao Silvia", verabschiedete sich Carstens, bevor sie losliefen.

„Die hast du super eingewickelt", bemerkte Ressmann, als sie um die nächste Gangecke gebogen waren. „Aber weniger hätte es auch getan." Carstens antwortete nicht. „Hallo, Stefan?" Ressmann drückte den rechten Oberarm seines Kollegen.

Der erwachte aus seinen Gedanken. „Was war?"

„Schläfst du schon?"

„Nein", Carstens grinste vor sich hin. „Die war echt süß, oder?"

„Hast du dich verliebt oder wird das wieder eine deiner üblichen drei-Monate-und-hops-Geschichten?"

„Ich weiß nicht. Sie hat was an sich, was mir gefällt."

„Wäre auch mal an der Zeit, dass du sesshaft wirst."

Sie erreichten Zimmer 304. Ressmann öffnete vorsichtig die Tür. Der Fernseher lief. Anderson lag in seinem Bett und starrte auf den Flatscreen. Als er die Kommissare erblickte, zog er den Kopfhörer ab und machte ihnen mit Gesten verständlich, dass sie vor die Tür gehen sollten.

Als sie auf dem Gang standen, schloss der Hacker leise die Tür. „Was wollen Sie?"

„Nachsehen, wie es Ihnen geht. Dürfen Sie überhaupt aufstehen?", fragte Carstens.

„Ich schon. Jay hat es schlimmer erwischt. Sie hat auf der Fahrt hierher drei Mal gekotzt. Wollen Sie auch zu ihr?"

„Hatten wir vor."

„Warten Sie lieber bis morgen. Warum kommen Sie eigentlich mitten in der Nacht?"

Carstens zeigte auf seine Hand. „Musste doch genäht werden."

„Hätten Sie mal gleich machen lassen sollen", grinste Anderson frech.

„Ihnen scheint es wieder gut zu gehen", stellte Ressmann fest.

„Ja. Morgen komme ich raus."

„Na gut. Dann noch gute Besserung und sagen sie Jay einen Gruß von uns." Die Kommissare verabschiedeten sich von Anderson und liefen zurück zum Ausgang und ihrem Wagen. Carstens lehnte den Kopf zurück und schloss die Augen. Was für ein Tag. Da brummte sein Handy. Eine SMS. Den Absender kannte er nicht.

Eben hat ein weiterer Mann nach Frau von Linde gefragt. Dachte das interessiert Sie. LG Silvia.

Der Kommissar zeigte die Nachricht seinem Kollegen. „Vielleicht ist das Tom."

„Woher soll er wissen, dass Jay im Krankenhaus ist? Und vor allem, in welchem?", antwortet Ressmann skeptisch.

„Wer soll es sonst sein?"

„Verdammt! Ich glaub, Schlafen kann ich heute vergessen. Lass uns nachsehen."

Die Kommissare liefen zurück zum Haupteingang. Silvia erwartete Sie schon. Ihr Gesicht wirkte verschlossen, anders als bei ihrem ersten Gespräch. „Danke für die Nachricht. Wie hat der Besucher ausgesehen, der sich nach Frau von Linde erkundigt hat?"

Die junge Frau fuhr sich mit der Hand über die Lippen. Dann sagte sie: „Sehr groß, Glatze, dunkelhäutig, mit einer entstellten linken Wange…"

Sonntag, 14. April 2013, 00:45

„Martini! Martini! Martini!"

Jemand rief meinen Namen. Verdammt, ich kannte die Stimme.

„Martini! Martini! Martini!"

Ich öffnete schwerfällig meine Augen, doch es blieb dunkel. Die Erinnerung setzte ein, das Hotelzimmer. Hatte ich geträumt? Warum war ich wach geworden? Ich blickte auf meine Uhr, kurz vor ein Uhr nachts. So müde wie ich war, konnte ich unmöglich von selbst erwacht sein.

„Martini! Martini! Martini!"

Verdammt, da war es wieder. Ich richtete mich auf, schaltete die Nachttischlampe ein und blickte mich um. Niemand da.

„Martini! Martini! Martini!"

Es kam aus meiner Jacke. Horns Telefone hatte ich ausgeschaltet und den Akku herausgenommen. Dann fiel es mir ein: Larussos Handy. Das Telefon aus dem Umschlag. Ich streckte mich, soweit ich konnte, angelte nach meiner Jacke, griff in die rechte Innentasche und zog es heraus. Das Display war dunkel. Nach dem Betätigen des Home-Buttons flammte ein blauer Bildschirm auf. Oben war die Uhr und in der Mitte ein Hinweisfeld: vier neue Nachrichten. Vorsichtig, als könnte ich mich verbrennen, wischte mein Zeigefinger über das Display. In der Mitte auf einem bunten Hintergrundbild erschien das Symbol einer Messenger App, an der linken Ecke hing die Zahl vier.

Bevor ich nachsah, welche Nachrichten ich erhalten hatte, öffnete ich das Menü für die Klingeltöne. Als ich den aktuell eingestellten Sound abspielte, hörte ich wieder: „Martini! Martini! Martini!" Die Stimme kannte ich, es war Larusso, der meinen Namen rief. Ich änderte den Klingelton auf eine Standardmelodie, ging zurück ins Hauptmenü und startete die Messenger App.

Vier neue Bilder. Als ich das erste antippte, um es zu vergrößern, zog sich mein Magen zusammen, mir wurde übel.

14. April 2013, 00:51

Die Kommissare hetzten die Gänge entlang. Zum Glück war es mitten in der Nacht, die Flure praktisch leer. Zwei Minuten später erreichten sie Station C3.

Sie stürmten in Zimmer 302 und schalteten das Licht ein. Es war ein Dreibettzimmer. Jasmina lag im hintersten Bett, am Fenster. Die Frau neben der Tür öffnete die Augen, griff auf den Nachttisch und tastete nach ihrer Brille. „Ist schon Visite?", fragte sie verschlafen.

Ressmann und Carstens ignorierten die Patientin und gingen direkt zu Jasminas Bett. Die junge Frau hatte die Augen geschlossen. Carstens strich ihr über den Arm. Keine Reaktion.

„Jay?", sprach er leise den Namen der Psychologin aus. „Jay?" Sie reagierte immer noch nicht. Er fühlte ihren Puls. Stark und regelmäßig. Sie lebte.

Mittlerweile war die Frau im mittleren Bett erwacht, richtete sich mühsam auf. „Die wird nicht wach", brummte sie vor sich hin. „Der Arzt hat ihr ein starkes Schlafmittel gegeben."

Carstens drehte sich zu der Frau. „Danke, Frau…?"

„Thal, Gisela Thal. Was wollen Sie hier überhaupt? Mitten in der Nacht. Besuchszeit ist erst morgen wieder.“ Sie sah die beiden Kommissare tadelnd an.

Ressmann zückte seinen Ausweis. „Wir sind von der Kripo, Frau Thal.“

„Hat sie was ausgefressen?“, fragte die grauhaarige ältere Dame und zeigte mit einem krummen Zeigefinger auf Jasmina.

„Im Gegenteil. Ist in den letzten fünf Minuten noch jemand hier im Raum gewesen?“ Ressmann war zurück zur Tür gegangen und blickte abwechselnd die beiden Frauen an, die ihn neugierig musterten.

Die Frau an der Tür verneinte. „Wer soll denn hier gewesen sein?“ Die braunen Augen hinter der großen Brille wirkten von einer auf die andere Sekunde ausgesprochen wach.

Frau Thal schüttelte ebenfalls den Kopf. „Nein. Sie beide haben mich geweckt. Warum?“

„Egal. Trotzdem danke.“ Ressmann überlegte. „Und Stefan?“, fragte er. „Was meinst du?“

„Bin kein Arzt, aber alles scheint normal zu sein. Wenn Larusso hier war, dann hat er nix gemacht. Ich versteh das nicht.“

„Bleib du bei ihr. Ich hole einen Arzt, der soll sie kurz durchchecken.“

Carstens war einverstanden. Ressmann ging ins Schwesternzimmer. Nachdem er seinen Ausweis gezeigt hatte, fragt er nach dem diensthabenden Arzt. Eine kleine Asiatin bat ihn zu warten und verließ den Raum. Zwei Minuten später kam sie mit einem etwa eins siebzig großen, osteuropäisch wirkenden Mann mit schwarzem Lockenkopf zurück.

„Ich bin Doktor Spike. Was kann ich für Sie tun, Herr Kommissar?“, stellte er sich mit polnischem Akzent vor.

„Könnten Sie bitte Frau von Linde auf Zimmer 302 kurz untersuchen? Wir haben Grund zu der Annahme, dass ein Krimineller bei ihr war“, erklärte der Kommissar.

Spike hob die Brauen. „Kriminelle in unserem Krankenhaus?“

„Herr Doktor, ich habe keinen Zeit und Lust mit Ihnen über das Für und Wider dieser Situation zu diskutieren. Kommen Sie, bitte!“ Er betonte das Bitte in einer Weise, die dem Arzt die Dringlichkeit seines Anliegens unmissverständlich klarmachte.

Spike gab seinen kurzen Widerstand auf. Ressmann sah ihm an, dass er die Sache nicht ernstnahm und einfach wieder schlafen gehen wollte.

Sie gingen zurück in Zimmer 302. Spike schickte die Kommissare hinaus und begann mit der Untersuchung der schlafenden Jasmina.

„Ich geh noch mal zur Rezeption und frage Silvia, ob ihr noch was aufgefallen ist oder ob Larusso etwas Spezielles gesagt hat", sagte Carstens zu seinem Kollegen. Er griff in die Jackentasche und zog seine Zigaretten heraus.

„Willst du hier rauchen?", fragte Ressmann.

Carstens blickte auf seine Hand mit der Schachtel. „Oh! Nein, natürlich nicht." Er steckte sie wieder weg. „Nervosität", war sein Kommentar.

„Dann lauf mal zu deiner Silvia!", grinste Ressmann. „Aber ich könnte mir vorstellen, dass es gar nicht Larusso war. Er hat ihr anscheinend nichts getan. Warum sollte er das Risiko eingehen, hier aufzutauchen und dann unverrichteter Dinge wieder abziehen? Das macht keinen Sinn."

Der blonde Kommissar nickte langsam. Er dachte nach, sagte aber nichts und lief los. Auf dem Weg zur Rezeption überdachte er einige Varianten, warum Larusso, wenn er es denn war, hier gewesen sein könnte. Vielleicht brauchte er Schmerzmittel, es könnte sein, dass seine Wange nicht richtig verheilt war und ihn quälte. Aber warum sollte er sich nach Jasmina erkundigen? Das war nicht logisch.

Als er den Haupteingang erreicht hatte, lächelte ihn Silvia schon von Weitem an. Sie gefiel ihm und er ihr anscheinend auch. Die Hormone, die Carstens Körper durchfluteten, ließen seine Müdigkeit verfliegen. Ja, sie gefiel ihm richtig gut. Doch zuerst musste er sie als Zeugin behandeln und professionell auftreten. „Silvia, ist Ihnen noch mehr aufgefallen? Und was hat der Mann genau gesagt?"

„Wollen wir nicht das Sie weglassen, Herr Kommissar?", grinste sie ihn entwaffnend an.

Carstens konnte nicht anders. Vergiss die Professionalität, dachte er, ist eh überbewertet. „Gerne, ich bin Stefan", er streckte ihr die Hand entgegen. Sie ergriff sie und lächelte noch breiter. Carstens empfand etwas, was er lange nicht mehr empfunden hatte. „Nachdem wir das jetzt geklärt hätten, was hat er gesagt, außer dass er nach der Zimmernummer gefragt hat?"

„Hmmmmm…", sie überlegte ein paar Augenblicke. „… ja genau, er hat nach dem jungen Mann gefragt, der zusammen mit Frau von Linde eingeliefert worden ist."

„Und weiter!", rief der Kommissar alarmiert aus und zog seine Hand zurück.

„Ich hab ihm auch die Zimmernummer gegeben…"

„Fuck!", fuhr ihr Carstens ins Wort. „Warum hast du das nicht gleich gesagt?"

Silvia blickte betreten auf ihre Schreibtischunterlage. „Tut mir leid. Ich wusste nicht, dass das wichtig ist."

„Schon okay." Es klang wie eine Entschuldigung, hoffte Carstens zumindest. Er zog das Handy aus der Tasche, wählte Ressmanns Nummer und spurtete los. Als sein Kollege sich meldete, fuhr er ihm über den Mund: „Anderson! Geh zu Anderson, sofort!" Mehr war nicht nötig.

Ressmann brummte eine Bestätigung und Carstens konnte hören, dass er losrannte. Er selbst war noch drei Gänge von Andersons Zimmer entfernt.

Keine Minute später, als er durch die Tür von Zimmer 304 schlitterte, sah er Ressmann über das Bett des Hackers gebeugt. Der Boden war voller Blut.

14. April 2013, 00:52

Die Hand, die Larussos Handy hielt, zitterte. Ich konnte nichts dagegen unternehmen.

Das erste Bild zeigte einen Mann, der in einem Kaufhaus stand und einen anderen Mann mit einem aufgesetzten Kopfschuss ermordete. Ich musste nicht weiter hinein zoomen, um zu erkennen, dass die Kugel – im Augenblick der Aufnahme – am Hinterkopf austrat. Das Schlimmste an der Szenerie war: Der Mann mit der Waffe sah aus wie ... ich!

Ich vergrößerte das Gesicht, aber es verpixelte stark. Es war nicht hundertprozentig zu erkennen, ob ich das auf dem Bild war oder nicht.

Aber die Ähnlichkeit war frappierend!

Das zweite Bild zeigte mich auf dem Pfarrhof, bei Horn. Auf dem nächsten sah ich meinen Vater, Horn und mich beim Betreten der Pizzeria.

Als ich das letzte Bild öffnete, wäre mir das Telefon fast aus der Hand gefallen. Es war ein Selfie. Es zeigte Larusso und neben ihm, anscheinend in einem Bett, lag Jay mit geschlossenen Augen. Der Killer grinste diabolisch und genauso durchgeknallt wie der Joker. Dieses Bild war das Einzige, was er kommentiert hatte.

Ihr seid nirgends vor mir sicher. Vergiss das nie.

Oh Gott, Jay! Schoss es mir durch den Kopf. Hatte er sie entführt oder sogar ermordet? Was sollte ich tun? Oder war es nur eine Warnung?

Ich warf alle Vorsicht über Bord. Meine zitternden Finger versuchten die SIM-Karte in eines von Horns Telefonen zu stecken. Beim vierten Versuch gelang es mir. Nachdem ich es eingeschaltet hatte, schaltete ich als erstes die Rufnummer-Unterdrückung ein. Dann schwebte mein Daumen ein paar Sekunden über der Tastatur. Scheiß drauf! Ich wählte Stefans Nummer, ich musste wissen, was mit Jay passiert war oder ob er etwas über ihren Verbleib wusste.

Nach dem fünften Klingeln nahm er den Ruf an. „Carstens", meldete er sich knapp.

„Ich bin's, Tom. Weißt du, was mit Jay ist?", fragte ich ihn, ohne auf sein perplexes Einatmen zu achten.

„Wo bist du?"

„Du weißt, dass ich dir das nicht sage, also spar dir alle weiteren Fragen ... Also was ist mit Jay?"

„Sie ist in Sicherheit." Dieser Satz aus Stefans Mund ließ mich aufatmen. „Aber sie liegt im Krankenhaus mit einer Gehirnerschütterung."

„Scheiße!"

Stefan schilderte mir die Ereignisse der letzten Stunden bis zu ihrem Eintreffen im Krankenhaus. „Leider gibt es einen neuen Toten."

„Wer?"

„Julian Anderson, Hacker und der Ex von Jay."

„War der Unfall so schlimm, dass er an den Folgen gestorben ist?", fragte ich besorgt.

Stefan antwortete nicht sofort. Er ließ sich ein paar Sekunden Zeit. „Wir gehen davon aus, dass er von Larusso ermordet wurde."

In diesem Moment klingelte das Handy von Larusso. Die Messenger App zeigte eine neue Nachricht an. „Moment, Stefan." Ich legte mein Telefon zur Seite, nahm das Smartphone und öffnete die neue Nachricht. Wieder ein Bild. „Oh Gott", sagte ich laut, nahm das Telefon in die Hand und sagte zu Stefan: „Ihr habt recht!"

„Wie? Woher weißt…"

„Ich habe einen Bild-Beweis."

„Wie meinst du das?" Jetzt erzählte ich Stefan vom Besuch im Restaurant und von den Bildern. „Und auf dieses Smartphone hat er mir gerade eben ein Bild von Anderson geschickt."

„Was für ein ...?"

„Ein Selfie", unterbrach ich ihn. „Man sieht Anderson mit schmerzverzerrtem Gesicht, aus seinen Augen spricht Todesangst. In seinem Hals steckt quer ein Messer. Neben ihm grinst Larusso in die Kamera. Er hat das linke Auge zugekniffen und den rechten Daumen erhoben, wie das Like-Symbol im Internet. Darunter steht ein Kommentar: *Deine Freundin könnte die Nächste sein.* Reicht das als Beweis?"

„Oh, fuck! Kannst du es mir schicken?"

„Ja klar. Du bekommst die Handynummer und kannst mich anpeilen… nee bestimmt nicht", erwiderte ich gereizt. „Kümmere dich um Jay! Bring sie in Sicherheit! In ein anderes Krankenhaus. Oder stell sie unter Polizeischutz, nein, besser beides!"

„Die Sache mit Larusso ändert die Situation. Wir müssen alles neu betrachten, auch…"

„Nein!", fiel ich Stefan ins Wort. „Du vergisst, ich war selbst Bulle. Die Beweise im Fall der toten Frau und des Amoklaufs gegen mich sind erdrückend. Das Bild aus dem Kaufhaus zeigt einen Mann, der genauso aussieht wie ich. Das ist keine Entkräftung der Beweise. Es ist das Gegenteil."

„Aber wir sind doch Freunde, Tom! Wir finden eine Lösung, wir…"

„Verflucht!", unterbrach ich Stefan erneut. „Du wolltest mich einsperren. Das kann ich bis zu einem gewissen Punkt verstehen. Aber ein Freund hätte sich anders verhalten. Beschütze Jay! Wenn du mein Freund bist, verwende all deine Kraft darauf und nichts anderes!" Ich beendete die Verbindung, schaltete das Telefon aus und zog die SIM-Karte wieder heraus.

Hoffentlich hatten sie nicht versucht, mich anzupeilen. Ich haderte mit mir. Wieder schlafen oder ein neues Hotel für den Rest der Nacht suchen? Ich entschied mich für letzteres.

Während ich meine Sachen zusammenpackte, gingen mir einige Frage im Kopf herum. Warum schickte Larusso mir eine Warnung? Warum hatte er Jay nicht sofort getötet, so wie Anderson? Es wäre ein Kinderspiel für ihn gewesen. Das führte mich zu der entscheidenden Frage: Was wollte er von mir?

14. April 2013, 00:59

„Hat es geklappt?“, fragte Carstens seinen Kollegen.

Ressmann schüttelte den Kopf. „Nein. Unsere IT muss erst die Rufnummer von Tom bei deinem Handyprovider anfragen. Das dauert, weil dazu ein richterlicher Beschluss her muss.“

„Fuck!“ Carstens Handy machte sich bemerkbar, es vibrierte in seiner Tasche, eine E-Mail. Er tippte und wischte auf dem Display. Als er den Anhang der Nachricht antippte, öffnete sich das Bild, welches Martini ihm am Telefon beschrieben hatte.

„Dieser Bastard!“

Er reichte Ressmann das Smartphone. Dazu berichtete er die Szene, die sich laut Martini in der Pizzeria zugetragen hatte. „Ich glaube, Larusso hat auch bei den anderen Morden die Hände im Spiel“, endete er.

Ressmann massierte sein Kinn. „Und wenn er mit Tom gemeinsame Sache macht? Wenn Tom einer seiner Jünger ist?“

„Was!?“, entrüstete sich Carstens. „Bist du bescheuert? Larusso hat damals Toms Freundin getötet. Warum sollte er mit dem zusammenarbeiten? Das ist sowas von unlogisch.“

„Mag sein. Aber warum schickt er ihm Nachrichten? Warum hat er ihn in dem Restaurant nicht umgebracht? Das ist auch unlogisch“, gab Ressmann zu bedenken.

Carstens steckte die Hände in die Taschen, fühlte das Zigaretten-Päckchen und stellte fest, dass er ewig keine mehr geraucht hatte. Wahrscheinlich war es Nikotinmangel, der ihn beim Denken behinderte. „Du hast recht, es ergibt kein Gesamtbild. Es fehlen einige Puzzleteile. Wie auch immer, wir müssen als erstes Jay in Sicherheit bringen.“ Er zog das Handy aus der Tasche und wählte Kösters Privatnummer.

Nach dem zweiten Klingeln wurde abgehoben. „Köster“, meldete sich der Alte.

„Carstens, entschuldigen Sie die nächtliche Störung.“

„Wenn es lebenswichtig ist, ist es keine Störung. Was gibt es?“ Sein Chef klang frisch und munter, gar nicht verschlafen.

„Martini hat sich bei mir gemeldet und wir haben einen neuen Toten, Herr Anderson.“ Carstens schilderte Köster die aktuelle Situation.

Der Alte dachte keine Sekunde nach. „Bringen Sie Frau von Linde in ein Einzelzimmer mit zwei uniformierten Beamten davor. Zwei weitere Beamte sollen den Eingang zur Krankenstation bewachen. Ein zweiter

Mord im BGU ist nicht wünschenswert. Ich organisiere alles. Sie und Herr Ressmann bleiben vor Ort, bis die Kollegen eintreffen." Köster beendete die Verbindung ohne einen weiteren Kommentar. Seine Anweisungen waren unmissverständlich.

14. April 2013, 01:55

Eine knappe Stunde später erreichte ich das nächste Hotel. Ich war von Königstein die B8 bis Idstein gefahren. Dort fand ich einen kleinen Gasthof direkt an der Bundesstraße. Ich hatte einige Schwierigkeiten, eingelassen zu werden, aber nach einigen Bemühungen lag ich jetzt in einem weichen Bett.

Larussos Handy blieb den Rest der Nacht stumm. Trotz all der Aufregung und meiner latenten Sorge um Jay, schlief ich bis acht Uhr morgens.

Die Verwandlung in Walter Zimmer ging mir mittlerweile flugs von der Hand, da ich es die letzte Nacht ein weiteres Mal geübt hatte. Ich frühstückte, zahlte die Rechnung und fuhr los.

Die Fahrt zur niederländischen Grenze verlief ohne Zwischenfälle. Ein Stau am Kreuz Heumar und auf der A61 kurz nach Mönchengladbach verzögerten meine Reise, aber das war schon alles. Ich würde rechtzeitig in Haarlem auf dem Grote Markt ankommen.

An der Grenze bewahrheiteten sich meine Befürchtungen. Die Grenzpolizei führte Fahrzeugkontrollen durch. Die A61 war bei Venlo – bevor sie auf der Niederländischen Seite zur A73 wurde – einspurig. Die anderen Fahrbahnen waren gesperrt worden. Die Polizei führte Strichproben durch, aber das reichte, um meinen Zeitplan fast ins Kippen zu bringen. Drei Autos vor mir wurde ein junger Mann mit schwarzen Locken kontrolliert. Als er anfing zu murren, winkten ihn die Beamten an die Seite und widmeten sich exklusiv ihm und seinem Auto. Der eine Polizist, der noch übrig war, winkte die folgenden Fahrzeuge durch, inklusive mir. Wenn jetzt kein Stau mehr kam, schaffte ich es pünktlich ins Café Brinkmann.

Auf den Autobahnen in den Niederlanden herrschte wenig Verkehr. Es wurde eine entspannte Fahrt. In der Höhe von Utrecht fiel es mir dann zum ersten Mal auf. Seit der Grenze folgte mir ein weißer Mercedes mit niederländischem Kennzeichen. Hatte ich einen Schatten? Der

Abstand zwischen uns war sehr groß, so konnte ich weder den Fahrer erkennen noch wie viele Personen darin saßen.

Ich beschloss der Sache auf den Grund zu gehen. Vor mir lag die Ausfahrt Breukelen. Ich verließ unplanmäßig die Autobahn, nahm den ersten Kreisel und stoppte auf dem Parkplatz des Restaurants mit den zwei goldenen Bögen. Dann wartete ich.

Fünf Minuten, zehn Minuten, nichts. Der weiße Mercedes war weg. Es schien, als sei ich einer Täuschung unterlegen. Besser so als anders, dachte ich mir, ließ den Motor an und fuhr zurück auf die Autobahn.

Ich erreichte Haarlem gegen dreizehn Uhr zehn. Sehr gut, noch fünfzig Minuten Zeit. Ohne Navigationssystem in einer fremden Stadt, für einen modernen Menschen wie mich eine Herausforderung. Ich hielt an einem VVV, der Touristen-Information in den Niederlanden, und fragte nach dem Weg. Die Angestellte war sehr zuvorkommend und gab mir eine Karte von der Stadt. Sämtliche Sehenswürdigkeiten waren darin verzeichnet, darunter auch der Grote Markt.

Ich beschloss, nicht in die Innenstadt zu fahren und parkte etwas außerhalb des Stadtkerns. In der Emmaplein direkt neben der Kathedrale St. Bavo stellte ich den alten D Kadett ab und lief Richtung Grote Markt. Der beste Weg führte den Leidsevaart entlang, dann links in die Barrevoetesstraat und die Koningstraat hinauf. Am Ende der Koningstraat, als ich zwischen den Häusern, die die Straße rechts und links säumten, hervor trat, lag der Grote Markt vor mir. Rund herum zogen sich Häuserzeilen. Am anderen Ende des Platzes lag die Grote Kerk. Wenn ich schräg, etwa fünfundvierzig Grad, nach rechts blickte, sah ich genau auf das Café Brinkmann. Noch zehn Minuten. Perfektes Timing.

Ich zog Horns Telefon aus der Tasche. Keine Nachrichten. Dann fiel es mir ein. Mein Aussehen. Ich sah nicht wie Thomas Martini aus, sondern immer noch wie Walter Zimmer. Wie sollte der Unbekannte mich finden, geschweige denn erkennen? Erst einen Platz suchen, dann nachdenken, entschloss ich mich. Viele der Tische auf dem Marktplatz waren belegt. Ich fand einen freien am Rand und setzte mich. Der Kellner kam fast augenblicklich. Ich bestelle einen Kaffee, ein großes Wasser und ein Sandwich. Die erste Mahlzeit seit dem Frühstück.

Das Telefon meldete sich immer noch nicht. Ich überlegte. Sollte ich die Maske ablegen oder dem Unbekannten ein Bild von mir per Mail schicken? Beides war riskant. Eventuell wurde nach Thomas Martini auch in den Niederlanden gefahndet. Und mit Larussos Smartphone eine Mail zu verschicken, war genauso gefährlich. Ich befand mich in einer Zwickmühle.

Einen Tod musste ich sterben. Ich ging in die Toilette und entfernte meine Maske. Der Kellner würde sich fragen, wo der andere Gast hin verschwunden war.

Zurück an meinem Platz wartete ich weitere fünf Minuten. Sollte ich doch eine Mail schreiben? Oder war ich hereingelegt worden?

Bevor ich mir noch mehr Gedanken darüber machen konnte, setzte sich eine große schwarzhaare junge Frau an meinen Tisch. Sie wirkte wie ein Model, knapp eins achtzig groß, schlank, ebenholzfarbene Haare mit fein geschnittenen Gesichtszügen. Unter anderen Umständen wäre ich begeistert gewesen. Eine – ich schätzte sie auf Anfang zwanzig – junge Frau, die sich zu einem alten Sack wie mir an den Tisch begibt, wäre eine ausbaufähige Situation gewesen, aber ich war glücklich liiert.

„Goedendag, Herr Martini", begrüßte sie mich freundlich mit leichtem niederländischem Akzent. Ihr Lächeln war umwerfend. Aber sofort stellte ich mir die Frage, woher kannte sie meinen Namen? Gehörte sie zu Larusso oder zur Polizei?

„Guten Tag, Frau…"

„de Groot, Fleur de Groot."

„Frau de Groot, ich finde es sehr nett, dass Sie mir Gesellschaft leisten wollen, aber ich bin verabredet." Ich musterte sie einen Augenblick. „Oder haben Sie etwas in die Waagschale zu werfen, das mich davon abhalten könnte, meine Verabredung zu treffen?"

„Kann ich. Sie sind mit mir verabredet."

Ich war perplex. Dieses elfengeleiche Wesen sollte mein Ausweg aus dieser verzwickten Lage sein? Mein Sprechversuch wurde von meinem überforderten Gehirn abgeblockt. Was sollte man da sagen?

„Sie sollte betalen, wir müssen verschwinden. Wir sind hier niet sicher." Ihre Stimmlage veränderte sich nicht, trotzdem spürte ich die Eindringlichkeit ihrer Worte.

Ich suchte nach einem Kellner und winkte ihm. Erfreulicherweise kassierte ein anderer Angestellter die Rechnung. Er hatte nicht Walter Zimmer bedient und musste sich deshalb nicht wundern, wo dieser abgeblieben war.

Fleur deutete auf die Koningstraat, die ich vor zwanzig Minuten hoch gekommen war. „Da lang." Sie hakte sich bei mir unter und legte ihren Kopf auf meine Schulter. Fast wie ein frisch verliebtes Pärchen. „Nur Tarnung", raunte sie mir zu. Ich nickte und küsste sie auf die Stirn, zur Tarnung.

„Wo wollen Sie hin?“, fragte ich, während wir über den Marktplatz schlenderten.

„Niet weit, ein paar hundert Meter. In mein Wohnung.“

Während wir an den Geschäften entlang spazierten, wehte mir ihr Parfüm in die Nase. Es roch sehr angenehm. Bevor sich meine Gedanken verirrten, stellte ich mir die Frage, woher sie mich kannte und warum sie mir half? Hoffentlich lief ich nicht sehenden Auges ins Verderben und ließ mich von dem hübschen Äußeren blenden. Mir fiel der Vergleich zu einer Sirene ein. Ihre Stimme, der Akzent, das war wie Gesang, der mein Schiff auf ein Riff laufen lassen konnte.

Wir bogen links ab in den Paarlaarsteeg. Fleur zog einen Schlüssel aus der Tasche und öffnete den zweiten Hauseingang, der zwischen einem Tättoo-Studio und einem Friseur lag. Das Treppenhaus war sehr steil, wie üblich in großen Städten in den Niederlanden. Ihr Apartment lag unter dem Dach, klein aber sehr gemütlich. Eine Couch unter der Schräge, zwei Stühle an einem Tisch, neben dem Eingang eine Kommode und ein kleiner Schrank. Rechts und links befanden sich Türen. Die rechte stand offen und gab den Blick in eine kleine Küche frei. Links vermutete ich das Schlafzimmer. Sie deutete zu dem Tisch: „Setze Sie sich!“

Ich ließ mich am Esstisch nieder. Fleur ging in die Küche und kam mit einer Flasche Wasser und zwei Gläsern wieder. Sie nahm mir gegenüber Platz.

„Wer sind Sie? Woher kennen Sie meinen Namen? Warum helfen…“

Sie hob die Hand. „Niet so schnell. Eins nach die anderen. Ich kenne Sie aus die deutsche Zeitung im Internet. Ich weiß, dass Sie 2010 den Engelmacher gestellt und festgenommen haben. Letztes Jahr haben Sie den Apokalypse-Killer gefangen. Heute sind Sie der Gejagte.“

„Äh“, wunderte ich mich. „Sie kennen mich also durch die Engelmacher-Fälle ... Aber warum interessiert sich eine junge niederländische Frau für einen Kriminalfall in Deutschland? Studieren Sie Kriminologie oder so?“

Fleurs Blick wurde traurig, der Glanz in ihren Augen trübte sich ein. „Ich verfolge die Fall wegen meine Vater und meine Halbschwester.“ Sie stockte und mir ging ein Licht auf. Als sie fortfuhr bestätigte sich meine Vermutung: „Ich bin die uneheliche Tochter von Karl Mertens.“

Jetzt wurde mir so einiges klar. Ich hatte mich immer gefragt, woher Mertens seine Informationen über den Engelmacher bezog und warum er so viel mehr wusste als die Polizei und ich. Die Lösung saß vor mir. „Sie haben Ihren Vater auf die Spur von Larusso gebracht.“

Die junge Frau nickte: „Nachdem Sara getötet worden war, kam Papa zu mir und hat mich um Hilfe gebeten."

„Wie konnten Sie ihm helfen? Sind Sie bei der Polizei?"

Ein gezwungenes Lächeln spielte um ihre Lippen. „Ich studiere Informatik und bin ... Hackerin."

„Hackerin?!", rief ich aus. „Dann sind Sie als WhiteRabbit letzten Dezember bei der Frankfurter Polizei und dem BND *eingebrochen*?"

„Richtig", bestätigte Sie und erzählte mir ihre Geschichte.

Vor siebenundzwanzig Jahren hatten seine Tätigkeiten als Privatdetektiv Mertens in die Niederlande geführt. Dabei lernte er Fleurs Mutter kennen. Sie verlebten eine Nacht miteinander. Die Mutter erzählte dem Vater nichts von seiner Tochter und zog ihr Kind alleine auf. Mit sechszehn begann Fleur nachzuforschen. Ihre Mutter hatte stets erzählt, ihr Vater sei tot. Aber ihre Aussagen deckten sich nicht mit den Informationen, die Fleur bei ihren Nachforschungen im Internet fand. Irgendwann wurde Fleurs Mutter weich und gestand ihrer Tochter alles. Fleur nahm Kontakt zu ihrem Vater auf und nach anfänglichen Schwierigkeiten entwickelte sich ein herzliches Vater-Tochter-Verhältnis.

Als Fleur ihre Halbschwester Sara kennenlernte, verstanden die beiden jungen Frauen sich auf Anhieb. Es gab weder Harder noch Zwist wegen den ungewöhnlichen Familienverhältnissen.

Saras Tod traf Fleur hart. Nach dem ersten Schock nutzte Fleur ihre Fähigkeiten am Computer, um ihrem Vater zu helfen, Saras Mörder zu finden.

Sie recherchierte in alle Richtungen, hackte die Polizei, um die Ermittlungsergebnisse einzusehen, durchsuchte das Internet und das Darknet. Im Darknet stieß sie auf das Forum von Christopher, über welches er Larussos Jünger angeworben hatte.

„Papa und ich saßen in meiner Wohnung zusammen und warfen all unsere Ergebnisse zusamme. Ich war auf den Namen Larusso gestoßen, Karl war auf Sie aufmerksam geworde. So fande wir 2010 heraus, dass..."

„Schon gut, den Teil der Geschichte kenne ich", unterbrach ich die hübsche Studentin. „Wie war das im letzten Jahr?"

„Die Tipp?" Sie lachte und es hatte einen wunderschönen Klang. „Wie gesagt, ich war 2010 schon auf diese Christopher gestoßen. Ich habe im Darknet nach ihm gesucht. Er hat sich sehr sicher gefühlt, denn er hat eine Art Blog dort geführt. Dazu hat er das alte Forum von 2010 benutzt. Außerdem wollte er anscheinend weitere Jünger rekrutieren und andere potenzielle Killer animiere, endlich mit die Morden zu beginne. Eine Art Leitfaden für Serienmörder. Er hat ziemlich detailliert seine Erlebnisse mit Larusso und seine Leben geschildert. Damit hat er Anfang 2012 begonnen, wenn die Datumsangabe stimme."

Ich war geschockt. „Ein Leitfaden für Serienmörder", wiederholte ich laut. Sie nickte und ich fuhr fort. „So in der Art: Mein Leben an der Seite des Engelmachers oder wie?"

„Fast, er nannte es die Schattentagebuch."

„Können Sie dieses Forum löschen? Unwiederbringlich?" Ich stand auf und lief in dem kleinen Raum auf und ab. „Wenn irgend so ein Psycho das liest und es sich zur Aufgabe macht, danach zu leben, es als seine Bibel benutzt… nicht auszudenken..."

Fleur wurde anscheinend jetzt erst die Tragweite ihrer Entdeckung bewusst. Sie blickte mich mit weit aufgerissenen Augen an. „God bewaar me! Daran habe ich niet gedacht. Es ist niet einfach im Darknet etwas zu lösche, aufgrund der Struktur des Netzes. Im Internet ist es auch schwierig. Was einmal im Internet ist, bleibt dort für immer, fast. Es gibt Firme, die sich auf das Löschen von Daten im Internet spezialisiert habe, aber im Darknet… Ich kann es versuche."

„Kommen wir zu der wichtigsten Frage: Warum wollen Sie mir helfen?"

„Meine Papa hat von Ihnen in die höchste Töne gesproche und ich will diese Schwein, das meine Halbschwester getötet hat, hinter Gittern sehen."

„Wie sollen wir das von hier aus bewerkstelligen?"

„Das weiß ich noch niet, aber zusamme fällt uns bestimmt etwas ein. Wollen wir niet das lästige Sie weglasse?", fragte sie mich mit ihrem umwerfenden Lächeln.

„Gerne, meine Freunde nennen mich Tom." Ich blieb neben ihrem Stuhl stehen und streckte ihr die Hand entgegen. Fleur ergriff sie und ich spürte ihre weiche zarte Haut. Diese Hände haben nie schwer gearbeitet, dachte ich.

Ich setzte mich wieder auf den zweiten Stuhl. Wir hatten lange geredet. Es war mittlerweile siebzehn Uhr. Ich bekam schon wieder Hunger. „Gehen wir irgendwo essen? Und dann suche ich mir ein Hotel."

Fleur schüttelte entschieden den Kopf. „Nein, du schläfst hier bei mir." Als ich sie überrascht anblickte, fügte sie hinzu: „Auf die Couch."

Ich nickte: „In Ordnung. Weißt du, ob ich hier in den Niederlanden gesucht werde?"

„Du meinst wegen die Morden? Ich habe niets in den Nachrichten gesehen oder gehört."

Ich überlegte einen Moment. „Ich gehe auf Nummer sicher und lege meine Maske an." Fleur zeigte mir das Bad, welches hinter der Küche lag.

Zwanzig Minuten später war ich fertig. Als Fleur mich sah, lachte sie: „Die Kerl kuckt keine Frau nach."

„Das ist absicht. So errege ich am wenigsten Aufmerksamkeit. Mein normales Ich ist halt zu hübsch." Obwohl ich übertrieben hatte, lachte sie nicht sondern wirkte beeindruckt.

… I want to hold you but my senses tell me to stop…

…You're poison runnin' thru my veins…

…Your mouth, so hot
Your web, I'm caught…

Alice Cooper - Poison

Kapitel 6

14. April 2013, 15:00

Der Learjet hob ab. Eine Stunde Flugzeit war angesetzt worden für die Strecke nach Amsterdam. Dann noch vierzig Minuten Fahrt nach Haarlem.

Vor einer Stunde hatte Martini Horns Telefon wieder eingeschaltet. Die Spezialisten des BND hatten es zehn Minuten später geortet.

Schmidt saß Meier gegenüber. Schmidt hatte seit dem Besuch bei Franz kaum ein Wort gesprochen.

„Was ist los, Chef?", fragte Meier, den die nachdenkliche Stimmung seines Vorgesetzten beunruhigte.

Schmidt blickte von der Akte auf, die er in Händen hielt. Er drehte den Kopf in alle Richtungen. Niemand von der Crew war in Hörweite. Er beugte sich hinüber zu Meier. „Franz hat mir vom Bülow-Attentat erzählt."

„Sie meinen das vom letzten Dezember? Wie war das noch mal? Während eines Vortrags wurde auf Bülow geschossen. Martini dachte, er habe den Attentäter erschossen, aber der ist von einem Scharfschützen ausgeschaltet worden. Richtig?"

Schmidt nickte. „Genau. Franz hat anscheinend für beide Männer Ausweise geliefert."

„Dann können wir jetzt beide Männer identifizieren? Bei dem Toten haben wir bis heute keine Ahnung, wer er war. Niemand kannte ihn."

„Richtig. Aber wir müssen diese Information geheimhalten", Schmidt senkte die Stimme.

„Es gibt aber doch eine offizielle Untersuchung, die eine Menge Ressourcen bindet. Die könnten wir mit einem Mal freisetzten und für andere Aufgaben verwenden."

„Da bin ich mir nicht sicher", Schmidt lehnte sich zurück in seinen Sessel und klopfte mit dem rechten Zeigefinger gegen seine Lippen.

Meier wurde ungeduldig. „Was ist so brisant, dass Sie es auf jeden Fall geheimhalten wollen?" Seine Stimme wurde eindringlich.

„Franz hat gehört, wie die beiden sich unterhalten haben. Seine Kunden warteten in dem einen Zimmer, er arbeitete nebenan. Damit er keine böse Überraschung erlebt, hat er eine Videoüberwachung für den Warteraum. Er kann seine Kundschaft sehen und hören. Das hat ihm bereits einmal das Leben gerettet. Zwei potenzielle Attentäter wollten ihn nach der Passübergabe um die Ecke bringen, haben aber dummerweise darüber im Warteraum gesprochen. Franz hat uns verständigt und am Ende stellte sich heraus, dass sie ein Attentat auf den Flughafen geplant hatten. Die beiden Männer, die für das Bülow-Attentat verantwortlich sind, haben sich mit Namen angesprochen und über ihren Auftraggeber geredet."

„Wie bitte? Wie doof ist das denn?", entfuhr es Meier.

„Sie wähnten sich in Sicherheit, dachten sie seien alleine. Da macht man auch mal Fehler."

„Wie heißen sie?"

„Der, den wir tot aufgefunden haben, hieß Andreas Lechner, der Scharfschütze war Günter Laux." Schmidt ließ die Worte eine Moment wirken.

„Moment!", rief Meier, fuhr dann aber flüsternd fort: „*Der* Günter Laux? Der schon für uns tätig war?"

Schmidt nickte. „Offensichtlich! Ich kenne sonst keinen Schützen, der so einen Schuss zustandebringen könnte ... außer Horn."

„Und wer hat die beiden beauftragt?" Meiers Augen glühten vor Erregung.

„Wir"

„Äh… wie bitte?" Meier war irritiert.

„Wir", wiederholte Schmidt. „Der BND."

14. April 2013, 15:11, Polizeipräsidium Adickesallee

Alfred Köster saß hinter seinem Schreibtisch und grübelte. Der letzte Tag konnte getrost als *Schwarzer Samstag* bezeichnet werden. Vierzehn Tote! Ein trauriger Rekord. Der ganze Polizeiapparat war über Nacht nicht zur Ruhe gekommen. Beamte aus allen Abteilungen befragten Zeugen, lasen Berichte und werteten die Ergebnisse der Forensik aus. Die Spurensicherung war rund um die Uhr im Einsatz. Die Kollegen hatten ein paar Stunden geschlafen, bevor sie heute ihre Arbeit fortsetzten. Es kam ihm vor, als wolle jemand die Stadt in Brand setzen wie Kaiser Nero damals Rom. Einen solchen Flächenbrand hatte Köster in seiner ganzen Laufbahn nicht erlebt. Und zum hundertsten Mal stellte er sich die Frage: War sein ehemaliger Mitarbeiter an diesem Inferno beteiligt?

Das Klopfen an der Tür lenkte ihn ab von den grüblerischen Gedanken. „Herein!“

Köster war mehr als verblüfft, als das freundlich lächelnde Gesicht von Kriminalhauptkommissar Dorian Singer ihn neugierig anblickte. „Guten Tag, Herr Köster. Störe ich?“

„Kommen Sie rein. Setzen Sie sich!“ Köster wies auf einen der Besucherstühle. „Was führt Sie in dieses Chaos?“

Singers Lächeln verschwand. „Tom. Ich mache mir Sorgen um ihn.“

„Wir alle, aber vordringlich wollen wir ihn finden, wegen…“

Singer hob die Hand. „Ich weiß warum. Es hat sich bis zum LKA Düsseldorf herumgesprochen, was ihm zur Last gelegt wird. Ich habe mich beurlauben lassen und will helfen. Tom ist mein Freund und ich kann nicht glauben, dass er für all diese Morde verantwortlich sein soll. Geschweige denn überhaupt einen begangen hat.“

„Alles spricht gegen ihn... leider.“ Köster zuckte die Schultern.

„Mag sein, aber was ist mit der Larusso-Theorie? Stefan hat mir von dem Bild und den Ereignissen in der Pizzeria erzählt. Legt das nicht nahe, dass Larusso hier der Puppenspieler ist?“

„Haben Sie das Phantombild der Kaufhaus Zeugin gesehen?“

„Ja. Aber ein guter Maskenbildner könnte…“

„Das müssen Sie beweisen“, unterbrach ihn der Alte. „Das haben wir bereits in Erwägung gezogen. Aber welcher Richter wird das glauben, ohne den wahren Täter vor sich zu haben? Wir müssen Ergebnisse liefern, das wurde mir von *oben* klar gemacht. Das schnellste Ergebnis erzielen wir, indem wir Martini verhaften.“

„Das ist ihr offizielles Statement. Und inoffiziell?“ Singer sah ihn forschend an.

„Ich glaube nicht an Martinis Schuld. Wobei ich mir nicht erklären kann, wie die nackte Tote in sein Bett gekommen ist.“

„Wurde sie mittlerweile identifiziert?“

Köster nickte. „Ihr Bild war in unserer Datenbank. Sie ist eine Prostituierte und wurde bereits mehrfach wegen Drogenbesitz festgenommen.“

„Eine Nutte? Bei Tom? Und das kommt keinem hier komisch vor?“, fragte Singer entrüstet.

„Ressmann und Carstens haben genauso reagiert. Und natürlich haben wir uns alle gewundert“, erwiderte Köster lauter als beabsichtigt, auch bei ihm lagen die Nerven blank.

„Wie sieht es mit dem Hintergrund des Opfers aus? Hat sie irgendeine Verbindung zu Larusso? Oder einem seiner Jünger?"

„Ich habe ein zehnköpfiges Team darauf angesetzt. Sie beleuchten jeden Winkel ihres Lebens und befragen jeden, der sie kannte. Bisher ohne konkreten Anhaltspunkt."

„Da will ich mitarbeiten, wenn es Ihnen recht ist. Ich glaube, die Tote kann uns zu den Hintermännern führen."

„Wenn es Hintermänner gibt ...", gab Köster zu bedenken.

Singer schnaufte laut. „Wenn es keine gibt, sind wir wieder an dem Punkt, dass Tom schuldig wäre."

Köster erwiderte nichts, stand auf und sagte: „Kommen Sie, ich bringe Sie zu den Kollegen, die sich mit diesem Teil des Falls beschäftigen."

Der Alte und Singer liefen durch die Gänge des Präsidiums. Alles wirkte wie an einem normalen Arbeitstag, nicht wie an einem Sonntag. Ein Stockwerk tiefer betraten die beiden einen großen Sitzungssaal. Ein Beamer hing an der Decke, Flipcharts und Pinnwände standen verteilt im ganzen Raum.

Der K11-Leiter sprach den offensichtlich ältesten Kollegen im Raum an, Polizeihauptmeister Kern. Muss kurz vor der Pensionierung stehen, dachte Singer. Er schätze ihn auf Mitte, Ende fünfzig, Glatze, etwa eins fünfundsiebzig, ein bisschen kleiner als er selbst, mit wettergegerbtem Gesicht. Seine Augen fixierten den Kommissar, als Köster ihn Kern vorstellte. „Herzlich Willkommen im Irrenhaus, Kommissar Singer. Wir können jede helfende Hand brauchen."

Der Alte verabschiedete sich und ging zurück in sein Büro.

„Wie kann ich helfen?", kam der dreifache deutsche Karate-Meister direkt zur Sache.

„Wie Sie sehen sind sechs Kollegen außer Haus zu Befragungen", Kern deutete auf den Rest seines Teams. „Haben Sie ein Auto?" Singer bejahte. „Dann könnten Sie weitere Zeugen befragen, beziehungsweise den Manager des Escort-Service, für den Marion Humboldt gearbeitet hat."

„Escort Service?", wiederholte der LKA-Beamte betont langsam.

Kerns Mund verzog sich zu etwas ähnlichem wie einem Lachen. „Sie können ihn auch als Zuhälter bezeichnen, aber das können wir ihm nicht beweisen. Also, wie sieht's aus?"

Der Kommissar nickte eifrig. „Den nehme ich mir gerne vor."

Kern grinste breit. „Wusste ich doch, dass ich Sie begeistern kann." Er reichte Singer einen Zettel mit der Adresse. „Und bloß keine Samthandschuhe, hatte schon das Vergnügen mit Teich. Der Kerl ist ein mieses Arschloch."

14. April 2013, 15:59

Dorian Singer überprüfte die Adresse, die Kern auf dem Zettel notiert hatte: Johann-Klotz-Straße. Nette Gegend, dachte Singer, direkt die Rennbahn nebenan. Das muss man sich erst einmal leisten können. Der Kommissar musste unwillkürlich grinsen, als ihm die Assoziation zwischen Rennpferden und den Pferdchen von Herbert Teich, dem *Manager* von Marion Humboldt, in den Sinn kam. Es war nicht wirklich lustig, aber es entbehrte nicht einer gewissen Ironie.

Das Haus des Zuhälters war von einem Garten mit großen Bäumen umgeben. Die Fenster des Erdgeschosses waren vergittert. Drei Stufen führten zur Eingangstür hinauf, die aus Metall und Glas bestand.

Singer zog an der Türglocke, die wie aus dem letzten Jahrhundert wirkte. Es dauerte ein paar Minuten, dann öffnete ein schlanker hochgewachsener Mann die Tür. Er blickte den Kommissar aus graublauen Augen an. Sein Haar war blond gefärbt, das sah Singer am Haaransatz. Die Augäpfel waren rot unterlaufen, das Gesicht gerötet, wie nach großer Anstrengung. Die Körperhaltung seines Gegenübers versetzte den Kommissar in Alarmzustand. Der Mann wirkte latent aggressiv.

„Scheiße, ein Bulle", platze er hervor. „Euch erkenn ich zehn Kilometer gegen den Wind. Was wollen Sie?"

„Sind Sie Herr Teich?"

„Richtig geraten." Er wirkte extrem genervt.

Singer zeigte seinen Ausweis und stellte sich vor, trotz des unfreundlichen Willkommens blieb er höflich. „Ich muss Ihnen ein paar Fragen zu Frau Humboldt stellen."

„Scheiße, was will das LKA von mir?"

„Herr Teich, lassen Sie uns offen reden. Ich weiß, was Sie sind, kann es Ihnen aber leider nicht nachweisen. Frau Humboldt hat für Sie angeschafft. Sie haben keinen Escort-Service und sind auch kein Manager."

„Scheiße, so einen Müll muss ich mir nicht länger anhören." Er trat einen Schritt zurück und wollte die Tür schließen.

Doch Singer war schneller und stellte einen Fuß dazwischen. „Ich will den Mord aufklären und kann Sie auch gerne vorladen lassen, wenn Ihnen das lieber ist?"

Teich öffnete die Tür wieder und schaute sich um. „Sind Sie verkabelt oder so?"

Singer verdrehte die Augen. „Nein, ich will alles über die letzten Stunden von Frau Humboldt erfahren."

„Scheiße, die Nutte hat sich den faschen Freier ausgesucht, Ende der Geschichte."

„So einfach ist der Sachverhalt nicht. Dürfte ich herein kommen? Ich würde das Thema ungern auf der Straße diskutieren." Es fiel ihm schwer, ruhig zu bleiben. Auch wenn er alle Augen zukniff, die Art des Mannes war ihm zuwider. Alleine für den letzten Satz hätte er dem Loddel am liebsten den Arm gebrochen.

„Mir doch egal, wo wir reden."

„Ich kann Sie auch von einer Streife abholen lassen. Das dürfte Ihre Nachbarn interessieren. Ist Ihnen das lieber?" Der Kommissar zeigte sein schönstes Blend-a-med Lächeln.

„Is ja schon guuuut!", rief Teich. „Was wollen Sie mir eigentlich anhängen? Immerhin ist die blöde Kuh bei einem anderen im Bett gestorben, nicht in meinem."

„Sie sprechen von einer Toten, die ermordet wurde..." Singer war kurz davor zu platzen.

„Ja scheiße, und deswegen bringt sie mir kein Geld mehr ein. Das ist mehr als ärgerlich, das Escort-Geschäft ist hart." Er grinste.

„Sind Sie alleine zu Hause?"

„Ja leider, meine Mitarbeiterinnen sind alle Geld verdienen." Dabei griff er sich in den Schritt.

Der Kommissar holte tief Luft, sah sich nach allen Seiten um, kontrollierte ob es eine Türkamera gab, was nicht der Fall war. Dann packte er den Mann beim Schlafittchen, schob ihn in den Flur und kickte die Haustür mit dem Fuß zu.

„Scheiße, was soll das, du Arsch", protestierte Teich. „Das hat ein Nachspiel. Mein Anwalt wird sich freuen."

„Und wer soll das bezeugen? Ich bin ja nicht verkabelt, *du Arsch*!"

Der Zuhälter holte aus, um dem Kommissar die Faust ins Gesicht zu schlagen. Aber Singer hatte diese Attacke vorausgeahnt. Er wehrte den Schlag ab und schlug Teich kurz vor den Solarplexus. Dem Zuhälter ging sofort die Luft aus. Er sackte auf den Boden. „Und jetzt unterhalten wir uns vernünftig, Herr Teich."

„Scheiße, was wollen Sie?“

Ein einziger Schlag reicht also? Wie kann der sich auf der Straße behaupten, dachte Singer. „Wo können wir uns hinsetzten und reden?“

Teich berappelte sich und winkte ihm. Sie gingen in die Küche. Hier blitzte alles in Lack und Chrom. Eine moderne Einbauküche, die wie aus dem Katalog wirkte und bestimmt keine dreimal benutzt worden war. In der hinteren Ecke stand ein Bistrotisch mit zwei Stühlen. Teich deutete, immer noch schwer atmend, darauf.

Singer platzierte sich so, dass er den gesamten Raum gut im Blick hatte, die Wand im Rücken. Teich nahm den zweiten Stuhl.

„Wann haben Sie Frau Humboldt zum letzten Mal gesehen?“

„Freitagmittag. Wir haben über ihre Einnahmen gesprochen.“

„Und die waren gut, denke ich.“ Singer blickte sich um.

Der Zuhälter hatte ein dreckiges Grinsen im Gesicht. „Scheiße ja, richtig gut. Sie war ein echt geiles Stück, wenn die dir einen geblasen…“

„Ersparen Sie mir Details“, unterbrach ihn Singer. „Wie lief das mit der Kundschaft? Haben Sie das selbst organisiert oder haben Ihre Angestellten das erledigt?“

Teich lachte schallend. „Angestellte… scheiße!“ Er prustete. „Für meine Top-Begleiterinnen wie Marion organisier ich alles. Die anderen *managen* sich selbst.“

„Wer hat Frau Humboldt am Freitagabend gebucht?“

Der Zuhälter überlegte einen Moment und kratzte sich am Kopf. „Auf jeden Fall keiner ihrer Stammkunden. Der Kerl sprach mit Ossi-Dialekt, Sächsisch oder so, das weiß ich noch.“

„Haben Sie einen Namen oder eine Telefonnummer notiert?“

„Scheiße, glauben Sie ernsthaft, da meldet sich einer mit richtigem Namen? Das machen vielleicht die prüden Familienväter, die noch nie bei einer Nutte waren, die melden sich mit Namen.“ Er grinste anzüglich. „Alle anderen heißen Müller, Meier, Schulz und fertig.“

„Würden Sie die Stimme wiedererkennen?“

„Scheiße Mann, klar! Der hat sowas von gesächselt. Das den überhaupt jemand in Frankfurt versteht.“ Er feixte dreckig.

„Was ist mit der Telefonnummer?“

„Die speicher ich im Handy, bis meine Investition zurück ist.“

Singer hätte ihn gerne ein weiteres Mal geschlagen, hielt sich aber zurück. Es war widerwertig, wie der Mann von der Toten sprach. „Und könnte ich die bitte haben?“, fragte der Kommissar übertrieben freundlich.

Der Zuhälter zog ein teures Smartphone aus der Tasche, wischte über das Display, bis er die Nummer gefunden hatte. Singer notierte sie in seinem Telefon.

„Danke." Er steckte das Telefon in seine Jacke.

„Ich hoffe, Sie finden den Arsch vor mir. Ansonsten gibt es nichts mehr, was sie einsperren können."

Singer war bereits aufgestanden und Richtung Tür gegangen. Jetzt stoppte er und kam zurück. „Sie werden Ihre Finger bei sich behalten und das uns überlassen. Sollte ich Ihre fiese Visage noch mal sehen, bleibt es nicht bei dem einen Schlag."

„Scheiße, drohen Sie mir? Der Mord war wie ein Griff in meine Brieftasche. Das kann ich nicht tolerieren."

Es brauchte viel, um den LKA-Beamten auf die Palme zu bringen, aber das Abwerten eines Menschen zu einer Ware ließ bei ihm eine Sicherung durchbrennen. Er packte Teich beim Kragen, zog ihn von dem Bistrostuhl und rammte seinen Rücken gegen die Wand. Erneut rang der Zuhälter nach Luft. Dann zog der Kommissar das Knie hoch und versenkte es zwischen den Beinen des japsenden Mannes. „Komm mir nie wieder unter die Augen! Wenn ich deine Fresse irgendwo in meiner Nähe sehe, dann Gnade dir Gott." Singer sprach leise und bedrohlich. Sein Tonfall ließ keinen Zweifel an der Ernsthaftigkeit seiner Worte. „Ich werde dir einen Terrorverdacht anhängen und somit einen Urlaub in einer geheimen Gefängniseinrichtung spendieren. Keiner wird dich je wieder zu Gesicht bekommen. Und kein Anwalt wird dir helfen können. Glaub mir, versuch erst gar nicht mich anzuzeigen!"

Der Kommissar ließ den Kragen des kreidebleichen Mannes los und trat einen Schritt zurück. Teich sackte auf die Fliesen der Küche und rollte sich zusammen wie ein kleines Kind. Singer fühlte kurz den Puls des Mannes, alles in Ordnung. In zehn Minuten war er wieder okay.

Singer stand auf und verließ das Haus.

Teich blieb eine volle Stunde in der Küche liegen, bis er wieder aufstehen konnte. Seine Gedanken kreisten. Er sann auf Rache. Doch vorerst überwog die Angst vor der Drohung des LKA-Mannes.

14. April 2013, 17:14, Haarlem / Niederlande

Wir gingen zurück zum Grote Markt. Fleur hakte sich wieder bei mir unter und wir gaben das verliebte Pärchen. Mit einer schönen Frau wie Fleur war es kein Problem so zu tun, als sei man verliebt. Allerdings hatte ich ein schlechtes Gewissen wegen Jay. Was würde sie denken, könnte sie Fleur und mich jetzt sehen? Ich beruhigte mich selbst mit dem alten Spruch: ‚Der Zweck heiligt die Mittel'.

„Wir gehen zu eine Mexikaner, La Cubanita. Lekker."

„Super Idee! War ich ewig nicht", antwortete ich, während ich mich unauffällig umsah. Kurz bevor wir das Restaurant erreichten, kam uns eine Streife entgegen. Die zwei Polizisten liefen schwer bewaffnet die Smedestraat entlang, in unsere Richtung. Fleur registrierte meinen Blick.

Als die Beamten etwa fünf Meter von uns entfernt waren, drängte sie mich an die nächstgelegene Häuserwand und küsste mich. Ihre Hände fuhren an meinem Rücken herunter bis zu meinem Hintern. Ich wäre vor Überraschung fast zurückgezuckt. Was mir einen Brummschädel eingebracht hätte, denn hinter mir war die Hauswand. Während Fleur mich küsste, öffnete ich ein Auge und beobachtete die Polizisten. Sie liefen belustigt an uns vorbei, interessierten sich aber nicht für uns. Als sie weit genug weg waren, löste ich mich von Fleur.

„Gute Idee", sagte ich. „Aber bitte das nächste Mal mit Vorwarnung."

Sie grinste verschmitzt. „Dann wäre es nicht echt gewesen."

„Wie kamst du darauf, mich zu küssen?"

„Menschen empfinde Intimität in ihre unmittelbaren Nähe als unangenehm. Dadurch wird man automatisch nicht beachtet."

„Gutes Ablenkungsmanöver, aber du hättest nicht unbedingt an meinem Po rumgrabschen müssen."

Sie lehnte sich zu mir, als wolle sie mich ein weiteres Mal küssen, dann flüsterte sie mir ins Ohr: „Den wollte ich die ganze Tag schon *begutachte.*"

Ich weiß nicht, ob ich in dem Moment rot geworden bin, aber meine Wangen begannen heiß zu glühen. Die Begutachtungs-Geschichte ließ ich unkommentiert. „Wo ist das Restaurant?", lenkte ich ab. Verdammt, ich war verlegen.

Fleur grinste mich breit an und bohrte nicht weiter nach. „Dort drüben."

Sie deutete auf die gegenüberliegende Häuserzeile. Fünf Schritte in die andere Richtung und wir hätten uns die Kuss-Szene sparen können. Ich musterte Fleur nachdenklich von der Seite. Wahrscheinlich stand hier bald ein klärendes Gespräch an.

Wir betraten den gut besuchten Gastraum und setzten uns auf zwei freie Plätze in der hintersten Ecke. Das La Cubanita war relativ groß und gemütlich eingerichtet. Die Wände waren in Orange gehalten, überall hingen Bilder von Cuba. Die Bedienung kam und fragte nach unseren Wünschen.

Als wir bestellt hatten, beugte ich mich zu Fleur: „Nachdem das Wichtigste erledigt ist", mein Magen hing mir bis auf den Boden. „Wie kannst du mir konkret helfen? Ich weiß jetzt, wie du in den Fall des Engelmachers hineingeschlittert bist. Aber wie soll's jetzt weitergehen? Ich bin offensichtlich hereingelegt worden. Hast du Anhaltspunkte, die das Gegenteil beweisen oder was?"

„Du erinnerst dich an den Hinweis mit Franziskus Albrecht?" Ich nickte. „Christopher hat im Darknet in eine abgeschirmte Bereich des Forums ein Tagebuch geführt. Darin kam die Geschichte von Albrecht vor. Nach seine Festnahme gab es keine Einträge mehr, bis vor drei Woche. Da hat er oder jemand, der seinen Account benutzt, neue Einträge geschrieben."

„Christopher sitzt im Gefängnis. Er hat keinen Internetzugang und ins Darknet kommt er mit Sicherheit nicht."

„Ich weiß. Deshalb hab ich alle Aktivitäte verfolgt. Eine Eintrag lautete: *Der Meister holt zu dem finalen Schlag gegen Martini aus.*"

„Wie bitte?", platze ich heraus, weil ich sichtlich geschockt war von dieser Information.

„Daraufhin habe ich alles noch intensiver überwacht."

„Hast du Beweise für meine Unschuld gefunden?" Ich war erregt. Wenn Fleur einen Beweis hatte, konnte ich zurück nach Deutschland und nach Larusso suchen. Mit ihrer Hilfe hatte ich eine reelle Chance, ihn zu finden. „Wenn wir…"

Die nächsten Worte blieben mir im Hals stecken. Die Tür hatte sich geöffnet und drei Männer in schwarzen Anzügen und weißen Hemden waren eingetreten.

Fleur drehte den Kopf zur Tür und wollte mich schon wieder küssen, aber ich wandte mich ab. „Das hilft jetzt nicht", flüsterte ich. Wir taten so, als seien wir intensiv in unser Gespräch vertieft. Aus den Augenwinkeln nahm ich wahr, dass der eine der drei auf sein Handy blickte. Dann kamen sie zu uns herüber. Der mit dem Handy ging voran, die anderen beiden folgten ihm. Vor unserem Tisch blieben sie stehen. „Guten Abend, Herr Martini.“

14. April 2013, 17:57, Polizeipräsidium Adickesallee

Singer saß in Kösters Büro. Die Telefonnummer, die der Kommissar von Teich bekommen hatte, war bereits an die IT weitergeleitet worden. „Ich habe die Daten auch an meine Kollegen vom LKA geschickt, damit wir so schnell wie möglich ein Ergebnis erzielen.“

Köster wirkte zufrieden. „Mal sehen, was dabei herauskommt. Der zweite Hinweis, dass der Mann einen ostdeutschen Dialekt gesprochen hat, trifft auf Hunderttausende Männer zu. Das Hilft uns leider nicht weiter.“

Singer bestätigte: „Leider, aber die Telefonnummer könnte eine gute Spur sein. Die Beste, die wir bisher haben in dem Fall.“

„Korrekt. Übrigens, wir haben einen neuen Hinweis erhalten. Nach dem Amoklauf soll ein Mann, auf den Martinis Beschreibung passt, zum Parkhaus Konstablerwache gelaufen sein. Im Vergleich zu London ist unser Überwachungskameranetz dürftig. Trotzdem prüfen Rudolf und die anderen von der IT-Abteilung, ob sie den Kerl auf einem der Videos finden.“ Köster öffnete eine Schublade und holte seine Pfeife heraus. Nachdem er sie genüsslich gestopft und entzündet hatte, fuhr er fort. „Ich mag keinen Überwachungsstaat, sonst sind wir bald bei Goerge Orwells 1984 angelangt. Aber in diesem speziellen Fall würde ich mir an jeder Ecke eine Kamera wünschen.“ Die Stimme des K11-Leiters klang ein wenig frustriert.

Singer wollte etwas erwidern, als die Tür geöffnet wurde. Ein junger Mann Anfang zwanzig, groß und schlaksig, betrat den Raum. Die schwarzen Haare waren verstrubbelt und schrien nach Shampoo und Wasser. Die Brille auf seiner Nase vollendete das Erscheinungsbild eines Nerds. „Herr Rudolf“, begrüßte ihn Köster. „Was haben Sie Neues für uns?“

Der IT-Mann hielt einen Zettel in der Hand und wirkte nervös. Aus welchem Grund, konnte der LKA-Beamte nicht sagen. „Wir haben nach der Handynummer gesucht. Wie zu erwarten, ist die Nummer einer Pre-Paid-Karte zugeordnet“, er holte tief Luft. „Daraufhin habe ich, wie gestern bei Martinis Handy, eine Funkzellenabfrage gestartet, um den Standort der SIM-Karte zu ermitteln. Der letzte Funkmast, bei dem das Handy eingeloggt war, steht in unmittelbarer Nähe des Präsidiums, sozusagen vor unserer Haustür."

Köster schob seine schwarze Hornbrille mit dem Finger die Nase hinauf. „Was soll das heißen?"

Rudolf schluckte schwer. Singer konnte seinen Adamsapfel den Hals hoch und runter springen sehen. „Der Anrufer könnte sich im Präsidium aufgehalten haben."

14. April 2013, 18:09, Haarlem / Niederlande

Schmidt und seine Kollegen hatten an unserem Tisch Platz genommen. „Sie sollten an Ihrer Körpersprache arbeiten, Herr Martini", flüsterte der BND-Agent mir zu. „Als wir in der Tür standen, haben erst Sie, dann Ihre Begleiterin zu uns gesehen. Danach haben Sie krampfhaft versucht, sich nicht anmerken zu lassen, dass Sie mich kennen. Ihre Rückenhaltung, das verspannte Genick und das Starren auf das Dekolleté der Dame haben Sie verraten."

„Ich habe nicht in ihr Dekolleté gestarrt", verteidigte ich mich sofort. Als nächstes schalt ich mich einen Narren. War dies wirklich der wichtigste Punkt? Nein! Die Tatsache entdeckt worden zu sein, wog schwerer, aber ich wollte einfach nicht als Spanner dastehen. Sechs, setzen!

„Interessant", kommentierte Schmidt. „Wie soll ich Sie eigentlich nennen?"

„Walter Zimmer", gab ich zurück.

„Oh!" Er hob die Augenbrauen. „Wie originell."

„Sparen Sie sich Ihren Spott, Schmidt. Was wollen Sie? Mich festnehmen? Wie Sie mich gefunden haben, brauch ich nicht zu fragen. Wahrscheinlich über Horns Handy." Der Agent nickte. „Also…?"

„Ich will das gleiche wie Sie und ein bisschen mehr."

„Sie reden in kryptischen Sätzen. Geht's auch genauer?"

„Sie möchten Ihre Unschuld beweisen. Das will ich auch. Aber ich will den Drahtzieher, der Sie in diese Lage gebracht hat."

„Larusso?" Ich war durcheinander. „Sind Sie etwa auch der Ansicht, dass er es ist?"

Schmidt nickte.

Ich erzählte ihm von den Ereignissen in der Pizzeria und dem Foto des sterbenden Anderson.

„Das sind mehr als genug Beweise“, bemerkte Schmidt. „Der Engelmacher will Sie vernichten. Und zwar nicht, indem er Sie tötet, sondern indem er Ihr Leben zerstört. Und ich will ihn haben.“

„Das habe ich verstanden, aber das Warum fehlt mir noch.“ Ich musste an das Gespräch im letzten Dezember denken. Nach dem Abschluss des Apokalypse-Falls hatte mich der BND-Mann angerufen und mir seine Hilfe angeboten, sollte ich diese je benötigen. Jay hatte damals daran gezweifelt, dass sein Angebot auf reiner Menschenfreundlichkeit beruhe. Sie schien recht zu behalten.

„Eigentlich bin ich nicht befugt, Ihnen das mitzuteilen, aber ich vertraue Ihnen.“ Er blickte Fleur an. „Sie sollten alles, was Sie jetzt hören, gleich wieder vergessen und wenn nicht, ich habe gute Verbindungen zu Ihrem AIVD.“

„Zu wem?“, fragte ich. „Dem ADAC.“

Schmidt verzog keine Miene. „Der niederländische Inlandsgeheimdienst Algemene Inlichtingen- en Veiligheidsdienst oder auf Deutsch: Allgemeiner Nachrichten- und Sicherheitsdienst.“

Fleur nickte zur Bestätigung.

„Muss ich noch eine Verschwiegenheitserklärung unterschreiben oder sagen Sie mir endlich, was Sache ist.“ Ich wurde ungeduldig. Das Geplänkel des Agenten nervte mich.

„Wir haben eine Abteilung, die Serientäter analysiert und bewertet. Wir erstellen Profile und wollen somit eine Art Frühwarnsystem etablieren. Internet, Aktivitäten, Einkaufsverhalten, Freundeskreis, Intelligenzquotient und so weiter.“

Ich hob die Hand: „Und dafür die ganze Vorrede? Das klingt nicht wirklich aufregend… außer… Vorratsdatenspeicherung.“

„Genau. Es ist nicht nur der Terror, den wir bekämpfen. Wir wollen die Daten auch für diesen Zweck benutzen.“

„Jetzt verstehe ich langsam. Aber gibt es solche Untersuchungen nicht bereits von anderen Behörden? Ich denke an berühmte Profiler bei der Polizei, dem LKA und dem BKA. Warum wollen Sie ihr eigenes Süppchen kochen?“

„Sie wollen niet mit die andere Kinder teilen“, warf Fleur ein. „Ich habe einen Bericht zu die Thema gelesen. Sie wollen hinter die Fassade des Killers sehen. Warum er so geworden ist und wie man Soldaten dazu bringe kann, auch so zu werden – gewissenlos – aber kontrolliert von die Regierung. Weiter hieß es: Die größten Erfolgschancen bestehen durch eine Konditionierung von Kindesbeinen an."

Während Fleur sprach, hatte Schmidt geschwiegen. „Woher wissen Sie das? Dieser Bericht ist streng geheim!" Sein Rücken versteifte sich, als er sich selbst die Antwort gab. „Sie sind eine Hackerin."

Fleur setzte eine Unschuldsmiene auf. „Ich weiß niet, wovon Sie rede."

„Ich rate Ihnen dringend, Stillschweigen darüber zu bewahren." Mehr Worte waren nicht nötig. Schmidt hatte ihr auf seine Art gedroht.

„Wirklich? Kinder?", fragte ich den Agenten.

Schmidt wandte sich mir zu. „Dieser Bericht ist veraltet und diese Erwägungen wurden verworfen."

Irgendwie glaubte ich ihm nicht. Aber ich wollte ihn nicht reizen.

Der BND-Mann holte tief Luft, bevor er fortfuhr. „Ich kann Ihre Zweifel verstehen. Sie glauben, wir wollen Kinder nach dem Vorbild von Serienmördern zu Killern ausbilden. Oder besser noch, die Serienmörder als Ausbilder für die Kinder. Offiziell wurde das Konzept ad acta gelegt. Aber es haben sich zwei Lager innerhalb des BND gebildet. Die einen wollen dieses Projekt fortführen, um die Sicherheit des Landes zu gewährleisten. Die anderen haben sich in den Kopf gesetzt, Serienmörder zu Soldaten umzuerziehen, die man im Notfall opfern kann."

„Selbstmordkommandos?", stieß ich hervor.

„Nein, ab einem bestimmten Alter ist das sehr schwer und fast nicht mehr möglich. Aber die Leute in ein Krisengebiet zu schicken, um ihnen zu ermöglichen ihren Trieb auszuleben, das funktioniert. Dass sie umkommen könnten, verschweigt man ihnen natürlich. Ihre Instruktionen werden lauten, dass sie an einem bestimmten Treffpunkt aufgenommen und rückgeführt werden."

„Wie wollen Sie die Kerle dazu bewegen, für Sie zu arbeiten? Und wie wollen Sie sie kontrollieren?" Ich war entsetzt über diese Idee.

„Die meisten Killer wollen Anerkennung für ihre Taten. Das wissen wir aus einschlägiger Literatur. Also geben wir ihnen die Möglichkeit zu töten und dafür gelobt zu werden. Das waren die ersten Untersuchungen, die wir getätigt haben. Aber bis zum ersten Einsatz liegt noch ein langer Weg vor uns. Die Kontrolle ist das einfachste. Sie bekommen einen GPS-Sender in den Körper eingepflanzt. Das ermöglicht uns, ihren Aufenthaltsort zu jeder Zeit zu ermitteln."

Ich rieb meine Augen. „Das klingt wie aus einem schlechten Film. Zu welcher Seite gehören Sie?"

„Ich habe nichts dagegen, Killer als Soldaten einzusetzen. Würde es Ihnen etwas ausmachen, wenn ihr *Freund* Larusso zu einem Selbstmordkommando in den Nahen Osten geschickt werden würde? Die Idee mit den Kindern jedoch war mir von Anfang an zuwider."

„Also gehören Sie zu Lager zwei", stellte ich fest.

„Mehr oder minder. Ich sympathisiere mit dieser Fraktion."

„Aber ich verstehe immer noch nicht, warum Sie unbedingt Larusso wollen? Was ist das Besondere an ihm?"

„Er ist so etwas wie der Weiße Wal unter den Serienmördern. Er ist überdurchschnittlich Intelligent. Er ist der Polizei schon mehrfach entwischt und hat sie unterwandert. Er hat sich über Jahre im Verborgenen gehalten, ohne entdeckt zu werden. Er konnte seinen eigenen Tod glaubhaft vortäuschen, sogar zweimal. Er hat Charisma. Er hat die Fähigkeit, anderen seinen Willen und Glauben zu eigen zu machen. Christopher ist das beste Beispiel. Er ist der perfekte Lehrer und Mentor. Das sind die Gründe, warum wir ihn wollen. Allerdings will die andere Partei ihn auch."

Während Schmidt gesprochen hatte, war mein Entsetzen immer größer geworden. „Sie sprechen von ihm, als würden Sie ihn bewundern."

„In gewisser Weise muss ich Ihnen recht geben. Hätten unsere Agenten all diese Fähigkeiten, wäre die Gefahr einer Entdeckung fast null. Wir können eine Menge von ihm lernen, ihn studieren."

„Und welche Rolle kommt mir in diesem Spiel zu, Kapitän Ahab?"

„Sie sind Ismael. Sie sind ihm schon zweimal entkommen. Jetzt führen Sie uns zu ihm."

„Beim zweiten Mal wollte er mich entkommen lassen. Und jetzt wollen Sie mich ein drittes Mal benutzen, um den Köder zu spielen? Da komme ich mir vor wie Queequeg", erwiderte ich.

„Er sah seine Tod voraus", warf Fleur ein. Ich sah Angst und Bedauern in ihren Augen. Sie schüttelte fast unmerklich den Kopf, als wolle Sie sagen, tu es nicht.

Ich löste meinen Blick von der jungen Hackerin und wandte mich Schmidt zu. Der zeigte die erste emotionale Reaktion, ein wölfisches Grinsen. „Als Gegenleistung werden wir Sie rehabilitieren."

„Da hab ich nicht mehr viel von, wenn ich tot bin. Larusso verfolgt ein Ziel, sonst hätte er mich damals nicht entkommen lassen. Angeblich wollte er sein Wort nicht brechen, aber das nehme ich ihm nicht ab. Er will mehr."

„Das mag sein, aber diesmal beschützen wir Sie. Ab sofort stehen Sie unter dem Schutz des BND."

„Na super. Ein Verein, der BSDS spielt und in der Larusso-Frage zweigeteilt ist wie ein zerstrittenes Ehepaar, will mich beschützen. Echt jetzt?"

„BSDS?", fragte Schmidt.

„BND sucht den Superkiller. Das ist es, was Sie machen, oder?"

„Herr Martini, Sie verstehen das völlig falsch. Uns geht es um das Wohl der Bevölkerung. Wir wollen lernen…"

„Der Zweck heiligt die Mittel, darin waren Sie schon immer groß. Machen Sie, was Sie wollen, aber ohne mich. Ich will, dass Larusso ins Gefängnis geht oder besser eine Kugel zwischen die Augen bekommt. Er hat vor knapp drei Jahren meine Freundin getötet und im Dezember Jay entführt. Jetzt bedroht er sie wieder. Ganz abgesehen davon, dass er mein Leben mit aller Gewalt zerstören will. Mir reicht es! Ich will, das der Kerl verschwindet, auf die eine oder andere Weise."

„Starke Rede! Aber wie wollen Sie ihn ohne Hilfe fangen?"

„Ich helfe ihm…", mischte sich Fleur ein.

„…und ich habe Helfer in Deutschland", ergänzte ich.

Schmidts Grinsen wurde überheblich. „Glauben Sie, das reicht? Ihre sogenannten Freunde halten Sie für schuldig. Wer soll Ihnen helfen?"

„Horn, Singer und Bülow." Bei letzterem war ich mir nicht sicher, aber ich versuchte einen Schuss ins Blaue. „Oder haben Sie vor, alle kaltzustellen, damit ich Ihnen helfen muss? Bei Bülow haben Sie es bereits im Dezember versucht." Wider Erwarten kam kein Protest von Schmidt. Ich erinnerte mich an damals, als ich ihm unterstellte, der BND habe das Attentat auf Bülow verübt. Er blieb erstaunlich ruhig. „Was ist los? Habe ich Ihre Pläne durchschaut?"

Die Miene des BND-Agenten wurde finster. Er blickte mich forschend an, als würde er die Antwort auf eine ungestellte Frage in meinem Gesicht suchen. „Das Bülow-Attentat wurde vom BND in Auftrag gegeben." Ich blickte Schmidt mit offenem Mund an, als er fortfuhr. „Sie erinnern sich an die zwei Parteien innerhalb unserer Organisation? Bülow gehört dem BND an – inoffiziell. Er vertritt die Meinung, aus den Killern Soldaten zu machen. Wie ich Ihnen im Dezember schon sagte, hat er einen sehr großen Einfluss. Deshalb hat die andere Seite versucht, ihn zu töten. Mit ihm würde die Soldaten-Variante sterben."

„Hab ich es doch gewusst!" Ich konnte und wollte den Triumph in meiner Stimme nicht unterdrücken. „Würde nicht ein anderer einflussreicher Militärangehöriger nachrücken?"

Schmidt schüttelte den Kopf. „Leider nicht. Sie können sich nicht vorstellen, wie groß der Einfluss des Generals ist. Bülow hat viele Freunde, überall. Sein Netzwerk ist organisations- und regierungsübergreifend. Glauben Sie mir. Der Satz ‚jeder ist ersetzbar' trifft auf Bülow nicht zu."

„Das bezweifle ich zwar, aber nehme es als gegeben hin." Ich überlegte, wobei meine Augen kurze Zeit auf Fleurs Gesicht verweilten. Sie lächelte mich an. Es fühlte sich gut an, aber auch hintergründig. Entweder ich gefiel ihr oder sie wollte mir zu verstehen geben, dass sie noch ein Ass im Ärmel hatte. „Heißt das, das Attentat wird nie aufgeklärt?"

Schmidt wiegte den Kopf. „Wahrscheinlich nicht. Ich kenne die Namen der beiden Attentäter, aber nicht die Hintermänner."

„Das versteh ich schon wieder nicht. Sie wissen nicht, wer Variante zwei der Killersoldaten-Verschwörung unterstützt und vorantreibt?"

„Natürlich wissen wir, wer sich damals dafür stark gemacht hat. Aber wie ich bereits sagte, sind alle Pläne dieses Projekt betreffend auf Eis gelegt. Offiziell arbeitet niemand innerhalb des BND mehr an der Idee. Im Hintergrund sitzen die Marionettenspieler und ziehen an allen möglichen Fäden, um ihr Ziel zu erreichen. Keiner weiß genau, wer Spieler und wer Marionette ist."

„Wer zieht an Ihren Fäden, Herr Schmidt? Oder sind Sie einer der Spieler? Ihr Interesse geht jedenfalls weit über reines Sympathisieren, wie Sie mir anfangs glauben machen wollten, hinaus."

Der Agent schwieg lange, fast eine halbe Minute, bevor er wieder ansetzte. „Mein vordringliches Ziel ist es, Larusso von der Straße zu holen. Und ja, ich würde ihn gerne ohne Rückfahrkarte in ein Krisengebiet schicken. Aber ich will auch von ihm lernen. Meinen Agenten, die überall im Einsatz sind, könnte er wirklich etwas beibringen."

Ich schüttelte langsam und bedächtig den Kopf. „Da wären wir wieder bei, der Zweck heiligt…"

„Herr Martini", Schmidt hob die Hand. „Sie klingen wie eine Langspielplatte, die einen Sprung hat…"

„Bevor ihr euch vaneenscheuren… wie sagt man auf Deutsch… zerfleischt, könnte ich noch etwas Hilfreiches beisteuern", mischte sich Fleur mit Nachdruck ein.

Also ein Ass im Ärmel, dachte ich. Und was Fleur jetzt anhängte, erstaunte mich umso mehr: „Ich kenne den Aufenthaltsort von Larusso."

14. April 2013, 18:21, Polizeipräsidium Adickesallee

„Sind Sie sich da ganz sicher?" Kösters Kopf war nach vorne geschossen wie eine zustoßende Klapperschlange.

Das Gesicht des IT-Fachmanns wirkte fahl und war mit roten Flecken übersät. „Bin ich. Aber wie ich bereits sagte, er *könnte* sich im Präsidium aufgehalten haben. Die Funkzellenpeilung ist nicht so genau wie eine GPS- Peilung. Er könnte sich auch in der Bertramstraße, der Eschersheimer Landstraße oder in der Eysseneckstraße aufgehalten haben."

„Aber es besteht die Möglichkeit, dass der Anrufer sich hier im Gebäude aufgehalten hat?", wiederholte Köster. Rudolf nickte. Der Alte lehnte sich zurück in seinen großen Ledersessel. „Danke Herr Rudolf, gute Arbeit!"

Kösters Miene wirkte undurchdringlich. War er bestürzt oder glücklich? Singer konnte es nicht deuten. Als Rudolf das Büro verlassen hatte, wandte sich der K11-Leiter an den Kommissar. „Es gibt einen Sachverhalt, den Sie eventuell nicht kennen." Singer setzte sich aufrecht in seinen Stuhl, drückte den Rücken durch, als könne er so besser hören. „Nach seiner Festnahme hat der Apokalypse-Killer uns mitgeteilt, dass es ein Leck im Präsidium gibt. Wir haben einen Maulwurf unter uns."

„Sind Sie sicher? Haben Sie erwogen, dass er gelogen haben könnte?"

„Das haben wir. Aber Schmidt vom BND hat Frau Lamprecht gegenüber das gleiche geäußert. Rudolfs Informationen untermauern diesen Verdacht, und es ist ein Indiz, das gegen die Schuld von Herrn Martini spricht."

„Wer weiß von dem Leck?"

„Ressmann, Carstens, Lamprecht, Martini und ich. Ansonsten haben wir niemanden eingeweiht. Wir wissen auch nicht, ob der Informant gewarnt wurde."

Singer schüttelte bedächtig den Kopf. „Glaube ich nicht. Ansonsten hätte er nicht diesen Fehler begangen." Köster runzelte fragend die Stirn. „Wenn der Maulwurf gewusst hätte, dass die Kollegen Wind von ihm bekommen hatten, hätte er nicht vom Präsidium aus bei dem Opfer angerufen, das er Martini ins Bett legen will." Er überlegte kurz. „Vorausgesetzt, dass der Anrufer wirklich unser Whistleblower ist."

„Stimmt", nickte Köster. „Gehen wir mal davon aus, er ist es. Was schlagen Sie vor? Wie bekommen wir unseren Edward Snowden zu fassen? Rein hypothetisch."

Singer grübelte einen Augenblick. „Wir wissen, dass er ostdeutschen Dialekt gesprochen hat. Das könnte ein Trick gewesen sein oder er hat geredet, wie ihm der Schnabel gewachsen ist. Wie viele Kollegen sind von drüben?"

Köster überlegte kurz. „Etwa zehn Prozent… grob geschätzt."

„Das ist eine ganze Menge. Wie viele davon waren in den Engelmacher-Fall direkt oder indirekt involviert?"

„Schwer zu sagen, da müsste ich genauer nachforschen."

„Wen können wir ins Vertrauen ziehen? Das ist eine Menge Arbeit."

„Ich weiß, Herr Singer", bestätigte Köster. „Wir können Bergmann und Arndt einweihen. Beide sind hervorragend auf dem Gebiet der Recherche."

„Können Sie die beiden unauffällig von ihrer momentanen Aufgabe abziehen? Teich sagte, er würde den Anrufer wiedererkennen. Das wäre unsere Chance, den Kerl zu fassen."

„Und wenn er seine Stimme verstellt hat?", gab der Alte zu bedenken.

„Dann müssen wir uns etwas Besseres einfallen lassen oder wir haben mit Zitronen gehandelt."

14. April 2013, 18:51, A61 kurz vor Venlo

Es hatten sich fünf Kilometer Stau gebildet. Die Polizei kontrollierte immer noch den Verkehr in Richtung Niederlande. Niederländer wurden durchgelassen, deutsche Autos in Stichproben kontrolliert. Der Innenraum des Wagens war noch aufgeheizt. Die Klimaanlage des alten Renault war mit der ihr gestellten Aufgabe überfordert. Was zur Folge hatte, dass die Laune des Mannes auf dem Beifahrersitz zusehends schlechter wurde.

Der Fahrer ruckelte auf seinem Sitz vor und zurück. Er fühlte sich unwohl und befürchtete, von der Polizei kontrolliert zu werden.

„Meister", wandte er sich an den dunkelhäutigen Beifahrer. „Ihr solltet aussteigen und die Grenze zu Fuß überqueren. Ich werde Sie hinter dem Kontrollpunkt wieder aufnehmen."

Rechts und links neben der Straße befanden sich begrünte Erdwälle. Sie zu überwinden war kein Problem, aber sollte einer der Polizisten aufmerksam werden, könnte die Reise schneller zu Ende sein, als ihnen lieb war.

Die Absperrung befand sich noch etwa fünfhundert Meter entfernt. Der Meister reagierte nicht, weder sprach er noch blickte er seinen Fahrer an. Nur der aufmerksame Beobachter konnte sehen, dass seine Kiefermuskulatur arbeitete. Der Fahrer blickte sich zur Rückbank um. Die beiden Männer, die dort saßen, zuckten die Schultern. Sie waren ratlos.

„Meister?“, startete der Fahrer einen zweiten Versuch, Aufmerksamkeit zu erlangen.

Jetzt blickte Larusso den Mann neben sich an. „Nach der Grenze kommt eine Brücke, an der werde ich auf dich warten.“ Er öffnete die Tür und stieg aus. Es war klar, dass der Fahrer genau das machen würde, was Larusso ihm gesagt hatte. Ein Zuwiderhandeln hätte seinen Tod bedeutet. Des Meisters Wort war Gesetz.

Larusso schwang sich behände über die Leitplanke und stieg ohne Hast den Wall hinauf. Oben angelangt kletterte er über den Grenzzaun. Ein Kinderspiel. Auf der anderen Seite lief er den kleinen Berg ein Stück hinunter, bevor er sich auf den Weg Richtung Brücke begab.

Als er die Höhe des Kontrollpunkts erreichte, blieb er kurz stehen und blickte hinunter. Er grinste. Seine entstellte Wange ließ sein Gesicht wie eine groteske Maske wirken. Wie dumm sie alle waren! Sein Intellekt überflügelte alle seine Gegenspieler und Hindernisse. Sie würden es bereuen, ihm getrotzt zu haben. Während er langsam weiterlief, flüsterte er vor sich hin: „Morgen werde ich die Geschichte beenden.“

Ein irres Lachen entrann seiner Kehle.

14. April 2013, 19:14, Haarlem / Niederlande

Ich starrte Fleur ungläubig an. Aus den Augenwinkeln konnte ich sehen, dass Schmidt ebenfalls verdutzt aus der Wäsche blickte. „Wie meinst du das? Du kennst den Aufenthaltsort von Larusso?“

Fleur lächelte kokett. „Was glaubst du, warum ich gesagt habe, ich könne dir helfen? In dem Forum im Darknet wird immer wieder ein

Ort erwähnt. Ich gehe davon aus, dass Larusso sich dort versteckt hält."

„Das sagst du erst jetzt?", fragte ich überrascht.

„Sie glauben zu wissen, wo Josef Larusso sich versteckt hält? Sind Sie sicher? Denn heute ist er wieder in Erscheinung getreten, dies spricht gegen ein Versteckspiel", gab Schmidt zu bedenken.

„Das stimmt, Mister Agent, aber nur weil er Tom will. Ich denke, der Ort, den ich gefunden habe, ist seine Hauptquartier oder sowas."

Ich wurde nachdenklich, 2010 als wir glaubten Larusso sei tot, hatten Andrea, Till und Stefan sein Versteck gefunden. Dort bewahrte er seine Mordutensilien und seine Souvenire auf. Warum sollte er keine weiteren Verstecke haben? „Du sagtest Hauptquartier. Wie meinst du das? Ein Versammlungsort für ihn und seine Jünger?"

„Sowas in der Art, glaube ich. Es wird immer wieder Bad Homburg erwähnt. Ein Haus in der Elisabethenstraße."

„Das ist knappe dreißig Kilometer außerhalb Frankfurts. Und Bad Homburg ist ein teures Pflaster. Wie hat er das aus dem Verborgenen organisiert?", fragte ich mich mehr selbst als die anderen Anwesenden. Sein Versteck in Frankfurt hatte er über einen Strohmann angemietet. Dieser hatte seinen Auftraggeber nie gesehen oder gesprochen. Er hatte viel Geld in einem Umschlag erhalten und den Auftrag, eine bestimmte Wohnung anzumieten. Wahrscheinlich war es in Bad Homburg genauso gelaufen. Ich teilte Fleur und Schmidt meine Gedanken mit.

Fleur schüttelte den Kopf. „Ich glaube niet. Es wäre möglich, dass der Besitzer ein Jünger Larussos ist und das Gebäude zu Verfügung gestellt hat. Aber das weiß ich niet sicher."

„Versteckt Larusso sich dort oder hält er da nur konspirative Treffen ab?"

„Da sind die Einträge im Darknet niet eindeutig. Treffen auf jeden Fall. Ob er es auch als Versteck benutzt", sie zuckte die Schultern, „weiß ich wirklich niet."

Schmidt erhob sich von seinem Stuhl. „Ich will keine Spaßbremse sein, aber wir verabschieden uns. Morgen früh fliegen wir zurück und räuchern das Nest aus. Sind Sie dabei, Herr Martini?"

„Auf jeden Fall. Wie viele Männer haben Sie mitgebracht?"

Der Agent deutete auf seine zwei Begleiter. „Reichen wir Ihnen nicht?"

Ich musste ein lautes Auflachen unterdrücken. „Sie wissen, dass Larusso alleine schon mit mehr Leuten fertig geworden ist. Da wollen Sie drei Männchen es mit ihm aufnehmen?"

„Wir sind keine Streifenpolizisten, sondern speziell ausgebildete Agenten…“

„Das reicht nicht“, fiel ich dem BND-Mann ins Wort. „Das ist ein Killer ohne Skrupel mit einem IQ von 154. Und haben Sie vorhin nicht mehrfach gesagt, Sie wollen viel von ihm lernen? Gehen Sie zu dritt und lernen Sie Ihre erste Lektion: Unterschätze nie deinen Gegner!“

Schmidts Miene blieb unbewegt, aber ein Teil des überheblichen Glanzes verschwand aus seinen Augen. „Na gut, ich werde weitere fünf Agenten involvieren. Mehr geht leider nicht, denn ich weiß nicht genau, wer für die zweite Partei spielt.“ Er blickte mich erwartungsvoll an. „Zufrieden?“

„Natürlich, Herr Schmidt“, antwortete ich mit Ironie in der Stimme. „Danke, dass Sie mir meine Ängste nehmen wollen.“ Der Agent wusste dass ich recht hatte, wollte es aber nicht zugeben.

„Also bis morgen. Ich lasse Sie um acht Uhr abholen, wenn Sie mir sagen, wo Sie wohnen.“

Ich deutete auf Fleur. Schmidt nickte und Fleur gab ihm die Adresse. Dann verschwanden die drei Men in Black.

Als sie weg waren, fragte Fleur: „Glaubst du, es ist eine gutes Idee mit ihm zusamme zu arbeite? Es könnte eine Falle sein.“

„Er will Larusso und ich auch.“

„Vielleicht will er dich nach Deutschland zurück locken, um dich zu verhaften.“

Bei Fleurs Worten wurde ich mir wieder der ernsten Lage bewusst, in der ich schwebte. Ich sollte zehn oder mehr Menschen getötet haben und meine Freunde glaubten nicht an meine Unschuld. Zusätzlich benutzte Schmidt mich als Köder. Ich kam mir vor wie der Wurm am Angelhaken, der verzweifelt versucht zu entkommen. Diese Überlegungen behielt ich für mich und sagte stattdessen. „Dann könnte er das auch hier und jetzt machen, oder?“

„Wenn die niederländischen Behörden niet mit ihm zusammen arbeiten, dann niet“, sie blickte mich sorgenvoll an.

„Ob mit oder ohne Genehmigung von euch, wenn Schmidt mich festnehmen wollte, würde ich nicht mehr hier sitzen. Glaub mir“, versuchte ich ihre Bedenken zu zerstreuen.

„Wenn dieser Mister Agent so viel Einfluss hat, warum fliegt er niet mit dir nach Deutschland, lässt seine Beziehungen spielen und entlasten dich?

„Das hat er klar gestellt. Er will, dass ich Larusso für ihn aus der Deckung locke. Und meine Rehabilitierung ist die Möhre am Ende des

Stocks", erklärte ich meine Sicht der Dinge. „Warum machst du dir eigentlich so viele Gedanken um mich?"

Ihre Wangen wurden eine Nuance röter. „Ich will mein Vater und Sara rächen und du sollst mir helfen. Und damit du mir helfen kannst, muss ich erst dich aus die Schusslinie bringen."

„Das besorgt jetzt Schmidt. Und es liegt auch mir am Herzen, Gerechtigkeit für deinen Vater und Sara zu erlangen." Ich nahm ihre Hand und drückte sie zärtlich. „Dein Vater hat mir geholfen und ist dafür gestorben. Das werde ich ihm nie vergessen. Ohne ihn wäre ich Larusso nie auf die Spur gekommen."

Fleur nickte und zog ihre Hand aus der meinen. Meine Berührung schien ihr nicht unangenehm zu sein, vielleicht sogar zu angenehm. Sie blickte mit gerötetem Gesicht auf die Tischplatte. „Deine Freundin kann sich glücklich schätzen, dich zu haben."

Ich war verwirrt. Warum dieser plötzliche Themenwechsel? Als ich nichts erwiderte – ich wusste nicht, was ich sagen sollte – rief Fleur den Kellner und zahlte ihr Getränk. „Wenn du gegessen hast, komm einfach zu mir nach Hause, das findest du ja." Sie stand auf und ging.

Ich sah ihr verständnislos hinterher. Was war hier gerade passiert? Konnte es sein, dass sich die Hackerin in mich verliebt hatte…?

There's some way out, there's some way through
But I'm lost, I'm lost, I'm down again
My direction is changing, which way?
Which way can I go?

Asia - Go

Kapitel 7

14. April 2013, 21:07

Kriminalkommissar Felix Arndt verließ das Präsidium. Feierabend für heute, dachte der Dreißigjährige mit den braunen Igelhaaren. Die letzten zwei Tage waren stressig, nervenaufreibend und kräftezehrend gewesen. Zusammen mit Marco Bergmann und zwanzig anderen Beamten der K-Abteilungen hatten sie fast rund um die Uhr recherchiert. Arndt setzte sich in seinen restaurierten VW-Käfer, startete den Motor und verließ die Tiefgarage in der Adickesallee.

Er war müde und abgespannt. Endlich schlafen. Ich will nur noch ins Bett, ging es Arndt durch den Kopf. Um diese Uhrzeit konnte er in zehn Minuten zu Hause sein, wenn alles gut lief. Ein dunkles Wochenende lag hinter ihm und seinen Kollegen. Der reine Wahnsinn.

Er war bereits auf der Ludwig-Landmann-Straße und hing seinen Gedanken nach, da zog ein Mercedes von rechts aus der Kollwitzstraße auf seine Spur. Der Kommissar musste fast eine Vollbremsung hinlegen, um seinem Vordermann nicht ins Heck zu fahren. Er hupte und gestikulierte.

„Du Idiot", stieß er hervor.

Am liebsten hätte er den Fahrer angehalten, ihm seinen Polizeiausweis unter die Nase gehalten und verwarnt. Aber es war ihm zu viel Aufwand. Der positive Nebeneffekt des kleinen Intermezzos: das Adrenalin in seinen Adern putschte ihn auf, weckte seine Geister.

Er fuhr langsamer, ließ Abstand zwischen sich und dem Vordermann. Gleich war er zu Hause. Während er seinen Wagen in eine Parklücke bugsierte, kam ihm ein Gedanke, der ihn in den letzten Wochen mehrfach beschäftigt hatte: seine Zukunft beim K11. Arndt war als Ersatz für Kriminalhauptkommissarin Andrea Lamprecht in das Team von Köster gekommen. Die Kommissarin hatte sich im August 2012 nach Heidelberg versetzen lassen. Anscheinend wollte sie eine räumliche und berufliche Trennung von ihrem Lebenspartner und Kollegen Till Ressmann. Im Dezember 2012 hatten sich die beiden wieder zusammengerauft, woran Thomas Martini mutmaßlich beteiligt war. Lamprecht wollte wieder zurück nach Frankfurt, was verständlich war, aber was würde mit Arndt passieren? Würde er zu einem anderen Team des K11 versetzt werden? Oder in eine andere K-Abteilung? Bisher hatte er sich nicht getraut, Köster darauf anzusprechen. Warum wusste er selbst nicht. Und genau jetzt fragte er sich, warum reiße ich mir den Arsch auf, wenn ich sowieso bald abgeschoben werde? Das Selbstvertrauen des Kommissars war nicht sehr groß.

Die Eingangstür zu seiner Wohnung quietschte erbärmlich. Alle Nachbarn wussten jetzt, dass er nach Hause gekommen war. Ich muss die unbedingt ölen, nahm er sich zum hundertsten Mal vor.

Er ging zum Kühlschrank, holte sich ein kaltes Bier, öffnete es und trank es auf einen Zug aus. Das war nötig gewesen! Er stellte die leere Flasche unter die Arbeitsplatte der Küche zu den anderen und nahm sich eine zweite. Diese trank er nur halb leer. Der Alkohol wirkte sofort. Der Kommissar hatte fast nichts gegessen und eineinhalb Flaschen Bier auf nüchternen Magen waren keine wirklich gute Idee. Er schmierte sich ein Salamibrot und aß es mit großen Bissen. Schon besser.

Als er die Badezimmertür öffnen wollte, klingelte sein Handy. Der Name im Display überraschte ihn: Thomas Martini. Was wollte der von ihm? Er nahm den Ruf an: „Arndt."

„Hallo Herr Arndt, Martini hier", kam die kratzige Stimme des Privatdetektivs aus dem Telefon. Die Verbindung war sehr schlecht und es rauschte stark im Hintergrund.

„Hab ich gesehen. Was wollen Sie?"

„Würden Sie mir einen Gefallen tun?"

Er zögerte. „Warum fragen Sie das mich? Warum rufen Sie nicht Ressmann oder Carstens an? Mit denen sind Sie befreundet." Der Kommissar konnte sich keinen Reim auf den Anruf machen.

„Sie sind am neutralsten, wir kennen uns kaum, aber Sie kennen alle Hintergründe und ich glaube, Sie wissen, dass ich keinen der Morde begangen habe, die mir zur Last gelegt werden."

Arndt musste sich anstrengen, um Martini zu verstehen, die Stimme war leicht verzerrt und die Geräuschkulisse extrem laut. „Ich kann Sie ganz schlecht verstehen."

„Tut mir leid, mein Akku ist fast leer und ich bin an einem Bahnhof." Wie zur Bestätigung hörte der Kommissar eine Lautsprecherdurchsage. Allerdings nicht auf Deutsch.

„Sie sind ganz schön mutig, mich von Ihrem Telefon aus anzurufen. Wir haben es bereits angepeilt und könnten es wieder tun."

„Ich vertraue Ihnen. Sie sind meine Person betreffend neutral. Ich glaube, Sie wissen ganz genau, was richtig und was falsch ist. Außerdem: Sollte ich doch schuldig sein, können Sie meine Festnahme für sich verbuchen."

Ja, der Detektiv war der erste, der sein Potenzial erkannte. Martini war wirklich gut. Arndt richtete sich gerade auf, drückte die Schultern nach hinten, Brust raus. Oh Vorsicht, nicht so schnell. Das Bier hatte stärker reingehauen, als er gedacht hatte. „Was soll ich für Sie machen?"

„Ich brauche die komplette Larusso Akte. Papier oder digital, ist mir egal. Ich glaube, wir haben alle etwas übersehen und ich habe einen neuen Hinweis auf …."

Anscheinend bremste gerade ein Zug neben dem Detektiv. Das Quietschen der Bremsen hatte die letzten Worte überlagert. „Hinweis auf was?", rief Arndt ins Telefon. Es quietschte immer noch. Das Wort, das Arndt hörte, klang wie Versteck. „Sein Versteck?"

„Ja genau."

„Bekomme ich diesen Hinweis auch?"

„Natürlich, aber nicht am Telefon. Können wir uns morgen Abend treffen? Alleine? Ich möchte Till und Stefan da raushalten. Sie sind befangen im Gegensatz zu Ihnen."

Genau! Er war neutral und gut informiert, das verstanden die anderen nicht. Für sie war er der Neue für die Recherchen, mehr nicht. Im Dezember hatten Ressmann, Carstens, Bergmann und Köster zusammen eine Observation durchgeführt, ohne ihn einzuweihen. Ja, sie hatten im Nachhinein gesagt, sie wollten ihn nicht in Schwierigkeiten bringen, denn der Verdächtige war tabu. Kriminalrat Rohoff persönlich hatte jedwede Aktion, die diesen Mann betraf, strengstens untersagt. Trotzdem, sie hätten ihn einweihen können. Er gehörte zum Team oder nicht? Und jetzt die Sache mit Lamprecht. Ein Damoklesschwert, das über ihm schwebte. „Klar, Herr Martini. Wo wollen wir uns treffen?"

Arndt sah seine Chance gekommen, etwas zu bewirken, neue Informationen zu erhalten und unentbehrlich zu werden.

14. April 2013, 21:34, Haarlem / Niederlande

Nach einem längeren Spaziergang über den Grote Markt, die Jansstraat und Jansbrug kam ich zum Hauptbahnhof. Ich telefonierte kurz mit einem von Horns Telefonen. Dann schlenderte ich gemütlich und nachdenklich zurück zum Paarlaarsteeg.

Ich hatte eine Kleinigkeit gegessen. Der richtig große Hunger war mir vergangen. Zum einen durch Schmidt und zum anderen durch die Reaktion von Fleur. Ich konnte mir nicht vorstellen dass die Gefühle, die sie anscheinend für mich empfand, sehr intensiv waren. Eine Schwärmerei, nicht mehr. Ich hatte sie nicht nach ihrem Alter gefragt, aber älter als fünfundzwanzig konnte sie kaum sein. Gegen meine vierzig... Ein ziemlich großer Unterschied. Aber das war egal, ich liebte Jay und sie fehlte mir sehr. Die Hackerin würde in naher Zukunft einen Mann finden. Außerdem war ich in Sorge wegen Larusso. Er hatte mir bereits eine Frau genommen, sollte er mir auch Jay nehmen... Meine Hand, die ich erhoben hatte, um zu klingeln, sank herab. Verdammt, die letzten Jahre hatten mich mehr Lebenszeit gekostet, als ich mir eingestehen wollte. Was war mit mir geschehen? Eine Krise nach der anderen brachte mein Leben in Aufruhr. Ruhe, das war es, was ich dringend brauchte. In diesem Moment schwor ich mir, sollte ich heil aus dieser Geschichte herauskommen, würde ich einen langen Urlaub mit Jay machen. Ganz egal, wie viele Aufträge auf mich warteten oder wie es um mein Bankkonto bestellt war.

Ich hob die Hand erneut und klingelte. Der Türsummer erklang fast in derselben Sekunde. Offenbar hatte Fleur auf mich gewartet.

Als ich oben ankam, stand sie in der Tür mit belämmertem Gesichtsausdruck. „Tut mir leid“, begrüßte sie mich.

„Was?“

„Ich hab mich wie ein dumme Zicke verhalten. Verontschuldiging.“

„Du meinst eifersüchtige Zicke.“

Sie boxte mich auf den Arm. „Bild dir bloß niets ein!“ Sie ging zur Seite und ließ mich eintreten.

Ich ließ mich auf die Couch fallen. „Wird das mein Bett für die Nacht?“

Sie nickte.

„Ist bequem“, stellte ich fest. „Wollen wir schlafen gehen? Ich bin völlig am Arsch. Das letzte Wochenende hat mich geschlaucht.“

„Kein Problem. Willst du zuerst ins Bad?“

„Gerne.“ Ich stand auf und ging in das kleine Badezimmer. Durch die Dachschräge musste ich aufpassen, mir nicht den Kopf zu stoßen. Als erstes musste die Maske runter, Gesicht waschen und Zähne putzen. Zu mehr war ich nicht mehr fähig. Als ich zurück kam, hatte Fleur die Couch ausgeklappt und mit Betttuch, Kissen und Decke ausgestattet.

Als ich mich hingelegt hatte, verschwand Fleur im Bad. Ich dachte an Jay und die erste Nacht in meiner Wohnung. Ja, wir hatten so einige

Probleme, uns zu finden. Sie hatte mich provoziert und ich hatte versucht, ihre Avancen zu ignorieren. Ein breites Grinsen stahl sich auf meine Züge.

Als die Tür aufging, klappte mir die Kinnlade nach unten. Fleur kam nur mit einem Slip bekleidet zurück. Und ja: Sie hatte eine Modelfigur! Ihre Kleidung hatte nichts geschönt, da war alles echt. Ich war mir nicht mehr sicher, ob ich gesabbert habe, aber es stand im Bereich des Möglichen. Ich war halt auch nur ein Mann, verliebt hin oder her. Fleur lief extrem langsam an mir vorbei, wackelte mit dem Hintern und sorgte dafür, dass ihre Brüste auf und ab wippten.

Ich schloss den Mund und brachte noch heraus: „Gute Nacht, schöne Träume.“ Dann legte ich mich auf die linke Seite, abgewandt von der zartesten Versuchung, seit es Sex gab, und versuchte einzuschlafen.

‚Lieber Gott, lass diese Versuchung an mir vorübergehen…‘

Montag, 15. April 2013, 07:33, Polizeipräsidium Adickesallee

Wie Verschwörer saßen die Mitglieder von Kösters K11-Gruppe zusammen. Die Besprechung fand vor dem großen Meeting mit der SOKO statt.

Am Sonntagmittag hatte Kriminalrat Rohoff eine SOKO Martini ins Leben gerufen. Sie bestand aus fünfzig Mann, die sich aus allen K-Abteilungen und Streifenpolizisten zusammensetzte. Trotz des großen personellen Aufgebots liefen die Ermittlungen schleppend. Die Telefonnummer, die Dorian Singer gestern von dem Zuhälter der toten Prostituierten bekommen hatte, war bisher der beste Hinweis.

Köster stopfte sich in gewohnter Manier eine Pfeife. Als der erste Rauchkringel seinen Mund verließ musterte er das Grüppchen vor seinem Schreibtisch. Alle blickten ihn erwartungsvoll an, einzig Dorian Singer lächelte gelassen. Es war an der Zeit, auch Felix Arndt und Marco Bergmann einzuweihen. Sie konnten den Maulwurf nicht alleine finden. Sie brauchten Hilfe. Bergmann und Arndt waren vertrauenswürdig, darüber war der alte Hase sich bewusst. „Meine Herren, warum ich Sie vor der Besprechung hergebeten habe, hat einen bestimmten Grund. Allerdings muss ich Sie alle zu strengstem Stillschweigen verpflichten.“ Zufrieden registrierte der K11-Leiter einhelliges Nicken auf seinen letzten Satz hin. „Letztes Jahr im Dezember wurde mir vom

BND zugetragen, dass es ein Leck im Präsidium gibt." Er ließ die Worte eine Sekunde wirken. Wie zu erwarten, waren Bergmann und Arndt geschockt. „Es soll eine Person geben, die mit Josef Larusso, auch bekannt als der Engelmacher, kollaboriert. Der Apokalypse-Killer hat dies bei einem Gespräch mit Martini und Kommissar Carstens bestätigt. Da die Information von zwei unabhängigen Quellen an uns herangetragen wurde, müssen wir davon ausgehen, dass sie der Wahrheit entspricht. Herr Ressmann, Herr Carstens und ich versuchen seitdem eine Spur des Verräters zu finden. Leider ohne Erfolg. Gestern haben wir den ersten brauchbaren Hinweis auf den Maulwurf bekommen. Herr Singer…" Köster blickte den LKA-Beamten auffordernd an.

Singer erzählte von seinem Besuch bei dem Zuhälter, von der Telefonnummer, dem Ossi-Dialekt und dem Peilungsergebnis, das sie von Rudolf erhalten hatten. „Nach dem, was Herr Köster mir erzählt hat, denke ich, dass es sich bei dem Anrufer um den abtrünnigen Polizisten handeln könnte. Meine Kontakte beim LKA haben die Peilung bestätigt, konnten sie aber leider nicht näher eingrenzen."

Marco Bergmann, der leicht konsterniert wirkte, meldete sich zu Wort. „Heißt das, alle Kollegen stehen unter Generalverdacht?"

Der Alte war hin und her gerissen. Theoretisch musste er der Aussage zustimmen. Sie hatten nicht den leisesten Schimmer, wer sich von Larusso hatte anwerben lassen, aber er ging davon aus, bestimmte Personen aus dem Kreis der Verdächtigen problemlos streichen zu können. Laut sagte er: „Nicht ganz. Es gibt Kollegen, die wir ausschließen können. Über diesen Personenkreis sollten wir uns als erstes unterhalten. Aber wichtiger ist, wie gehen wir vor? Das ist der Grund, warum ich Sie beide involvierte. Sie haben in vielen Fällen mit Ihrer Recherche die nötigen Hinweise geliefert, um den oder die Täter zu überführen. Ich möchte, dass Sie alle in Frage kommenden Kollegen unter die Lupe nehmen, und bevor Sie jetzt protestieren… Mir gefällt das auch nicht! Ich hasse es, Freunden und Kollegen hinterher zu schnüffeln. Ihren Kollegen und mir ging es die letzten vier Monate nicht gut dabei." Er musterte die beiden jungen Kommissare und versuchte die Wirkung seiner Aussage abzuschätzen. Sie mussten hundertprozentig hinter den Ermittlungen stehen. „Herr Bergmann, Herr Arndt, kann ich auf Sie zählen?"

Die beiden Beamten sahen sich an, dann antwortete Bergmann: „Ja, Chef. Finden wir den Kuckuck, der unser Nest beschmutzt."

15. April 2013, 07:42, Haarlem / Niederlande

Die Nacht war gekommen und gegangen. Ich hatte auf der Couch den Schlaf des Gerechten geschlafen, ohne der Versuchung in Form von 90-60-90 zu erliegen.

Ich war um kurz nach sieben aufgestanden, um mich zu waschen. Fleur ging nach mir ins Bad, aber nicht ohne mir ein weiteres Mal vor Augen zu führen, was mir entgangen war. Ich drehte mich gentlemanlike weg und wartete, bis sie an mir vorbei gegangen war.

Pünktlich um acht Uhr klingelte es an der Haustür. Als Fleur öffnete, stand ein Mann in schwarzem Anzug und weißem Hemd vor der Tür.

„Kaltenbach", stellte er sich vor. „Ich soll Sie zum Flughafen in Amsterdam eskortieren."

Ich nahm meine Tasche, zog meine Jacke an und verabschiedete mich von Fleur. „Danke für alles, ich... Was machst du?"

Die Hackerin hatte ihre Jeans-Jacke angezogen und einen Rucksack in der Hand. „Ich begleite dich."

„Warum?", fragte ich verdutzt.

„Ich kann dir bestimmt behilflich sein. Außerdem will ich mit von der Party sein, wenn der Mörder meines Vaters gefasst wird. Das ist mein Recht!"

„Das ist zu gefährlich", konterte ich.

„Ist mir egal, Tom. Ich will die Schwein in die Augen blicken, wenn er... wie sagt ihr... einfährt."

Ich stand in der Tür und überlegte. War es eine gute Idee, die junge Frau mitzunehmen? Würde ich dem BND-Agenten sagen, dass er Fleur nicht mitnehmen soll, müsste sie auf anderem Wege nach Frankfurt kommen. Und so entschlossen, wie sie wirkte, würde sie bestimmt einen Weg finden. Und bei Schmidt und mir war sie sicherer. „Na gut", stimmte ich zu.

Sie grinste mich an, als wolle sie sagen, glaubst du wirklich, dass ich deine Erlaubnis brauche?

Kaltenbach, der die Diskussion stumm verfolgt hatte, schaute auf die Uhr. „Wir müssen los. Wir sind fünf Minuten hinter dem Zeitplan."

Ich blickte den Agenten an. Na das konnte ja lustig werden. Kaltenbach als Antreiber.

Wir stiegen das Treppenhaus hinunter. Unten angekommen wandte der Agent sich nach rechts. An der Grote Houtstraat liefen wir links ab.

„Laufen wir nach Amsterdam?“, fragte ich Kaltenbach, um die Stimmung aufzulockern.

Der BND-Mann reagierte nicht auf meinen Scherz, er erwiderte völlig ernst: „Dann müssten wir uns Richtung Osten halten, im Moment bewegen wir uns nach Norden. Unser Wagen steht am Grote Markt.“

„Ah, Sonderparkgenehmigung des BND“, frotzelte ich.

„Nein, der Wagen steht in einer offiziellen Parkzone.“

Mann war der Kerl humorlos!

Direkt neben der Grote Kerk stand ein schwarzer SUV. Was auch sonst, dachte ich. Wir müssen ja ein paar Klischees bedienen. Und offiziell sah der Parkplatz nicht aus.

Kaltenbach zog die Fernsteuerung des Wagens aus dem Anzug und öffnete den Kofferraum. „Geben Sie mir Ihre Taschen“, forderte er uns auf.

Als ich ihm meine Tasche hinhielt, ließ er den ausgestreckten Arm wieder sinken.

„Sehr lustig. Soll ich die Tasche selber einladen?“, erkundigte ich mich, doch im nächsten Moment sah ich einen roten Fleck auf Kaltenbachs Hemd, der von Sekunde zu Sekunde größer wurde. Ich erschrak. Nur eine Millisekunde später schob sich das entstellte Gesicht von Josef Larusso aus dem Schatten der Kirche, das verzerrte Joker-Grinsen im Gesicht.

„Hallo Tom“, hauchte er mir ungewöhnlich sanft entgegen. „Wie sehr ich dieses Messer liebe.“ Er hatte den Agenten um seine eigene Achse gedreht. Jetzt konnte ich das Messer, das bis zum Heft in Kaltenbachs Rücken steckte, sehen. Larusso strich fast zärtlich über den Griff. „Eine Symphonie aus Schmerz, Blut und Agonie. Findest du nicht auch, Tom?“

„Was willst du?“, stieß ich zwischen den Zähnen hervor. Wenn ich nur an meine Waffe in der Tasche käme! Warum hatte ich sie nicht in die Jacke gesteckt?

„Sie...“, er deutete auf Fleur. „... Sie hat all meine Pläne durchkreuzt. Hat meine Spur aufgenommen und dem Frevler Mertens geholfen. Sie wollte ich immer haben. Kurz vor seinem Tod hat Mertens mir ihren Namen verraten, aber nur den Vornamen, dann ist der Hund einfach gestorben.“

Fleur wollte losstürmen, sich auf Larusso stürzen.

Ich hielt sie zurück. „Schade dass sie nicht blond ist, blond würde sie einen schöneren Engel abgeben. Vielleicht färbe ich ihr die Haare, bevor ich sie töte und in ihre wahre Form umwandle.“ Er verzog seinen

Mund wieder zu einer Fratze. „Nur der Form halber. Ich will ja nicht aus dem Rahmen falle, den die Profiler von LKA, BKA und BND von mir erstellt haben." Er lachte laut. „Warum denn so ernst, Tom?"

„Wie hast du mich gefunden?", fragte ich, obwohl ich die Antwort kannte. Ich wollte Zeit schinden.

„Stell dich nicht dümmer, als du bist."

Ich zuckte die Schultern. „Keine Ahnung."

„Oh Gott, das Telefon aus der Pizzeria. Obwohl du das GPS ausgeschaltet hast, konnte mein Spezialist es anpeilen. In solchen Momenten frage ich mich, wie du es überhaupt geschafft hast, der Polizei zu entkommen. Ich habe den ganzen Samstag über die Staatsdiener in Atem gehalten. Damit du flüchten konntest, um mich zu ihr zu führen." Seine gespielte Heiterkeit verschwand. „Wie konntest du mich je fangen? Du Versager! Meinem überragenden Intellekt ist keiner gewachsen! Und du? An der untersten Grenze des Durchschnitts", er hob die Hand. „Dein stümperhaftes Verhalten ist das beste Beispiel dafür. Konntest du dir nicht denken, dass wir uns wieder über den Weg laufen? Genau hier?" Hochmut sprach aus seinem Blick. „Deine engelsgleiche Begleiterin aber ist nicht ganz so dumm. Sie hat mich und meine Anhänger gefunden. Wenn ich ihr vertrauen könnte, würde ich ihr einen Platz in meinem Team anbieten."

„Fuck you!", schrie Fleur und zeigte Larusso den gestreckten Mittelfinger.

Larusso reagierte ungewöhnlich gelassen. „Das hättest du gerne mit dem lieben Tom gemacht", er fixierte mich. „Richtig? Mein Engel?"

Ich stockte. Woher konnte er wissen, dass Fleur versucht hatte, mich zu verführen? War es nur eine Vermutung?

„Forget it, you bloody bastard", zischte die Hackerin ihn an.

Jetzt grinste Larusso wieder und es sah zum ersten Mal echt und belustigt aus. „Auf dem Handy ist eine App, die mir erlaubt, das Mikrofon und die Kamera des Telefons einzuschalten. Ich konnte einiges hören und sehen. Die Kleine hat nichts ausgelassen", er zwinkerte mir zu. „Ich freue mich schon, sie später zu entkleiden. Sie ist eine wahre Augenweide."

Ich wollte, dass er weitersprach. Er hörte sich gern reden. Diese Schwäche hatte mir vor drei Jahren den Hals gerettet. „Deshalb hast du mich leben lassen. Dein Versprechen gegenüber Andrea war nur ein Vorwand. Der wirkliche Grund, warum ich noch lebe, ist Fleur..."

„Richtig. Tom! Du bist ja so clever!", verhöhnte er mich.

„Was hast du vor. Wir sind an einem öffentlichen Ort. Ich wette, einer oder mehrere Leute haben schon die Polizei gerufen."

Und wie um meine Aussage zu bestätigen, blieb eine Gruppe von vier Frauen stehen. Sie blickten neugierig zu uns herüber, trauten sich aber nicht näher heran. Der tote Kaltenbach lag hinter dem Auto, außerhalb des Sichtbereichs von Passanten. Aber sein Blut lief unaufhaltsam unter dem SUV hervor und erregte Aufmerksamkeit. Genauso wie unsere Diskussion.

Larusso erkannte die Problematik ebenfalls. „Dann kürzen wir das ab." Er pfiff durch die Zähne. Daraufhin lösten sich zwei Gestalten aus dem Dunkel des Kircheneingangs. Zwei grimmige Gesichter blickten uns an. „Zwei meiner ergebenen Jünger. Sie werden uns zu meinem Wagen begleiten." Larusso zog das Messer aus dem Rücken des toten BND-Agenten und wischte das Blut an dem schwarzen Anzug ab. „Wieder einsatzbereit. Ich hoffe, ihr wollt euch nicht wehren. Oder doch? Bitte wehrt euch!" Er sah die Klinge liebevoll an. „Ich benutze es doch so gerne." Er wirkte jetzt völlig irre.

Larusso konzentrierte sich auf das Messer. Fleur war nah an meine Seite gerückt. Die beiden Jünger standen neben ihrem Meister. Uns trennten zwei Armeslängen. Die beiden Männer kamen auf uns zu. Beide hielten plötzlich Messer in den Händen. Als sie uns fast erreicht hatten, schwang ich meine Tasche und schlug sie dem ersten Jünger an den Kopf. Die Hackerin tat es mir gleich. Sie schleuderte ihren Rucksack nach dem zweiten. Beide taumelten getroffen zurück, wobei sie Larusso anrempelten und zu Fall brachten.

Das war unsere Chance. Wir wandten uns um und rannten auf den großen Platz vor der Kirche. Fleur nahm meine Hand und übernahm die Führung.

Dann rannten wir, als sei der Leibhaftige hinter uns her.

15. April 2013, 08:00, Polizeipräsidium Adickesallee

Köster betrat als Letzter den großen Besprechungsraum. Die komplette SOKO Martini war anwesend. Die Beamten sprachen miteinander. Bisher war er nicht bemerkt worden. Er hätte sich gerne eine Pfeife angesteckt, aber Rohoff billigte das Rauchen ausschließlich in Kösters eigenem Büro. Weiter ging seine Toleranz nicht.

Der Alte stellte sich an die Leinwand und musterte die Anwesenden. War es möglich, dass einer von ihnen ein Verräter war? Ein Jünger Larussos? Der Gedanke kam ihm immer noch völlig abwegig vor. Seit Dezember versuchte er, sich mit dieser Tatsache anzufreunden. Wenn das überhaupt möglich war. Sechzig bis siebzig Prozent der Polizisten im Raum kannte er seit ihrer Ausbildung. Alte Hasen und junge Hüpfer. Verflucht und zugenäht! Noch bis vor einem halben Jahr hätte er für jeden seine Hand ins Feuer gelegt und behauptet, dass nichts und niemand sie vom Weg abbringen könnte. Zugegeben: Es gab einige schwarze Schafe. Hier und da mal ein fünfzig oder hundert Euro Schein von einem Geschäftsmann, der zu schnell gefahren war. Aber doch keine Killer!

Die Tür öffnete sich ein weiteres Mal und Ernst Mielke kam zur Tür herein. Ein Streifenpolizist, der beide Male mit von der Partie gewesen war bei der Jagd nach dem Engelmacher. Er kam direkt auf Köster zu und streckte ihm die Hand entgegen. „Guten Morgen, Herr Köster. Entschuldigen Sie bitte meine Verspätung.“, begrüßte er den K11-Leiter höflich.

Köster erwiderte den Gruß. „Wir haben noch nicht begonnen. Suchen Sie sich einen Platz.“

Mielke nickte und setzte sich in die erste Reihe. Der Alte wusste, dass Mielke gerne ins K11 wechseln würde. Leider hatte er nicht die Qualifikation. Köster hielt ihn durchaus für fähig, den Job zu meistern, aber ihm fehlte die Ausbildung zum Kripo-Beamten. Nach Lamprechts Weggang hatte sich Mielke auf die offene Stelle beworben, war aber abgelehnt worden. Felix Arndt machte das Rennen und Köster war glücklich über seine Wahl.

Seit Dezember lag nun Andrea Lamprechts Versetzungswunsch in seiner Schublade, aber er hatte keine offene Stelle. Er hatte schon dreimal mit Rohoff diskutiert, aber der Kriminalrat gab ihm kein grünes Licht. Es blieb Köster verwehrt, seine beste Beamtin zurück zur Familie zu holen.

Er schüttelte die trüben Gedanken ab und klatschte in die Hände: „Meine Herren!“, rief er laut aus. Seine Stimme hallte von den Wänden wider und zwei Sekunden später herrschte Ruhe in dem großen Raum.

Ressmann und Carstens saßen links von ihrem Chef und blickten ihn erwartungsvoll an. Köster ging auf die Ergebnisse des letzten Tages ein und einige der Beamten berichteten über die Ermittlungen und deren voranschreiten.

Es klopfte an der Tür und ein junger Polizist in Uniform betrat den Raum. Polizeihauptmeister Kern, der gerade gesprochen hatte, unterbrach seinen Vortrag. „Bitte?“, fragte er in Richtung des Neuankömmlings.

Der antwortete sehr leise und verschüchtert: „Ich suche Alfred Köster.“ Seine Stimme war fast nicht zu hören.

Der Alte stand auf und ging zu dem Jungspund. „Was gibt es?“, fragte er knapp.

Der Junge hielt ihm einen Zettel entgegen. Köster fiel auf, dass die Hand des Manns zitterte. „Ist gerade reingekommen“, kommentierte er die geschriebene Nachricht. „Der Kommissar vom Dienst hat vergessen, es an Sie weiterzuleiten.“

Köster nahm das Papier und las stumm. Auf seiner Stirn bildeten sich Falten. Zornesfalten, wie Ressmann und Carstens aus der Ferne erkennen konnten. Der Alte wurde so gut wie nie laut oder fluchte. Jetzt begann die Hand, die das Papier hielt, zu beben. „Wie konnte das passieren!“, brach es wütend und emotionsgeladen aus ihm heraus. „Vier Beamte, die Wache gehalten haben, und trotzdem ist Frau von Linde verschwunden?!“

15. April 2013, 08:31, Haarlem / Niederlande

Wir rannten! Larusso und seine Häscher im Nacken. Fleur zog mich hinter sich her. Wir rannten die Jansstraat entlang Richtung Bahnhof. Kurz vor der Jansbrug bogen wir rechts in die Korte Jansstraat ab. Als wir das Ufer einer Gracht erreichten, blieb Fleur stehen. Sie überlegte, links oder rechts. „Wohin?“, fragte sie mich – mich einen Ortsfremden. Als ich in ihre Augen sah, wusste ich warum. Sie hatte Panik.

Ich drehte den Spieß um und zog sie mit mir, nach links. Unsere Verfolger konnte ich nicht mehr sehen. Das beruhigte mich ein wenig. Aber wir konnten nicht stehenbleiben. Meine Beine trieben mich weiter voran, als wüssten sie mehr als mein Gehirn. Es ging an einer Hauptstraße entlang unter einer Eisenbahnbrücke hindurch bis zu einer großen Kreuzung. Übers Wasser nach rechts oder an diesem Ufer bleiben? Die Antwort wurde mir abgenommen. Von links sah ich einen der Jünger Larussos heran preschen. Ich zog Fleur blindlings über die vierspurige Straße. Aus den Augenwinkeln konnte ich hinter uns den zweiten Jünger Larussos sehen. Ein Auto hupte, dann hörte ich Bremsen quietschen. Ich konnte mich nicht umblicken, rechnete aber jedem Moment mit einem Zusammenstoß. Fleur gab mir von hinten einen Schubs, ich kam ins Straucheln und fiel fast der Länge nach hin. In letzter Sekunde bekam ich einen Ampelmast zu fassen, der meinen Sturz verhinderte. Fleur erging es nicht besser. Sie warf sich gegen mich, um nicht auf den Asphalt zu stürzen. Meine Tasche flog ins Gebüsch, wurde aber von dem dichten Geäst aufgehalten, bevor sie die Böschung hinunter in die Gracht rutschen konnte.

Ich fand mein Gleichgewicht wieder und blickte mich schnell um. Der Mann hinter uns war bedenklich nahe gekommen, der von links wurde von den fahrenden Autos daran gehindert, die Straße zu passieren. Ich packte meine Tasche rechts und Fleur links. Dann rannte ich auf die Brücke. Als wir das Wasser zur Hälfte überquert hatten, auf Höhe eines kleinen Wärterhäuschens, erblickten wir Larusso auf der anderen Seite. Er lief gemütlich auf uns zu, ganz ohne Hast. Er wusste, dass wir ihm nicht entkommen konnten. Hinter uns kam einer der Jünger. Der zweite lief auf der gegenüberliegenden Seite der Brücke etwa auf unserer Höhe.

Ich stoppte und blickte Fleur an. Aus! Hier endete unsere Flucht. Bekam der Engelmacher jetzt das, was er seit Jahren wollte? Die Frau, die ihm seine Pläne zweimal durchkreuzt hatte, und den Mann, der immer alles bekam, was er, Larusso, begehrte? Der Mann, der ihn entstellt hatte.

Die Schlinge zog sich immer enger zusammen.

Der einzige Ausweg war das Wasser. Das Wasser? Nein! Neben dem Wärterhäuschen, das an ein Zollhaus erinnerte, führte eine Treppe nach unten. Neben der Treppe sechs schwimmende Landstraßen, der Rumpf eines Rheinschiffs ohne Aufbauten. Sie schwammen nebeneinander auf dem Wasser und bildeten einen Weg zum gegenüberliegenden Ufer, das wir erreichen wollten. Ich sprang über das Geländer. Fleur folgte mir behände. Wir rannten die Treppe hinunter und sprangen auf den ersten Schiffsrumpf. Ich hörte Larusso fluchen und seine Männer antreiben.

Das erste Schiff lag an einem Anleger. Ich half Fleur hinauf und schwang mich hinterher. Von dem Anleger zum zweiten Schiff war der Abstand weiter. „Ich springe zuerst, du kommst mir nach und ich fange dich auf der anderen Seite“, drängte ich Fleur. Unsere Verfolger waren schon auf der Hälfte der Treppe. Ich nahm Anlauf und sprang. Auf dem Schiff fing ich mich mit einer Judorolle ab. „Los komm!“, winkte ich Fleur. Sie zögerte eine Sekunde. Dann lief sie an und sprang. Mist, das reicht nicht, schoss es mir durch den Kopf. Ich beugte mich soweit ich konnte nach vorne, den Po weit nach hinten gestreckt, um meinen Schwerpunkt nicht über den Rand des Schiffs zu verlagern. Als die Hackerin meine Hände fasste, ging ein starker Ruck durch meine Arme. Gleichzeitig ließ ich mich auf den Rücken fallen. Ich fiel und zog Fleur über den Rand des Schiffs. Ihre Beine hingen über dem Wasser. Der Rest ihres Körpers lag auf mir und dem Schiff. Ihr Kopf lag zwischen meinen Beinen. Wir rappelten uns hoch und setzten unsere Flucht fort.

Während wir von einem Schiffsrumpf zum nächsten sprangen, hörte ich die hallenden Schritte von Larussos Männern. Links neben uns sah ich Larusso über die Brücke zurück hasten.

Am anderen Ufer angelangt sprangen wir auf die Böschung und rannten hinauf. Direkt am Strand lag ein Beach-Club. Wir kletterten über den Lattenzaun und durchquerten die noch geschlossene Bar, liefen weiter auf die angrenzende Straße. Ich zog Fleur über die zweispurige Fahrbahn und spurtete los. Ein von Büschen überwachsener Platz lag vor uns. An dessen Ende angelangt bogen wir links ab. Hinter der stark befahrenen, vierspurigen Bundesstraße N200 sah ich ein dichtes Wohngebiet. Konnten wir unsere Verfolger dort abschütteln?

Als wir den Straßenrand erreichten, blickte ich mich hastig um. Sie waren immer noch hinter uns, linkerhand näherte sich Larusso. Ich erblickte eine kleine Lücke im fließenden Verkehr. Ohne Vorwarnung zog ich Fleur über die Straße. Wieder hupten Autos, Bremsen quietschten. Auf dem Mittelstreifen mussten wir warten, denn die Ampel schaltete auf grün. Ich wurde immer nervöser, sah mich ständig um. Unsere Häscher erreichten den Bordstein. Ich sah Larussos Grinsen. Plötzlich ergab sich eine kleine Lücke vor uns. Ich setzte alles auf eine Karte und sprintete los, die Hackerin hinter mir herziehend. Ich streckte den ankommenden Wagen meine freie Handfläche entgegen. Die Fahrer bremsten scharf, verlangsamten ihre Fahrt. Endlich erreichten wir den rettenden Straßenrand.

Wir zwängten uns durch ein kniehohes Gebüsch, hasteten über eine weitere kaum befahrene Asphaltbahn und verschwanden in einem schmalen Gang zwischen zwei Häuserblocks.

Ich blieb kurz stehen. Larusso und seine Männer standen immer noch auf der anderen Straßenseite. Ich zog Larussos Handy aus der Tasche, wählte eine Nummer und als mein Gesprächspartner abnahm, sagte ich nur: „Jetzt wäre toll!“

15. April 2013, 09:27

Ressmann und Carstens erreichten das BGU. Sie liefen direkt zu Station C3. Am Eingang der Station standen die vier uniformierten Beamten und unterhielten sich hektisch.

„Ich habe ihr gesagt, dass wir auf sie aufpassen…", sagte der Erste.

„Das scheint sie nicht beeindruckt zu haben!", unterbrach ihn ein Zweiter.

Der dritte Beamte wollte sich gerade einmischen, als die beiden Kommissare die Gruppe erreichten.

„Stopp!", rief Ressmann und unterband jede weitere Diskussion. „Als erstes beruhigen wir uns alle und atmen dreimal tief durch. Und dann möchte ich von Ihnen wissen, was gestern passiert ist, wer Frau von Linde besucht hat, wie sie sich gefühlt hat und wann entdeckt wurde, dass sie weg ist."

Der Kleinste der Truppe, ein schwarzhaariger Polizeimeister, zog die Mütze ab und drehte sie aufgeregt zwischen den Fingern hin und her.

„Schulldorff", stellte er sich vor. „Der Kollege Bacher und ich haben vor dem Zimmer gestanden. Frau von Linde konnte schon wieder alleine aufstehen und laufen. Ich habe gehört, wie ein Arzt gesagt hat, dass ihn das wundern würde. Sie habe eine sehr gute Konstitution und Selbstheilung. Sie hat den Tag über ein paar Mal telefoniert und uns gebeten, draußen Wache zu halten. Eventuell hat sie versucht, den Verdächtigen Martini zu erreichen, aber das wissen wir nicht sicher." Er blickte seinen braunhaarigen Kollegen an, der den Kopf schüttelte. Das muss Bacher sein, überlegte Ressmann.

„Gestern Abend lief sie den Gang auf und ab. Als sie wieder am Zimmer ankam, erreichte sie ein Anruf. Sie begrüßte die Anruferin mit, hey Andrea", erzählte Bacher.

Ressmann verengte die Augen. „Hat sie einen Nachnamen genannt?"

Bacher schüttelte den Kopf. „Nein."

„Na gut und was ist noch passiert?"

„Nicht viel", Schulldorff zuckte die Schultern. „Sie hat gegessen und um einundzwanzig Uhr ist sie schlafen gegangen. Sie hat uns gebeten, sie nicht mehr zu stören."

„Was Sie wahrscheinlich auch gemacht haben?", fragte Carstens angriffslustig. Er hatte auf der ganzen Fahrt geschimpft und sich aufgeregt.

Bacher reagierte pikiert auf den Tonfall des Kommissars. „Was hätten Sie gemacht? Sie war keine Verdächtige, sondern eine kranke, verletzte Frau, die sich nichts zu Schulden hat kommen lassen."

Carstens nickte. „Mag sein. Ist Ihnen nicht aufgefallen, dass wir uns im ersten Stock befinden und unter dem Fenster ein Vordach ist, über welches man in das Zimmer einsteigen könnte, um sie zu entführen?"

Bacher blieb der Mund offen stehen. Er bewegte den Kopf langsam nach rechts und links. „Nein." Alle Farbe wich aus dem Gesicht des Beamten.

Ressmann legte seinem Kollegen die Hand auf den Unterarm, um ihn von einer weiteren Bemerkung abzuhalten. Er fixierte die beiden anderen Polizisten, die sich bisher nicht geäußert hatten. „Was ist Ihnen aufgefallen?"

Sie schüttelten den Kopf: „Leider nichts", antwortete einer stellvertretend für beide.

„Das ist nicht viel!", resümierte Ressmann. „Wie sieht es mit Besuchern aus?", wandte er sich wieder an Bacher und Schulldorff.

„Es war niemand bei ihr, außer den Ärzten und Schwestern." Schulldorff zuckte die Schultern.

„Also...", Ressmann hob die rechte Hand und zählte mit den Fingern auf. „Sie ist den Gang auf und ab gelaufen. Sie hat telefoniert. Es war niemand bei ihr. Sie ist um neun Uhr ins Bett und keinem von Ihnen ist aufgefallen, dass sie verschwunden ist? Keine Geräusche, Lärm, nicht aus dem Zimmer nach neun Uhr?"

Die vier Beamten schüttelten einhellig die Köpfe.

„Das gibt es doch nicht!", rief Carstens aus. „Wo waren Sie denn auf der Polizeischule? Hat keiner mal den Kopf ins Zimmer gestreckt, um festzustellen, ob alles okay ist?" Wieder Kopfschütteln. „Fuck! Was für Dilettanten seid Ihr denn?"

Bevor sein Kollege sich weiter ereifern konnte, schob Ressmann ihn beiseite. „Schau mal nach, was deine neue Flamme macht. Wie war ihr Name… Silvia? In Ordnung?!"

Carstens ging zähneknirschend zur Rezeption.

Ressmann wandte sich wieder den Beamten zu. „Wann haben Sie entdeckt, dass Frau von Linde weg ist?"

„Nicht wir, die Schwester. Sie wollte Fieber messen. Da hat sie festgestellt, dass unter der Decke nur noch das zusammengeknäulte Kissen lag."

„War das Fester geschlossen oder offen?"

„Angelehnt. Nicht verschlossen."

Ressmann überlegte. „Lassen Sie niemanden hinein, bis die Spurensicherung da war." Mit diesen Worten verabschiedete er sich von den vier Männern und ging Carstens hinterher.

Was war hier passiert? Hatte Larusso seine Drohung wahrgemacht?

15. April 2013, 09:34, Haarlem / Niederlande

Vor uns lag eine große dreieckige Wiese mit Kinderspielplatz. Wir rannten links daran vorbei und weiter zwischen den Wohnhäusern hindurch. Ein niedriger Holzzaun versperrte uns den Weg. Wir kletterten darüber. Dahinter rannten wir über den Parkplatz einer Firma. Unsere Verfolger schienen abgeschlagen.

Unsere Flucht endete in einem Industriegebiet direkt am Wasser. Ich zog Fleur hinter ein Gebüsch. Dort warteten wir und versuchten zu Atem zu kommen. „Gleich geht's weiter, nur eine Minute", sagte ich schwer schnaufend. Das Rennen hatte mich viel Kraft gekostet. Gefühlsmäßig rannte ich seit zwei Tagen.

Kurz darauf sagte ich: „Lass uns weitergehen." Ich stand auf und trat aus dem Gebüsch. Wir blickten uns um. Rechts Wasser. Links Straße. Wohin?

In diesem Moment kam ein Wagen um die Ecke geschossen und hielt mit quietschenden Reifen direkt vor uns. Fahrer- und Beifahrertür sprangen auf und zwei Frauen stiegen aus.

Die blonde kurzhaarige Fahrerin mit den grünen Katzenaugen presste zwei Finger gegen das Headset in ihrem linken Ohr. „Wir haben sie, dank dir. Wir sehen uns."

Die kleine Frau mit den rötlich blonden Haaren kam zu mir und umarmte mich. „Endlich Schatz!", stieß Jay hervor. „Ich hatte solche Angst um dich."

„Nehmt euch ein Zimmer. Wir müssen weg!", rief Andrea Lamprecht von der Fahrerseite des Opel Astra.

Fleur und ich setzten uns auf die Rückbank. Kaum dass die Türen ins Schloss gefallen waren, trat Andrea aufs Gas. „Wohin, Tom?", fragte meine Ex-Partnerin.

„Nach Deutschland. Nur weg hier. Fleur nehmen wir mit, bis Larusso aus dem Verkehr gezogen ist. Er will sie töten."

„Was ist mit Schmidt?", warf die Hackerin ein.

„Der muss sich einen neuen Köder suchen. Ich will, dass Larusso… Wie hast du so schön gesagt? Einfährt!“

„Wie konntet ihr uns finden?“, fragte Fleur Andrea.

Ich antwortete an Andreas Stelle. „Ich habe Andrea gestern Abend die Nummer von Larussos Handy gegeben, damit sie uns anpeilen konnte. Da die Frau Kommissarin das nicht allein kann, hat sie den lieben Rudolf von der Polizei-IT gebeten, ihr zu assistieren. Da der gute Rudolf anscheinend auf ältere Frauen steht…“ Im selben Moment, in dem ich die Worte ausgesprochen hatte, flog mir ein Päckchen Papiertaschentücher an den Kopf. Ich quittierte Andreas Reaktion mit einem Lachen und fuhr fort: „…anscheinend auf ältere Frauen steht, hat er das mit größtem Vergnügen getan. Was hast du ihm eigentlich versprochen? Dein Erstgeborenes?“ Ein weiteres Päckchen traf mein Gesicht.

„Nichts, du undankbarer Penner! Er hat es mir zuliebe ohne Bedingung gemacht.“

Ich prustete los. „Hoffentlich erfährt Till nichts davon.

Fleur hatte mich die ganze Zeit von der Seite angelächelt, was Jay registrierte. „Möchtest du uns deine neue Mitstreiterin nicht vorstellen?“, fragte die Psychologin. Mir entging nicht der leicht schnippische Unterton. Dabei fiel mir auf, dass Fleur immer noch meine Hand hielt, die ich jetzt zurückzog.

„Das ist Fleur de Groot. Sie ist Hackerin. Von ihr stammt der anonyme Hinweis, der uns letzten Dezember auf deine Spur geführt hat, Schatz.“

„Aha!“ Jay dehnte das Wort in die Länge. Oh Gott, das konnte heiter werden.

„Ja, genau“, fuhr ich fort. „Sie hat einen Hinweis auf Larussos Versteck gefunden.“ Ich erzählte die ganze Geschichte. Von meiner Flucht vor zwei Tagen, von der Hilfe durch Horn und meinen Vater, von der Fahrt in die Niederlande und vom BND.

Andrea pfiff durch die Zähne. „Wow. Da hast du einiges hinter dir. Und warum hast du mich gestern angerufen und bist nicht mit dem BND zurückgeflogen?“

„Ich will weder der einen noch der anderen Partei innerhalb des BND in die Hände spielen. Ich werde mich nicht instrumentalisieren lassen.“

Die Kommissarin nickte. „Kann ich verstehen.“

„Übrigens, danke Andrea.“

„Wofür?“

„Fürs Abholen, was sonst?“ Ich musste grinsen. „Ist wie in alten Tagen auf Streife. Wir decken uns gegenseitig den Rücken.“

„Ja, richtig. Nur mit dem Unterschied, dass du mir jetzt was schuldig bist.“

„Was du willst.“ Bei meinem letzten Satz sah ich im Rückspiegel, wie Jay die Augenbrauen ruckartig hob. Das konnte sie doch nicht falsch verstanden haben, oder?

Andrea, der die Reaktion ihrer Beifahrerin nicht entgangen war, lachte. „Keine Angst, Jay. Wir waren lange genug zusammen unterwegs, ohne dass ich ihn angebaggert habe.“ Sie zwinkerte der Psychologin zu.

Jay verzog den Mund zu so etwas wie einem Lächeln. Anscheinend war ihr ihre Reaktion peinlich. Doch dann setzte Fleur noch einen drauf. „Dass ich gestern Abend nackt an dir vorbei gelaufen bin, hat dir gefallen, oder?“

Oh nein! Musste sie das erwähnen? Ich merkte, wie mir die Röte ins Gesicht schoss.

„Nackt!“, wiederholte Jay. „Und was hast du gemacht?“

„Mich wie ein Gentleman umgedreht und die Augen geschlossen.“

Andrea fing an, laut zu prusten.

„Das ist die Wahrheit“, beteuerte ich.

Jays Augen schossen imaginäre Pfeile über den Rückspiegel in meine Richtung. „Aha!“ War ihr einziger Kommentar.

Mir fiel ein alter Filmtitel ein: ‚Allein unter Frauen‘.

15. April 2013, 13:55, Autobahn A3, Raststätte Fernthal

Andrea prügelte den Astra mit Höchstgeschwindigkeit über die Autobahn. Wir hatten zwei Pausen eingelegt. Bei jedem Halt ging eine andere meiner Begleiterinnen auf Toilette. Als Fleur beim dritten Stopp in der Raststätte verschwunden war, wir anderen standen um den Wagen und warteten, nahm mich Jay in den Arm. „Sorry, dass ich so zickig war. Aber ich hatte Angst um dich und dann seh ich dich mit einer, die bei Germany‘s Next Top-Model entlaufen sein könnte, durch die Gegend rennen. Da war ich eifersüchtig.“ Sie lächelte mich von unten an und klimperte mit den Augen.

Ich grinste sie verliebt und glücklich an, wie ein Idiot: „Kein Problem. Aber sie scheint wirklich für mich zu schwärmen.“

„Ich kratze ihr die Augen aus“, erwiderte Jay spaßeshalber.

„Sehend ist sie mehr wert. Sie ist eine begnadete Hackerin.“

„Was illegal ist“, warf Andrea ein.

„Ohne sie hätten wir Jay damals nicht gefunden.“

„Na gut. Lass ich als Argument gelten.“

„Wie habt ihr es geschafft, Jay aus der Klinik zu schmuggeln?“

„Schmuggeln ist gut. Das war nicht so einfach“, begann Jay. „Köster hatte Wachen vor meinem Zimmer und am Eingang der Abteilung postiert. Nachdem du Andrea gesagt hattest, sie solle mich aus dem Krankenhaus holen, rief sie mich gestern Abend an. Uns war klar, dass ich nicht einfach so aus dem Zimmer spazieren konnte. Glücklicherweise lag ich direkt über dem Haupteingang, im ersten Stock. Unter meinem Fenster: das Vordach. Um neun Uhr abends sagte ich zu meinen Bewachern, ich wolle schlafen und nicht mehr gestört werden. Nachdem die Schwester das letzte Mal da war, kletterte ich aus dem Fenster, sprang auf das Vordach und von da auf die Straße.“

„Wir hatten abgesprochen, dass ich ab neun Uhr vor der BGU auf sie warte“, ergänzte Andrea. „Ich habe sie aufgesammelt und dann sind wir Richtung Niederlande losgefahren. Zwischendurch haben wir auf einer Raststätte eine Mütze Schlaf genommen.“

„Danke Andrea, dass du…“ Der Schrei einer Frau unterbrach unser Gespräch. Andrea und ich warfen die Köpfe Richtung Gaststätte herum. Ein Mann versuchte Fleur in sein Auto zu ziehen. Meine Ex-Partnerin und ich rannten los. Andrea hielt plötzlich ihre Dienstwaffe in der Hand. Sie hatte sie gut verborgen im Schulterholster getragen.

Als wir näher kamen, erkannte ich den Mann, es war einer von Larussos Leuten. Er war allein. Fleur leistete vehementen Widerstand, aber ihr Kidnapper hatte sie in den Kofferraum gezwungen. Er rannte zur Fahrertür, ließ den Motor an und wendete! Wollte er als Geisterfahrer zurück auf die Autobahn? Andrea überlegte nicht lange und schoss, verfehlte aber knapp die Reifen des Ford Mondeo. Sie drückte ein zweites und drittes Mal ab. Nichts! Hinter uns bremste ein Auto, Jay. Sie hatte Andreas Auto gewendet und war hinter uns gefahren. „Los! Steigt ein“, rief sie uns zu, während sie ausstieg und sich auf die Rückbank setzte.

Andrea übernahm das Steuer und fuhr hupend hinter dem Entführer her. „Greif mal ins Handschuhfach“, wies sie mich an. „Die Ampel!“

Ich zog ein Blaulicht mit Magnetfuß heraus. Andrea setzte es auf das Dach und ich steckte die Leitung in den Zigarettenanzünder.

Sofort machten alle Wagen und Fußgänger Platz. Larussos Mann fuhr wie ein Henker. Kurz bevor es zurück auf die Autobahn ging, zog er den Wagen scharf nach links, legte eine hundertachtzig Grad Wende hin und beschleunigte. Der Bewirtschaftungsweg der Raststätte! Über diesen Waldweg erhielten die Betreiber neue Waren. Ein idealer Fluchtweg. Andrea folgte dem Beispiel des Entführers. Mit heulender Sirene schlitterten wir um die Kehre, dann um eine zweite. Am Ende der Straße lag leider kein Wald, der den Kidnapper ausgebremst hätte, sondern eine asphaltierte Dorfstraße. Er bog nach links ab, in die Siedlung. Hoffentlich rannten keine Kinder auf der Straße herum.

In halsbrecherischer Fahrt ging es durch das Dorf. Geradeaus, rechts, links, rechts, links und wieder geradeaus. Die heulende Sirene ließ die Passanten aufblicken und sich von der Straße fernhalten. Auf einmal befanden wir uns auf offenem Feld. Andreas Astra hatte einen Dieselmotor mit hohem Drehmoment, er beschleunigte sehr schnell. Auf dem geraden Weg holten wir den Mondeo ein. Meine Ex-Partnerin hielt keine zwei Meter Abstand. „Willst du ihn rammen?“

„Wenn ich ihn nicht anders zum Anhalten bekomme, ja“, antwortete sie völlig ruhig.

„Oh shit!“

„Hier auf dem Feldweg kann ich nicht überholen, wir müssen warten, bis die Straße breiter wird. Oder er einen Fehler macht.“

Die Fahrt ging mehrere Minuten, bis wir auf eine Bundesstraße kamen. Die Auffahrt zur Autobahn Neustadt-Wied lag vor uns. „Verdammt, wenn er zurück auf die Autobahn fährt, wird es gefährlich“, presste Andrea zwischen den Zähnen hindurch. Sie schaltete einen Gang herunter, beschleunigte und überholte den Mondeo. Sie setzte sich vor ihn und blockierte ihn, nahm ihm die Möglichkeit, auf die Autobahn zu fahren. Als wir an der Auffahrt vorbei waren, versuchte der Kidnapper noch einmal zu wenden. Andrea schaltete in den Rückwärtsgang und blockierte die Auffahrt erneut. Bei dem Versuch, sich an uns vorbei zu drängeln, setzte der Fahrer den Ford in die Wiese und seitlich gegen einen Baum.

Der Wagen prallte von dem Baumstamm ab wie eine Billardkugel von der Bande, drehte sich einmal um die eigene Achse und blieb mit dem Heck Richtung Autobahn stehen. Andrea ergriff die Chance und blockierte den Wagen mit dem Astra, sodass dieser nicht mehr losfahren konnte, ohne erneut auf den Baum zu prallen.

Andrea stieg bereits aus, als das Auto noch rollte, die Waffe im Anschlag. Ich folgte ihr. Der Fahrer öffnete seine Tür und schwankte heraus, eine große Platzwunde am Kopf. Sein halbes Gesicht war blutverschmiert. Er wirkte benommen und leistete keinen Widerstand, als Andrea ihm Handschellen anlegte.

Jay war ebenfalls ausgestiegen und hatte den Kofferraum des Mondeo geöffnet. Als ich neben sie trat, setzte mein Herz einen Schlag aus. Fleur regte sich nicht, auch ihr Gesicht war voller Blut.

When in your darkest moments
And you're trapped in deep despair
You'll never see me coming
But I am always there
I am the wise shape-shifter
And I am always there

Iced Earth – Raven Wing

Kapitel 8

15. April 2013, 14:13, Polizeipräsidium Adickesallee

Es klopfte an Kösters Tür. „Herein!“, rief der Alte.

Marco Bergmann kam in den Raum und setzte sich auf einen der Besucherstühle. „Felix und ich haben Kollegen, die in Frage kommen… Der Satz klingt für mich immer noch völlig abwegig… Wo war ich? Ja, genau, unter die Lupe genommen. Wir haben drei gefunden, die aus Sachsen stammen und auch mit leicht sächsischem Akzent sprechen.“ Er beugte sich vor und schob seinem Chef ein Stück Papier mit drei Namen zu.

Der K11-Leiter griff danach und las. Beim letzten Namen runzelte er die Stirn. „Wagner, der Leiter der Organisierten Kriminalität? Wir haben zusammen die Weiterbildung zum Kriminalkommissar gemacht.“ Er nahm die kalte Pfeife und zog daran. „Das kann ich mir nicht vorstellen.“ Kopfschütteln. „Das sind wirklich alle?“

Bergmann nickte: „Alle, die wir seit heute Morgen finden konnten. Wir kennen nicht alle Kollegen persönlich, dazu sind es zu viele. Das macht die Sache nicht leichter.“

„Ich weiß, dass ich von Ihnen viel verlange, aber wir müssen das Leck finden. Ansonsten besteht die Gefahr, dass Larusso uns immer und immer wieder entwischt.“ Der Alte fixierte den jungen Kommissar mit seinen grauen Augen. Die Aufgabe war ihm selbst zuwider. Hinter dem Rücken seiner Freunde und Kollegen zu ermitteln, lag für ihn weit außerhalb dessen, was er tolerieren konnte. Aber es ging nicht anders.

Es klopfte erneut an der Tür und Dorian Singer trat ein. „Hallo zusammen“, grüßte der LKA-Mann. „Gibt es was Neues bei Ihnen?“

Marco Bergmann berichtete von den drei Kollegen, die sie überprüfen mussten.

Singer hörte interessiert zu. „Drei ist nicht viel. Grenzt die Suche sehr ein. Das ist gut.“

Köster wirkte nicht so positiv gestimmt. „Wagner kenne ich sehr lange. Ich glaube kaum, dass er es ist. Wir werden ihn aber trotzdem durchleuchten. Die anderen beiden Kollegen sind mir nur flüchtig bekannt.“

Singer setzte eine nachdenkliche Miene auf. „Was wäre, wenn der Anrufer den Dialekt imitiert hat oder ihn im normalen Leben unterdrückt und Hochdeutsch spricht? Dann ist der Hinweis nutzlos."

„Das haben wir auch bedacht. Aber darum kümmern wir uns, falls die ersten drei Personen entlastet sind. Danach suchen wir in alle anderen Richtungen. Das Problem ist, dass wir die Suche nebenher betreiben müssen. Wir müssen auch unsere offiziellen Aufgaben wahrnehmen, um nicht aufzufallen."

„Ich verstehe", antwortete Singer nachdenklich.

„Wie läuft die Befragung der Bekannten und Verwandten der toten Prostituierten?"

„Schleppend. Noch keine neuen Erkenntnisse. Leider", Singer wirkte enttäuscht.

Bergmann stand auf: „Ich geh zurück zu Felix. Bis später."

„Ich komme mit", schloss sich der LKA-Mann an.

Beide verließen den Raum, dann trennten sie sich. Bergmann ging zu seinem Büro, welches er sich mit Arndt teilte. Singer lief langsam zurück zur Gruppe Humboldt, wie Kern den kleinen Trupp getauft hatte.

Singer zog sein Telefon aus der Tasche und drückte eine Kurzwahltaste. Nach dem ersten Klingeln wurde bereits abgehoben. „Ja!"

„Es gibt drei Verdächtige…"

15. April 2013, 14:34, Polizeipräsidium Adickesallee

Marco Bergmann war zu Köster gegangen, um Bericht zu erstatten. Felix Arndt saß in dem gemeinsamen Büro und recherchierte. Er blickte von seinen Notizen auf und starrte aus dem Fenster. Wieder war er ausgeschlossen worden. Bergmann wollte alleine zum Chef gehen, angeblich um Zeit zu sparen. Er schüttelte den Kopf. Nein, dachte der Kommissar, er will ohne mich glänzen, mir keine Chance geben, gut dazustehen. Ich bin in der Gruppe nur das fünfte Rad am Wagen.

Heute Morgen bei der Besprechung hatte er kurz überlegt, den anderen zu erzählen, dass Martini sich mit ihm treffen wollte. Hatte den Gedanken aber verworfen. Das war etwas, was er ohne sie machen wollte. Dafür würde er die Lorbeeren ernten. Der Privatdetektiv wollte sich mit ihm und keinem anderen treffen.

Er würde zusammen mit Martini den Engelmacher fangen. Danach würde niemand mehr darüber nachdenken, ob er in eine andere Abteilung versetzt werden sollte oder nicht. Seine Kollegen würden ihn immer um Rat fragen und ihn in alle Aufgaben und Entscheidungen involvieren.

Die Uhr an der Wand zeigte kurz nach halb drei. Gegen elf sollte er sich mit Martini in Hattersheim treffen. Dieses Treffen würde alles verändern. Es war seine Chance, etwas zu bewegen. Er freute sich wie ein kleiner Junge.

Die Tür ging auf und Bergmann kam zurück. „Hast du was gefunden, Felix?"

Arndt kehrte aus seinem Tagtraum zurück und verneinte.

15. April 2013, 14:38, Autobahnauffahrt Neustadt-Wied

Wir hatten Fleur aus dem Kofferraum gehoben und auf das kühle Gras gelegt. Aus der Ferne konnte ich eine Sirene hören. Der Krankenwagen, den Andrea gerufen hatte. Andrea hatte das Gesicht der Hackerin mit Mineralwasser gereinigt und festgestellt, dass sie aus einer Platzwunde am Kopf blutete. Alles in allem sah es nicht so schlimm aus.

Fleur stöhnte. „Aaaaauuu!" Sie hob die Hand zum Kopf. Andrea hielt sie davon ab.

„Nicht anfassen. Ich habe die Wunde gereinigt und einen provisorischen Verband angelegt. Der Krankenwagen ist gleich da."

„Ich brauche keine Arzt", wehrte sich die junge Frau.

„Äääh… doch! Schon mal in den Spiegel geschaut?", versuchte ich einen Scherz zu machen. Fleurs Blick durchbohrte mich. Bevor sie etwas erwidern konnte, hielt der Notarztwagen neben uns. Drei weiß gekleidete Männer stiegen aus und gingen auf den Entführer zu.

„Nicht der!", rief Andrea. „Der wartet auf einen Spezialtransport. Hier, die junge Frau." Sie deutete auf Fleur.

Die Männer kamen zu uns herüber. „Machen Sie bitte Platz", bat uns einer von ihnen und begann sogleich mit der Untersuchung der Verletzten.

Wir gingen zur Seite, um nicht im Weg zu stehen.

„Wie konnte der uns finden?", fragte Andrea in die Runde. Dann griff sie in meine Hosentasche und zog das Smartphone von Larusso heraus. „Das Ding ist immer noch an. Warum hast du es nicht ausgeschaltet?“

„Für den Fall, dass Larusso etwas Wichtiges mitteilen will.“ Noch während ich die Worte aussprach, merkte ich, wie dumm ich gewesen war.

Andrea sprach es aus: „Was soll der Psycho dir noch schreiben oder sagen? Jay ist hier! Sie ist in Sicherheit, bei uns. Das war der Grund, warum du wolltest, dass ich sie mitbringe. Also, was soll noch kommen?“

Ich senkte den Kopf. „Scheiße. Du hast recht.“

Andrea schaltete das Telefon aus, nahm die SIM-Karte heraus, drückte mir beides in die Hand und sagte: „So, wegstecken, nicht mehr einschalten!“ Sie blickte zur Straße. „Ich muss was erledigen.“

In der Auffahrt zur Autobahn hatte sich zähfließender Verkehr gebildet, Gaffer! Andrea reagierte darauf sehr allergisch. Sie ging zu dem vordersten Auto, hielt es an und zeigte ihren Ausweis.

Der Fahrer ließ das Fenster herunter. „Was ist passiert? Jemand tot?“

„Noch nicht, aber das können wir gerne ändern. Dann haben die anderen Fahrer was zu glotzen, wenn Sie um Ihr Leben ringen“, gab sie bissig zurück.

„Wie bitte! Was soll das?“

„Sie gaffen und behindern den fließenden Verkehr. Dafür spreche ich ein Bußgeld in Höhe von fünfhundert Euro aus.“ Während sie dies dem konsternierten Fahrer eröffnete, notierte sie dessen Nummernschild.

„Sind Sie verrückt?“

„Beamtenbeleidigung. Wollen Sie dafür auch bezahlen oder sich entschuldigen?“ Andrea grinste und zeigte die Zähne.

„Entschuldigung“, rang sich der Mann ab.

„Geht doch. Der Bescheid geht Ihnen in den nächsten Tagen zu. Gute Fahrt noch.“ Als der Mann keine Anstalten machte zu beschleunigen, brüllte ihn Andrea an: „Verpissen Sie sich!“

Sofort beschleunigte der Wagen. Zehn Minuten und Hunderte Euros später floss der Verkehr wie gewohnt.

Eine zufriedene Andrea kehrte zu uns zurück. Der Arzt, der seine Untersuchungen abgeschlossen hatte, richtete sich auf. Halb zu Fleur, halb zu uns sagte er: „Ich werde sie mitnehmen. Die Wunde am Kopf muss genäht werden und ich will sie die nächsten fünf Stunden beobachten, um eine Gehirnerschütterung auszuschließen. Ansonsten ist alles in Ordnung. Eventuell bleibt eine kleine Narbe an der Stirn zurück."

Fleur protestierte. „Ich will in kein Krankenhaus. Ich fühl mich gut."

„Sie sollten auf jeden Fall mitkommen. Mit einer Gehirnerschütterung ist nicht zu spaßen."

Bei diesen Worten griff sich Jay an den Kopf und blickte betroffen auf den Boden. Ich stand auf und nahm sie in den Arm. „Alles okay? Hast du Kopfschmerzen?"

Sie verneinte. „Zum Glück nicht mehr. War wohl alles nicht so schlimm wie gedacht."

Die beiden Helfer in Weiß stützten Fleur. Sie schüttelte die beiden Männer ab. Sie schaffte es kurz alleine zu stehen, dann schwankte sie, stützte sich am Kotflügel des Autos ab und übergab sich. „Eindeutig Gehirnerschütterung. Wir bringen Sie in die Kamillus-Klinik in Asbach. Ist eine Viertelstunde von hier", sagte der Arzt. Ich ließ mir die genaue Adresse geben. Sie legten Fleur auf die mitgebrachte Bahre und trugen sie zum Notarztwagen.

„Die ist raus", sagte Andrea. In diesem Moment rappelte sich der gefesselte Entführer auf, kam wieder auf die Beine und rannte zur Straße.

Andrea und ich folgten ihm in gemächlichem Tempo. Der Verkehr floss, er würde warten müssen sowie er den Straßenrand erreichte. Aber das tat er nicht. Mir schwante, was er vorhatte und ich begann zu rennen.

Ein kleiner Transporter fuhr zügig Richtung Autobahn, als Larussos Mann den ersten Fuß auf den Asphalt setzte. Der Fahrer versuchte abzubremsen, schaffte es aber nicht mehr. Er rammte den Körper frontal. Der Mann wurde von dem Wagen erfasst, flog gegen die Windschutzscheibe, prallte zurück und schlug auf die Straße. Der Fahrer saß bleich hinter dem Lenkrad und bewegte sich nicht.

Ich erreichte den Verletzten als erster. Es war unglaublich, er grinste mich aus seinem blutüberströmten Gesicht an.

„Der Meister wird dich finden…!" Er hustete Blut. „… immer und überall." Seine Züge erstarrten, seine Augen wurden glasig, dann sackte sein Kopf zur Seite.

Der Arzt kam angerannt, schob mich zur Seite und begann mit Reanimierungsmaßnahmen.

Andrea und ich standen daneben und sahen zu. Nach ein paar Minuten gab der Arzt auf und stellte fest: „Exitus!" Er blickte auf seine Uhr und notierte die Zeit.

Der Entführer hatte sich für Larusso geopfert. Im Geiste strich ich einen weiteren Helfer. Zusammen mit den beiden Erschossenen aus dem SUV und Christopher blieben Larusso noch acht von seinen ursprünglich zwölf Jüngern. Larusso hatte seine Leute gut im Griff. Entweder sie gingen ins Gefängnis für ihn oder sie töteten sich selbst, um ihn nicht verraten zu können. Ich war erschüttert und wütend zugleich.

Jetzt kam die Streife, die Andrea angefordert hatte. Zu spät. Ein junger Polizist, nicht älter als Anfang zwanzig, sprach mit Andrea. Sie zeigte ihm ihren Ausweis und instruierte ihn: „Die junge Frau ist niederländische Staatsbürgerin und heißt Fleur de Groot. Sie muss unter Polizeischutz gestellt werden. Mindestens zwei Beamte, besser vier. Sie wird von einem Serienkiller verfolgt. Bitte veranlassen Sie alle nötigen Schritte. Ich muss Richtung Frankfurt weiterfahren.“

„So viele Männer? Das wird nicht einfach. Wie soll…?“

„Hier ist die Karte eines Kollegen in Frankfurt, Till Ressmann. Sollten Sie Zweifel oder Schwierigkeiten haben, wird er Ihnen gerne helfen. Im Notfall kann er das BKA involvieren.“ Das war hoch gepokert von Andrea, denn mit der Beziehung zwischen Till und seinen ehemaligen Kollegen war es nicht zum Besten gestellt. Aber es beeindruckte den jungen Uniformierten. „Ja, natürlich Frau Kommissarin. Ich werde alles veranlassen.“

Andrea verabschiedete sich mit Handschlag, nicht ohne noch einmal die Dringlichkeit ihres Anliegens zu unterstreichen. Als sie zu mir zurückkam, sagte sie nur: „Lass uns fahren. Der spurt.“

Wir sammelten Jay ein, die sich mit dem Fahrer des Transporters unterhalten hatte, um ihn ein wenig zu beruhigen. Immer im Dienst, die Frau Psychologin.

Dann fuhren wir zurück auf die A3 und setzten unseren Weg nach Bad Homburg fort. Hoffentlich würden wir jetzt gemeinsam ankommen, ohne weiter dezimiert zu werden.

Erneut hatte sich in der Auffahrt ein Stau gebildet. Diesmal wegen der blockierten Straße.

15. April 2013, 21:22, Bad Homburg

Wir erreichten die Kurstadt erst kurz vor halb zehn. Wir hatten zwei Staus und eine Vollsperrung auf unserem Weg. Autofahren machte mittlerweile keinen Spaß mehr. Die Autobahnen waren gepflastert mit Baustellen, Staus an der Tagesordnung, nicht nur im Berufsverkehr. Noch ein paar Jahrzehnte und Deutschland wird einen Verkehrskollaps erleiden, ging es mir durch den Kopf.

Wir fuhren an der Abfahrt Oberursel von der A661 herunter in die Stadt. „Lass uns nicht direkt in die Elisabethenstraße fahren“, schlug ich Andrea vor. „Wir sollten ein, zwei Querstraßen entfernt parken. Vielleicht auf der Kaiser-Friedrich-Promenade. Von da können wir in fast alle Richtungen fliehen.“

„Warum willst du fliehen?“, fragte Andrea.

„Weil ich immer noch gesucht werde? Oder hast du gegenteilige Informationen?“

Sie verneinte. „Aber nach der Nummer in Haarlem…“

„…für die ich keine Zeugen habe. Fleur liegt im Krankenhaus und der BND-Agent ist tot. Noch eine Kerbe mehr in meinem Bettpfosten.“

„Diese Floskel kenne ich in einem anderen Zusammenhang…“

„Andrea…!“, rief ich aus

Sie lachte und sprach nicht weiter. Jay stimmte ein.

„Immer auf die Kleinen“, sagte ich und beide lachten noch lauter.

„Ernsthaft“, insistierte Andrea. „Du bist unschuldig. Larusso ist mehrfach in Erscheinung getreten. Er hat die Bilder verschickt. Das sind genug Indizien, die gegen ihn und für dich sprechen.“

„Mag sein, aber was ist mit dem Amoklauf? Wie soll ich den erklären?“

„Das stimmt“, warf Jay ein. „Toms Handy befand sich zum Zeitpunkt des Anschlags auf der Zeil. Wir konnten seinen Weg nachverfolgen…“, sie brach ab.

„Was ist Schatz?“, fragte ich sie und drehte mich zur Rückbank um.

„Julian...“, begann sie stockend. „Ich bin schuld an seinem Tod. Hätte ich ihn nicht in die Sache mit rein gezogen…“, sie schwieg wieder.

„Nicht du bist verantwortlich, das ist einzig und allein Larussos Schuld.“

„Aber ich habe ihn…“

„Mag sein“, unterbrach ich sie, „aber du hast ihn nicht umgebracht.“

Sie kniff die Augen zusammen. „Apropos Schuld, da bist du nicht besser. Wer hat denn im Dezember gedacht, er wäre dafür verantwortlich, wenn ich sterben würde? Herr Martini?“

Eins zu null für dich, dachte ich. „Aber das ist was anderes…“

„… was ist da anders?“

„Moment!“, warf Andrea ein. „Hier ist niemand an irgendwas schuld, außer diesem Bastard Larusso. Außerdem sind wir da, falls ihr es nicht gemerkt habt.“

Andrea hatte den Wagen gegenüber einem Krankenhaus geparkt. Als wir ausgestiegen waren, nahm ich Jay in den Arm und drückte sie ganz fest. „Tut mir leid. Fühl dich bitte nicht schuldig.“

„Das ist nicht so einfach, wie du weißt.“

Ich nickte. „Hast du noch was für ihn empfunden?“ Auf der Fahrt hatten mir Jay und Andrea alles erzählt, was mir durch meine Flucht entgangen war. Dazu gehörte auch die Geschichte von Jays Ex-Freund Julian Anderson.

Zu meiner Erleichterung schüttelte sie den Kopf. „Auf keinen Fall. Aber ich hab ihm nicht den Tod gewünscht.“

„Das habe ich nicht angenommen“, erwiderte ich und küsste sie zärtlich und intensiv.

„Hallo!“, rief Andrea über das Autodach. „Ich hab schon mal gesagt, nehmt euch ein Zimmer. Wir haben was vor.“

Wir grinsten sie an. Andrea rollte die Augen.

„Also los“, sagte ich und öffnete den Kofferraum. Andrea nahm meine Tasche heraus. Fleurs Rucksack hatten wir dem Notarzt mitgegeben. Dann hob sie die Bodenplatte an. Dort, wo normalerweise das Ersatzrad lag, kam ein Waffenarsenal zum Vorschein. „Ich wusste nicht, was wir brauchen, also hab ich mal alles Mögliche eingepackt.“ Sie grinste wie Dirty Harry. „Als erstes ziehen wir die an.“ Sie gab jedem von uns eine kugelsichere Weste, welche wir unter unsere Jacken zogen. Mir drückte sie eine Glock mit drei Ersatzmagazinen in die Hand. Sie selbst steckte nur zusätzliche Munition für ihre Dienstwaffe ein. Jay bekam keine Waffe. Sie wollte auch keine.

„Du weißt, dass das verrückt ist. In die Höhle des Löwen ohne Verstärkung zu gehen“, äußerte Andrea ihre Bedenken.

„Ich weiß, aber ich will nicht, dass Larusso vorgewarnt wird. Es gibt immer noch ein Leck im Präsidium.“

„Wir wissen doch gar nicht, ob er persönlich hier ist. Und es ist auch nur eine Vermutung von Fleur, dass es hier eine Art Hauptquartier oder Versteck gibt.“

„Deshalb sollten wir das schnellstmöglich herausfinden.“

„Das erinnert mich an deine früheren Alleingänge. Köster hat dich dafür gehasst.“

„Ich weiß, aber diesmal ist die Sachlage anders.“

Andreas Blick fixierte mich, doch sie erwiderte nichts. Dafür äußerte sie andere, berechtigte Zweifel: „Wie finden wir das Haus? Die Elisabethenstraße ist lang. Eine Hausnummer hat deine Hackerin nicht zufällig rausgefunden?"

„Sie ist nicht meine Hackerin", verteidigte ich mich und hatte Angst, eine neue Diskussion mit Jay vom Zaun zu brechen. Das eigentliche Problem ignorierte ich.

Jay kam zu mir, nahm mich wieder in den Arm und sagte: „Ich glaube dir, dass nichts mit dieser Fleur gelaufen ist, auch wenn sie wie die personifizierte Sünde auf zwei Beinen aussieht." Ihre Augen unterstrichen ihre Worte. Ihr war es ernst. „Ich liebe Dich", fügte sie hinzu.

„Ich liebe dich auch." Ich beugte mich zu ihr hinab und küsste sie erneut.

Andrea schnaufte entnervt. „Hallo! Könnt ihr das auf später verschieben? Wir haben ein kleines Problem, das ihr nicht wegkuscheln könnt."

„Wenn du das nächste Mal mit Till knutschst, werde ich euch auch ständig unterbrechen."

Andrea grinste: „Also! Plan! Was machen wir?" Sie überging meine Bemerkung.

„Es wird kein gewöhnliches Wohnhaus sein", begann ich aufzuzählen. „Zu viele neugierige Augen und Ohren. Der Tod jedes Geheimnisses. Die Restaurants scheiden auch aus. Zumindest kann ich mir das beim besten Willen nicht vorstellen. Sollte alles andere ausscheiden, können wir uns noch einmal darüber Gedanken machen. Da wir keine weiteren Anhaltspunkte als den Straßennamen haben, lasst uns einmal hoch und runter laufen. Vielleicht fällt uns etwas auf. Das Dümmste, was uns passieren kann, ist, dass wir unverrichteter Dinge wieder abziehen."

Andrea rümpfte die Nase. „Das ist nicht wirklich ein Plan."

„Hast du einen besseren?"

Sie schüttelte den Kopf. „Aber ich dachte, du wüsstest mehr."

„Ich nicht. Fleur vielleicht. Aber die liegt im Krankenhaus."

Andrea wog den Kopf, dann sagte sie: „Na gut. Versuchen wir es. Auch wenn ich wenig Hoffnung habe."

Wir liefen die Kaiser-Friedrich-Promenade bis zum Kurgarten, bogen in den Schwedenpfad ein und folgten diesem bis zur Einmündung Elisabethenstraße. Weiter ging es durch die Einbahnstraße, langsam und gemächlich den Berg hinauf. Wohnhäuser, Restaurants und vereinzelte kleine Geschäfte wechselten sich rechts und links entlang des Straßenverlaufs ab.

„Da ist es lecker." Andrea deutete auf ein Restaurant, das für original französischen Flammkuchen warb. „Till und ich waren da mal essen. Kann ich euch nur empfehlen."

„Toll. Können wir ja mal zu viert hingehen", stieg ich auf die belanglose Konversation ein. Wenn wir uns unterhielten, fielen wir weniger auf. Eine gute Idee.

Neben dem elsässischen Restaurant schloss sich ein Hof mit einem alten verwitterten Haus an. Die Gitter waren weiß gestrichen, aber der Rost ließ die Farbe an allen Ecken und Enden abblättern. Die Scheiben der meisten Fenster waren herausgebrochen und eine der Türen hing nur noch an einer Angel im Rahmen. Ungewöhnlich für diese Gegend. Alle Gebäude, die wir bisher passiert hatten, waren in gutem, eher sehr gutem Zustand. Dieses Haus mit seinem kleinen Hof bildete die Ausnahme. Warum ließ der Besitzer dem Zahn der Zeit freien Lauf? Heutzutage ein Haus in Bad Homburg sein eigen zu nennen, stellte einen hohen finanziellen Wert dar. Wir liefen die Straße weiter hinauf und musterten die anschließenden Häuser. Als wir vier oder fünf Gebäude weiter waren, nahm Jay meine Hand, zog meinen Kopf zu sich herunter und flüsterte mir zu: „Ich glaube, ich hab hinter einem der Fenster Licht aufblitzen sehen."

„Wo?", fragte ich leise zurück.

„Bei dem verfallenen Haus", sie küsste mich, um das Gespräch belanglos wirken zu lassen.

„Nicht schon wieder", kommentierte Andrea.

Ich löste mich von Jay und schloss zu meiner Ex-Partnerin auf. „Jay denkt, dass sie kurz ein Licht in dem alten Haus gesehen hat. Das neben dem Flammkuchen-Restaurant", raunte ich ihr zu.

Sie lachte, als habe ich ihr einen Witz erzählt, aber ihre Augen blieben ernst. „Lass uns bis zum Ende gehen. Auf dem Rückweg werfen wir einen genaueren Blick auf das Grundstück." Ich nickte und lachte, um den Schein zu wahren. Wir wussten ja nicht, ob wir beobachtet wurden.

Wir liefen die Elisabethenstraße, die sich als relativ lang erwies, bis zum Ende. Uns fielen keine weiteren Häuser oder Grundstücke auf, die ein gutes Versteck abgegeben hätten. Im Umkehrschluss hätte es jedes Haus sein können. Egal wie unscheinbar oder auffällig es aussah. Es war die Suche nach der berühmten Stecknadel im Heuhaufen. Diesen Gedanken teile ich mit den beiden Frauen.

„Glaubst du, wir sollten abbrechen?", fragte Jay.

„Wenn ich das wüsste. Ich bin ratlos."

„Sollte Larusso wirklich einen Racheplan verfolgen und das hier nur ein Ablenkungsmanöver sein, muss er gewusst haben, dass Fleur ihm auf der Spur ist", ergänzte Andrea meinen ursprünglichen Gedankengang.

„Daraus resultieren zwei Möglichkeiten", resümierte ich. „Nummer eins: Hat er von Fleur gewusst, werden wir hier nichts finden, was uns weiterhilft, dann will er uns einfach aus dem Weg haben. Warum auch immer. Allerdings stellt sich dann die Frage, warum hat er Ende letzten Jahres Christopher ins offene Messer laufen lassen?

Nummer zwei: Wenn er nicht wusste, dass Fleur ihm auf der Spur ist, müssten wir hier etwas finden. Egal was, ein Versteck, ein geheimer Treff, ein Kerker, irgendetwas."

„Klingt logisch", nickte Andrea, „aber wo?"

„Versuchen wir es mit dem verfallenen Haus. Das ist das einzige das wir im Moment ohne Aufsehen betreten können. Alles andere gibt Ärger mit deinen Kollegen." Ich blickte auf die Uhr, zehn nach elf. Es war ruhig auf den Straßen geworden. Montagnacht. Die Menschen mussten morgen wieder arbeiten. „Lass uns noch eine Stunde warten. Dann steigen wir über den Zaun und untersuchen das Gelände."

15. April 2013, 23:03

Till Ressmann saß zu Hause und versuchte, seine Freundin Andrea Lamprecht telefonisch zu erreichen. Seit gestern Mittag war sie wie vom Erdboden verschluckt.

Er wählte ihre Handynummer zum gefühlt tausendsten Mal. Nach dem fünften Klingeln wieder die Mailbox. Das hieß aber auch, dass das Telefon eingeschaltet war. Entweder hatte sie es vergessen, verloren oder es war ihr gestohlen worden. Oder sie ignorierte seine Anrufe. Aber warum sollte sie das tun?

Nachdem sie sich im Dezember letzten Jahres zusammengerauft hatten, war ihre Liebe wieder frisch wie am ersten Tag. Dieser Zustand hielt bereits vier Monate an und es war wundervoll. Also, warum sollte sie ihn ignorieren? Wollte sie ihn vielleicht bestrafen, weil er für möglich hielt, dass Tom schuldig war? Er rief erneut an, um eine Nachricht auf ihrer Mailbox zu hinterlassen. Sie sollte wissen, dass er insgeheim zu

Tom hielt, schon seit dem Fund der ersten Leiche. Was er zu ihr am Telefon gesagt hatte, war nur seine offizielle Meinung als Staatsdiener, nicht die von Till Ressmann, Thomas Martinis Freund.

Es klingelte. Einmal. Zweimal. Dreimal. „Hallo Till", meldete sich plötzlich Andreas Stimme.

Eine Sekunde wusste er nicht, was er sagen sollte, so verdutzt war er, sie endlich erreicht zu haben. „Ääähhh… Hallo Schatz", stammelte er.

„Was gibt's denn?", fragte sie belustigt.

„Ich… also…", er räusperte sich, um sich zu sammeln. „Ich versuche, dich seit gestern Mittag zu erreichen. Wo warst du?"

„Ich war unterwegs und bin es immer noch. Ich habe leider keine Zeit."

„Was heißt unterwegs?"

„Ich war in Holland."

„Und was hast du da gemacht? Gekifft?"

Sie lachte leise. „Nein, ich habe Tom abgeholt."

„Was?!", entfuhr es ihm lauter, als beabsichtigt. „Wie kommt der nach Holland?"

„Eine längere Geschichte. Er hat meine Hilfe gebraucht…"

„…du weißt, dass du deinen Job aufs Spiel setzt? Tom wird immer noch per Haftbefehl gesucht", unterbrach er sie.

„Fängst du schon wieder an? Er ist unschuldig. Wir wissen, wer dahinter steckt. Es ist Larusso."

„Soweit sind wir auch. Aber die Tote in seiner Wohnung und der Amoklauf sind leider noch nicht vom Tisch ..."

„Till, ich habe keine Zeit mehr, wir sind in Bad Ho…", sie stockte. „Wir sind einer Spur gefolgt und wollen der Sache jetzt auf den Grund gehen."

Ressmann überlegte nur eine Sekunde. „Ihr seid in Bad Homburg? Wo? Ich komme zu euch."

„Damit du Tom festnehmen kannst? Nein!"

„Mitnichten. Ich glaube nicht, dass er auch nur eine der Taten begangen hat, die ihm zur Last gelegt werden. Das wollte ich dir gerade auf deine Mailbox quatschen. Als Freund glaube ich ihm natürlich, aber als Bulle muss ich ihm misstrauen."

„Und wer von euch beiden will hier auftauchen? Der Bulle oder der Freund?"

„Der Freund natürlich", beteuerte Ressmann und er meinte es ernst.

Andrea legte die Hand über das Mikrofon des Handys. Der Kommissar hörte Gemurmel. Wahrscheinlich sprach sie mit Tom. Fragte nach seiner Meinung. Es kam ihm vor wie eine Ewigkeit. „Also gut. Aber nur du, niemand sonst."

„Was ist mit Stefan? Er ist natürlich auch auf Toms Seite."

Wieder Gemurmel. „Na gut. Aber wir werden illegal ein Grundstück betreten. Überlegt es euch."

Ressmann musste nicht überlegen. Wenn er so seiner Freundin und seinem Freund zeigen konnte, dass er es ernst meinte, würde er das Risiko eingehen. „Wo sollen wir hinkommen?"

15. April 2013, 23:44, Bad Homburg

Wir hatten in der Fußgängerzone gewartet. In einer Bar herrschte noch reges Treiben. Dort fielen wir nicht auf. Ich trank ein Wasser, die beiden Frauen tat es mir gleich.

Eine Minute vor zwölf kamen Till und Stefan. Wie versprochen kamen sie alleine. Beide begrüßten Jay herzlich, wobei Till ihr mit dem erhobenen Zeigefinger drohte wie einem kleinen Kind, das unartig war. Die Rüge für den ‚Ausbruch' aus dem Krankenzimmer.

Als erster trat Stefan zu mir. Er blickte mir in die Augen, dann sagte er: „Alles klar, Alter?"

Ich grinste und wir nahmen uns in die Arme. „Danke", flüsterte ich ihm ins Ohr.

„Kein Ding", gab er ebenso leise zurück.

Dann kam Till zu mir, reichte mir die Hand. „Ich hab von Anfang an nicht an deine Schuld geglaubt, aber offiziell musste ich den Schein wahren. Köster sollte mich nicht wegen Befangenheit von dem Fall abzieht. Alles okay zwischen uns?"

„Blöde Frage", erwiderte ich und drückte ihn.

„Muss Männerliebe schön sein", frotzelte Andrea.

Till löste sich sogleich von mir und nahm seine Freundin in den Arm. „Du kannst froh sein, dass ich dich nicht sofort verhafte", hauchte er ihr liebevoll und besorgt zu.

„Aber nur in Handschellen, Herr Kommissar", antwortete Andrea mit laszivem Unterton.

„Stopp!", rief ich. „Auszeit. Ich will nichts mehr hören. Mein Kopfkino bringt mich jetzt schon fast um." Alle lachten. „Wir haben etwas vor", brachte ich den nötigen Ernst zurück in die ausgelassene Runde.

Till beugte sich wieder zu mir und sah aus, als habe er etwas ausgefressen. „Ich war nicht ganz ehrlich."

„Was meinst du?", fragte ich irritiert.

„Ich habe noch jemanden mitgebracht." Als er den Ansatz von Empörung in meinem Gesicht aufflammen sah, fügte er hinzu: „Dorian. Er hat uns geholfen, weil er sich Sorgen um dich macht. Er hat extra Urlaub genommen."

Mein aufkeimender Groll verebbte schlagartig. „Wo ist er?"

Till zog sein Handy aus der Tasche und verschickte eine SMS. Zwei Minuten später gesellte sich ein verschmitzt dreinblickender Dorian zu uns. Er begrüßte zuerst die Frauen, dann mich: „Mann, was machst du für `nen Scheiß?" Er boxte mich freundschaftlich gegen die Schulter.

„Frag das lieber Larusso!", antwortete ich und ergriff seine ausgestreckte Hand. Ich drückte ihn herzlich.

„Jetzt wird's aber ziemlich warm hier drin. Der Kellner soll mal die Heizung abschalten." Andrea war in Hochform.

„Wahre Liebe gibt es nur unter Männern", antwortete ich und erntete missbilligende Blicke von meinen drei Freunden.

Ein außenstehender Beobachter hätte uns für eine ausgelassene, lustige Runde gehalten, oberflächlich betrachtet. Hätte er in unsere Augen gesehen, er hätte darin kein Lachen oder Spaß erblickt, pure Anspannung, dem Ungewissen harrend. Vor allem Andrea wirkte sehr nachdenklich. Von früher kannte ich den Ausdruck in ihrem Gesicht, volle Konzentration, Körperspannung und die Umgebung misstrauisch beäugend.

„Wann ziehen wir los?", frage Jay in die Runde.

„Wie sieht das Areal aus, das wir einnehmen wollen?", fragte Till.

Ich musste feixen. „Nur ein Hof mit einem alten verfallenen Gebäude, General Custer."

„Hoffentlich wird das nicht dein Little Bighorn", warf Dorian ein. Alle lachten.

„Ernsthaft", setzte Till erneut an. „Wo wollen wir einsteigen?"

„Ein Bild sagt mehr als tausend Worte. Gehen wir in die Elisabethenstraße und sehen es uns an", schlug Andrea vor.

Zehn Minuten später standen wir auf der anderen Straßenseite und inspizierten das verwitterte Anwesen.

„Sieht nicht wirklich gefährlich oder schwierig aus", kommentierte Dorian. „Ich denke, das wird ein Spaziergang."

„Solange es keine Falle ist“, wandte Till ein.
„Wie kommst du auf Falle?“, fragte ich.
„Überleg mal. Deine holländische Hackerin findet einen Hinweis auf genau diese Straße. Und just in dem Moment, in dem ihr an diesem Haus vorbei lauft, blinkt ein Licht“, fasste Till zusammen, während er sein Kinn massierte.
„So betrachtet magst du recht haben“, gab ich kopfnickend zu. „Ich gehe trotzdem rein.“
Dorian nickte energisch. „Wir sind fünf trainierte Polizisten, wenn ich Tom mitzähle. Das Haus wirkt übersichtlich. Also los!“ An Jay gewandt fuhr er fort: „Du gehst zurück in die Bar. Wenn wir in einer Stunde nicht zurück sind, rufst du Verstärkung. Schildere Köster die Lage. Er wird wissen, was zu tun ist. Einverstanden?“
Jay nickte, kam zu mir, küsste mich, schlang die Arme um meine Hüfte und sagte: „Komm in einem Stück wieder, ich brauch dich noch ganz lange in meinem Leben.“
Ich erwiderte ihren Kuss. „Klar. Ich hab doch vier Bullen, die auf mich aufpassen.“ Keine bissige Bemerkung von Andrea! Auch sie schätzte die Situation ernst ein.

15. April 2013, 23:59

Er riss ungläubig die Augen auf. Das war nicht möglich. Wie hatte er nur auf diesen einfachen, dummen Trick hereinfallen können? Die Antwort war simpel: seine eigene Hybris.
Der schwarz gekleidet Mann, der ihn erwartet hatte, lief nun um ihn herum. Er begutachtete ihn, weidete sich an seiner Überraschung und Angst. Ein breites verzerrtes Grinsen umspielte seine Züge. Sadismus in seiner reinsten Form.
Der junge Mann zerrte an seinen Fesseln. Sie saßen fest. Keine Chance, sie abzustreifen oder zu sprengen. Am Rande seines Sichtfelds wurde ein Rucksack geöffnet. Lange Seile und einige andere Utensilien, die er nicht erkennen konnte, kamen zum Vorschein. Dann blitzte ein langes Messer direkt vor seinem Gesicht auf.
„Na? Angst?“, fragte der Mann während er mit der blanken Klinge an den Kleidern des jungen Manns herum nestelte. Mit einem lauten *Ritsch* riss er das Oberhemd in zwei Teile. Das Unterhemd folgte. Die Ärmel

wurden dem Gefesselten von den Armen gerissen. Der Stoff hinterließe rote, blutunterlaufene Striemen.

„Was wollen Sie von mir?“ Er hätte sich die Frage sparen können. Sollte er hier sterben? Warum hätte er ihn sonst fesseln sollen. Die Handlungen des schwarz Gekleideten ließen keinen Zweifel an seinen Absichten. Als er einen genaueren Blick auf die Gegenstände aus dem Rucksack werfen konnte, fröstelte ihn. Der Kerl musste verrückt sein. Was wollte er mit all den Sachen, die man normalerweise in einem Operationssaal benutzte? Abgesehen von den Seilen, Haken, Ösen und der kleinen Akku-Bohrmaschine.

Warum er? Er rief ganz leise: „Hilfe.“ Dann etwas lauter: „Hilfe!“ Doch Bäume, Sträucher und Rosenstöcke verschlangen den Schall seiner Rufe.

„*Hilfe*!“, schrie er jetzt so laut er konnte.

Nichts! Das Einzige, was er erreichte, war, dass der dunkel Gekleidete ihm hart und unbarmherzig ins Gesicht schlug.

Er schmeckte Blut. Und es fühlte sich an, als ob einer seiner Backenzähne sich gelöst hätte. Das ratschende Geräusch einer Klebebandrolle ließ ihn aufblicken. Er blinzelte. Seine Augen hatten angefangen zu tränen und seine Lider wollten den verschwommenen Schleier wegwischen.

„Glaubst du wirklich, dass dich einer hört?“ Der Mann klebte ihm einen Streifen Panzerband auf den Mund. „Man kann ja nie wissen.“

Seine letzte Chance auf Rettung war dahin. Hätte er einfach den Mund gehalten und gewartet. Vielleich wären späte Spaziergänger auf ihn und seinen Peiniger aufmerksam geworden.

Die Bohrmaschine trat ihren Dienst an. Er hob den Kopf ein wenig. Der Mann bohrte tiefe Löcher in den Boden. Vier Stück an der Zahl. Was sollte das werden? Natürlich war er froh, dass die Bohrmaschine nicht an seinem Körper zum Einsatz kam, aber trotzdem wunderte er sich.

Als der schwarz Gekleidete das letzte Loch gebohrt hatte, hörte der junge Mann das Bellen eines Hundes. Oh Gott! Hilfe! Jemand hatte ihn gehört oder das Bohren der Löcher vernommen und wollte den seltsamen Vorgängen auf den Grund gehen. Er jubelte innerlich.

Das Bellen wurde lauter. Schritte eines großen Hundes wurden laut. Dazu mischte sich der schleifende Gang eines behinderten, verletzten oder älteren Menschen. Es klang, als würde die Person ein Bein nachziehen.

„Was machen Sie da? Was soll der nächtliche Lärm?“ Die Stimme eines alten Mannes. Hoffentlich war der Hund jung und agil. Andernfalls sah er schwarz für seine Rettung.

Der schwarz Gekleidete legte das Werkzeug zurück in den Rucksack und griff unauffällig nach dem Messer. Es glitt hinter seinen Rücken. Er erhob sich und ging auf den Hund zu. Den Mann ließ er außer Acht. So viel konnte der junge Mann von der Stelle auf dem Boden liegend sehen. Sein Peiniger verschwand aus seinem Sichtbereich.

Ein paar Sekunden vergingen. Der Mann mit der alten Stimme rief: „Wer sind Sie? Was wollen Sie von meinem Hund…?“ In der nächsten Sekunde schrie er: „Bruno fass!“ Wut lag in dem Ausruf. Dann war nur das Rascheln von Kleidung und das Keifen und Knurren des Hundes zu hören.

„Bruno!“, rief der Spaziergänger plötzlich panisch aus. Sorge und Wut schwangen in dem Ruf mit. Dann jaulte der Hund ein letztes Mal auf, bevor er für immer verstummte.

Dann herrschte völlige, absolute Ruhe. Einen Herzschlag lang stand die Zeit still. Als würde die Welt und alle Lebewesen auf ihr den Atem anhalten. So musste der Tod sein. Kein Laut. Keine Empfindungen. Keine Gefühle.

Da zerriss ein Schrei die unheimliche Atmosphäre. Der Alte. Ein Röcheln. Das Geräusch erinnerte ihn an das Ausatmen unter Wasser. Weiter entfernt als zuvor vernahm er die Schritte seines Peinigers, dann das zermürbende Spucken und Keuchen des Spaziergängers. Dann kehrte wieder Ruhe ein.

Der junge Mann sah etwas an sich vorbei fliegen. Der tote Kadaver des Hundes. Er schlug mit einem eklig schmatzenden, spritzenden Klatschen auf die trockene Erde, die sich jetzt an seinem Blut labte. Es folgte ein lautes Schleifen, als würde man einen Sack Mehl über den Untergrund ziehen. Einen Augenblick später lief sein Peiniger, vergnügt ein Lied pfeifend, an ihm vorbei, einen Fuß des Spaziergängers in der Hand. Mit spielerischer Leichtigkeit zog er ihn hinter sich her. Der Tote war mit Lederschuhen, einer Cordhose und einem Trenchcoat bekleidet. Als der leblose Körper ihn fast passiert hatte, erblickte der junge Mann die Angst und Schmerz verzerrte Fratze des Leichnams. Die leeren Augen durchbohrten ihn. Sie zeigten ihm seine eigene Zukunft. Das würde aus ihm werden. Seine Zeit war zu Ende.

Dienstag, 16. April 2013, 00:22, Bad Homburg

Die Elisabethenstraße war menschenleer. Darauf hatten wir gewartet. Andrea, Stefan, Till, Dorian und ich überquerten gemächlich die Fahrbahn, schlenderten auf den alten verrosteten Zaun zu, der das Grundstück umgab. Abwechselnd ließen wir unsere Blicke die benachbarten Häuser hinauf und hinab schweifen. Hinter den meisten Fenstern war es dunkel. Vereinzelt flackerten bläulich schimmernde Lichter wie von Fernsehern.

An dem Gitter der Grundstücksgrenze angekommen kletterten wir nacheinander vorsichtig hinüber. Andrea wies auf eine offenstehende verfallene Tür. Wir pirschten uns heran wie Indianer auf dem Kriegspfad. Um hindurch zu passen, mussten wir die Tür ein Stück zur Seite schieben. Diesmal ging Till voraus, es folgten Stefan, Dorian, Andrea und ich. Uns empfing ein schmaler Flur. Das Licht von der Straße reichte aus, um den Gang zu erhellen. Um keine Aufmerksamkeit zu erregen, verzichteten wir bewusst auf Taschenlampen. Die Tapete hing von den Wänden. Auf dem Boden lag löchrig welliges PVC. Am Ende des Gangs schloss sich eine Tür an. Till und Stefan gingen vor wie wir es in der Polizeischule gelernt hatten. Sie platzierten sich rechts und links des Holzrahmens. Till stieß die Tür auf, dabei streckte er seine Dienstwaffe nach vorn, um die linke Seite zu sichern. Stefan sicherte rechts. Ein dunkler Raum kam zum Vorschein. Wir rückten langsam nach. Andrea betrat als letzte das Zimmer. Sie berührte leicht die Eingangstür. Mit einem lauten Krachen fiel diese auf den Boden. Wir anderen drehten uns reflexartig um. Andrea verzog entschuldigend die Lippen und zuckte die Schultern. Sollte sich jemand hier aufhalten, wusste er spätestens jetzt, dass Besuch im Anmarsch war.

Der Raum war leer. Obwohl sein Zustand dem Flur, durch den wir gekommen waren, ähnelte, wirkte er aufgeräumter. Als ob er in den letzten Monaten benutzt worden wäre. Verwischter Staub und zerrissene Spinnenweben zeugten davon. Wir setzten unseren Weg fort und kamen am Ende des Raumes an eine weitere Tür, an die sich eine Treppe in den ersten Stock anschloss. Wir tasteten uns langsam und vorsichtig die Stufen hinauf. Auch hier verwischter Stau und Fußabdrücke. Ein untrügliches Zeichen, dass jemand hier gewesen sein musste. Im ersten Stock änderte sich das Bild. Ein aufgeräumter Raum mit Stühlen, Sesseln, mehreren Schränken und einem Tisch. Keine Spur von Dreck. Er schien regelmäßig benutzt zu werden.

Wir trennten uns. Dorian, Andrea und ich gingen durch die Tür an der linken Seite. Till und Stefan liefen nach rechts.

Dann zerschnitt ein Schuss die Stille.

15. April 2013, eine Stunde zuvor

Sie warteten seit mehr als vierundzwanzig Stunden. Der Meister hatte ihnen eine verantwortungsvolle Aufgabe übertragen. Ein Versagen war nicht entschuldbar und würde ihren Tod zur Folge haben, auf die eine oder andere Weise. Der Meister war wegen einer anderen Angelegenheit unterwegs und konnte deswegen nicht persönlich anwesend sein. Die Reise war wichtig und unaufschiebbar.

Ihr Versteck war gut getarnt. Vor zwei Stunden hatte einer von ihnen die Taschenlampe mehrfach aufblitzen lassen. Genau im richtigen Augenblick. Die Wirkung war nicht ausgeblieben. Die kleine unauffällige Webcam, die sie auf der Straße installiert hatten, zeigte die gewünschte Reaktion auf die kurzen Lichtstahlen.

Die Wartezeit ging ihrem Ende entgegen.

16. April 2013, 00:33, Kamillus Klinik Asbach

Der Mann lief den weiß getünchten Gang entlang. Es roch nach Desinfektionsmittel, übertrieben sauber aus seiner Perspektive. Seine Miene wirkte ernst. Kein Lächeln. Keinerlei Mimik. Bisher waren ihm weder Arzt noch Schwester begegnet. Als er die Station erreichte, wurde er von einem müde drein blickenden Uniformierten aufgehalten.

„Wo wollen Sie hin?"

Er griff langsam in die Tasche seiner schwarzen Lederjacke. Als er sie wieder herauszog, kam eine eingeschweißtes Stück Pappe zum Vorschein. Er hielt es dem Polizisten unter die Nase. „Kriminalhauptkommissar Ressmann vom K11 in Frankfurt. Ich soll die Verletzte überführen. Wir haben Hinweise erhalten, dass sie hier nicht mehr sicher ist. Es gibt den Plan, Frau de Groot zu entführen."

Der Beamte nickte. „Super, dann kann ich endlich ins Bett. Ich sage meinem Kollegen Bescheid.“ Der Mann nahm das Funkgerät zur Hand und sprach ein paar Sätze mit seinem Kollegen.

Einen Augenblick später kam ein zweiter Uniformierter. Er wirkte wesentlich frischer, sein Auftreten war forsch und bestimmt.

Als erstes ließ er sich den Ausweis des Kommissars noch einmal zeigen. „Wir sind nicht benachrichtigt worden. Unsere Aufgabe ist es, die junge Frau zu beschützen.“

„Was wollen Sie sehen? Einen Auslieferungsbescheid? Wie ich Ihrem Kollegen bereits sagte, liegen uns Erkenntnisse vor, dass Frau de Groot entführt werden soll. Deshalb soll ich sie mit nach Frankfurt aufs Präsidium nehmen. Wir haben dort eine Krankenabteilung, in der man sich weiter um sie kümmern wird.“

Der zweite Beamte, der sich als Polizeimeister Kuhn vorgestellt hatte, zog eine Schnute. „Seit wann gibt es die? Als ich in Frankfurt war, gab‘s die noch nicht.“

Der Mann blickte Kuhn ungeduldig an. „Sollten Sie Zweifel an meinen Worten hegen, rufen Sie bitte Kriminalrat Rohoff in Frankfurt an. Ich glaube allerdings nicht, dass dieser sehr erbaut sein wird, wenn Sie ihn um diese Zeit stören.“ Er sah ein kurzes unsicheres Flackern in den Augen seines Gegenübers.

Kuhn fing sich sofort wieder. Er nahm das Smartphone aus seiner Tasche und durchsuchte das Adressregister. Währenddessen vergrub der Mann beide Hände in den Taschen seiner Lederjacke. Kuhn verkündete: „Ich werde meinen Vorgesetzten anrufen und die Übergabe mit ihm abstimmen, wenn es Ihnen recht ist.“

„Gerne. Wenn Sie die Absicht haben, sich zum Deppen zu machen...“ Die Hände in den Taschen ballten sich zu Fäusten. „Glauben Sie, ich komme mitten in der Nacht zum Spaß aus Frankfurt hier in die Pampa? Ich würde es bevorzugen, in meinem Bett zu liegen und zu schlafen.“ Er klang jetzt erregt und bei vereinzelten Worten hörte man sächsischen Akzent. Das passierte ihm immer, wenn er in Aufruhr war. Die Schlafmütze hätte ihm die Hackerin einfach übergeben. Aber dieser Kuhn kostete ihn den letzten Nerv. Der Beamte scrollte, auf der Suche nach der richtige Nummer, durch seine Kontakte. „Wie lange muss ich warten, Herr Kuhn?“, drängelte der Mann. Vielleicht konnte er den Uniformierten unter Druck setzen.

Kuhn hob den Blick von seinem Telefon. „Glauben Sie, ich bin schneller, wenn Sie mich hetzen? Bei uns geht es langsamer zu, als bei Ihnen in der Großstadt.“ Er grinste provokant.

Das dauerte dem Mann zu lang und er wechselte zu Plan B.

Er trat auf Armeslänge an die beiden Polizisten heran, zog blitzschnell beide Hände aus den Taschen seiner Jacke. In jeder blitze ein langes Messer. Dem verschlafenen Bullen schlitzte er die Kehle von links nach rechts auf. Dem entstehenden Blutstrahl wich er mühelos aus. Kuhn hatte den Kopf wieder nach unten zum Display seines Handys gesenkt. Die Klinge flutschte in den Oberkörper des Beamten. Das lange scharfe Metall wurde von einer Rippe abgelenkt. Kuhn ließ das Telefon fallen, wehrte einen zweiten Stich mit einer Aufwärtsbewegung seines Arms ab. Dabei schnitt die feststehende Klinge tief in seinen Unterarm. Reflexartig bedeckte er die klaffende Wunde mit der anderen Hand. Seine beiden Arme befanden sich jetzt in Höhe des Bauchs. Somit konnte der Polizist die dritte Attacke des Messers nicht abwehren. Sie traf sein Herz. Die Augen des Beamten wurden starr, blickten ein letztes Mal überrascht auf, dann fiel er auf den Boden neben seinen Kollegen.

Der Mann blickte sich um. Keiner der beiden Beamten hatte einen Laut von sich gegeben. Die Leichen mussten verschwinden. Er öffnete mehrere Türen, bis er einen Raum mit Putzmitteln fand. Nacheinander schleifte er beide Tote hinein, nahm einen Wischmopp und entfernte notdürftig die Blutlache, die im Gang entstanden war. Ganz sauber war der Boden nicht, aber das musste genügen. Er grinste still vor sich hin. Die gereinigten Messer ließ er in seiner Lederjacke verschwinden.

Gut gelaunt setzte er seinen Weg fort. Nachdem er die Station erreicht hatte, auf der Fleur de Groot lag, suchte er nach dem Schwesternzimmer. Als er die Hand erhob, um an der Tür zu klopfen, wurde sie von innen geöffnet. Eine zierliche Asiatin blickte ihn von unten herauf an.

„Wie kann ich Ihnen helfen?“, fragte sie in akzentfreiem Deutsch.

„Ich bin Hauptkommissar Ressmann von der Frankfurter Mordkommission. Ich will Frau de Groot mitnehmen.“ Er zeigte seinen Ausweis, während er seine Geschichte von den Entführungsplänen erzählte.

Die Schwester hörte ihm aufmerksam zu, suchte mit den Augen den Flur ab. „Wo sind die zwei Polizisten, die sie bewacht haben?“

„Die habe ich nach Hause geschickt. Die waren froh, endlich schlafen zu können.“ Er lachte gewinnend.

Die Frau stimmte ein. „Sie liegt auf Zimmer 123. Ich muss den diensthabenden Arzt wegen den Entlassungspapieren rufen“, sagte sie und lief fort.

Ein paar Minuten später kam sie mit einem verschlafen drein blickenden Arzt zurück. „Siebeneicher“, stellte er sich knapp vor und unterdrückte ein Gähnen. „Sie wollen Frau de Groot mitnehmen?“

Der Mann in der Lederjacke gab seine Geschichte ein drittes Mal zum besten. „Deshalb soll sie in sicheres Gewahrsam nach Frankfurt verlegt werden“, schloss er.

Siebeneicher nickte abwesend. „Warten Sie bitte.“ Er trottetet davon und verschwand im Schwesternzimmer. Fünfzehn Minuten später kam er mit einem dicken Umschlag zurück. „Sie wissen, dass Sie damit die Verantwortung für die junge Frau übernehmen. Normalerweise müsste sie noch mindestens einen Tag zur Beobachtung hierbleiben.“

Der Mann in der Lederjacke nickte. „Ja, natürlich. Ich werde gut auf sie aufpassen.“ Mit dem Umschlag in der Hand folgte er der Schwester zu Zimmer 123.

Der Meister würde stolz auf ihn sein.

16. April 2013, 00:44, Bad Homburg

Wir gingen in Deckung. Kugeln schlugen in den Türrahmen, in dem Dorian noch vor ein paar Sekunden gestanden hatte. Der Raum, in dem wir Schutz suchten, war vollgestopft mit Boxen und Möbeln aller Art. Sehr gute Deckung. Andrea hockte auf der rechten Seite hinter einem Stapel Holzkisten. Dorian und ich kauerten links von der Tür hinter einem alten zerschlissenen Ledersofa. Ich fragte mich, wie es um Stefan und Till stand. Hatten sie auch Schutz gefunden?

Unsere Angreifer überzogen die Tür und die linke Wand mit einer weiteren Garbe. Mindestens einer benutzte ein Maschinengewehr. Verdammt, wir hätte doch große Artillerie mitbringen sollen!

Holz, Beton und Kunststoff flogen als Schrapnelle durch die Luft. Keiner würde hier ohne Blassuren nach Hause gehen, aber dazu mussten wir erst unsere Gegner ausschalten.

Ich lugte vorsichtig über die Lehne der Couch. Am rechten Rand der Tür sah ich eine Gestalt. Als sie mich erblickte und die Arme hob, ließ ich mich sofort wieder auf den Boden fallen. Im selben Moment schlugen Kugeln in den oberen Rand des Sitzmöbels. Dorian hatte um die Ecke gespäht und eröffnete seinerseits das Feuer auf den Schützen. Der

Kugelhagel brach abrupt ab, gefolgt von einem Schrei und einem Fluch. Dorian hatte sein Ziel getroffen.

Auf der anderen Seite des Raums, aus dem wir gekommen waren, hörte ich Schüsse. Anscheinend konzentrierten sich unsere Angreifer jetzt auf Till und Stefan. Ich konnte das Gegenfeuer aus zwei verschiedenen Waffen hören. Sie lebten beide, das beruhigte mich ein wenig.

Sofort wurde meine Aufmerksamkeit zurück in unser Zimmer gelenkt. Erneut wurde auf unsere Deckung gefeuert. Andrea erwiderte das Feuer. Während sie nachlud, zielten Dorian und ich blind über die Lehne der Couch. Dann luden wir nach. Als die Angreifer den Beschuss einstellten, sah ich zu Andrea hinüber. Sie hielt ein Magazin hoch und zuckte die Schultern. Ihr letztes. Bei Dorian und mir sah es nicht besser aus. Auf ein Feuergefecht waren wir nicht vorbereitet gewesen. Wieder ertönten Schüsse aus Tills und Stefans Richtung.

Was würde geschehen, wenn wir keine Munition mehr hatten? Dann waren wir unseren Gegnern wehrlos ausgeliefert. Ich überlegte fieberhaft, wühlte in meiner Hosentasche und dann…

16. April 2013, 00:55

Schmidt war stinksauer. Passanten hatten seinen toten Agenten auf dem Grote Platz entdeckt und die Polizei gerufen. Er musste einige Hebel in Bewegung setzen, um nicht endlose Stellungnahmen abgeben zu müssen. Ein alter Freund vom AIVD hatte den Vorgang schnell und unbürokratisch geregelt, die Leiche von Kaltenbach nach Deutschland überführt und die Polizei ruhig gestellt. Er konnte keine Schnüffler gebrauchen, die unzählige, unnütze Fragen stellten. In der nächsten Woche musste er der Familie des Toten die traurige Nachricht überbringen. Eine Aufgabe, die ihm trotz aller Abgebrühtheit nicht leicht fiel.

Sie fuhren, ohne Martini und die Hackerin, zurück zum Amsterdamer Flughafen. Der Lear-Jet hob erst um zweiundzwanzig Uhr dreißig Richtung Frankfurt ab.

Schmidt grübelte darüber nach, ob Martini am Leben und wenn ja, wie er entkommen war. Sollte er noch leben, würde der Detektiv bestimmt der Spur folgen, die die Hackerin gefunden hatte. Alles andere ergab keinen Sinn. Außer die Polizei hatte ihn in Gewahrsam genommen.

Nach der Landung in Frankfurt fuhren Schmidt und Meier in einem der obligatorischen schwarzen SUVs nach Bad Homburg. In einem zweiten Wagen folgten fünf weitere schwarz gekleidete BND-Beamte. Die Verstärkung, über die er mit Martini gesprochen hatte. Schmidt versuchte ein Zeichen für die Anwesenheit des Detektivs in der Kurstadt zu finden. Nichts. Kein Handysignal oder dergleichen.

Bis plötzlich...

Du bist mir ein Rätsel, das man schwer nur lösen kann.
Es ist unbegreiflich für mich, wie Du so lebst – ein Leben lang.
Du bist mir ein Rätsel, wir kommen kein Schritt vorwärts,
ich vermisse an dir – ein bisschen mehr Herz!

Thomas Godoj - Rätsel

Kapitel 9

16. April 2013, 01:31, Bad Homburg

Ich lud das letzte Magazin. Noch fünfzehn Schuss, dann war die letzte Kugel verbraucht. Dann konnten unsere Gegner herein marschieren und uns wie Hasen abknallen. Aus der Richtung von Till und Stefans Unterschlupf hörte ich *noch* Gegenfeuer. Ich vermutete jedoch, dass bei den beiden auch Munitionsknappheit herrschte.

Ein weiteres Mal ertönte Dauerbeschuss. Unsere Widersacher konnten vermeintlich endlos so weitermachen. Ich blickte Dorian an. Er zeigte auf seine Waffe, zuckte die Schultern und hob fünf Finger. Noch fünf Schuss.

Das größte Problem war, dass wir die Schützen nicht sahen. Sobald wir unsere Köpfe hoben oder um eine Ecke schauten, erfolgte der nächste Kugelhagel. Was mir aber auffiel: Die Salven waren nicht gut gezielt. Dafür gab es zwei Möglichkeiten. Entweder waren unsere Gegner genauso Dilettanten wie die beiden, die den SUV in Fechenheim angegriffen hatten. Oder war es möglich, dass sie uns nur festsetzen und gar nicht töten wollten? Beziehungsweise eine bestimmte Person nicht umbringen wollten, noch nicht? Larusso war nicht unter unseren Widersachern. Er hätte sich bestimmt zu erkennen gegeben. Er würde es sich nicht nehmen lassen, mir persönlich gegenüber zu treten, um mir den endgültigen Todesstoß zu versetzen.

Andrea zeigte an, dass sie keine Munition mehr hatte. Dorian schoss und der Schlitten seiner Automatik blieb hinten stehen: leer! Ich hatte noch drei Kugeln. Schluss! Wir waren am Ende.

Plötzlich wurde das Feuer eingestellt. „Gebt auf. Der Meister will nur Martini. Wenn er sich uns stellt, geschieht euch anderen nichts“, rief uns einer der Männer zu.

Dorian tippte sich an die Stirn. „Vergiss es! Du wirst dich denen nicht ausliefern.“

„Aber dann überlebt ihr und könnt Hilfe holen.“ Ich griff in die Tasche, zog Larussos Handy und den Akku heraus. „Ich schalte das Telefon wieder ein. Darüber könnt ihr meinen Standort orten.“

„Glaubst du, die sind dämlich? Daran denken die bestimmt auch. Sie werden dir alles abnehmen“, er hielt kurz inne. „Die Trauzeugenmarke hast du nicht einstecken, oder?“

Ich nickte. „Natürlich nicht. Ich war auf der Flucht und wollte nicht, dass du mich ortest.“

Er machte ein beleidigtes Gesicht. „Du traust mir zu, dich zu verraten?“

Ich hob die flache Hand und drehte die Handfläche hin und her. „Ich war mir nicht sicher.“

Fast hätten wir gelacht, wäre die Situation nicht so aussichtslos gewesen. Unvermittelt stand ich auf. Dorian versuchte, mich am Arm festzuhalten, war aber nicht schnell genug. Andrea gestikulierte wild mit den Händen, bewegte sie wie Scheibenwischer vor ihrem Gesicht. Es war mir egal. Ich wollte nicht, dass meinen Freunden etwas zustieß. „Okay! Ich ergebe mich“, rief ich. Gab meine Pistole Dorian und hob die Hände.

„Die anderen, Waffen weg!“, erwiderte der Wortführer.

Andrea und Dorian zögerten. Ich nickte ihnen zu. „Los! Macht schon!“ Die beiden blickten sich an, dann klapperte das Metall der Handfeuerwaffen auf dem alten Holzboden. Ein paar Sekunden später hörte ich das gleiche Geräusch aus Tills und Stefans Richtung.

In den dünnen Lichtschein, der von der Straße seinen Weg durch die verschmutzen Fenster nahm, traten fünf Gestalten. Drei auf unserer Seite, zwei auf der Seite von Till und Stefan. Der Wortführer, ein kleiner dicker Mann, erinnerte mich an ein Schwein. Die anderen vier waren normal gebaut und mittelgroß. Mehr konnte ich bei der schlechten Beleuchtung nicht erkennen.

„Komm her, Martini!“

Ich lief langsam durch den Raum. Irgendwie wartete ich darauf, im nächsten Moment erschossen zu werden. Aber nichts geschah.

Der Mann, der das Kommando führte, zog ein paar Kabelbinder aus der Hosentasche. „Hände auf den Rücken und umdrehen.“

Ich folgte seinen Anweisungen. Kurz darauf hörte ich das Ratschen der Kunststoffschlingen. „Aua! Sie stellen mir das Blut ab“, erwiderte ich.

„Wenn der Meister mit dir fertig ist, brauchst du deine Hände nicht mehr. Mach dir lieber Gedanken darüber, was wir mit dem Rest deines Körpers anstellen werden.“ Er lachte dreckig, drehte meinen Körper in seine Richtung. Sein Gesicht zeigte ein martialisches Grinsen. „Du bist sehr leichtgläubig.“

„Wie meinen Sie das?“, fragte ich.

„Mann, bist du bescheuert!“, er wandte sich seinen Männer zu und befahl: „Der Meister braucht keine Zeugen. Tötet die Überzähligen!“

16. April 2013, 02:06

Das Telefon von Hauptkommissar Alfred Köster klingelte. Nach dem fünften Mal verstummte das Läuten und der Anrufbeantworter übernahm den Ruf. Köster öffnete schwerfällig die Augen. Die letzten drei Tage hatten an seinen Kräften gezehrt. Nachdem er mit seiner Frau einen Mitternachtssnack eingenommen hatte, war er um dreiundzwanzig Uhr müde ins Bett gefallen. Für regelmäßige Mahlzeiten war seit dem letzten Wochenende keine Zeit.

Das Alter! Es forderte seinen Tribut. In ein paar Jahren konnte er in Pension gehen. Aber Kriminalrat Rohoff fragte ihn ständig, ob er nicht ein paar Jahre dranhängen wolle. Er wollte seinen besten Gruppenleiter nicht verlieren. Köster hatte überlegt, als Berater für die Abteilung zu arbeiten. Dadurch hätte er keine disziplinarische Gewalt mehr, aber harte Entscheidungen würde Rohoff für ihn durchsetzen. Kösters Frau war von keiner der beiden Möglichkeiten begeistert. Sie argumentierte, dass sie ihn endlich für sich alleine haben wolle. Sie hätte ihn vierzig Jahre mit dem Beruf geteilt, das sei genug. Köster verstand sie sehr gut. Seine Ehe war eine der wenigen Polizistenehen, die gut verlaufen waren, während das Gros seiner Kollegen bereits das zweite oder dritte Mal verheiratet war oder in Scheidung lebte. Köster wollte seine Ehe nicht gefährden. Das war der Hauptgrund, weshalb er Rohoff noch nicht zugesagt hatte.

Das Telefon klingelte erneut und holte ihn gänzlich aus dem Land der Träume. Er griff nach dem Hörer, räusperte sich, hob ab und meldete sich: „Köster." Sein Ton hätte nicht missbilligender sein können. Nur drei Stunden Schlaf waren zu wenig.

„Hier ist Kriminalkommissar Uhlmann vom Kriminal-Dauer-Dienst. Entschuldigen Sie die Störung, Herr Köster. Ich versuche seit einer halben Stunde, einen Ihrer Kommissare zu erreichen, aber keiner geht ans Telefon."

Köster schüttelte kurz den Kopf, um die Müdigkeit zu vertreiben, was natürlich nicht gelang. Die Aussage, dass keiner seiner Leute an sein Telefon ging, beunruhigte ihn. Normalerweise waren alle zuverlässig und stets einsatzbereit. Egal wann am Tag. „Wen genau haben Sie versucht zu erreichen?"

Uhlmann las vermutlich von einem Zettel ab, Köster hörte Papier rascheln. „Stefan Carstens und Felix Arndt."

„Was ist mit Marco Bergmann und Till Ressmann?"

„Bergmann steht nicht auf meiner Liste und wegen Ressmann versuche ich, Ihre Mitarbeiter zu erreichen."
„Wie lange sind Sie beim KDD, Herr Uhlmann?"
„Seit zwei Wochen. Bin von Quedlinburg nach Frankfurt versetzt worden. Warum?"
„Wo ist Ihr Chef, Mühlinghaus?"
„Krank. Drei weitere Kollegen auch. Haben alle Grippe und ich bin alleine." Der Kommissar klang zerknirscht.
Köster setzte sich auf und atmete schwer ein und aus. „In Ordnung. Ich gebe Ihnen die Handynummer von Marco Bergmann. Wenn er auch nicht abhebt, melden Sie sich wieder bei mir." Köster nannte Uhlmann die Nummer. Dann traf es ihn wie ein Blitz. „Was ist mit Ressmann?" Dass er diese Frage erst jetzt stellte, war untypisch für ihn. Die Müdigkeit lähmte seinen Denkfluss.
Uhlmann räusperte sich: „Die Kollegen aus Asbach haben angerufen. Frau de Groot ist aus dem Krankenhaus verschwunden. Die Beamten, die sie bewachen sollten, wurden ermordet. Laut diensthabendem Arzt und einer Schwester hat Kommissar Ressmann sie abgeholt."
„Wie bitte?!", rief Köster aus. Der Bericht des KDD-Mitarbeiters versetzte ihn in Aufregung und ließ ihn so laut sprechen, dass seine Frau wach wurde. Er stand auf und verließ das Schlafzimmer. An Schlaf war jetzt nicht mehr zu denken.
„Wiederholen Sie das!", grollte er ins Telefon, nachdem er die Schlafzimmertür hinter sich geschlossen hatte. Er war außer sich vor Erregung. „Soll das heißen, dass mein Mitarbeiter die Polizisten ermordet und Frau de Groot entführt haben soll?"
„So sieht es zumindest aus. Er hat sich bei Arzt und Schwester als Kriminalhauptkommissar Ressmann ausgewiesen", antwortete Uhlmann eingeschüchtert.
„Als allererstes schicken Sie ein Bild von Kommissar Ressmann an die zuständigen Kollegen in Asbach. Sie sollen im Krankenhaus prüfen, ob es sich wirklich um Ressmann gehandelt hat. Wenn die Zeugen Ressmann auf dem Bild nicht erkennen, schicken Sie umgehend einen Phantombildzeichner zu den Zeugen. Haben Sie das verstanden?"
„Jawohl, Herr Hauptkommissar", antwortete Uhlmann pflichtbeflissen und legte auf.
Köster nahm den Hörer vom Ohr und starrte ihn ein paar Sekunden an. Ressmann würde sich niemals einem Serienmörder anschließen, diese Vorstellung war ausgeschlossen und stand nicht zur Debatte. Dass diese Aktion auf Larussos Konto ging, war für den K11-Leiter

klar. Und Köster hoffte inständig, dass sie im Laufe des Tages ein Phantombild des Maulwurfs bekommen würden. Denn außer seinen Mitarbeitern und ein paar eingeweihten, wusste keiner in welches Krankenhaus die Niederländerin gebracht worden war. Das war ein Insiderjob gewesen.

16. April 2013, 02:39, Bad Homburg

Tötet die Überzähligen! Die Worte klangen in meinen Ohren nach. Oh Gott, was hatte ich getan? Ich hatte mich und meine Freunde ausgeliefert. Ich trug die Verantwortung für ihren Tod. „Sie haben mich. Lassen Sie sie gehen! Nicht nur die Anwesenden wissen, dass Larusso hinter all dem steckt. So gesehen sind sie keine Zeugen", versuchte ich die Rolle meiner Freunde zu relativieren.

„Sag mal, Martini, für wie blöd hältst du uns? Die Penner haben unsere Gesichter gesehen", erwiderte der Wortführer bissig. Ich wollte ein Gegenargument bringen, aber der Dicke fuhr mir über den Mund: „Schnauze, Martini!" An den Mann links neben sich gewandt fuhr er fort. „Ich würde sagen, Ladies first. Erschieß die hässliche Alte zuerst." Andrea öffnete den Mund zu einer Entgegnung, die aber von dem höhnischen Lachen des Anführers übertönt wurde. „Lass mich raten", grunzte er lachend in Andreas Richtung. „Du wolltest dich darüber beschweren, dass ich dich hässlich genannt habe. Du solltest dir über die Kugel, die gleich dein Leben beenden wird, Gedanken machen, nicht über dein Aussehen." Er schüttelte sich vor Lachen. Dann nickte er dem anderen zu, als Zeichen seinem Befehl zu gehorchen.

Andrea versteifte sich. Sie wartete auf den Einschlag der Kugel. Nach einem letzten Blick in meine Richtung kniff sie die Augen zusammen.

Niemand sprach oder bewegte sich. Völlige Ruhe. Dann zerriss ein Schuss die Stille.

Direkt darauf folgte der markerschütternde Schrei von Till. „Ihr Schweine! Andrea!"

„Halts Maul und bleib stehen", vernahm ich einen der Bewacher, der Till am nächsten stand.

Andrea war zusammengezuckt, stand aber noch. Ich konnte kein Blut sehen. Ich blickte zu dem Schützen. Hatte er auf solch kurze Distanz vorbei geschossen?

Nein, er hatte gar nicht abgedrückt. Ich sah einen dünnen Blutfaden aus seinem rechten Mundwinkel tropfen. Seine Waffe fiel klappernd zu Boden.

Der Dicke wandte sich überrascht zu ihm um. „Manni! Was ist los?"

Manni drehte sich in Richtung des Dicken, versuchte etwas zu erwidern. Aber es kam nur Blut aus seinem Mund. Dann folgte er der Pistole mit einem lauten Krachen auf das Parkett.

„Scheiße Manni!", rief der Wortführer aus und beugte sich hinab. Das rettete ihm das Leben. Eine Kugel schlug genau an der Stelle in den Türpfosten, an der er eben noch gestanden hatte.

In der nächsten Sekunde flog die Eingangstür gegen die dahinterliegende Wand und ich hörte eine neue Gruppe in das Zimmer rennen. „Lassen Sie die Waffen fallen!", war die Begrüßung von einem der Neuankömmlinge. Es war Schmidts Stimme.

Als nächstes krachten drei Schüsse. Drei der Angreifer plumpsten wie nasse Säcke auf den Holzboden. Sie waren der ersten Aufforderung nicht nachgekommen und bezahlten dafür mit ihrem Leben. Keiner rührte sich mehr.

Der Dicke, der immer noch auf dem Boden bei Manni kauerte, hob sofort die Hände und schrie: „Ich ergebe mich! Ich ergebe mich!"

Ich zog die Stirn kraus. Ein seltsames Verhalten für einen von Larussos Jüngern. Ich hatte erwartet, dass er sich auf die BND-Männer stürzte und den Heldentod starb. Stattdessen ließ er sich ohne Gegenwehr Handschellen anlegen.

Auf einmal stand Schmidt im Türrahmen. Er grinste mich breit an. „Ich habe Ihren Ruf erhört."

Während Schmidt sprach, drängte sich Till durch den Pulk an der Tür, stürmte zu Andrea, nahm sie in den Arm, küsste und drückte sie fest und innig an sich. Für einen kurzen Augenblick hatte er geglaubt, sie verloren zu haben. Aber sie lebte. Die beiden waren so sehr miteinander beschäftigt, dass sie von uns anderen nichts mitbekamen.

Stefan, der aus dem gegenüberliegenden Raum zu uns kam, griff die Aussage von Schmidt auf und fragte: „Was für ein Ruf?"

„Herr Martini hatte das Telefon von Pfarrer Horn eingeschaltet und mir eine SMS geschickt. Da wir bereits auf dem Weg nach Bad Homburg waren, konnten wir rechtzeitig hier sein, um sie zu retten." Er legte eine Kunstpause ein. „Keine Ursache, gern geschehen", setzte er hinzu.

Ich musste grinsen. Immer noch arrogant, aber unser Lebensretter. „Danke, Herr Schmidt", erwiderte ich. „Wie haben Sie den Mann erledigt, der Frau Lamprecht erschießen sollte?"

Schmidt verzog den Mund zu einem überlegenen Lächeln. „Es hat meine ganze Überredungskunst gekostet." Er machte eine ausholende Handbewegung. „Ein Scharfschütze direkt gegenüber dieses verfallenen Gemäuers." Er rümpfte die Nase und blickte die Wände und Decken an. „Auf der anderen Straßenseite wohnt ein nettes älteres Ehepaar. Wir haben sie aus dem Bett geklingelt und gebeten, uns an das Zimmerfester Richtung Elisabethenstraße zu lassen. Der alte Herr wollte die Polizei rufen und ich musste ihn mit Engelszungen vom Gegenteil überzeugen. Na ja, lange Rede kurzer Sinn. Uns wurde von den alten Leutchen Zugang gewährt. Allerdings sind sie etwas erschrocken, als der Kollege das Gewehr ausgepackt hat." Der BND-Agent grinste hämisch. „Ein Bild für die Götter."

Ich zuckte die Schultern. Das alte Ehepaar hatte mit seiner Selbstlosigkeit Andreas Leben gerettet. Dafür war ich ihnen dankbar. „Wir sollten den da", ich zeigte auf den Dicken am Boden, „verhören."

Andrea und Till hatte ich ganz vergessen. Jetzt löste sich Andrea von ihrem Freund, ging zu dem Anführer und verpasste ihm eine schallende Ohrfeige. Wir waren alle perplex. Dann sagte sie: „Das war für Ladies first!"

„Gehört das zu deinen Verhörmethoden, Schatz?", fragte Till, der als erster seine Worte wiederfand.

Alle lachten. Tills Bemerkung ließ die Anspannung von uns abfallen.

Ich blickte in die Runde. Stefan hatte einige oberflächliche Schnitte im Gesicht, genauso wie Dorian und ich. Andreas Arme waren von vielen kleinen Ritzen übersäht. Blut sickerte träge daraus hervor. Der Anblick erinnerte mich an einen Borderline-Patienten. Till hatte es an den Händen erwischt. Ich war froh, dass nichts Schlimmeres passiert war. In diesem Moment wurde mir bewusst, was für ein riesiges Glück wir gehabt hatten.

„Das Versteck war von Anfang an eine Falle", überlegte Schmidt laut und holte mich aus meinen Überlegungen.

Ich konnte mich dem Agenten nur anschließen. Larusso hatte gewusst, dass ihm jemand auf die Schliche gekommen und auf das Forum im Darknet gestoßen war. Er musste sich entschlossen haben, dem ungebetenen ‚Gast' eine Falle zu stellen. Ich sprach meine Gedanken laut aus und erntete allgemeine Zustimmung. Dann wandte ich mich an Larussos Jünger, der mittlerweile auf dem Boden hockte. „War es so?", fragte ich ihn. Er antwortete nicht. Ich wiederholte meine Frage. Doch er schwieg beharrlich.

Schmidt beugte sich zu ihm hinunter. „Glauben Sie, Ihr Meister wird es honorieren, dass Sie den Mund halten? Sie haben sich nicht selbst getötet oder sind in unserem Kugelhagel gestorben. Das alleine ist bereits eine Verfehlung, die Ihr Herr und Gebieter nicht tolerieren wird. Ihre Kollegen sind den Heldentod für ihren Meister gestorben. Das wäre auch Ihre Aufgabe gewesen, aber nicht mal das haben Sie hinbekommen. Ein Versager auf ganzer Linie. An Larussos Stelle wäre mir die Kugel zu schade, um Sie zu erschießen. Was für ein Jammerbild. Pah!"

Die Worte verfehlten ihre Wirkung nicht. Es arbeitete im Gesicht des Dicken. Seine Wangen zuckten, als würde er etwas kauen. Seine Mundwinkel bewegten sich auf und ab. Die Augen wurden groß und klein. Dann brach es aus ihm heraus: „Sie haben keine Ahnung! Sie sitzen auf Ihrem hohen Ross und richten über Gut und Böse. Ich bin nicht freiwillig bei diesem Haufen!"

„Das kam mir vor ein paar Minuten ganz anders vor", warf Dorian ein. „Da hat es Ihnen Spaß gemacht zu kommandieren und auf uns zu schießen."

Der Kopf des Mannes ruckte herum in Dorians Richtung. „Ich bin erpresst worden. Er hat meine Familie bedroht. Ich musste mitspielen. Dieser Christopher hat uns alle in Larussos Auftrag rekrutiert. Schon vor Jahren. Am Anfang dachte ich, das wäre ein Jux, als ich mich in dem *Forum des Engelmachers* anmeldete. Aber dann wurde mir bewusst, dass ich einen Fehler begangen hatte. Viele von Larussos Jüngern folgten ihm freiwillig, so wie die vier hier", er deutete mit dem Kinn auf die Toten am Boden. „Aber einige wurden erpresst – wie ich. Larusso wollte zwei IT-Experten. Ich war einer von ihnen. Natürlich bekamen wir auch andere Aufgaben, aber meine Hauptaufgabe war es, Larusso Informationen zu verschaffen oder…" Er verstummte abrupt. Dann änderte sich sein Gesichtsausdruck, wurde berechnend. Aber er wirkte nicht bösartig, sondern eher wie ein Mensch, der um sein Leben feilscht. „Ich will einen Deal und danach ins Zeugenschutzprogramm sollte Larusso überleben."

Der BND-Mann blickte zu Till und Stefan. „Was denken Sie?"

Till schüttelte kategorisch den Kopf. „Nein! Oder wie die Amis sagen: No way!" Ich konnte Till verstehen. Der Mann am Boden hätte beinahe seine Freundin erschossen. Das war Grund genug, ihm keinen Ausweg anzubieten.

„Ich schließe mich meinem Vorredner an", sagte Stefan.

Schmidt zuckte die Schultern in Richtung des Gefangenen. „Sie sehen, wir haben kein Interesse..."

Der Dicke unterbrach Schmidt: „Ich kann Martini entlasten!"

16. April 2013, 07:01, zwischen Okriftel und Hattersheim

Jürgen Kausewitz lief den gekiesten Weg von Okriftel nach Hattersheim, der durch die Felder und am Rosarium vorbei führte.

Das 1997 am Regionalparkweg angelegte Rosarium erinnerte an den Rosenanbau in Hattersheim im letzten Jahrhundert. Von hier aus wurden Schnittrosen in alle Welt verschickt. Die 1,3 Hektar große Fläche beherbergte sechstausendfünfhundert Rosen und ungefähr einhundert verschiedene Arten. Tunnelförmige Rankbögen waren um ein Wasserbecken mit Schilf, Seerosen und Fischen angeordnet. Bänke luden die Besucher zum Verweilen ein, genau das hatte Jürgen vor.

Das Rosarium war zum allmorgendlichen Treffpunkt für ihn und seine Freundin geworden. Jürgen öffnete die niedrige Gittertür und setzte sich auf die erste Bank auf der linken Seite. Er zog sein Handy aus der Tasche und prüfte es auf neue Nachrichten. Nichts. Sie musste auf dem Weg sein.

Jürgen war gebürtiger Hattersheimer und lebte bei seinen Eltern. Vor achtzehn Jahren, direkt nach seiner Geburt, hatten seine Eltern sich hier niedergelassen, raus aus Frankfurt. Ihm gefiel die Idylle und das fast ländliche Umfeld des Main-Taunus-Kreises. Das Beste an seinem Wohnort war allerdings, dass er sie kennengelernt hatte, Patrizia Notti. Eine kleine Italienerin mit schwarzen Haaren, braunen Augen und dem typischen südländischen Temperament. Sie war vor zwei Tagen siebzehn geworden, aber der große schlaksige Jürgen wünschte sich, sie wäre schon achtzehn, denn der Vater von Patrizia war gegen ihre Beziehung. Ein italienisches Mädchen hatte sich gefälligst einen italienischen Freund zu suchen und nicht so eine deutsche Bohnenstange. Das hatte er den beiden unmissverständlich klargemacht und Jürgen verboten, sich mit seiner Tochter zu treffen. Sie unterliefen dieses Verbot, indem sie sich jeden Morgen vor der Schule im Rosarium trafen, um dann zur Heinrich-Böll-Schule zu laufen.

Jürgen hörte das Tor klappernd zufallen. Da kam sie, seine Patrizia. Sie setzte sich neben ihn und küsste ihn innig. „Du hast mir gefehlt", flüsterte sie.

„Du mir auch", gab er zurück und küsste sie wieder. Heute Morgen war es besonders aufregend, sie zu berühren und im Arm zu halten. Dann roch er es, ein neues Parfüm. „Du riechst… Wahnsinn."

„Nur für dich: Coccola", hauchte sie ihm zwischen zwei Küssen zu. Dann stieß sie hervor: „Ich will dich."

Jürgen hielt inne. „Ist das dein Ernst? Bist du bereit dazu?"

„Si amore", antwortete sie außer Atem.

Der junge Mann war perplex. Das hatte er sich seit einem halben Jahr gewünscht, aber sie war noch nicht so weit gewesen und er hatte ihr Zeit gegeben. Wie ein Gentleman. „Wo und wann? Du weißt doch… dein Vater…"

Sie presste ihm den Zeigefinger auf die Lippen, zog ein Kondom aus der Tasche und sagte: „Hier und jetzt, ich will nicht mehr warten. Vergiss meinen Vater und seine stockkonservativen Ansichten!"

„Du meinst...?" Jürgen atmete schwer. Erregung stieg in ihm auf. Er drückte Patrizia fester an sich. „Uns könnten doch Spaziergänger sehen."

„Hinten in der rechten Ecke sind die Büsche dicht genug", antwortete sie. Dann öffnete sie ihren Rucksack, der heute besonders dick war und zog eine dünne Decke heraus.

„Du hast an alles gedacht", grinste Jürgen. Er war beeindruckt und wurde von Sekunde zu Sekunde erregter.

Patrizia stand auf und streckte ihm die Hand entgegen. „Los komm!"

Das ließ sich Jürgen nicht zweimal sagen. Sie liefen zum rechten hinteren Rankbogen. Die Metallkonstruktionen waren mehr als zwei Meter hoch, damit Spaziergänger gemütlich hindurch flanieren konnten.

Sie liefen schnell und küssten sich immer wieder. Als sie den Tunnel erreichten, presste Jürgen seine Lippen ein weiteres Mal auf Patrizias Mund.

Sie öffnete die Augen, lächelt ihn an: „Ich liebe dich."

„Ich dich…" Bevor Jürgen den Satz vollenden konnte, öffnete Patrizia den Mund und schrie!

„Oh Gott! Da!", sie deutete in den Rankbogen.

Jürgen folgte ihrem ausgestreckten Arm, dann schrie er ebenfalls!

16. April 2013, 07:02, Polizeipräsidium Adickesallee

Ich hatte zwei oder drei Stunden geschlafen, mit dem Kopf auf der Tischplatte. In einem Verhörzimmer. Nachdem wir Jay aus dem Lokal abgeholt hatten, waren wir von Bad Homburg direkt in die Adickesallee gefahren. Alle waren todmüde. Stefan und Till hatten sich, zusammen mit Dorian, in ihrem Büro aufs Ohr gelegt. Tische und Stühle mussten als Bettersatz herhalten. Das kannte ich aus meiner Zeit als Bulle. Jay hatte bei mir im Vorhörzimmer geschlafen. Nach dem Aufwachen war sie zu Stefan, Till und Dorian gegangen.

Um sechs Uhr erschien Köster. Direkt nach ihm Kriminalrat Rohoff, der mich sogleich an die Staatanwaltschaft übergeben wollte. Seitdem bearbeiteten meine Freunde und mein Ex-Chef Köster Kriminalrat Rohoff, mich nicht dem Haftrichter zu überstellen. Der ganze Polizeiapparat hatte drei Tage nach mir gesucht und jetzt sollte ich nicht verhaftet werden? Rohoffs Argumente waren klar, er musste den ganzen Aufwand nach oben rechtfertigen. Ein Ergebnis liefern und das beste Ergebnis war mein *Kopf*.

Die Tür öffnete sich und Rohoff kam, um mit mir persönlich zu reden. Seine dicken schwarzen Augenbrauen standen fast zusammen und seine Sichelnase zerschnitt die Luft beim Laufen und Reden. Die Ähnlichkeit mit Graf Zahl aus der Muppet Show war immer wieder lustig, nur heute nicht.

Er stellte sich vor den Tisch, an dem ich saß. Wie gewohnt begann er vor und zurück zu wippen, während er redete. „Wissen Sie, was ich die letzte Stunde gemacht habe?“ Er sprach sofort weiter, ohne mich antworten zu lassen. „Mit Kommissar Köster und Ihren zwei Freunden diskutiert. Statt dessen könnte ich noch im Bett liegen. Ich hätte Sie eingesperrt, egal wie gut Sie in der Vergangenheit gearbeitet haben oder nicht. Aber Köster hat sich für Sie verbürgt, Sie seien unschuldig. Und der Mann, den Sie in Bad Homburg festgenommen haben, will Sie entlasten. Da wären wir beim nächsten Punkt.“ Er stoppte das Wippen und begann auf und ab zu laufen. Dann blieb er etwas näher vor mir stehen und fixierte mich. Irgendwie wartete ich darauf, dass er im nächsten Moment versuchte, mir eine Zahl zu verkaufen. Wäre meine Situation nicht so heikel gewesen, hätte ich gelacht. „Ich habe, obwohl ich es nicht wollte und es immer noch nicht will, einem Deal mit Herrn Heppe zugestimmt. Zeugenschutz und erleichterter Strafvollzug waren seine Bedingungen. Ich hasse Deals, aber wieder war es Herr Köster, der mich von der Notwendigkeit überzeugt hat." Nach einem letzten prüfenden Blick wandte er sich um und verließ den Raum. Die Tür ließ er offen.

Stefan kam herein, trat zu mir hinter den Tisch und nahm mich in die Arme. „Geschafft, Alter!"

„Noch nicht", schränkte ich ein. „Erst muss dieser Helmut Heppe aussagen."

„Das kriegen wir hin, oder?" Stefan zwinkerte mir zu.

„Übrigens, danke noch mal!" Ich drückte ihn ein weiteres Mal fest an mich, bevor ich ihn losließ.

„Wofür?", fragte er, obwohl er es genau wusste.

„Dass du mich an dem Morgen entkommen lassen hast."

Stefan grinste wie ein Honigkuchenpferd. „War Ehrensache. Ich habe nie an deine Schuld geglaubt."

„Weiß Till davon?"

Mein Freund schüttelte den Kopf. „Niemand. Wir sollten das für uns behalten..."

„Logo! Hab ich dir eigentlich wehgetan mit den Handschellen?"

„Nee, alles gut. War ja meine Idee, das so zu machen, an Hand- und Fußgelenk. Aber fuck, war das ungemütlich."

„Beim nächsten Mal machen wir das anders."

„Ich hoffe, es gibt kein nächstes Mal." Stefan grinste, aber es erreichte nicht seine Augen.

Ihn bedrückte etwas, das konnte ich spüren. „Was ist los?"

Mein Freund senkte den Kopf. „Köster hat als erstes Till befragt, wo er gegen halb eins war."

„Häääää...?", gab ich von mir. „Da war er bei uns. Was soll die Frage?"

Stefan erzählte mir von dem Anruf des KDD bei Köster und dem falschen Ressmann. „Fleur ist weg", schloss er.

„Scheiße!", entfuhr es mir. Die Situation erinnerte mich an den letzten Dezember. Verdammt, Larusso hatte sein Ziel doch erreicht. Er hatte Fleur.

Jay kam in den Raum, umarmte und küsste mich. „Wir finden sie. Stefan hat mir alles erzählt. Auch wenn ich ihr die Augen auskratzen könnte, wünsche ich ihr nichts Schlechtes", flüsterte sie mir ins Ohr.

„Wir warten auf das Phantombild. Vielleicht finden wir so unseren Maulwurf", sagte Stefan.

„Wenn er der Entführer war", gab ich zu bedenken.

„Lassen wir uns überraschen", erwiderte mein Freund.

Wir verließen das Verhörzimmer und begaben uns in Kösters Büro. Der Alte begrüßte mich mit Handschlag und sah erleichtert aus. „Schön, Sie ohne Handschellen zu sehen“, kommentierte er.

„Ja, aber erst muss Heppe aussagen.“

„Darum kümmern sich Herr Ressmann und Frau Lamprecht bereits. Wenn Sie wollen, können Sie zusehen. Herr Singer ist auch im Beobachtungsraum.“

„Gerne!“

Wir verließen Köster und gingen in den Raum neben dem Verhörzimmer, in dem Heppe saß.

Dorian hielt sein Telefon am Ohr. Als wir eintraten, beendete er das Gespräch und steckte es weg. „Hallo ihr drei. Die Show hat schon angefangen. Aber ihr habt noch nichts verpasst.“

Wie in den Filmen gab es einen großen Einwegspiegel, durch den wir alles beobachten konnten. Heppe saß rechts am Tisch. Andrea und Till links, die Tür im Rücken. Aus der Tischmitte ragten zwei Mikrofone heraus. Gerade sprach Heppe: „…Er hat mich erpresst, meiner Familie gedroht. Er wollte meine Frau, mein Kind und meine Eltern vor meinen Augen langsam zu Tode quälen. Zum Schluss hätte er mich getötet. Deshalb habe ich mitgemacht.“

„Und zur Polizei zu gehen, kam Ihnen nicht in den Sinn?“, warf Andrea ein.

„Pah!“, rief Heppe aus. „Die Polizei? Sie erinnern sich, was er am Gerichtsmedizinischen Institut angerichtet hat, oder? Sie, Frau Kommissarin, sollten das besonders gut wissen. Deshalb habe ich vorhin einen Deal gefordert.“

Ich blickte Stefan an. „War der Staatsanwalt schon da?“

„Vor einer halben Stunde. Nach dem Verhör kommt er in Schutzhaft.“

„Das heißt, Schmidt bekommt Heppe nicht“, erwiderte ich.

Dorian blickte skeptisch. „Ich glaube kaum, dass Heppe eine große Hilfe für seine Killerelite sein würde.“

„Apropos, wo ist Schmidt?“

„Der rennt irgendwo im Haus rum. Warum?“

„Reine Neugier. Ich dachte, er würde sich das Verhör des Jüngers nicht entgehen lassen.“

Bevor Dorian antworten konnte, wurde unsere Aufmerksamkeit in den Nebenraum gelenkt. Till stellte gerade die entscheidende Frage: „Wie haben Sie es geschafft, Martini die Leiche ins Bett zu legen und es so aussehen zu lassen, als ob er auf der Zeil gewesen wäre?“

Heppe grinste feist. Wie er so da saß, die Hände über dem dicken Bauch gekreuzt, den kurzen Körper nach hinten gelehnt und die Schweinsaugen auf Andrea gerichtet, erinnerte er mich an Jabba The Hut aus Star Wars. Von diesem Ekelpaket hing meine Zukunft ab, dachte ich. Na toll!

„Das war simpel, Herr Kommissar." Er hatte den Kopf wieder zu Till gewandt. „Die Nutte haben wir angerufen und zu mir nach Hause bestellt."

„Wer hat die Prostituierte angerufen?" Till hoffte, einen Namen zu erfahren.

„Das weiß ich nicht. Das hat der Polizeispitzel gemacht. Den Namen weiß ich nicht. Den hat der Meister…", er stockte, als habe er sich versprochen. „…Larusso geheimgehalten. Wahrscheinlich wegen einer solchen Situation, in der wir uns jetzt befinden. Er wollte Verrat vorbeugen." Er zuckte die Schultern.

„Sie wissen, wenn Sie nicht alles sagen, platzt der Deal", konterte Andrea mit schneidender Stimme.

„Ich weiß es wirklich nicht! Ehrlich!", beteuerte Heppe.

„Fahren Sie fort!", mischte sich Till ein.

„Wir haben sie bis früh morgens festgehalten. Sie musste ja lebend bei Martini ankommen. Das wäre sonst aufgefallen, wenn wir sie zu früh getötet hätten."

Till rieb sich sein Kinn. „Wie sind Sie in Martinis Wohnung gekommen?"

„Ganz einfach", grinste Heppe. „Im letzten Dezember hat der Meister einen kleinen Ganoven von der Straße angeheuert, die Handtasche von Martinis verblödeter Mutter zu stehlen. Wie erhofft befand sich darin ein Hausschlüssel von Martinis Wohnung. Das ermöglichte uns, bei dem Penner ein- und auszugegangen." Er grinste breit und blickte in Richtung des Einwegspiegels, als wüsste er, dass ich ihn beobachtete. „Am zwölften April waren wir in der Wohnung und haben in alle Wasserflaschen Ketamin gemischt..."

„Also wie in K.O.-Tropfen?", mischte sich Ressmann ein.

„Richtig. Eine hohe Dosis. Das bewirkt einen schönen Blackout. Martini ist übrigens nicht im Bett eingeschlafen, da mussten wir ihn erst hintragen. Er lag im Wohnzimmer auf dem Fußboden und hat das Laminat vollgesabbert. Eine Wasserflasche stand auf dem Couchtisch." Heppe machte es Spaß, die Geschichte zu erzählen. Ich wurde von Sekunde zu Sekunde wütender. „Wir haben Martini ins Bett gehievt und die Nutte danebengelegt. Sie war geknebelt. Larusso hat sie ausgezogen… oh Mann, die war echt heiß, viel zu schade zum Ausknipsen. Dann hat er ihr den Knebel aus dem Mund genommen. Sie hat sofort angefangen, um ihr Leben zu betteln. Sie hat uns umsonst Sex angeboten. Mit uns allen auf einmal." Er hielt inne. Anscheinend stellte er sich die Situation noch einmal vor. „Ich hatte noch nie einen Gangbang… schade. Larusso war dagegen, aber das muss ich bestimmt nicht betonen. Er nahm sein Lieblingsmesser und begann auf die Schnecke einzustechen. Sie hat drei-, viermal laut geschrien. Dann hat er ihr den Mund zugehalten. Die Nachbarn haben genug gehört. Eine Minute später war sie tot. Dann rieb er Martini mit dem Blut der Leiche ein. Wir haben die Wasserflaschen, die das Ketamin enthielten, ausgeschüttet, um keine Spuren zu hinterlassen.

Während Larusso die Nutte um die Ecke gebracht hat, habe ich Martinis SIM-Karten geklont, die private und die geschäftliche. Wir haben alles mitbekommen, was über die Handys gesprochen wurde und konnten so die Spur über die Zeil legen. Denn sobald das geklonte Telefon angeschaltet war, konnten Sie es anpeilen, genauso wie das Original. Einer von uns hat Martini die ganze Zeit verfolgt und Bericht erstattet. Ich habe Martini über GPS oder Funkzellenpeilung verfolgt."

„Wie das?", fragte Andrea.

„Ich kann hacken, wenn ich will. Ich komme überall rein, so wie die holländische Käseschnitte." Er grinste wieder Jabba-mäßig.

„Wer ist für den Amoklauf im Horten verantwortlich?", kam Till zurück zum Thema.

„Larusso hat einen Jünger, der Martini zum Verwechseln ähnlich sieht. Ein bisschen Make-up und man hält die beiden für Zwillinge."

„Wo ist der Kerl?", warf Andrea ein.

„Er ist einer der drei, die von uns zwölfen noch übrig sind. Das Double, der Maulwurf und Larussos neuer engster Vertrauter. Nachdem Christopher aus dem Spiel war, hat Larusso sich einen neuen *Freund* herangezogen. Einen, dem er voll vertrauen kann. Obendrein ist er der zweite IT-Spezialist."

„Ist er der Besitzer des Hauses in Bad Homburg?", fragte Till.

Heppe schüttelte den Kopf. „Keine Ahnung! Könnte einem der anderen gehören. Mir auch egal, es stand leer und keiner hat uns daran gehindert, es zu benutzen. Seh ich aus wie das Grundbuchamt von Bad Homburg?" Er bohrte in seinem Ohr, bevor er weitersprach. „Wir haben gemerkt, dass jemand im Darknet mitgelesen hat, der es nicht sollte, aber wir konnten ihn nicht aufspüren, dazu war er zu gut. Das Haus diente einfach nur als Falle, weil die Hacker-Bitch unser Forum gefunden hat. Deshalb haben wir vor drei Wochen mit den neuen Einträgen begonnen." Er beugte sich vor und trank einen Schluck Wasser. „Wie gesagt, war nur ein Hinterhalt."

Die Tür des Beobachtungszimmers öffnete sich. Im Rahmen stand ein braunhaariger Mann mit braunem Schnauzbart und stahlblauen Augen. Mit der ausgeblichenen Jeans und der Lederjacke erinnerte er mich an einen Fernsehkommissar, aber ich wusste nicht an welchen.

Er trat ein und blickte durch den Einwegspiegel. „Ist das der Drecksack?", fragte er Stefan.

Mein Freund nickte. „Nicht ganz, Bernd. Ist nur einer seiner Lakaien. Aber er singt wie ein Kanarienvogel. Was treibt dich her?"

„Mein zukünftiger Chef, Laurenz Grün." Der Kommissar musterte mich von oben bis unten. „Bist du dieser Martini, hinter dem wir drei Tage her waren? Auf der Straße hätte ich dich für einen von diesen Ölaugen gehalten." Er grinste in Stefans Richtung.

„Da hab ich ja Glück, dass wir uns nicht früher begegnet sind, Herr…"

„Kommissar Bernd Steiner! Hat Stefan noch nicht von mir erzählt?"

Der Kerl war mir unsympathisch. „Aber Sie sind bestimmt nicht nur gekommen, um sich Herrn Heppe anzusehen und mich Ölauge zu nennen, Herr Steiner."

„Dein Kumpel lebt gerne gefährlich." Steiner klemmte die Daumen in den Hosenbund.

„Lasst die Kabbelei, Kinder!", erwiderte Stefan. „Was will Kriminaloberrat Grün von uns?"

„Er hat einen Anruf vom Polizeichef aus Hattersheim bekommen. Die beiden kennen sich von früher. Es gab heute Nacht einen Doppelmord im Rosarium. Das Ganze sieht nach eurem Freund Larusso aus. Grün hat das an Köster übergeben und der will euch jetzt sprechen."

Ich hatte den Eindruck, dass Steiner uns etwas verheimlichte, aber was?

Er wandte sich zum Gehen. Als er in der Tür stand, drehte er sich noch einmal um. „War schön, dich kennenzulernen, Martini." Zu Stefan sagte er: „Ich muss zurück. Bin ja nur zu Gast und muss einen guten Eindruck hinterlassen." Dann war er verschwunden.

„Wo habt ihr denn den aufgegabelt?", fragte ich Stefan.

„Bernd soll 2014 bei uns anfangen, wird von München nach Frankfurt versetzt. Er übernimmt den Posten von Manfred Gärtner. Sein *noch* Chef und er haben Meinungsverschiedenheiten."

„Ach nee, das wäre mir nie in den Sinn gekommen", warf ich ein. „Gärtner ist ein klasse Bulle." Ich kannte Manfred noch aus meiner aktiven Zeit.

„Steiner ist ein Raubein, aber ein super Polizist mit einer sehr hohen Aufklärungsquote. Er ist so gut, dass er, bevor er zu uns kommt, sechs Monate nach Afghanistan geht, um Polizisten auszubilden. Grün scheint ihn jetzt schon zu mögen."

„So gut?", fragte ich erstaunt.

Stefan nickte: „Ja, so gut."

„Aber mich als Ölauge zu bezeichnen…"

Stefan lachte. „Mach dir keinen Kopf deshalb, ich glaub, er meint das nicht so."

„Naja, mir egal. Hauptsache ich muss nie mit ihm zusammenarbeiten."

„Bestimmt nicht", antwortete Stefan. „Lass uns zu Köster gehen!"

16. April 2013, 08:02, zwischen Okriftel und Hattersheim

Till und Andrea blieben im Präsidium und verhörten Heppe weiter. Es lief gut. Larussos ehemaliger Jünger blieb in Plauderlaune. Die wollte keiner unterbrechen.

In Kösters Büro bewahrheitete sich meine Vorahnung. Steiner hatte uns einen entscheidenden Punkt verheimlicht. Der Name des einen Opfers traf uns wie ein Dampfhammer ins Gesicht. Nach der ersten Schocksekunde schickte Köster Stefan nach Hattersheim. Weil Till nicht zur Verfügung stand, fragte der Alte Dorian, ob er mit Stefan fahren wollte. Dieser stimmte zu. Da ich durch die Aussage von Heppe entlastet war, stand es mir frei zu gehen. Ich bat Köster, mit nach Hattersheim fahren zu dürfen. Nach kurzem Überlegen willigte er ein. Jay begleitete mich. Sie wich nicht mehr von meiner Seite. Und ich wollte sie nicht alleine lassen, solange Larusso noch frei herum lief.

Hattersheim sowie der Stadtteil Okriftel waren mir in Erinnerung. Im letzten Jahr hatten sich hier dramatische Szenen abgespielt. Das Rosarium, zu dem wir – also Stefan – von den örtlichen Kollegen gerufen wurden, kannte ich nicht. Von Weitem konnte ich die Absperrbänder sehen und eine Menge Schaulustiger.

Ich blickte zum Himmel, der nicht richtig hell werden wollte. Graue Wolken jagten über uns hinweg. Und ich hatte den Eindruck hier und da einen Regentropfen abzubekommen. Zusätzlich war es kalt und windig. Jay hakte sich bei mir unter und kuschelte sich an meine Seite. Sie fror. Ich fröstelte ebenfalls in Voraussicht dessen, was uns in der Grünanlage erwarten würde.

An der Absperrung angekommen erblickte ich einen alten Bekannten. Ernst „Elmie" Mielke. „Was machst du hier?", fragte ich ihn zur Begrüßung.

„Köster hat mich und Helbig hergeschickt. Die Kollegen haben um Verstärkung für das Absichern des Tatorts gebeten. Sowie hier alles rum ist, geht's zurück nach Frankfurt. Aber warum läufst du frei herum?"

Ich erzählte in zwei Sätzen, was passiert war. „Den Rest bei einem Bier", grinste ich.

Elmie ließ uns passieren. Das Gelände des Rosariums war eingezäunt. Es gab einen Zugang, durch den wir uns jetzt schoben. Der Weg zwischen Okriftel und Hattersheim war von Fußgängern und Radfahrern stark frequentiert. Deshalb war die Absperrung nicht quer über den Weg gespannt, sondern direkt an Tür und Zaun angebracht worden. Die Anlage wirkte gepflegt und lud zum Verweilen ein. Allerdings wäre ich im Moment am liebsten wo anders gewesen.

Auf einer Bank saß ein junges Pärchen, ein Junge und ein Mädchen. Die beiden wirkten verstört und waren in Decken gehüllt. Sie müssen die Leichen entdeckt haben, schlussfolgerte ich.

Wir ließen die beiden links liegen. Stefan lenkte seine Schritte zur hinteren rechten Ecke. Der Rankbogen war an der Vorderseite mit einer Plane abgehängt, um den Tatort vor neugierigen Blicken und Fotografen abzuschirmen.

Rechts neben der Stahlkonstruktion lag das erste Opfer, ein alter Mann. Ich schätzte ihn auf Ende sechzig, Anfang siebzig. Neben ihm ein toter Hund.

Ein Uniformierter empfing uns. Er begrüßte Stefan mit Handschlag: „Guten Morgen, Herr Carstens. Mein Name ist Torsten Preißner. Wir kennen uns vom letzten Dezember."

Stefan brauchte einen Augenblick, dann nickte er. „Stimmt. Sie haben beim Absperren der Straßen geholfen. Schön, Sie wiederzusehen, allerdings könnten die Umstände angenehmer sein."

Preißner war etwas kleiner als Stefan, sportlich und hatte ein sympathisches Gesicht, das von einer wilden roten Mähne umrahmt wurde. „Da haben Sie recht“, nickte er und wies zu dem Toten. „Wollen wir?“

„Wer ist der Mann?“, begann Stefan mit der Arbeit.

„Horst Bettendorf. Wohnt in Okriftel im Rückertweg. Er hat den Täter wahrscheinlich überrascht, als er mit seinem Hund unterwegs war. Beide wurden mit einem sehr scharfen Gegenstand ermordet, einem langen Messer schätze ich.“

Stefan nickte und räusperte sich. Wie alle anderen dachte auch er bereits an das weitere Opfer. „Alles klar. Gehen wir zu der zweiten Leiche.“

Preißner ging hinter Stefan her. Als wir vor der Plastikfolie standen, zögerte mein Freund ein paar Sekunden, dann schlug er sie so weit zur Seite, dass wir alle hindurch schlüpfen konnten.

Preißner trat an Stefan vorbei. „Wir haben alles so gelassen, wie wir es vorgefunden haben. Wenn Sie möchten, können Sie gerne Ihre eigenen Leute zur Spurensicherung holen. Wir sind völlig offen.“

Stefan antwortete nicht. Er stand wie erstarrt vor der Szenerie, die sich ihm darbot. Der Tote hing in der Luft. Die Seile, die ihn in Position hielten, waren an Ösen im Boden befestigt worden. Die Arme abgespreizt vom Körper. Die Beine ein Stück nach hinten gezogen, so hatte es den Anschein, als ob er fliegen würde. Der Oberkörper war nackt. Die Bauchdecke aufgeschnitten. Die Innereien hingen daraus hervor wie Luftschlangen. Ich kämpfte mit einer aufsteigenden Übelkeit. Der Anblick ließ mich schaudern. Jay stand neben mir und schwieg.

Ich hörte Stefan leise sagen: „Fuck Felix, wer hat dir das angetan?“

Felix Arndts Gesicht war verzerrt vor Schmerz. Er musste in seinen letzten Minuten unaussprechliche Qualen erlitten haben. Ich kannte den Kommissar nicht gut, aber es tat mir unsagbar leid um ihn.

„Das haben wir auf dem Boden unter ihm gefunden.“ Preißner reichte Stefan Arndts Smartphone.

Stefan nahm es in die Hand, beachtete es aber nicht. Er wirkte geschockt. Ich ging zu ihm. „Geht‘s?“

Mein Freund blickte auf, als erwache er aus einer Trance. „Ähhh, ja… nein… doch. Ich habe bis zuletzt gehofft, dass es ein Irrtum ist und ich keinen toten Kollegen vorfinde… fuck! Dieses Schwein!“

„Soll ich übernehmen?“, schaltete sich Dorian ein. „Wenn du zu emotional…“

„Nein!“, unterbrach ihn Stefan. „Geht schon“, fuhr er leiser fort. „Danke für das Angebot. Guck mal, ob du was in dem Handy findest.“ Er reichte mir das Telefon.

Ich blätterte die Anruflisten durch und fand…

„Ich habe ihn angerufen?!“, sagte ich laut zu den anderen. „Drei Anrufe von meiner Handynummer.“ Ich prüfte die Uhrzeiten und das Datum. „Da war ich in den Niederlanden… und da auf dem Weg zurück, zusammen mit Andrea.“ Ich atmete aus. Ein besseres Alibi gab es nicht.

Dann piepsten vier Telefone auf einmal. Stefans, Dorians, Preißners und das in meiner Hand. Eine Nachricht vom Präsidium, Betreff: Phantombild.

Dorian erblickte das Bild als erster. „Oh mein Gott!“, rief er aus und zog seine Waffe. Ich öffnete es ebenfalls und als ich die Zeichnung erkannte, wurde mir heiß und kalt. Mit einem Mal wurde mir vieles klar.

„Was ist?“, Stefan nahm sein eigenes Telefon und öffnete die Nachricht von Rudolf. Er hatte wahrscheinlich im Auftrag von Köster das Bild mit der Warnung verschickt. „Fuck! Fuck! Fuck!“ Eine typische Reaktion für Stefan. „Dieser Hurensohn!“ Ohne sich mit uns abzusprechen, zog er seine Pistole und stürmte los.

„Hinterher!“, rief ich Dorian und Preißner zu. An Jay gewandt sagte ich: „Du bleibst hier! Außer Schussweite!“ Ich konnte kein zweites 2010 gebrauchen. Dann stürmten wir den Weg zum Eingang entlang, den Streifenpartner von Preißner zurücklassend. Stefan war bereits am Tor.

„Hände hoch, du Drecksack!“, schrie er Elmie an.

Was dann folgte, geschah in Sekundenbruchteilen. Mir kam es vor, als habe jemand die Zeit angehalten. Helbig wirkte verwirrt, zog seine Dienstwaffe und richtete sie auf Stefan. Elmie hatte seine Automatik bereits in der Hand. Den linken Arm legte er Helbig um den Hals. Mit der anderen drückte er ihm seine Pistole gegen die Schläfe. Sein Kollege ließ ohne Aufforderung seine Waffe fallen. Elmie trat gegen das Tor im Zaun. Es schlug Stefan gegen die Knie, sodass er seine Pistole beim Zurücktaumeln verlor. Sofort bückte er sich nach ihr.

„Liegen lassen!“, drohte Elmie mit dem Lauf seiner Waffe. „Aufstehen! Schnick sie mit dem Fuß weg!“ In diesem Moment erreichten wir den Eingang. „Werft eure Waffen weg!“ Als wir nicht reagierten, schrie er uns an: „Weg mit der Artillerie, ihr Blindgänger!“

Preißner kam der Aufforderung als erstes nach. Dorian und ich folgten.

„So ist es gut!“ Elmie schrie immer noch. „Der Meister wird sich freuen!“

Ich trat näher. „Elmie, bitte! Wir sind Freunde, lass uns über alles reden.“

„Du bist eine Niete, Martini“ Er sprach jetzt normal. „Der Meister hat mir aufgetragen, mich mit dir anzufreunden. So konnte ich dir den Büchner-Fall zuschieben, so wurdest du in die Ermittlungen verstrickt. Es war gar nicht einfach, die alte Büchner zu überzeugen dich zu engagieren. Eigentlich wollte sie ihren Alten loswerden. Allein für diese Leistung gehört mir ein Oskar.“

Deshalb hatte Frau Büchner damals gezögert. Als es später um den Mörder ihres Mannes ging, war sie plötzlich schnell dabei gewesen. Aus verständlichen Gründen, aber das stand auf einem anderen Blatt. „Wie konnte es soweit kommen?“

„Ich war nie mit Herz und Seele Bulle.“ In diesem Moment begann er mit leicht sächsischem Akzent zu sprechen. „Jetzt hörst du es. Als Ossi wirst du nie hundertprozentig integriert. Deshalb habe ich mir den Dialekt abtrainiert. Nur wenn ich aufgeregt bin, schlägt er durch. Da kann ich nix gegen tun.“

„Du warst immer ein Teil des Teams. Helbig ist nicht nur dein Kollege, sondern auch dein Freund. Du hast eine Menge Freunde, willst du das alles aufgeben?“

„Pah, Freunde! Larusso hat mich damals mit offenen Armen aufgenommen. Genau wie Christopher. Sie sind meine Familie. Ich bin nach Christopher Larussos wichtigster Jünger. Damals bin ich zur Polizei gegangen, um Serienmörder zu jagen. Aber das Thema hat mich gepackt, ich brenne dafür. Und als ich mich dann Larusso anschließen durfte, war es die Erfüllung meiner kühnsten Träume. Du kannst das mit einem pyromanischen Feuerwehrmann vergleichen, der selbst Häuser ansteckt, um sie dann wieder löschen zu können.“

Davon hatte ich gelesen, Feuerwehrmänner die selbst zündeln. Aber mir war nie ein Polizist begegnet, der sich einem Killer angeschlossen hatte.

Die Welt ist ein verrückter Ort, dachte ich, und jeden Tag wird sie verrückter. Die Gewalt nimmt zu, doch wir sehen es nicht. Mörder töten immer und immer grausamer, aber unsere abgestumpften Sinne nehmen es nicht mehr wahr. Nur wenn es ein Terroranschlag oder Amoklauf ist, werden wir wach und sagen, ach wie schrecklich! Aber der Mord an einem Rentner, der wegen zwei Euro fünfzig erschlagen wird, geht an uns vorbei, wenn die Medien ihn nicht aufbauschen. Die

Zeitungen zogen es jedoch vor, über wichtigere Dinge zu berichten, beispielsweise Aktienkurse und was Frau Bundeskanzler zum Dinner trägt. Die Larusso-Geschichte würde allerdings ganz bestimmt in allen Zeitungen landen.

„Was hast du jetzt vor?“, fragte ich Elmie.

„Der Meister hat klare Vorstellungen. Er will dich treffen.“ Elmie fing an zu lachen, als habe er einen Witz erzählt. „Im doppelten Sinne.“ Er lachte weiter. „Sagt dir der Ziegelhüttenweg etwas?“

„Wie könnte ich den vergessen?“, entgegnete ich.

„Suche ihn dort, wo alles begann“, orakelte Elmie.

„Und was soll der doppelte Sinn sein?“, unterbrach ihn Stefan.

Elmie kniff die Augen zusammen und wandte sich meinem Freund zu. Dann spie er ihm entgegen: „Halt die Fresse, Carstens!“ Er nahm die Waffe von Helbigs Kopf und schoss Stefan in die Brust.

I push you to the darkness just to pull you to the light
'Cause I can take away your breath or I can bring you back to life
Half God Half Devil

In This Moment – Half God Half Devil

Kapitel 10

16. April 2013, 08:03

Carlo Martini lief die Rüsselsheimer Straße entlang. Seine Schritte führten ihn zum wiederholten Mal zu seiner Ex-Frau. Wenn er richtig darüber nachdachte, waren sie sogar noch verheiratet. Er hatte sie damals bei Nacht und Nebel verlassen, aber sie hatte nie die Scheidung beantragt.

„Tschüss, bis heute Abend."

Carlo hatte sich von seiner Frau verabschiedet und das Haus verlassen. Den neuen Ausweis von Franz in der Tasche. Seine Freundin hatte am Flughafen auf ihn gewartet. Ab nach Brasilien. Doch ein paar Wochen später hatte sie sich von ihm getrennt, um nach Deutschland zurückzukehren. Das lag fast vierzig Jahre zurück.

Seit er im letzten Dezember mit Tom in Kontakt getreten war, versuchte er mit seiner Ehefrau zu sprechen. Würde es ihm heute gelingen? Oder würde sie ihm wieder die Tür vor der Nase zuschlagen? Vielleicht war sie milder gestimmt, weil er ihren gemeinsamen Sohn bei seiner Flucht unterstützt hatte. Wie ein Vater, der sein Kind bedingungslos liebt und ihm zur Seite steht.

Carlo klingelte. Die Gegensprechanlage knackte. „Ja?", hörte er ihre Stimme.

Ein flaues Gefühl breitete sich in seinem Magen aus. „Ich bin es, Carlo. Bitte leg nicht auf. Ich habe Tom geholfen und würde gern mit dir über ihn sprechen." Eine volle Minute geschah gar nichts. Aber er hörte ihren Atem aus dem Lautsprecher.

Beim ersten Mal hatte sie ohne zu fragen die Haustür geöffnet. Als sie ihn erkannt hatte, schrie sie ihm ins Gesicht: „Verschwinde und lass dich nie wieder blicken!" Die Tür war lautstark ins Schloss gefallen. Bei den letzten Malen hatte sie die Verbindung sofort wieder unterbrochen und ihn stehen lassen.

Heute erklang der Türsummer. Carlo war so überrascht, dass er fast vergessen hätte einzutreten. Er stieg in den ersten Stock. Als er die Tür zu ihrer Wohnung erreichte, blickte sie ihn aus glasigen Augen an. Als würde sie im nächsten Moment anfangen zu weinen.

„Wie geht es unserem Sohn?", fragte sie anstelle einer Begrüßung.

Besser als die Tür vor den Kopf zu bekommen, dachte Carlo. „Er ist wieder in Deutschland und entlastet worden."

„Wieder in Deutschland?"

Eine weitere Frage, gut. „Ja, er ist nach Holland geflohen und…"

Sie unterbrach ihren Mann mit einer Handbewegung. „Ach, was soll's. Komm rein!"

Sie machte den Weg frei und ließ ihn eintreten. „Ins Wohnzimmer." Sie deutete auf das Ende des Flurs. Er folgte ihrer Aufforderung. Drei Türen lagen rechts und links des Gangs. Anscheinend eine Zwei-Zimmer-Wohnung mutmaßte Carlo, plus Küche und Bad. Sie wies auf einen Sessel. „Setz dich." Sie selbst nahm auf der Couch, einem Zweisitzer, Platz.

„Jetzt erzähl von Anfang an!", forderte sie ihn auf.

Carlo berichtete vom Zusammentreffen mit Tom am Zeitungsladen, Horn, der Pizzeria, ihrer Flucht bis hin zu Franz und seinem Verhör durch Ressmann und Carstens. „Köster hat mich gehen lassen, weil Thomas unschuldig ist. Heute Morgen hat unser Sohn mich angerufen. Er ist zurück und die Aussage eines Verhafteten hat ihn vollends entlastet", endete er. Als seine Frau nichts sagte, fügte er hinzu: „Es geht ihm gut. Wir müssen uns keine Sorgen machen."

„Warum hat er mich nach seiner Rückkehr nicht angerufen?" Sie wirkte verletzt.

„Wahrscheinlich weil ich ihm geholfen habe."

„Warum hat er mich nicht um Hilfe gebeten?" Eifersucht klang in ihrer Stimme. Mit Recht. Sie hatte ihren Sohn aufgezogen, ihm immer beigestanden, ihn gepflegt, wenn er krank war, und jetzt zog er seinen missratenen Vater seiner Mutter vor.

„Das hat nichts mit dir zu tun. Er liebt dich über alles. Aber als er auf der Flucht war, musste er davon ausgehen, dass die Polizei dich überwacht. Sie hätten ihn verhaftet, hätte er sich mit dir getroffen. Bei mir bestand diese Gefahr nicht. Sie gingen davon aus, dass er mich hasst. Das war sein Glück."

Sie senkte den Kopf, wirkte ein wenig beschwichtigt. „Und jetzt?", fragte sie. „Willst du, dass ich dir alles vergebe? Soll ich ignorieren, dass du mich und unseren Sohn hast sitzen lassen und abgehauen bist?" Sie blickte ihn herausfordernd an. „Das kann ich nicht."

„Du redest wieder mit mir. Das ist ein Anfang", antwortete Carlo und ein Lächeln stahl sich in seine Mundwinkel. Wie er hier so saß und sie betrachtete, fragte er sich, wie er sie je hatte verlassen können.

Es klingelte. Seine Frau stand auf und ging zur Haustür. Sie drückte den Türsummer und öffnete. Nach ein paar Sekunden rief sie: „Thomas!"

Carlo sprang auf und lief ebenfalls zur Haustür. Was für ein Zufall. Ein Familientreffen. Er freute sich, seinen Sohn wiederzusehen. Als er die Tür erreichte, trat Tom gerade ein.

In derselben Sekunde erkannte er die Falle. Der Mann in der Tür sah seinem Sohn zum Verwechseln ähnlich und aus ein paar Metern Entfernung waren sie nicht zu unterscheiden, aber seine Augen entlarvten ihn als Doppelgänger.

„Geh weg von ihm!", rief er seiner Frau zu.

Aber da hatte der Mann bereits einen Fuß in der Tür und eine Waffe in der Hand. „Rein! Beide!", zischte er. „Ins Wohnzimmer!", befahl er ihnen. Als Carlo nicht reagierte, zielte er mit der Pistole auf sein Herz. „Los jetzt!"

Frau Martini ging voraus. Carlo wandte sich um und folgte ihr. Die Wohnungstür fiel ins Schloss. Aus, dachte er, aus und vorbei. Er wird uns töten.

In der nächsten Sekunde spürte Carlo einen Schlag auf den Hinterkopf. Dann wurde es schwarz.

16. April 2013, 09:32, zwischen Okriftel und Hattersheim

Die Kugel aus Elmies Waffe warf Stefan zurück, er taumelte. Sein Gesicht zeigte Überraschung und Unglaube. Er wandte den Kopf in meine Richtung. Dann kippte er um, wie ein gefällter Baum.

„Stefan", schrie ich, geschockt und gelähmt zugleich. Nein, nicht mein bester Freund! Nein, nein, nein! „Elmie, du Schwein", brüllte ich in blinder Wut.

Ein zweiter Schuss krachte. Ich warf mich auf den Boden neben Stefan. Als ich aufblickte, sah ich Elmie. Aus seiner rechten Hand glitt die Waffe. Seine linke Hand, die Helbig am Hals gepackt hatte, drückte er auf seine rechte Schulter. Blut quoll darunter hervor. „Ihr Wichser!", rief er uns zu, wandte sich um und rannte auf die dem Rosarium gegenüberliegende Wiese, Richtung Hessendamm.

Preißner hob seine Automatik auf und folgte ihm.

„Lebt er noch?“ Dorian stand neben mir und dem angeschossenen Stefan, eine Waffe in der Hand. Er hatte seine Zweitwaffe aus dem Knöchelholster gezogen und auf Elmie geschossen.

Ich fühlte Stefans Puls. Stark und regelmäßig. Und was mich am meisten überraschte: kein Blut.

Stefan stöhnte. „Fuck... ich glaub, ich hab ´ne gebrochene Rippe.“ Er hustete.

Meine Hand tastete über seine Brust. „Du hast deine kugelsichere Weste an!“, rief ich aus. „Gott sei Dank!“ Ich hätte meinen Freund am liebsten in den Arm genommen, aber seine Rippe hätte mir das wahrscheinlich übel genommen.

Dorian war verschwunden. Er kletterte behände, unter zuhilfenahme der Fahrradständer, über den mannshohen Zaun, um Preißner und Elmie zu folgen. Helbig stand wie versteinert da. Schock, dachte ich. Dann beugte er sich zu uns herab. „Kann ich helfen?“, fragte er.

„Passen Sie auf Stefan auf! Ich verfolge Ihren ehemaligen Partner.“

Der junge Polizist nickte. Sein Gesicht war einer frisch getünchten Wand nicht unähnlich. Ich fragte mich, wer hier auf wen aufpasste.

Ich griff meine Waffe vom Boden und stürmte los. Das Gras der Wiese, auf die Elmie geflüchtet war, stand niedrig. Er konnte kein Verstecken mit uns spielen.

Elmie und Preißner hatten den halben Weg durch das Grün bereits hinter sich gelassen. Dorian war etwa fünfzig Meter hinter ihnen. Jetzt bog Elmie links zur Wasserwerkchaussee ab. Ich tat es ihm gleich. Da ich noch vor dem Zaun stand, blieb ich auf der Straße. Hier war der Untergrund fester und ich kam schneller voran. Preißner und Dorian versuchten dem Flüchtigen den Weg abzuschneiden. Preißner blieb stehen und rief: „Stehenbleiben oder ich schieße!“ Elmie ignorierte es. Preißner schoss. Daneben. Preißner nahm wieder die Verfolgung auf. Elmie hatte die Hand von der Schulter genommen. Für einen Angeschossenen bewegte er sich unglaublich flott. Am Zugang zur Wasserwerkchaussee stand ein weiterer Zaun im Weg. Eine Chance ihn einzuholen. Entweder waren seine zwei Verfolger auf der Wiese schnell genug und stellten ihn oder ich umrundete das Gelände und konnte ihn festsetzen.

Elmie war unheimlich flink. Das war mir nie aufgefallen. Er befand sich bereits am Zaun und war schon halb darüber gestiegen, da betrat ich die Allee der Wasserwerkchaussee. Jetzt schoss Dorian auf ihn und traf ihn am Bein. Elmie kippte vom Zaun und fiel auf den Boden, stand aber sofort auf und humpelte in die Sarotti-Siedlung. Auf dem Gelände der ehemaligen Schokoladenfabrik befanden sich jetzt Ein- und Mehrfamilienhäuser. Er durfte sie nicht erreichen, sonst würde er womöglich eine Geisel nehmen können. Ich blieb stehen, zielte und schoss.

Im Laufen knickte Elmie das linke Bein weg und er fiel auf die Erde. Diesmal stand er nicht auf. Als ich etwa fünf Meter von ihm entfernt war, zog er ein Messer aus seiner Uniformjacke.

Ich blieb abrupt stehen. „Elmie, leg es weg! Du hast keine Chance!"

„Erkennst du es? Die Lieblingswaffe des Meisters. Er hat uns allen eines geschenkt. Weißt du weshalb?" Ich schüttelte den Kopf und trat einen Schritt näher. „Es ist für Situationen wie diese – für die ausweglosen", ein irres Grinsen flog über seine Züge. „Beeile dich! Tick Tack!" Dann zog er sich die Klinge von rechts nach links über seinen Hals.

Ich sprang auf ihn zu und versuchte mit den Händen den Blutstrom einzudämmen. „Ver… giss… es…!", brachte Elmie gurgelnd hervor.

„Warum soll ich mich beeilen?" Er spuckte Blut. „Verdammt, warum soll ich mich beeilen?", schrie ich. Sein Körper zuckte im Todeskampf, seine Augen rollten in den Höhlen, ich konnte nur noch das rot unterlaufene Weiß sehen. „Warum soll…?" Von einem Augenblick auf den anderen erschlafften seine Glieder. Das Leben war aus ihm gewichen. Elmie war tot.

Neben mir erschienen Dorian und Preißner. Ich blickte hinauf zu ihnen. „Ich dachte, er wollte mich mit dem Messer angreifen. Ich war zu weit weg. Keine Chance."

Dorian legte mir die Hand auf die Schulter. „Ich habs gesehen. Dich trifft keine Schuld."

Ich stand auf und blickte auf den toten Elmie. Jetzt waren noch zwei von Larussos Jüngern übrig.

„Was hast du gemeint? Weshalb soll ich mich beeilen?", flüsterte ich leise vor mich hin.

Mein Handy klingelte. „Dorian, könntest du mal rangehen? Ist in meiner linken Hosentasche." Ich deutete mit meinen blutverschmierten Händen in die Richtung.

Mein Freund fischte nach meinem Telefon. Er grinste anzüglich und sagte: „Bild dir nix ein, ich bin vergeben." Ich musste unwillkürlich lachen.

„Singer, Apparat Martini", meldete er sich und hörte dem Anrufer zu. Zwischendurch warf er ein: „…ganz langsam… wer hat?... was?..." Dann wurde sein Blick ernst. „Ist klar. Wir kommen!" Er unterbrach sich kurz. „Nein, besser. Kommen Sie ins Präsidium!" Dann legte er auf.

„Wer war das?", fragte ich. „Was ist los?"

Dorian blickte nachdenklich auf das Smartphone in seiner Hand. „Das war dein Vater." Er atmete schwer. „Ein Mann, der wie du ausgesehen hat, hat ihn niedergeschlagen und anscheinend deine Mutter entführt."

„Was?", rief ich aus.

„Larusso zieht alle Register. Jetzt hat er zwei Geiseln. Deine Mutter und Fleur, wenn sie noch lebt."

16. April 2013, 10:42, Polizeipräsidium Adickesallee

Während wir Stefan von den neusten Entwicklungen berichteten, fuhren wir mit halsbrecherischer Geschwindigkeit zurück ins Präsidium. Elmies Blut hatte ich mir notdürftig an einem Lappen aus Preißners Wagen abgewischt. Am liebsten hätte ich geduscht, dazu blieb aber keine Zeit.

Vater erwartete uns in Kösters Büro. Er kam auf mich zu, nahm mich in den Arm und flüsterte mir ins Ohr: „Ich konnte nichts machen. Es tut mir so leid!"

Ich löste mich von ihm. „Was ist passiert?" Er erzählte uns die ganze Geschichte. Nachdem er geschlossen hatte, erwiderte ich: „Du warst machtlos."

Carlo nickte mit Tränen in den Augen. „Sie hatte gerade begonnen, wieder mit mir zu sprechen und dann…"

„Sie ist nicht tot!", warf ich ein. „Sie wurde entführt. Larusso will mich. Mutter ist ein Druckmittel für ihn, mehr nicht."

„Was ist mit Ihnen?" Köster hatte bemerkt, wie eckig sich Stefan bewegte.

„Elmie hat vor seiner Flucht auf mich geschossen. Wahrscheinlich eine gebrochene Rippe." Er drückte eine Hand auf seine Seite.

„Sie lassen sich sofort von einem Arzt untersuchen."

„Erst will ich…", wollte Stefan ihm widersprechen, aber der Alte unterbrach ihn rüde. „Sie gehen. Und zwar jetzt!" Die Aussage duldete keinen Widerspruch.

Stefan kam zu mir. „Sorry."

„Für was? Ich bin froh, dass du lebst, das ist wichtiger als alles andere."

Er verließ mit hängendem Kopf den Raum.

Als die Tür sich hinter ihm geschlossen hatte, ergriff Köster das Wort. „Herr Ressmann und Frau Lamprecht werden gleich zu uns stoßen. Sie haben das Verhör beendet. Heppe hat seine Aussage unterschrieben, damit ist Herr Martini endgültig und offiziell entlastet." Er hielt inne, wandte den Kopf in meine Richtung und ein flüchtiges Schmunzeln umspielte seine Lippen. Mehr als jeder andere freute ich mich darüber, endlich wieder eine weiße Weste zu haben. Aber die Freude wurde von den Entführungen getrübt. „Hat Larusso sich bei einem von Ihnen gemeldet? Hat er Forderungen gestellt?", fragte der Alte in die Runde.

Allgemeines Kopfschütteln.

„Bevor Elmie starb, hat er was Merkwürdiges zu mir gesagt."

„Was?", beeilte sich Köster, die Antwort in Erfahrung zu bringen.

„Ich solle mich beeilen..." Ich seufzte. „Doch leider konnte er nicht mehr sagen warum." Ich überlegte zwei Sekunden. „Vielleicht weiß Heppe, was das bedeuten soll. Oder er kennt sogar den Ort, an dem Fleur und meine Mutter gefangengehalten werden."

„Wir sollten ihn mal in die Mangel nehmen", schlug Dorian vor und fixierte erst mich und dann Köster.

Der Alte brachte seine Pfeife zum Vorschein, entzündete sie und zog genüsslich daran. „Wenn er den Gesamtplan kennt."

Ich stand von meinem Stuhl auf: „Komm Dorian!"

Köster stoppte mich mit einem Wink. „Das werden Frau Lamprecht und Herr Ressmann übernehmen. Sie sind emotional zu sehr involviert."

„Aber…", setzte ich an.

„Keine Widerrede!", sprach Köster, ehe ich meinen Satz formulieren konnte. „Sie halten sich da raus. Punkt!" Er wählte bereits eine interne Rufnummer auf seinem Telefon. Als an der Gegenstelle abgenommen wurde, erklärte er im Telegrammstil die Situation und fügte dann hinzu: „Herr Ressmann, finden Sie heraus, was Heppe über den Aufenthaltsort der zwei Frauen weiß." Er legte auf.

Vater blickte mich an. Sein Gesicht drückte Verzweiflung und Wut aus. Es wirkte, als wäre er am liebsten sofort losgestürmt. Ich legte ihm den Arm um die Schulter, um ihn zu trösten. Hätte mir irgendwer letzte Woche gesagt, ich würde heute meinem Vater Trost spenden, ich hätte ihn für verrückt erklärt. Noch vor drei Tagen hatte ich diesen Mann gehasst, wenn auch nicht so stark wie letztes Jahr, als ich ihn nach vierzig Jahren das erste Mal wiedergesehen hatte. Meine Flucht, der Verdacht gegen mich, das alles hatte unser Verhältnis zum Besseren gewendet. Und natürlich Pfarrer Horn, der uns wieder einander nähergebracht hatte.

Dorian diskutierte mit Köster über die Situation. Es ging alles an mir vorbei.

Jay, die die ganze Zeit schweigend in einer Ecke gesessen hatte, kam zu uns. „Kann ich was für euch tun?" Die Frage war an Vater und mich gerichtet.

Ich schüttelte den Kopf, heil froh, dass nicht Jay in der Gewalt dieses Verrückten war. Ich schloss sie spontan in den Arm. „Ich liebe dich", flüsterte ich in ihr Ohr.

„Ich liebe dich auch", antwortete sie. „Du hast Angst um deine Mutter", stellte sie fest. Ich nickte. „Du wirst sie wiedersehen. Deine Freunde und du werdet einen Ausweg finden, wie beim letzten Mal. Davon bin ich überzeugt." Sie sprach die Sätze mit solch einer Gewissheit, dass ich gar nicht anders konnte, als ihr zu glauben.

In dem Moment öffnete sich die Tür. Als ich Tills Gesichtsausdruck erblickte, schmolz die Zuversicht, die Jay mir gerade gegeben hatte, wie ein Schneemann in der Hölle. „Er hat keine Ahnung. Andrea hat ihm heftig zugesetzt, aber nichts."

Köster nahm die Pfeife aus dem Mundwinkel. „Herr Martini." Wir blickten ihn beide an. Er fixierte mich. „Was hat Mielke noch gesagt, bevor er starb? Herr Singer erwähnte den Ziegelhüttenweg. Aus welchem Grund?"

Ich überlegte angestrengt und jetzt, da ich näher darüber nachdachte, dämmerte es mir. „*Suche ihn dort, wo alles begann…*", flüsterte ich vor mich hin. „Elmie hat von Larusso gesprochen, nicht von ihm und mir, von unserer Geschichte. Er sprach von der Geburt des Killers, von Larussos Metamorphose…"

In dem Moment schrillte mein Handy und unterbrach die Stille im Raum. Alle sahen mich an. Ich nahm den Ruf an: „Ja?"

„Schön dich zu hören", begrüßte mich die verhasste Stimme des Engelmachers.

„Wo ist…?" Weiter kam ich nicht.

„Schnauze Martini!", brüllte er mich an. Er atmete schwer ein und aus. „Ich habe mir eine so schöne Rede für dich zurechtgelegt und du unterbrichst mich. Das ist sehr unhöflich. Ich muss mit deiner Mutter mal über deine Erziehung reden." Er lachte wie ein Irrer.

„Wenn du…", setzte ich erneut an.

„Du unterbrichst mich schon wieder!" Es folgte ein lautes Klatschen und der Schrei einer jungen Frau. Fleur! „Bei der nächsten Unterbrechung breche ich deiner Mutter einen Arm. Hast du das verstanden?" Als ich nicht antwortete, fügte er hinzu: „Jetzt darfst du reden."

„Hab verstanden."

„So, jetzt können wir in Ruhe reden... verdammt, ich habe vergessen, was ich sagen wollte." Wieder das Geräusch einer Ohrfeige und Fleurs Aufschrei. „Das war dafür, dass ich nicht mehr weiß, was ich sagen wollte." Larusso klang gefährlich aufgebracht.

„... Dann war es gelogen...", hörte ich die vertraut kratzige Stimme meiner Mutter aus dem Hintergrund. Bei einem Mann hätte ich gesagt, der hat Eier, aber im Moment war meine Angst, dass Larusso etwas Unüberlegtes tun könnte, zu groß.

„Deine Mutter hat schon immer den richtigen Ton getroffen." Larusso lachte bei dem Satz. Ich hoffte, dass das ein gutes Zeichen war. Sollten wir alle lebend aus der Nummer rauskommen, musste ich dringend mit Mutter über Empathie reden. Einen Killer zu reizen, war nicht klug. Aber die Bemerkung zeigte mir, dass es ihr gutging. „Ich werde mal über die Bemerkung hinweg hören. Dir zuliebe, Tom!" Seine Stimme troff vor Sarkasmus. „Kommen wir zum geschäftlichen Teil. Da du mir mal wieder in die Parade gefahren bist, folgt nun Plan B. Oh ja!" Er juchzte vor Freude in den Hörer. „Plan B ist gut. Du und deine Bullenfreunde, ihr kommt alle in den Ziegelhüttenweg, zum Haupteingang der Kleingartenanlage. Dort werdet ihr von einem alten Bekannten empfangen." Wieder das laute Juchzen. „Ihr werdet mit allem anrücken, was die Polizei aufzubieten hat. Wenn ihr dort seid, werdet ihr den Anweisungen meines Mitarbeiters peinlich genau Folge leisten." Seine Stimme wurde wieder ernst. „Solltet ihr ein krummes Ding versuchen – und ich bin mir sicher, das werdet ihr – gibt es ein böses Erwachen für die Anwohner im Ziegelhüttenweg, aber vor allem für die Kleingärtner. Betrachte die komplette Kleingartenanlage als zusätzliche Geisel. Falls du dich fragst, wie ich das meine: Es könnte ein explosiver Tag werden. Ihr habt zwei Stunden Zeit... hopp hopp!"

Es klickte. Er hatte aufgelegt.

Ich ließ den Arm mit dem Handy sinken. Was meinte er mit explosiver Tag? Dorian weckte mich aus meinen Überlegungen, indem er meinen Arm berührte. „Tom!"

Ich zuckte erschrocken zusammen. „Völlig durchgedreht."

„Das wissen wir. Erzähl uns was Neues", erwiderte Dorian.

„Ich habe das Gefühl, er will uns alle töten."

16. April 2013, 11:31

Stefan Carstens begab sich in die Notaufnahme des Bürgerhospitals. Am liebsten wäre er ins BGU gefahren, um Silvia Veith wiederzusehen, aber das Bürgerhospital lag näher und seine Rippen schmerzten empfindlich.

Er hatte bei der Aufnahme vorgesprochen und neben seiner Versicherungskarte seinen Polizeiausweis mit über die Theke geschoben. Vielleicht kam er so schneller an die Reihe. „Was haben Sie denn, Herr Carstens?“, fragte die Endfünfzigerin mit barschem Tonfall.

„Ich bin angeschossen worden.“

Ihr Kopf flog nach oben. „Und da sind Sie selbst hergefahren?“ Er erklärte ihr die Situation und fügte seine eigene Diagnose hinzu.

„Das wird ein Arzt klären. Haben Sie Atemnot?“

„Nein, nur starke Schmerzen.“

„Warten Sie!“ Die Frau, deren Name er nicht aussprechen konnte, weil er zu viele Konsonanten hintereinander enthielt, stand auf und verschwand im Nebenraum mit der Aufschrift: Nur für Personal.

Als sie zurückkam, folgte ihr ein junger Arzt, der wie ihr Sohn aussah. Er stellte sich als Doktor Beinholz vor. „Kommen Sie bitte mit.“ Er winkte den Kommissar in einen Behandlungsraum.

Nachdem Carstens seine Oberkleidung abgelegt hatte, untersuchte ihn der Arzt. „Ein schönes Hämatom. Und ja, Sie haben zwei gebrochene Rippen. Aber um sicher zu sein, röntgen wir Sie. Da haben Sie wirklich Glück gehabt. Wäre die Kugel durch Ihre Weste hindurch gegangen, hätte sie ihr Herz getroffen.“

In diesem Moment dämmerte es Carstens, dass er dem Tod gerade noch von der Schippe gesprungen war. Er war schlicht zu faul gewesen, nach der Bad Homburg-Aktion die Weste abzulegen. Das neue Modell, das er sich privat hatte anfertigen lassen, saß perfekt und war sehr bequem. Ihm wurde bewusst, dass der hohe Preis – er hatte die Maßanfertigung aus eigener Tasche bezahlt – sich gelohnt hatte.

Die Röntgenbilder bestätigten Doktor Beinholz‘ Diagnose: „Die fünfte und sechte Rippe sind angebrochen. Ich werde Ihnen einen Verband anlegen und Sie sollten sich bis nächste Woche schonen.“

„Ich bin mitten in einer Mordermittlung. Ich muss…“

„Wie oft ich das schon gehört habe“, unterbrach ihn Beinholz. „Die Gesundheit ist Ihr höchstes Gut. Ich werde Sie krankschreiben, aber was Sie im Endeffekt machen, ist Ihre Sache.“

Carstens erwiderte nichts. Das Anlegen des Verbands war etwas unangenehm. Als Beinholz fertig war, klingelte sein Handy. Der Arzt blickte ihn pikiert an. Der Kommissar bedankte sich für die schnelle Hilfe, verließ den Raum und zückte währenddessen sein Telefon. Es war Martini.

„Was gibt's?" Er lauschte der Stimme seines Freundes. Sein Gesicht nahm einen ungläubigen Ausdruck an. „Er will was? … Ihr sollt was? … Alle? … Du denkst? … Wirklich? … Sicher? …"

16. April 2013, 12:30

Exakt mit Ablauf der Zwei-Stunden-Frist erreichten ein Truppentransporter und drei Zivilfahrzeuge den Eingang zu der Gartenanlage im Ziegelhüttenweg.

Ich stand als erster auf der Straße und blickte suchend in alle Richtungen. Waren Larussos verbliebene Jünger hier? Die linke Seite wurde von einer hohen Hecke komplett umsäumt, rechts reihten sich Wohnblocks aneinander. Die Hecke umschloss die Gartenanlage.

Als ich das Grün genauer betrachtete, entdeckte ich darin kleine mobile Kameras. Sie waren meiner kleinen Webcam ähnlich, die ich zu Hause an meinem PC benutzte. Ich zählte mindestens zehn Stück. Ihr Betreiber konnte so die komplette Straße beobachten.

Was sollte das?

Ich streckte die Hand nach der mir am nächsten hängenden Kamera aus. Bevor ich sie berühren konnte meldete sich mein Telefon. Larusso.

„Ja?", fauchte ich in den Hörer, lauter als beabsichtigt.

„Wer wird denn so unhöflich sein, mein lieber Tom? Lass die Finger von meinen Kameras. Sag das auch deinen Bullenfreunden." Ich drehte mich zu den Anwesenden und gab die Anweisung des Killers weiter. „In zwei Minuten wird mein Sekundant bei euch auftauchen. Lustig oder?" Er lachte. „Er wird euch meine Forderung übermitteln. Versucht nicht, ihn gefangenzunehmen oder auch nur anzufassen. Er trägt eine Fernsteuerung in Form eines Totmannschalters bei sich. Sollte er den loslassen, gibt es eine feurige Überraschung für euch." Er beendete die Verbindung.

Ich ging zu Till, der den Einsatz leitete. „Larusso schickt seinen Lakaien. Er soll uns sagen, wie es weitergeht. Wir dürfen ihn nicht berühren." Till blickte mich fragend an, während ich weiter ausführte.

Wie immer, wenn er nachdachte, rieb er sich das Kinn. „Wir müssen ein Bombenräumkommando anfordern. Was hat der Kerl vor? Warum sollen wir hier mit allen Leuten auflaufen? Mir gefällt das nicht."

„Ich bin ratlos", gab ich zu und hing wieder meinen eigenen Gedanken nach. Was hatte diese Bestie Larusso vor? Was war die feurige Überraschung? Die dreiundzwanzig Grad und der blaue sonnige Himmel passten absolut nicht zu meiner Stimmung. Ich konnte Rasenmäher und elektrische Heckenscheren hören. Kleingärtner arbeiteten bereits in ihren Parzellen, Rentner und Urlauber vermutete ich.

Plötzlich öffnete sich das metallene Gittertor und ein großer schwarzhaariger Mann mit blauen Augen und sportlicher Figur trat hindurch. Mein Mund blieb offen stehen. Vor mir stand mein Spiegelbild. Wäre ich nicht ich gewesen, ich hätte ihn für mich gehalten. In meinem Kopf ratterte es.

Das erklärte, warum mir die Phantomzeichnung von dem Kaufhaus-Attentäter so ähnelte. Warum Mutter die Tür geöffnet hatte. Warum Larusso ihn als seinen Jünger erwählt und bis zuletzt im Verborgenen gehalten hatte.

Das erklärte so vieles. Als er zu sprechen begann, zerplatzte die Illusion wie eine Seifenblase. Seine Stimme war viel höher als meine und klang überhaupt nicht nach mir. Es klang fast … Ich weiß nicht, wie ich sie beschreiben sollte… weibisch.

„Martini!", rief er mir zu. „Hierher!"

War ich ein Hund? Ich schob mich an zwei Beamten vorbei zu ihm hinüber. In der Hand hielt er einen kurzen Kunststoffstab, an dessen Seite ein roter Bügel entlanglief. Diesen presste mein falsches Ich gegen den Stab. Aus der Unterseite hing ein Band heraus, das um sein Handgelenk lag. Vor seinem Bauch hing ein kleiner schwarzer Kasten mit sechs roten Knöpfen. Ein Kabel verband ihn mit dem Stab in seiner Hand.

„Ich bin Martini", sagte ich unnötigerweise.

„Hätte ich nicht gedacht", erwiderte er sarkastisch. „Hier sind die Spielregeln. Das Einsatzkommando bleibt im Transporter. Der Rest von euch Bullenschweinen auch." Es bereitete ihm Freude, die Anwesenden zu beleidigen, das konnte ich ihm ansehen. „Martini wird in einen der Gärten gehen. Während ich hier bleibe und aufpasse, dass ihm keiner folgt. Ist das klar?" Als niemand antwortete, schrie er: „Ist das klar, ihr Deppen?!"

Till kam zu uns herüber und antwortete mit ruhiger Stimme: „Ich bin Till Ressmann. Ich leite diesen Einsatz. Und ja, natürlich werden wir Ihren Bedingungen nachkommen. Aber was für Sicherheiten geben Sie uns, dass weder Herrn Martini noch einer der beiden Geiseln etwas zustößt?"

Fake-Martini grinste breit. „Keine."

„Was sollte uns dann davon abhalten, Sie festzunehmen?"

Er hob die Hand mit dem Stab. „Dieser Auslöser. Heute Nacht hat der Meister sechs Sprengladungen willkürlich in der Gartenanlage verteilt. Mit den Knöpfen..." Er deutete auf den schwarzen Kasten vor seinem Bauch. „... kann ich jede von ihnen auslösen. Lasse ich den Stab los, werden alle auf einmal gezündet. Der Meister wird die alte Schlampe und das kleine geile Biest in derselben Sekunde töten. Sind das genug Gründe?"

Für Leute, die Till nicht kannten, war das leichte Zucken um seine Augen kaum zu deuten, aber ich als sein Freund registrierte Angst. Angst um die Menschen in der Gartenanlage. Und es lag in seiner Hand, sie nicht in Gefahr zu bringen. Auf der anderen Seite wollte er mich nicht im Stich lassen. Er war innerlich zerrissen, befürchtete, die Situation könnte ihm entgleiten und ein beachtlicher Personenschaden entstehen.

Ich nickte ihm unmerklich zu. Ein Zeichen, sich keine Sorgen um mich zu machen. Diese nonverbale Kommunikation ging unbemerkt, innerhalb eines Sekundenbruchteils vonstatten.

Ich konzentrierte mich wieder auf mein böses Ich. Der reckte den Kopf und blickte sich fragend um. „Wo ist der andere Drecksbulle, der immer mit euch zweien abhängt, der Blonde? Versucht er den Helden zu spielen?" Er sah mir angriffslustig in die Augen.

„Der ist im Krankenhaus. Elmie hat ihn angeschossen."

„Er lebt noch. Wie schade." Enttäuschung breitete sich in seinen Zügen aus.

Ich hätte ihn gerne geschlagen, aber verständlicher Weise tat ich es nicht.

„So", fuhr er fort. „Dann kommt jetzt jeder einzeln zu mir rüber und schmeißt Handy und Funkgerät in den Gully." Er deutete auf das Gitter eines Abwasserkanals direkt vor uns am Straßenrand. „Sollte ich irgendeinen telefonieren oder funken sehen... Bumm!" Seine freie Hand zeigte auf den Auslöser mit dem roten Griff.

Einer nach dem anderen warfen die Beamten ihre Telefone und Funkgeräte durch das Gitter.

„Sollte das blonde Arschloch sich entschließen, doch noch zur Party zu kommen und sich an mir vorbeischleichen, passiert das…" Der Zeigefinger seiner freien Hand näherte sich einem der roten Knöpfe.

Ich hob die Hände. „Nein, alles in Ordnung, wir haben verstanden!", rief ich aus.

Fake-Martini grinste böse. „Mal sehen, was passiert." Sein Finger berührte den linken der sechs Knöpfe…

16.April 2013, eineinhalb Stunden zuvor

„… Herr Martini."

Köster nahm die Pfeife aus dem Mund. Ein kleiner Rauchkringel schwebte zur Decke. Mein Ex-Chef fixierte mich durch die Gläser seiner schwarzen Hornbrille. „Sind Sie sicher? Und ich meine damit ganz sicher?"

Ich senkte den Kopf, gab ein Schnaufen von mir. „Ja, Herr Köster, das bin ich." Ich blickte meinen Vater an. „Meiner Mutter Leben steht auf dem Spiel und zusätzlich das von Fleur. Ich verlange, dass alle sich dogmatisch an Larussos Anweisungen halten. Er soll nicht gereizt werden und keinen Grund bekommt, etwas Unüberlegtes zu tun."

„Hören Sie auf meinen Sohn! Es geht um das Heil meiner Frau!", rief Vater erregt aus.

„Daran hätten Sie vor vier Jahrzenten denken sollen", warf Dorian ein. „Bevor Sie spurlos verschwunden sind. Sie Rabenvater."

„Ich habe Fehler gemacht und ich bereue sie aus tiefstem Herzen. Ich will es wieder gutmachen. Habe ich das nicht bereits bewiesen?" Carlos Augen wurden feucht.

Dorian setzte zu einer Erwiderung an. Ich gab ihm ein Zeichen, stillzuhalten. Er schloss den Mund wieder, aber ich konnte sehen, wie aufgebracht er war. Für ihn war Vaters Sorge Heuchelei. Ich wiederum glaubte ihm. „Wir sollten das alles vorerst vergessen und uns dem akuten Problem zuwenden. Larusso."

„Das heißt", setzte Köster wieder an, „Sie wollen mit offenen Augen in eine Falle laufen." Er steckte die Pfeife wieder in den Mund, zog bedächtig daran und legte sich seinen nächsten Satz zurecht. „Larusso wird keinen von ihnen lebend entkommen lassen. Das ist ihnen doch klar?"

„Davon gehe ich aus", bestätigte ich.

„Aber warum wollen Sie sich ihm ohne Rückendeckung ausliefern?"

„Werden Sie die entsprechenden Anweisungen geben? Ja oder nein!" Ich verlieh meiner Stimme den nötigen Nachdruck. Niemand sollte an meinen Absichten zweifelte.

Köster zog erneut und lange an seiner Pfeife. „Es ist Ihr Leben. Es wird alles so laufen, wie es Larusso will. Zufrieden?" Köster wirkte verärgert und besorgt.

Ich bedankte mich und verließ den Raum. Dann zog ich mein Handy aus der Tasche und wählte.

16. April 2013, 12:31

Stefan Carstens war wie der Teufel durch Frankfurt gerast. Er war zweimal geblitzt worden, aber das interessierte ihn nicht. Seine Freunde schwebten in Lebensgefahr und er war die Kavallerie. Martinis Plan war simpel und zugleich genial. Allerdings musste der Killer sich genau so verhalten, wie der Detektiv ihn einschätzte. Und die alten Akten, die sie 2010 ausgegraben hatten, mussten exakte Angaben enthalten. Er schickte ein Stoßgebet zum Himmel und hoffte, dass alles so laufen würde, wie sie es ausgetüftelt hatten. Wenn nicht…

Er mochte nicht darüber nachdenken.

Kommissar Carstens erreichte Sachsenhausen und schoss den Hainerweg hinauf, überfuhr einen Zebrastreifen und handelte sich das wütende Stockfuchtel einer alten Frau ein, die die Straße überqueren wollte.

Eine Minute später erreichte er sein Ziel, parkte am Straßenrand und sprang aus dem Wagen. Schlechte Idee, wie er sofort merkte. Jetzt schmerzten seine Rippen. Das Ziehen war so stark, dass er die linke Hand kurz auf das Autodach legen musste, um sich abzustützen. Er atmete ein paar Mal tief ein und aus. Dann ging er gemäßigten Schrittes zur Haustür.

16. April 2013, 12:59

„Stopp!", brüllte ich. „Bitte! Wir machen alles, was Larusso verlangt."

Die Materialisation meiner dunklen Seite blickte mich hämisch an. „Wir bekommen nicht immer, was wir wollen."

Dann drückte er den Knopf.

Eine Sekunde geschah nichts, bis eine Explosion die Erde erschütterte. Links von uns stieg Rauch auf, Menschen schrien. Till, Dorian und ich waren wie versteinert. Der Rasenmäher und die Heckenschere waren verstummt. Die Gartenidylle zerstört. Fenster der umliegenden Häuser wurden geöffnet, Schaulustige betraten die Straße.

Ich schloss die Augen für eine Sekunde, um die Gefühle, die sich in mir Bahn brechen wollten, zu unterdrücken. Was war in der Gartenanlage geschehen? Waren Menschen verletzt oder zu Tode gekommen? Wenn ja, wie viele? Auf der anderen Seite wollte ich mein Gegenüber schlagen. Ihm für jeden Verletzten oder Toten meine Faust in sein feist grinsendes Gesicht rammen. Gleichzeitig spürte ich, wie Till sich verkrampfte. Ihm ging es genauso.

Ich wurde je aus meiner Konzentration gerissen, als einer der Uniformierten seine Pistole zog und auf den Kopf des Fake-Martinis zielte.

Till hob sofort die Hand. „Waffe weg! Sofort!" Als der Mann nicht reagierte, setzte er hinzu: „Das ist ein Befehl!"

„Sehr klug, Herr Kommissar", sagte mein Doppelgänger spöttisch. Er hob die Stimme: „Ihr dürft Straßensperren errichten. Aber vergesst nie, es gibt fünf weitere Sprengsätze. Wenn ich den Auslöser in meiner Hand loslasse, gehen sie alle hoch!" Er reckte den Arm in die Höhe, um seinen Worten Nachdruck zu verleihen. „Ab jetzt", er deutete auf ein Bluetooth-Headset in seinem Ohr, „bin ich mit dem Meister in direktem Kontakt. Sollte einer von euch Bullensäuen versuchen, mich zu überwältigen, sterben auch die Geiseln." Er tippte auf den Knopf des Kopfhörers. „Ich bin soweit. Martini kommt gleich." Sein Blick wurde für einen Moment glasig, er lauschte dem Meister. „Wo ist die Bullenschlampe, diese Lamprecht?"

Bei Bullenschlampe zuckte Till. Ich konnte sehr gut nachvollziehen, was er jetzt unternehmen wollte, um dem Wahnsinn ein Ende zu bereiten. Stattdessen antwortete er ruhig und besonnen: „In Heidelberg. Sie arbeitet nicht mehr in Frankfurt."

„Habt Ihr es gehört?", eine Pause. „Jawohl. Mache ich, Meister." Er hob erneut die Stimme. „An der Ecke Ziegelhüttenweg Sachsenhäuser

Landwehrweg steht ein weiterer Jünger des Meisters. Er trägt ebenfalls einen Auslöser für die Bomben bei sich. Kommt also nicht auf dumme Gedanken. Jetzt los, Martini. Der Meister wartet nicht gerne."

Sirenen ertönten, wurden lauter. Die Feuerwehr, vermutete ich.

„Wo finde ich ihn?" Er winkte mich heran, beugte sich zu mir herüber und flüsterte in mein Ohr: „Erster Gang rechts, sechste Parzelle auf der rechten Seite."

Da lag der ehemalige Garten von Larussos Eltern. Dort hatte er sie ermordet und seinen eigenen Tod vorgetäuscht. Dort hatte alles begonnen…

ZEIT

Zeit ist so hart und unzerbrechlich wie Stahl, Granit und Beton,
genauso fragil wie Porzellan.
Nur ein Wimpernschlag von uns und sie ist verronnen,
noch eh wir die Augen wieder öffnen.

Anfangs denken wir, wir hätten alle Zeit der Welt.
Später, wenn ein großer Teil unseres Lebens vergangen ist, merken wir wie schnell sie dahin schreitet.

Schneller, als uns recht ist.
Schneller, als wir es erfassen können.
Und einen weiteren Wimpernschlag später sind wir vergangen,
ohne dass die Zeit von uns Notiz genommen hätte.

Alexander Schaub

Kapitel 11

16. April 2013, 13:05

Andrea Lamprecht fuhr mit ihrem Astra den Sachsenhäuser Landwehrweg hinunter. Am Oberen Schafhofweg bog sie rechts ab. Links von ihr lagen die Gartenanlage und der Ziegelhüttenweg, rechts ein Tennisverein. Sie stellte ihren Wagen in einer Rechtskurve ab. Dort war die Fahrbahn breiter und sie behinderte keine anderen Fahrer.

Die Grenze zur Gartenanlage bildete eine hohe Hecke. Sie konnte weder hindurch blicken noch darübersteigen, musste entweder ein Tor oder eine lichtere Stelle in der grünen Mauer finden, um sich hindurch zu quetschen. Sie lief zurück zum Sachsenhäuser Landwehrweg und schlich ganz nah an das Grün gedrückt die Straße zum Ziegelhüttenweg hinunter.

Die Kommissarin versuchte, Ressmann per Handy zu erreichen: Mailbox. Das Gleiche bei Martini und Singer. Ungewöhnlich. Zumindest einer der drei sollte erreichbar sein. Sie dachte einen Moment nach. Da erblickte sie einen Mann an der Abzweigung zum Ziegelhüttenweg. Er versuchte dermaßen unauffällig zu wirken, dass es schon wieder auffällig war. Lamprecht kannte dieses Verhalten von Verdächtigen. Als Polizistin hatte sie dies bereits Hunderte Male gesehen und durchschaut. War dies einer von Larussos Männern? Zwei waren noch übrig. Es war durchaus möglich. Um seinen Hals hing ein schwarzer Kasten mit sechs rot leuchtenden Knöpfen. Was war das?

Sie näherte sich langsam dem Mann, immer in Deckung hinter den Büschen. Als sie noch zehn Meter von der Gestalt entfernt war, duckte sich die Kommissarin und kauerte sich soweit es ging in die Hecke. Sie musste irgendwie herausfinden, ob der Kerl zu Larusso gehörte oder nicht, wollte jedoch kein Risiko eingehen.

Lamprecht zog erneut ihr Telefon aus der Tasche und wählte Carstens Nummer. Nach zweimal klingeln hob er ab. „Wo bist du?"

16. April 2013, 13:07

Ich erreichte die sechste Parzelle. Die Gärten waren lang und schmal angelegt. Auf jedem Grundstück stand eine kleine Hütte, die nicht größer als vierundzwanzig Quadratmeter sein durfte. Der Rest der Fläche musste zu je einem Drittel in Rasen, Zier- und Nutzgarten aufgeteilt sein. So schrieb es der hessische Kleingartenverband vor. Die Besitzer des Gartens, den ich jetzt betrat, schienen sich genau an diese Vorschriften zu halten.

Auf beiden Seiten des Weges wuchs Gemüse. Rechts stand eine Holzhütte, links befand sich ein Brunnen. An das Gebäude grenzte die Wiese. Gegenüber davon Blumenbeete und noch mehr Gemüse. Es wirkte sehr friedlich, bis mein verhasster Erzfeind die Tür des Hauses öffnete und mich angrinste.

„Hallo Tom!“ Gespielt überschwänglich begrüßte er mich, winkte mit der Pistole in seiner rechten Hand. „Schön, dass du kommen konntest.“ Gäbe es einen Nobelpreis für Sarkasmus, er würde ihm gebühren. „Ich freue mich, dich endlich wiederzusehen. Ungestört. Keine Polizei. Keine Freunde. Niemand.“ Er drehte sich um seine eigene Achse, sog die Luft ein und wirkte wie ein Kleingärtner, der sein Werk bewunderte.

„Überspringen wir dein übliches Geplänkel. Lass Mutter und Fleur frei! Du hast mich und um mich ging es dir die ganze Zeit.“

Der Engelmacher begann zu lachen und es wirkte, als käme es von Herzen, sollte er ein solches überhaupt besitzen. „Du nimmst dich zu wichtig. Wie ich dir in Haarlem bereits erklärt habe, wollte ich auch die Holli-Schlampe. Hast du das wieder vergessen? Scheint so.“

Leider hatte er recht. Es war mir entfallen. Er hatte mich als Spürhund missbraucht, damit ich ihn zu Fleur führen konnte, denn sie war ihm ein Dorn im Auge, genau wie ich. „Dann lass wenigstens Mutter gehen“, begann ich zu feilschen.

„Keinesfalls! Sie ist eine Zugabe an die Flammen.“

„An wen?“ Ich hoffte, mich verhört zu haben.

„Ihr werdet wie meine Eltern enden. Auf diesem Grundstück, in dieser Hütte, in den Flammen. Hier, wo alles seinen Lauf nahm. Hier habe ich meine erste große Liebe getötet, die mich nach nur einer Nacht verstieß. Meine Mutter! Was für eine Ironie, dass deine erste große Liebe auch eine Nacht mit mir verbrachte und mich dann ebenfalls zurückwies. Durch sie wurde ich zum Engelmacher. Du erinnerst dich? Aber erst seit Dezember weißt du, dass ich alles von langer Hand vorbereitet hatte.“ Er tippte mit dem Zeigefinger gegen seine Stirn. „Einen Mann mit einem IQ von 154 schlägt man nicht so einfach. Jetzt sind wir am Ende unseres Weges. Eigentlich wollte ich, dass du bis ans Ende deines beschissenen Lebens im Gefängnis verrottest. Jeden Tag solltest du daran erinnert werden, dass du alles gehabt hast, was ich begehrte. Aber diese Käs-Roller-Schlampe hat mir dazwischen gefunkt. Deshalb muss sie mit dir sterben. Ich wollte, dass du mich zu ihr führst. Ich musste meine Rache vollenden. Jetzt hast du deinen Zweck erfüllt und kannst deine Strafe empfangen.“ Er rieb sich die Hände. „Das wird lustig.“

„Das ist nur deine Meinung“, erwiderte ich. Nach Abschluss des Apokalypse-Falls hatte ich mich gewundert, warum ich überlebte. Larusso wollte mich seit 2010 töten. Also warum ließ er sich mir nichts dir nichts diese Chance auf seine Rache entgehen? Unverständlich.

„Ich überlege die ganze Zeit“, setzte er fort. „Soll ich euch alle erschießen und dann verbrennen oder euch lebend den reinigenden Flammen übergeben?“ Er trat wie ein nervöses Kind von einem Fuß auf den anderen. „Ich weiß es nicht. Eine wirklich schwere Entscheidung. Beides verspricht viel Spaß… Kannst du für mich entscheiden?“

„Bestimmt nicht“, antwortete ich ruhig. Zu ruhig.

„Warum bist du überhaupt nicht nervös?“ Er drehte sich erneut um seine Achse. Diesmal musterte er die Umgebung eingehend. Fand aber nichts. „Was hast du vor?“

Ich antwortete nicht.

Er wurde lauter: „Sag es! Was... hast... du... vor?“ Er zielte mit der Waffe auf meinen Kopf.

Als ich immer noch nicht reagierte, ging er zurück in die Hütte. Der Schrei einer jungen Frau erklang. Als er zurückkam, zerrte er Fleur hinter sich her. Sie war gefesselt und lag auf dem Boden. Er schleifte sie an ihrem Haarschopf über den Boden. Sie schrie vor Schmerzen.

„Lass sie!“, rief ich.

„Dann sag mir, was du vorhast! Oder ich jage ihr hier vor deinen Augen eine Kugel in den Bauch, woran sie innerlich verbluten wird. Wäre nicht die erste Frau, die in deinen Armen ihr Leben aushaucht!“ Er lachte herzhaft. Es klang, wie er war: sadistisch, verhöhnend, schadenfroh, unmenschlich. Es war einfach pervers. Vor meinem geistigen Auge sah ich erneut die Szene im Frankfurter Dom. Tränen brannten in meinen Augen. Hätte ich ihn damals einfach erschossen…

Jetzt war es zu spät.

Er holte mich zurück aus meinen Gedanken: „Ich zähle bis zehn, dann töte ich sie." Er richtete die Automatik auf Fleurs Bauch. „Eins!..."

16. April 2013, 13:11

Sie lauschte in den Hörer. „Was für ein Zeichen?", fragte Lamprecht.

Carstens erklärte es ihr.

„Sehr gewagt. Was wenn ein Auto mit Fehlzündung vorbeifährt?", erwiderte sie. „,....ja, habe ich schon lange nicht mehr gehört. Also gut, ich warte." Sie beendete die Verbindung.

Der unauffällige Mann mit dem schwarzen Kasten stand noch an der Straßenecke und sondierte die Umgebung. Die Kommissarin hielt sich in den Büschen, um nicht entdeckt zu werden.

Die Entfernung zu Larussos Jünger – sie war sich ziemlich sicher, dass der Mann zum Gefolge des Engelmachers gehörte – betrug etwa fünf Meter. Wenn Carstens das Zeichen gab, musste sie die Distanz blitzartig überwinden. Sonst würde es schiefgehen. Als vor ein paar Minuten eine Explosion die Gartenanlage erschüttert hatte, war ihr klar geworden, was es mit dem Kasten und den Knöpfen auf sich hatte. Das Licht von einer der Tasten war erloschen. Sollte der Mann die Gelegenheit bekommen, auf einen der anderen zu drücken, würde es einen weiteren lauten Knall geben. Das durfte nicht passieren.

Diese Perfidität übertraf fast das Massaker am Gerichtsmedizinischen Institut von 2010. Gedankenverloren rieb die Kommissarin über die Narbe, die der Engelmacher ihr in dieser Nacht für immer hinterlassen hatte. Sie wäre beinah eines seiner Opfer geworden. Das würde sie nie vergessen und deshalb würde sie eine weitere Explosion verhindern.

Koste es, was es wolle.

16. April 2013, 13:12

„Was ist hier los? Warum unternehmen Sie nichts?"

Einige Kleingärtner waren zum Haupteingang gekommen und riefen nach der Polizei, die vor dem Tor stand, aber nichts unternahm.

Ressmann konnte die aufgebrachten und verwirrten Menschen verstehen. Er wandte sich an den Dark-Martini, wie er den Doppelgänger seines Freundes insgeheim getauft hatte: „Lassen Sie mich bitte mit den Leuten sprechen und ihnen die Situation erklären. Bitte."

„Bleib, wo du bist, Bullenarsch!", herrschte er den Kommissar an. Dann drehte er sich zu dem Menschenpulk und sprach mit lauter Stimme: „Ihr geht alle zurück in eure Gärten. Sofort. Macht, was ihr immer macht. Solltet ihr was Dummes versuchen, werde ich euch alle in die Luft sprengen! Klar?"

Einer der Kleingärtner kam näher. Seine Körperhaltung signalisierte Angriffslust. „Warum sollten wir? Weil Sie es sagen? Wir sind viele und könnten Sie leicht überwältigen. Warum sollten wir das nicht tun?"

Ressmann schätzte den Wortführer auf Ende Fünfzig. Seine Statur war unter normalen Umständen respekteinflößend. Er war groß, muskulös, mit Glatze und stechenden Augen. Der Kommissar musste einschreiten, ansonsten würde die Situation eskalieren. Das konnte den Tod für Martini und die Geiseln zur Folge haben. Mal ganz abgesehen von den fünf Sprengladungen. Er hob die Hand und sagte: „Bitte, folgen Sie den Anweisungen. Wir befinden uns in einer sehr prekären Situation."

„In einer sehr prekären Situation befindet sich gleich Ihr Freund", erwiderte der Glatzkopf und kam näher.

Ressmann setzte alles auf eine Karte. Er ging an Dark-Martini vorbei und stellte sich schützend zwischen ihn und den erregten Mann. „Ich bitte Sie, Herr…?"

„Wiens, Erwin Wiens. Was soll das alles? Und was war das für eine Explosion?"

In der nördlichsten Ecke der Gartenanlage sah der Kommissar Rauch und Flammen. Wer würde da nicht wegrennen wollen, dachte er und hatte völliges Verständnis für die Menschen vor ihm. „Der Mann hinter mir ist ein Verbrecher. Er hat sie und noch drei weitere Personen als Geiseln genommen. Leider können wir nichts dagegen unternehmen." Ressmann erklärte in ruhigem Ton und mit viel Geduld die Lage, in der sie sich alle befanden. Von Sekunde zu Sekunde wurden die Anwesenden blasser. „Deswegen muss ich sie bitten, in ihre Gärten zurückzugehen", schloss er seine Erklärung.

Ein großer Teil der Aggression war aus Wiens' Gesicht gewichen. Sein Körper entspannte sich. Ressmann glaubte, seine Hände leicht zittern zu sehen, aber das konnte eine Täuschung sein. „Ist er ein Terrorist? Ein Selbstmordattentäter?"

„Nein. In dem Fall wäre er auf der Zeil, nicht in einer Gartenanlage. Ich kann Ihnen nicht alle Einzelheiten erklären, aber…" In diesem Moment vibrierte es in Ressmanns Hosentasche. Er ließ sich nichts anmerken und sprach gelassen weiter. „… es wird alles gut werden." Er lächelte Wiens aufmunternd an. „Bitte gehen Sie zurück in ihre Gärten."

Wiens wandte sich um und hob die Arme. „Lasst uns gehen, Leute!" Einige murrten und wollten Dark-Martini immer noch überwältigen, aber Wiens brachte sie alle zur Räson.

Die Kleingärtner zogen ab und Ressmann ging zurück Richtung Tor. „Sehen Sie, so macht man das mit Fingerspitzengefühl. Es ist nicht immer eine Brechstange nötig oder eine Bombe."

„Halts Maul Bullenarsch und verzieh dich zu deinen Kameraden!"

Der Kommissar ließ die Beleidigungen unkommentiert. Das Beste, was er tun konnte. Er ging zu dem Truppentransporter und wollte einsteigen.

„Hey, wo willst du hin Bullenarsch?", rief ihm Dark-Martini hinterher.

„Auf die Toilette. Wollen Sie mitkommen?"

„Nee, ich steh nicht auf Schwuchteln." Er streckte die Zunge heraus.

„Darf ich?", fragte der Kommissar.

„Geh halt!"

Ressmann betrat den Transporter, in dem sich keine Toilette befand, ging bis ganz nach hinten, dann duckte er sich. Er zog eines von Horns alten Klapphandys aus der Hosentasche, das Martini ihm im Präsidium gegeben hatte. Eine SMS. Er öffnete sie: *Warte auf das Zeichen. Stell dich so nah wie möglich neben den falschen Martini. Du musst ihn überwältigen können. Stefan*

Ressmann steckte das Telefon wieder in die Tasche, sprach ein paar Worte mit dem Einsatzleiter des Sonderkommandos und verließ den Transporter.

Draußen wurde er mit einer hämischen Bemerkung begrüßt. „Nervöse Blase! Hast wohl Schiss, Bullenarsch?"

Der Kommissar ging so nah wie möglich an Dark-Martini heran, ohne dass es auffällig wurde. „Kann sein." Er nickte. „Ich hoffe, es dauert nicht all zu lang." Ressmann versuchte zerknirscht zu wirken.

„Kacke, du hast wirklich Muffe." Der Andere lachte ihn aus.

Sehr gut! Er nahm ihm das Theater ab.

16. April 2013, 13:13

„Zwei!“, zählte Larusso weiter. „Was ist Tom, lässt du die Holli-Schlampe sterben so wie Daniela damals?... Drei!“

„Ich habe nichts vor… wirklich.“ Die Anspielung auf Daniela versetzte mir einen Stich. Aber darauf durfte ich nicht eingehen. Ich musste Zeit schinden. War Stefan schon soweit? Der Plan war durch die Bomben noch riskanter geworden. Der kleinste Fehler konnte uns alle das Leben kosten.

„Vier! Muss ich immer wieder betonen, dass ich einen IQ von 154 habe? Ich merke alles, Tom. Was hast du vor? Rede!“ Larussos Augen glühten vor Wut.

Ich musste mir schleunigst eine plausible Geschichte einfallen lassen. „Okay“, lenkte ich ein. „Du hast gewonnen.“

„Wusste ich es doch.“

„Ich bin so ruhig, weil ich nichts zu verlieren habe. Du hast gewonnen, das ist mir klar. Dein überlegener Intellekt hat uns alle besiegt. Ich wollte dich austricksen, aber es hat nicht geklappt.“

„Und wie wolltest du das anstellen?“

„Ich wollte ganz nah an dich heran und dir die Waffe entwinden. Notfalls hätte ich mich für alle anderen geopfert, nur um dich aus dem Verkehr zu ziehen. Das war mein Plan.“

Er blickte mich mitleidig an. „Glaube ich dir nicht. So dumm kannst du nicht sein.“

Ich setzte das ehrlichste Gesicht auf, zu dem ich fähig war. „So war es aber. Durch die Bomben hast du uns in der Hand. Wir können nichts machen, ohne das Leben der Menschen in der Gartenanlage zu riskieren. Das hat meinen Plan zu Nichte gemacht“, was sogar der Wahrheit entsprach. Ich lief langsam auf den Brunnen zu. „Darf ich mich setzen?“

Larusso grinste gönnerhaft. „Aber natürlich.“ Er achtete darauf, genug Abstand zu mir zu halten. Anscheinend glaubte er mir die improvisierte Geschichte. Er zog Fleur an den Haaren zurück zur Tür der Hütte und stand jetzt komplett frei. Kein Baum oder Busch verdeckten ihn.

In dem Moment sah ich für den Bruchteil einer Sekunde einen roten Punkt auf Larussos linker Schulter aufblitzen. Auf der Seite, die den Häuserblocks und dem Ziegelhüttenweg zugewandt war.

Dann krachte der Schuss.

16. April 2013, 13:13

Lamprecht hörte den Schuss, der von den Häuserblocks widerhallte. Das musste das Zeichen sein. Der Mann an der Straßenecke blickte hektisch hin und her. Sein Gesicht war von der Kommissarin abgewandt.

Sie sprang auf, rannte so leise und schnell sie konnte zu ihm hinüber. Als sie etwa zwei Armlängen von ihm entfernt war, drehte er sich in ihre Richtung.

Er brüllte: „Stopp!" Seine Hand näherte sich den roten Knöpfen auf dem schwarzen Kasten. „Ich drücke...", weiter kam er nicht.

Die Faust der Kommissarin traf ihn präzise am Kinn. Er verdrehte die Augen, die Arme wurden schlaff und dann gesellte er sich zu den Ameisen auf die Erde.

Lamprecht nahm den Kasten an sich. Diese Gefahr war gebannt.

16. April 2013, 13:13

Ressmann wusste nicht, welches Zeichen Carstens ihm geben würde. Was würde passieren? Während er versuchte, Dark-Martini abzulenken, waren seine Nerven zum Zerreißen gespannt. Seine linke Seite war dem Sprengmeister zugewandt.

In dem Moment, als der Schuss erklang, automatisierte sich sein Handeln. Larussos Jünger war für eine Sekunde unaufmerksam. Das reichte dem Kommissar. Er griff mit der Linken nach der Hand mit dem Auslöser und presste sie fest zusammen. So war es unmöglich für Dark-Martini, den Totmannschalter loszulassen. Mit der Rechten schlug er ihm direkt auf die Nase. Sofort schoss Blut daraus hervor und Tränen füllten die Augen des Mannes. Mit der freien Hand tastete er nach dem Kasten, aber Ressmann hielt sie wie ein Schraubstock fest umklammert. Er drückte den Mann nach hinten, um ihn aus dem Gleichgewicht zu bringen. Dann trat er ihm sein Standbein weg und Dark-Martini fiel auf den sandigen Boden.

Der Kommissar blickte zu dem Transporter. „Los, jetzt!", brüllte er. Vier SEK-Männer kamen aus dem Wagen gesprungen. Der erste hatte eine Rolle Klebeband dabei. Er umwickelte den Totmannschalter und entwand dem Larusso-Jünger den Kasten. Alle konzentrierten sich auf die Auslöser der Sprengladungen. Keine weitere durfte hoch gehen. Plötzlich, wie aus dem Nichts, hielt Dark-Martini eine Pistole in der Hand.

Ein SEK-Beamter schrie: „Waffe!“

Dann fielen zwei Schüsse…

16. April 2013, kurz zuvor

Carstens klingelte in der obersten Etage des Ziegelhüttenwegs 78. Nach einer gefühlten Ewigkeit wurde ihm und seiner Begleitung geöffnet. Sie rannten die Treppenstufen hinauf. Oben angekommen empfing sie eine alte Dame. Der Kommissar schätze sie auf Mitte Ende Siebzig. Die grauen Haare waren zu einem Dutt zusammengesteckt. Die wachen Augen blickten durch eine dicke Hornbrille. Sie war fast zwei Köpfe kleiner als Carstens, musterte zuerst ihn, danach den zweiten Mann. „Wie kann ich Ihnen helfen?“, fragte sie mit erstaunlich kräftiger, tiefer Stimme.

Carstens zückte seinen Ausweis. „Ich bin Kriminalhauptkommissar Carstens. Würden Sie uns bitte hinein lassen? Wir haben ein wichtiges Anliegen.“ Er wippte von einem Fuß auf den anderen. Die Zeit drängte.

Dem aufmerksamen Blick der Frau entging das nicht. Sie nickte und winkte sie herein. „Kommen Sie.“

Als die Tür ins Schloss gefallen war, fragte Carstens: „Wo ist das Zimmer mit Blick auf die Gartenanlage?“

„Warum?“, kam die irritierte Gegenfrage der Frau.

In dem Moment hörten sie die Explosion.

„Deshalb!“, rief der Kommissar und lief einfach in das Zimmer, das in südwestlicher Richtung lag. Der andere Mann folgte ihm. Im Laufen öffnete er eine große Segeltuchtasche und zog etwas Langes daraus hervor.

Ein Scharfschützengewehr.

16. April 2013, 13:13

Der Schuss zerriss die Stille.

In der selben Sekunde beugte sich Larusso erneut hinunter zu Fleur, um ihr die Waffe in den Bauch zu drücken. Die Kugel, die ihn direkt in den Kopf getroffen hätte, zischte um Haaresbreite an ihm vorbei und schlug in die Erde.

Larusso blickte zu mir, dann in die Richtung aus der der Angriff erfolgt war. „WAS WAR DAS?", brüllte er außer sich vor Zorn.

Ich schaute in den schwarzen, todbringenden Lauf der Pistole. „Das war dein Plan?!"

Spielerisch zog er Fleur nach oben und hielt sie als menschlichen Schutzschild vor sich. Die Hackerin hing wie ein nasser Sack neben Larusso.

Ich setzte alles auf eine Karte, stand auf und ging auf ihn zu. „Töte mich! Aber bitte lass die anderen leben."

„NEIN!", rief er aus und drückte auf das Headset in seinem Ohr. „Lass alle Sprengladungen hoch gehen!", spie er in das Mikrofon. Keine Antwort. „Was ist los!?" Seine Stimme wurde etwas leiser. „Spreng die Schweine in die Luft!" Nichts! Dann dämmerte es ihm. „Ihr habt meine Leute ausgeschaltet. Du hast mich… überlistet."

Larusso vergaß alle Vorsicht, ließ Fleur zu Boden fallen, umfasste mit beiden Händen den Griff der Waffe und krümmte den Zeigefinger am Abzug.

Da sah ich den roten Punkt auf Larussos Schläfe aufblinken. Als der Gewehrknall ertönte, straffte Larusso seinen Rücken und der Punkt rutschte nach unten. Mit einem hässlichen Plopp traf die zweite Kugel Larussos Hals, bahnte sich ihren Weg hindurch und bohrte sich auf der anderen Seite wieder hinaus. In seinem Gesicht las ich Hass und Erstaunen, aber auch Angst. In seinen letzten bewussten Sekunden weiteten sich seine Augen, wurden größer und größer. Sie erinnerten mich an Seen. Und im nächsten Moment hatte ich das Gefühl, in einen Spiegel zu blicken. Aber nicht in einen, der seinen Betrachter zeigt, sondern einen, in dem sich die Vergangenheit manifestiert. Es kam mir vor wie eine Reise zu den Anfängen des Engelmachers. Als würde ich Larussos Film sehen. Den Film, von dem es hieß, dass er im Augenblick des Todes vor einem ablief.

Ich sah alle Opfer, ihre leidenden, Schmerz verzerrten Gesichter.

Karl Mertens, zu Tode gefoltert am Goetheturm. Michael Benz, in seiner Wohnung zu Tode gequält. Die alte Frau Schöpf, erdrosselt. Sara, Tanja, Sophie und Katja, aufgebahrt wie Engel. Daniela, sterbend in meinen Armen. Die vielen Polizisten vom GMI. Die Frau in meinem Bett. Der italienische Kellner. Kaltenbach mit blutgetränktem Anzug. Der Spaziergänger und sein Hund, aufgeschlitzt. Felix Arndt mit aufgeschnittener Bauchdecke, fliegend wie ein Engel. Alle gaben sich ein letztes Stelldichein. Dann verblassten ihre Bilder, lösten sich auf und eine starke Emotion überrollte mich: Erlösung. Es war, als würden sie jetzt alle Ruhe finden. Mit dem Erlöschen von Larussos letztem Lebensfunken lösten sich die Geister der Toten von ihm. Sie durften sich ausruhen, alles hinter sich lassen, in Frieden gehen.

Als das letzte Bild verglomm, schlug der Körper des Engelmachers auf die trockene Erde. Blut pulsierte aus den Wunden am Hals und floss ihm aus Mund und Nase. Er versuchte Luft zu holen, aber alles, was dabei herauskam, war ein blutiges Röcheln, Spucken und Husten. Seine Augen wanderten zu mir, flehten um Hilfe. Ich konnte nicht anders, kniete mich neben ihn und griff seine Hand. In diesem Augenblick erkannte ich, unter all dem verschmierten Blut, Tränen. Tränen, die Larussos Wangen hinunter flossen. Seine Augen hatten nun einen weichen Glanz angenommen. Friedlich erwarteten sie das Kommende, den Tod. Ich drückte seine Hand und brachte sogar ein Lächeln zu Stande. Es war unglaublich, aber ein ganz kleiner Teil der alten Verbundenheit brach unter all dem Hass hervor. Wir lächelten beide für den Wimpernschlag einer Ewigkeit. Dann, mit einem letzten keuchenden Atemzug, erstarrte Larussos Körper und sackte in sich zusammen.

Seine Augen waren gebrochen und leer. Ich löste meine Finger aus der erschlafften Hand.

Josef Larusso, der Engelmacher von Frankfurt, war tot.

16. April 2013, 13:25

Mit zitternden Knien stand ich auf. Larussos lebloser Körper lag vor mir auf der blutroten Erde. Endlos viel Leid hatte er verursacht und trotzdem empfand ich Mitleid. So sehr ich auch versuchte, es zu unterdrücken, es blieb wie eine leise Stimme in meinem Unterbewusstsein, die mir stetig zuflüsterte...

Meine Gedanken kreisen noch um Larusso, als ein Uniformierter außer Atem herangestürzt kam. „Herr Martini! Schnell! Kommen Sie!“, stieß er hektisch hervor. Seine Arme ruderten wie Windmühlenflügel und deuteten zum Ausgang der Gartenanlage.

Ich spürte instinktiv, dass etwas Schlimmes geschehen sein musste. Voll böser Vorahnungen rannte ich los. Erneut durchflutete Adrenalin meinen Körper und peitschte mich voran.

Lauf!, hämmerte es in meinem Kopf, Lauf!

Am Tor stand eine Menschentraube. Als ich näher kam, sah ich zwei Körper am Boden liegen: meinen Doppelgänger und Till!

Ich sprintete die letzten Meter und ließ mich auf den Boden neben meinen Freund fallen. Seine kugelsichere Weste war geöffnet worden, genauso wie sein Hemd. Alles war voller Blut. Eine Kugel war in sein Auge eingedrungen.

„Till!“, schrie ich und berührte sein Gesicht. Es war kalt. „Was ist mit ihm?“, fragte ich die umstehenden Beamten, die unausweichliche Antwort vor Augen. Ich weigerte mich, die Situation zu akzeptieren, sie als real einzustufen. Das musste ein böser Traum sein! Viel leiser fügte ich hinzu: „Wie ist das passiert?“

Thore Seyler trat zu mir, kniete sich neben mich und legte mir seine Hand auf die Schulter. „Es tut mir leid. Wir konnten nichts machen. Das Schwein hatte plötzlich eine Waffe in der Hand und drückte ab. Keiner weiß, woher er die hatte. Er muss Sie im Hosenbund stecken gehabt haben.“

„Aber wie...?“ Meine Stimme brach.

In diesem Moment hörte ich ein markerschütterndes Kreischen, wie von einem tödlich verwundeten Tier.

„NEIIIIIIIIIIIIIIIIIIIIIIIN! Till!“

Verzweiflung und endlose Qualen schwangen in diesen beiden Worten. Andrea kämpfte sich zwischen den umherstehenden Polizisten hindurch und erblickte ihren toten Freund. „Nein, nein, nein!“, stammelte sie immer wieder. Sie bückte sich langsam zu ihm hinunter, legte eine Hand auf Tills Brust, die andere an die unverletzte Seite seines Kopfs. Sie strich zärtlich durch sein Haar, streichelte seine Wange. Dabei fielen dicke Tränen wie Regentropfen auf Tills Körper. Sie setzte sich auf den Boden, zog den leblosen Körper ihres Geliebten an sich und bettete seinen Kopf auf ihre Schulter. Dann wippte sie langsam vor und zurück, streichelte ihn weiter und flüsterte Worte in sein Ohr, die er nie hören würde. Zwischen ihrem Schluchzen vernahm ich immer wieder seinen Namen: „Till...“

Ein Beamter näherte sich Andrea. „Kommen Sie, Frau Lamprecht. Er ist tot. Bitte." Er wollte sie von der Leiche trennen, da traf ihn unvermittelt die Faust der Kommissarin mitten ins Gesicht. Der Getroffene torkelte rückwärts. Blut triefte aus seiner Nase.

„Finger weg!", zischte sie ihn an.

Bevor der Beamte etwas erwidern oder reagieren konnte, hatten ihn zwei seiner Kollegen zur Seite genommen. Ich sah Überraschung und Wut in seinen Augen, die aber sofort Mitleid wichen.

Es war meine Aufgabe, Till aus Andreas Umarmung zu lösen. Alle anderen würden sich ebenfalls eine blutige Nase holen. Ich nahm mich zusammen, sammelte mich für ein paar Sekunden. Der Schmerz meiner besten Freundin überdeckte den meinigen, ließ ihn in den Hintergrund treten, damit ich für sie da sein konnte. Behutsam setzte ich mich neben Andrea auf die Erde.

„Andrea..." Sie blickte mich aus rot unterlaufenen, verquollenen Augen an.

„Er ist tot", presste sie zwischen zwei Atemzügen heraus. Schnodder lief ihr aus der Nase, Spucke aus dem Mund. Aus ihren Augen flossen Ströme von Wasser. Mir ging es nicht besser.

„Er ist tot", wiederholte sie. Ich nahm sie in den Arm, legte meinen Kopf an den ihren und wir weinten gemeinsam.

Seyler kam neben mich. „Wir müssen ihn mitnehmen, Herr Martini." Sein Blick klebte dabei auf Andrea.

Ich nickte. „Andrea", sie wandte den Kopf in meine Richtung. „Lass Till bitte gehen."

„Nein." Ein erneuter Weinkrampf schüttelte sie. Ich umschlang Andrea sanft von hinten, öffnete vorsichtig ihre Hände, die Tills Körper krampfhaft umschlossen und zog meine Freundin langsam weg von ihrem toten Freund. Sie wollte sich aus meiner Umklammerung winden, ihre Hände rangen in der Luft, wollten Till erneut packen, um ihn ein letztes Mal an ihr Herz zu drücken. „Till... nein... Till...!", jammerte sie.

Es war quälend, schlimmer als jede Folter. Ich hatte das Gefühl, eine Hand würde mein Herz zerquetschen und mir aus der Brust reißen. Einige der Polizisten wischten sich unbemerkt eine Träne aus dem Augenwinkel. Sie waren harte Jungs, aber mit einem weichen Kern, wenn es drauf ankam.

Nach einer gefühlten Ewigkeit hatte ich mich aufgerichtet und Andrea mit hochgehievt. Da standen wir: weinend, trauernd.

Eine Hand legte sich auf meine Schulter. Stefan. Auch seine Augen waren wässrig. Von uns dreien hatte er sich am besten im Griff. Dann sah ich Pfarrer Horn. Er schlug ein Kreuzzeichen über Till und kam dann zu uns. Ich überließ Andrea der Obhut des Geistlichen.

Ein Zivilwagen raste mit Blaulicht heran. Als die Türen aufsprangen, stiegen Jay, Carlo und Köster aus. Jay kam zu mir gerannt, warf sich in meine Arme und drückte mich fest an sich. „Wir haben es gerade erfahren. Köster hat nicht gezögert, ist direkt mit uns hergefahren." Sie legte ihre Hände auf meine Wangen und musterte mein Gesicht. „Wie fühlst du dich? Was kann ich für dich tun?"

Tränen waren meine stille Antwort.

16. April 2013, 14:14

Tills Leiche war abtransportiert worden. Andrea und Horn fuhren mit Köster ins Präsidium. Meine Ex-Partnerin hatte sich geweigert, sich eine Beruhigungsspritze geben zu lassen. Momentan wirkte sie, den Umständen entsprechend, gefasst.

Jay, Carlo und ich gingen zurück in den Garten, in dem Mutter und Fleur auf uns warteten.

Larussos Leiche war mit einem Tuch bedeckt. Nun war er wirklich tot. Er würde nicht wieder auferstehen. Kein Jünger konnte ihn mehr retten. Er war endgültig aus meinem Leben verschwunden. Trotz allem war ich versucht, seinen Körper vorsichtig mit dem Fuß anzutippen, um sicher zu sein, dass er sich wirklich nicht mehr bewegte. Unterließ es aber.

Ich stand auf der Wiese und blickte in den Himmel. So viele Gedanken, die mich umtrieben. Meine Mutter kam zu mir, berührte meinen Arm und verscheuchte den Gedankenwirbel aus meinem Kopf.

„Wie geht es dir?", fragte sie mit belegter Stimme.

Eine gute Frage. Ich fühlte mich auf der einen Seite erleichtert, frei, als wäre ich endlich aus einem bösen Traum erwacht. Andererseits war mein Herz schwer, fast so wie nach Danielas Tod. Ich blickte zu ihr herab und drückte sie an mich. „So schlimm, mein Sohn?"

Ich schüttelte den Kopf. „Nein und ja. Ich kann wieder Luft holen, ohne Angst zu haben, es könnte mein letzter Atemzug sein." Um meine Aussage zu unterstreichen, holte ich tief Luft und blies sie wieder aus.

„Die vergangenen drei Jahre fühlte ich mich wie Atlas, nur ohne die Weltkugel. Alle, die mir am Herzen liegen, schwebten in Lebensgefahr. Und Till konnte ich nicht retten." Ich lachte und weinte gleichzeitig. Heraus kam ein Husten, das mir die Luft aus den Lungen trieb.

„Das wird wieder, Thomas." Mutter kniff mir in die Wange. Wie damals, als ich noch ein Kind war. „Es wird noch eine Weile schmerzen, aber dann wird es besser. Glaub mir, mein Sohn." Niemand würde annehmen, dass sie vor einer Stunde noch in der Gewalt eines Verbrechers war. Das alles schien vergessen. Sie war einfach für mich da.

„Wie geht es dir?", fragte ich.

Sie grinste ein wenig und die Lachfältchen um ihre Augen vertieften sich. „Ich bin in Ordnung. Du weißt doch: Es kommt, wie es kommt." Das war ihr Lieblingsspruch, der so viel Wahrheit enthielt.

Jay kam zu uns. „Sind Sie in Ordnung, Frau Martini?"

Mutter nickte. „Ja, Kleines. Du brauchst dir keine Sorgen zu machen." Sie löste sich von mir und strich jetzt Jay über die Wange. „Ich überlasse ihn dir. Dich nimmt er bestimmt lieber in den Arm als seine alte Mutter." Sie beugte sich zu meiner Freundin. „Pass gut auf ihn auf!" Dann wanderte ihr Blick zu Carlo. Er hatte die Szene mit gebührendem Abstand verfolgt. „Ich gehe mal zu ihm." Sie deutete auf Vater.

„Ob die beiden sich wieder berappeln?", frage Jay, als Mutter außer Hörweite war.

„Vielleicht. Schwer zu sagen. Kommt darauf an, wie Carlo es angeht. Mutter scheint bereit, ihm eine letzte Chance zu geben." Ich wiegte den Kopf hin und her. „Warten wir's ab. Heute mussten wir erfahren, wie schnell alles vorbei sein kann." Ich wischte mir verstohlen über die Augen.

Jay zog meinen Kopf zu sich herunter und küsste mich liebevoll auf die Lippen. „Ich bin so froh, dass dir nichts passiert ist." Dann drückte sie sich fest an mich. „Wenn das hier alles vorbei ist, will ich Urlaub mit dir machen. Nur wir, ohne Polizei, ohne Verbrecher."

16. April 2013, 15:15, Polizeipräsidium Adickesallee

Kriminalrat Rohoff stand vor der versammelten Mannschaft. Wie üblich wippte er beim Sprechen vor und zurück. Seine Nase, die er Graf Zahl aus der Muppet Show gestohlen hatte, zerschnitt dabei die Luft wie eine Sichel. Der Kriminalrat hatte die Besprechung in einen der Konferenzräume verlegt, da Kösters Büro zu klein gewesen wäre. Das komplette K11 war anwesend: Köster, Stefan, Marco, sowie der Leiter des SEK, der hochgewachsene, stiernackige Mittvierziger Thore Seyler, Dorian Singer, Pfarrer Horn und natürlich ich. Andrea hatte auf der Fahrt ins Präsidium einen Zusammenbruch erlitten, sodass Köster sie ins Krankenhaus fahren musste.

Ich dachte an Till und Felix Arndt. Sie fehlten mir, obgleich ich Arndt nicht so gut gekannt hatte wie Till. Es waren unwahrscheinlich viele Opfer zu beklagen, doch die, die einem nahestanden, zählten zu den schlimmsten Verlusten.

„Als erstes möchte ich mein tiefstes Bedauern und meine Anteilnahme ausdrücken für die Kollegen und Freunde, die wir verloren haben." Rohoff schwieg eine volle Minute, in der keiner ein Wort sagte. Man hätte eine Stecknadel fallen hören können.

Ein Räuspern ließ die Stille zerplatzen wie eine Nadel einen Luftballon. „Trotz aller Trauer müssen wir über einige Dinge sprechen. So leid es mir tut." Der Kriminalrat schlug die Augen eine Sekunde nieder, dann fuhr er fort. „Sie kennen alle das Prinzip ‚Zuckerbrot und Peitsche'", leitete Rohoff die Sitzung ein. Einhelliges Nicken war die nonverbale Antwort des Auditoriums. „Sehr gut. Beginnen wir mit dem Zuckerbrot: Herzlichen Glückwunsch an Sie alle. Sie haben einen der gefährlichsten, bösartigsten und grauenhaftesten Serienmörder, den Frankfurt je gesehen hat, aus dem Verkehr gezogen. Darüber bin nicht nur ich froh, sondern die ganze Stadt. Danke. Alle Anwesenden haben ihren Job mehr als gut erledigt." Er ließ seinen Blick durch den Raum schweifen, blieb aber für mein Gefühl etwas zu lange an Horn haften. „Alle anderen damit verbundenen Maßnahmen und Folgen besprechen wir separat. Die letzten beiden Jünger Larussos sitzen in U-Haft. Herr Zauner, den Frau Lamprecht zur Strecke gebracht hat, war sehr kooperativ und hat uns die Standorte der fünf verbliebenen Sprengladungen genannt. Im Gegenzug hat der Staatsanwalt einen Deal mit ihm ausgehandelt. Herr Heppe leistet ihm Gesellschaft. Über Herrn Weidmann, den Doppelgänger von Herrn Martini, werde ich kein weiteres Wort verlieren. Allerdings muss ich trotzdem ein Thema ansprechen, welches ich nicht ignorieren kann." Jetzt wandte er sich direkt an Horn. „Sie sind kein Polizist oder Mitarbeiter der Staatsgewalt. Sie sind eine Privatperson, haben aber einen Menschen ohne Notwehr erschossen. Das ist eine Aufgabe für den Staatsanwalt." Er legte eine Kunstpause ein. „Ich persönlich würde Ihnen vielleicht danken, aber in meiner Funktion als Kriminalrat kann ich Ihr Handeln nicht billigen. Wer von Ihnen hat Herrn Horn dazu ermutigt?“

Für zwei volle Sekunden herrschte Grabesstille im Raum. Keiner sagte ein Wort. Als ich gerade aufstehen wollte, um alle Schuld auf mich zu nehmen, öffnete sich die Tür. Alle Augen wandten sich dem Neuankömmling zu. Schmidt vom BND stand im Eingang des Raums. „Das kann ich Ihnen erklären, Herr Kriminalrat“, brach er das Schweigen. „Ich habe Herrn Horn beauftragt.“

„Wie bitte?“ Rohoff war anzumerken, dass er dem Agenten nicht glaubte.

„Herr Horn hat im Auftrag des BND agiert“, bestätigte Schmidt.

Rohoff lächelte selten, jetzt tat er es, was ihn Graf Zahl noch mehr ähneln ließ. „Als Sie letzten Dezember hier aufgetaucht sind und – lassen Sie es mich salopp formulieren – meine Beamten aufgemischt haben, musste ich Sie gewähren lassen. Herr Horn war früher für Sie im Ausland tätig, was im Zuständigkeitsbereich des BND liegt. Aber heute haben wir es mit einem eindeutigen innerdeutschen Einsatz zu tun. Das liegt komplett außerhalb Ihres Wirkradius‘. Können Sie mir bitte erklären, wie ich das dem Staatsanwalt erklären soll?“

„Gerne, Herr Kriminalrat“, entgegnete Schmidt mit einem Haifischlächeln. „Uns liegen Erkenntnisse vor, dass Josef Larusso Kontakte zu einer Terrorzelle im Iran hatte. Er hat seine sogenannten Jünger für Attentate ausgebildet. Deshalb auch die Selbstmorde von Ernst Mielke und Harald Kieser, jenem Mann, der Frau de Groot entführte. Dazu zählen auch: der Anschlag im Riederwald auf die Kriminalhauptkommissare Ressmann und Carstens sowie der Amoklauf in dem Kaufhaus.“

Im Verlauf von Schmidts Rede hatten sich Rohoffs Lippen zu einem dünnen, blutleeren Strich verengt. „Sie wollen allen Ernstes behaupten, alles was in den letzten drei Tagen passiert ist, hat einen terroristischen Hintergrund? Selbst wenn ich Ihnen das abkaufe, hat der BND trotzdem nicht das Recht, einen Einsatz im Inland anzuordnen.“

Schmidt nickte bedächtig. „Da haben Sie völlig recht. Leider haben wir unsere Hinweise bezüglich des terroristischen Hintergrunds erst heute erhalten. Da schnelles Handeln erforderlich war, habe ich mit dem Verfassungsschutz telefoniert und grünes Licht bekommen, Josef Larusso auszuschalten. Herr Horn hat also für die Sicherheit unseres Landes gesorgt.“

„Haben Sie so viel Einfluss, Herr Schmidt?“ Rohoff misstraute dem Agenten zutiefst, das war offenkundig. Ich hätte Schmidt die Geschichte an Rohoffs Stelle auch nicht abgekauft.

„Ich nicht, aber General a. D. Karl-Josef Bülow. Er hat an den entsprechenden Strippen gezogen, somit konnten wir die Gefahr, die von Larusso und seinen Leuten ausging, schnellstmöglich eliminieren.“

„Na gut.“ Rohoff nickte, obwohl er nicht zufrieden war. „Ich werde das bei den zuständigen Organen überprüfen.“

„Ich bitte darum“, antwortete Schmidt und setzte sich auf einen der freien Stühle.

Als ich ihn anblickte, nickte er mir unmerklich zu und schmunzelte. Er hatte sein Versprechen wahrgemacht und mir geholfen. Rohoff wäre bestimmt außer sich gewesen, wenn er gewusst hätte, dass Horn von Stefan in meinem Auftrag als Rückendeckung angeheuert worden war.

16. April 2013, 17:15, Polizeipräsidium Adickesallee

Die Besprechung war zu Ende. Rohoff war zusammen mit Köster gegangen. Der SEK-Leiter Thore Seyler hatte sich verabschiedet, er musste zu einem Einsatz in Hanau. Ich blieb mit den anderen im Konferenzraum zurück.

Stefan kam zu mir und legte seinen Arm um mich. „Fuck Mann! Wir sind den Arsch los, haben aber einen Freund verloren.“

Schmidt stand hinter meinen Freunden und blickte mich schweigend an. Ich ging zu ihm und streckte ihm meine Hand entgegen. „Danke.“

„Für was?“, fragte der Agent.

„Für alles. Sie haben uns in Bad Homburg den Arsch gerettet. Und eben beim Kriminalrat erneut.“ Alle nickten beifällig. „Herr Horn hätte eine Anklage am Hals und Stefan ein Disziplinarverfahren.“

„Gern geschehen“, erwiderte Schmidt, ganz der coole Man in Black, als den wir ihn kennengelernt hatten. „Ihren Kollegen konnte ich leider nicht vor der Sense des Schnitters bewahren.“

„Das hat keiner erwartet und es schmälert nicht, was sie alles vollbracht haben.“ Ich hätte ihn zum Dank gerne umarmt, aber das wäre mehr als fehl am Platz gewesen. Deshalb fragte ich: „Haben Sie wirklich einen Tipp bekommen? Ich meine die Terror-Sache?“

Jetzt grinste er. „Was glauben Sie?“

Die Antwort lag auf der Hand. „Sie haben gelogen."

„Das ist nicht ganz richtig. Ich habe die Wahrheit assimiliert", entgegnete der Agent.

„Hat Bülow wirklich mit dem Verfassungsschutz gesprochen?"

Schmidt nickte. „Bülow hat seine Beziehungen spielen lassen. Der Verfassungsschutz steht hinter der Aktion. Sie, Herr Horn", nun blickte er den Pfarrer an, „arbeiteten heute offiziell für den innerdeutschen Geheimdienst. Rohoff hatte recht, als er sagte, ich hätte innerhalb Deutschlands keine Befugnisse. Deshalb konnte ich Sie nicht decken. Übrigens war das sehr riskant, Herr Martini. Aber Ihr Team arbeitet sehr gut zusammen. Man merkt, dass Sie sich lange kennen. Dass alle auf den Schuss reagiert haben. Meine Hochachtung." Dann wurde sein Gesichtsausdruck unergründlich. „Könnte ich bitte mit Ihnen alleine sprechen?" Er blickte mich scharf an.

„Wir anderen müssen sowieso die Formalitäten erledigen", erklärte Stefen. Er und Marco räumten das Feld.

Horn legte mir die Hand auf den Arm. „Ich werde kurz bei Ihren Eltern vorbei sehen. Sollten Sie wieder einmal geistlichen Beistand benötigen oder ein Auge, das über Sie wacht, Sie wissen ja, wo Sie mich finden. Oder wenn Sie einfach nur jemanden zum Reden brauchen." Er gab Schmidt die Hand und wollte den Raum verlassen.

„Herr Horn..." Ich hielt ihn zurück. „Können Sie die Trauermesse für Till halten?"

„Natürlich Herr Martini. Ich setze mich mit seiner Familie in Kontakt und frage, ob sie einverstanden sind." Dann ließ er uns allein.

Nur Dorian war zurückgeblieben. Ich blickte Schmidt fragend an. „Herr Singer kann bleiben." Ich war überrascht. „Sie erinnern sich an unser Gespräch in Haarlem?"

„Sie meinen, dass der BND zweigeteilt ist in der Frage, ob man Kinder zu Killern ausbilden soll?" Die Geschichte erregte mich immer wieder von Neuem, sobald ich darüber nachdachte. Kinder waren für mich ein No Go. Unantastbar.

„Genau das", bestätigte der Agent. „Wie Sie gerade erwähnt haben, ist sich der BND bei diesem Thema – das es offiziell überhaupt nicht gibt –uneins. Wir wollten Sie nur noch mal darauf hinweisen, niemandem gegenüber auch nur ein Wort darüber zu verlieren."

„Wir?", echote ich und sah Dorian an. Mein Freund schwieg.

„Herr Singer ist gegen die Rekrutierung von Kindern."

„Du bist doch beim LKA?", wandte ich mich an Dorian.

„Ich arbeite inoffiziell für den BND. Der BND ist vor Jahren an mich herangetreten und hat mich angeworben. Damals kannten wir uns noch nicht."

„Weiß ich." Ich nickte und war leicht ungehalten. Warum, wusste ich selbst nicht recht. Vielleicht weil er mich nicht eingeweiht hatte. Gekränkte Eitelkeit würde Jay wahrscheinlich analysieren.

„Um auch innerhalb Deutschlands einen gewissen, sagen wir, Handlungsspielraum zu haben, wurden in verschiedenen Städten Beamte angeheuert, die insgeheim für den BND arbeiten", erklärte Dorian.

Ich ließ die Information einen Moment sacken. „Könnte es sein, dass du Bülow nicht vom Karate-Training, sondern durch deine BND-Tätigkeit kennst? Und könnte es auch sein, dass das Attentat auf Bülow mit seinen BND-Aufgaben in Zusammenhang steht?"

Schmidt und Dorian tauschten einen raschen Blick, bevor der Agent mich in alles einweihte. „Sie haben mit allem recht. Bülow ist der Kopf der Gruppe, die gegen die Kinder-Rekrutierung ist. Und..."

Ich unterbrach Schmidt mit einer Handbewegung: „Wollen wir die Unterhaltung nicht an einem weniger stark frequentierten Ort fortsetzen? Wie wäre es bei mir zu Hause?"

Beide stimmten zu und wir verließen das Präsidium mit Ziel Martinskirchstraße.

16. April 2013, 18:49

An meinem Esstisch erzählten Schmidt und Dorian abwechselnd.

Die andere Fraktion, so nannten sie im Verlauf des Gesprächs die Gruppe, die für den Einsatz von Kindern war, hatte einen Scharfschützen engagiert: Günter Laux. Der Name des Mannes, von dem ich damals glaubte, ihn erschossen zu haben, war Andreas Lechner. Das Attentat auf Bülow war somit doppelt abgesichert. Lechner sollte Bülow erschießen und Laux war sozusagen das Backup. „Warum Laux Lechner erschossen hat, können wir nur vermuten. Dazu fehlen uns die Hintergrundinformationen", sagte Schmidt.

„Ich vermute, dass niemand mit dir gerechnet hatte. Vielleicht hatte Laux den Auftrag, Lechner auszuschalten, im Falle seines Scheiterns. Wie auch immer, Bülow sollte in jedem Fall eliminiert werden", resümierte Dorian.

„Das macht Sinn. Aber bist du nur wegen mir nach Frankfurt gekommen? Um mir zu helfen? Oder war da mehr im Spiel?“, fragte ich meinen Freund.

Er schüttelte langsam den Kopf. „Bülow hat mich beauftragt, nach Frankfurt zu fahren, um Larusso festzunehmen. Er sollte in unsere Obhut überstellt werden, damit wir ihn studieren können. Das war meine Aufgabe. Herr Schmidt sollte mir assistieren. Bülow zog die Strippen im Hintergrund und wurde von mir die ganze Zeit auf dem Laufenden gehalten. Aber in erster Linie habe ich mir Urlaub genommen, um bei den Ermittlungen zu helfen und deine Unschuld zu beweisen.“

„Danke!“ Ich blickte Dorian an und in diesem Moment wurde mir bewusst, welch wundervolle Freunde ich hatte. Ich fühlte mich glücklich. Allerdings waren nicht alle Fragen geklärt. „Wie habt ihr euch das mit Larusso vorgestellt? Er wäre in U-Haft gekommen und von der Frankfurter Anwaltschaft angeklagt und vor Gericht gestellt worden.“

Schmidt grinste. „Bülow hatte seinen Kontakt zum Verfassungsschutz bereits instruiert. Die Frankfurter Behörden hätten vom Geheimdienst einen Auslieferungsbefehl bekommen mit der Begründung, Herr Larusso stehe in Verdacht, in terroristische Aktivitäten verwickelt zu sein.“

„Die Geschichte haben Sie sich doch nicht aus den Fingern gesaugt. Das war von vornherein geplant“, platzte es aus mir heraus. „Dadurch dass Horn Larusso erschossen hat, wurde alles ein wenig geändert. Aber alles war immer so geplant gewesen.“

„Richtig, Herr Martini. Wie ich bereits bemerkte, ich habe die Wahrheit assimiliert. Larusso wäre nie vor einen Richter gekommen. Er wäre in eine unserer Einrichtungen gereist.“

„Bülow muss wirklich sehr mächtig sein“, flüsterte ich nachdenklich vor mich hin.

Der Agent nickte. „Wie ich schon sagte, jeder ist ersetzbar. Nur Bülow nicht. Es gibt niemanden, der so viele behördenübergreifende Kontakte hat. Und alle sind ihm irgendwie verpflichtet.“

„Aber das führte die Aktion mit dem USB-Stick im letzten Dezember ad absurdum“, hakte ich nach. „Warum hat Bülow mir die Akten über Horn beschafft? Damit Sie sie mir wieder abnehmen können? Das macht keinen Sinn.“

„Das stimmt nicht ganz. Wie gesagt, ich gehöre nicht zu Bülows Organisation, ich sympathisiere mit ihr. Außerdem kannte ich Bülow bis dahin nicht persönlich. Wahrscheinlich wusste er nicht einmal, dass es mich gibt. Sie können mir glauben, dass ich darüber alles andere als glücklich war. Deshalb musste ich einschreiten."

„Aber dann war Bülows Handeln gegen die Interessen des BND. Gegen Ihre. Trotzdem unterstützen Sie ihn?"

Schmidt wiegte den Kopf. „Der General hat schon immer sein eigenes Süppchen gekocht. Wahrscheinlich ein weiterer Grund, warum ihn viele Leute aus dem Weg haben wollen. Und erinnern Sie sich: Die wirklich kompromittierenden Dokumente hat er Ihnen nicht ausgehändigt. Er hat sie aus der Akte gelöscht. Das wusste ich aber nicht. Deshalb bin ich mit solcher Härte gegen Sie vorgegangen. Außerdem war ich, verzeihen Sie mir den Ausdruck, angepisst, weil man mich übergangen hat. Aber so ist Bülow nun mal. Ich unterstütze den General, weil ich nicht will, dass die andere Fraktion die Oberhand gewinnt." Für ein paar Sekunden herrschte Schweigen. „Mit Larussos Tod ist das Projekt erst einmal gestorben. Es gibt im Moment keinen Serienmörder, der als *Ausbilder* fungieren könnte."

„Zum Glück", sagte ich, stand auf und blickte aus dem Fenster auf die Straße hinunter. Die Spaziergänger da unten waren ahnungslos, wussten nichts von dem, was unsere Geheimdienste planten und eigentlich wäre mir Unwissenheit auch lieber gewesen.

„Ich habe die Nase voll von Mord und Totschlag!", kam es mir wie automatisch über die Lippen. „Ich brauche Urlaub und Abstand von dem ganzen Mist."

16. April 2013, 20:14

Dorian und Schmidt waren gegangen, aber nicht, ohne mich noch ein weiteres Mal ausdrücklich darauf hinzuweisen, Verschwiegenheit zu bewahren.

Ich versuchte Jay anzurufen. Zuletzt hatte ich sie in Sachsenhausen gesehen. Während ich ins Präsidium zur Besprechung mit Rohoff gefahren war, wollte sie etwas erledigen.

Sie nahm meinen Anruf nach dem ersten Klingeln entgegen. „Wo bist du, Schatz?", fragte ich.

„Gleich bei dir. Ich bring einen Gast mit." In diesem Moment läutete es an der Haustür.

Ich legte auf und ließ Jay herein. In ihrem Schlepptau, Fleur. „Wo kommst du her?"

„Ich war in die Krankehaus, zusamme mit dein Freundin."

„Hast du Fleur Beistand geleistet?"

„Habe ich. Sie ist okay und braucht keine psychologische Betreuung." Sie wandte sich an Fleur. „Aber denk daran, solltest du dich schlecht fühlen oder sonstige Beschwerden bekommen, wende dich an einen Psychologen. Am besten einen Trauma-Experten. Das solltest du nicht auf die leichte Schulter nehmen."

Jay kam zu mir drückte sich an mich. „Ist es dir recht, wenn Fleur hier übernachtet und erst morgen zurück nach Haarlem fährt?"

„Warum nicht! Wenn es dir nichts ausmacht?"

„Hätte ich es sonst vorgeschlagen?" Sie drehte sich zu Fleur. „Ich beziehe dir die Couch im Arbeitszimmer."

„Danke. Und danke, dass ich hier bleibe darf. Ich bin sehr fertig und moe, ich meine müde. Morge nach dem Frühstück fahr ich mit die Zug zurück", erwiderte die Hackerin.

Jay bereitete das Bett für Fleur, die völlig erschlagen wirkte. Nach einer Brotzeit verabschiedete sie sich und ging schlafen.

Nachdem Jay und ich den Tisch abgeräumt hatten, setzten wir uns auf die Couch. „Wie geht es dir jetzt?", fragte Jay.

„Ganz ehrlich? Ich weiß es nicht. Die Trauer um Till bringt mich fast um. Die Sorge um Andrea ebenfalls. Unser Sieg über Larusso ist so gut wie bedeutungslos geworden. Er ist zu teuer erkauft." Ich blickte zu Boden.

„Wie kann ich dir helfen?"

„Keine Ahnung, ich will nur noch schlafen und das alles vergessen."

„Das wird nicht klappen. Du wirst dich früher oder später mit deiner Trauer auseinandersetzen müssen." Jays Stimme hatte einen sehr weichen und warmen Klang angenommen.

„Ich weiß", antwortete ich nachdenklich, stand auf und ging ins Schlafzimmer. Ich blieb lange im Türrahmen stehen und starrte auf das Bett. Jay kam, drückte sich von hinten an mich und fragte: „Warum gehst du nicht weiter?"

„Ich…" Meine Stimme war brüchig. Ich schluckte, räusperte mich. „Ich weiß nicht, ob ich weiterhin in einem Bett schlafen kann, in dem eine Frau ermordet wurde. Ich lag dort mehrere Stunden mit einer Leiche." Meine Stimme brach. Ich sah wieder das viele Blut, die starren, aufgerissenen Augen der Frau. „Ich kann hier nicht schlafen."

Jay drehte mich um und sah mich von unten an. „Das musst du nicht. Wir kaufen ein neues Bett. Bis dahin schlafen wir auf der Couch.“ Ich nickte wortlos. Als ich nichts erwiderte, sprach sie weiter. „Reicht dir ein neues Bett?“ Ich schüttelte den Kopf. „Du willst gar nicht mehr hier wohnen?“

„Ich kann hier nicht bleiben. Eine Wohnung, in der ein Mensch auf so brutale Weise sein Leben verloren hat… Das geht nicht… Gerade erst habe ich Danielas Dämon besiegt, jetzt scheint ein neuer von mir Besitz zu ergreifen. Oh Gott.“ Ich sank im Türrahmen zu Boden, die Hände vor das Gesicht gepresst. Jay nahm mich in den Arm und tröstete mich.

Meine Gefühle detonierten wie eine Bombe. Die Last der letzten drei Tage entlud sich in einer mächtigen Explosion. Erst jetzt spürte ich den Schock über das Blutbad in meinem Zuhause. Die Trauer um Till. Freunde, die sich als Feinde entpuppt hatten. All das brach über mich herein.

Aber ein Gedanke war glasklar: Hier konnte ich nicht mehr wohnen, um keinen Preis der Welt.

Fleur war am nächsten Morgen noch vor dem Frühstück verschwunden, aber ich hatte das Gefühl sie irgendwann wiederzusehen.

No more nightmares, I've seen them all

Queensryche – I Don’t Believe In Love

Epilog

Mitte April bis Ende August 2013

Mitte April
Eine Woche nach dem Abschluss des Engelmacherfalls wurde Till beigesetzt. Die Trauerfeier war für uns alle eine emotionale Zerreißprobe, der schlimmste Tag in unserem bisherigen Leben. Tills Eltern, die Andrea schon als ihre zukünftige Schwiegertochter gesehen hatten, waren so gut wie nicht ansprechbar. Die Trauer um ihren ältesten Sohn hatte sie um Jahre altern lassen. Damian, Tills jüngerer Bruder, stützte seine Eltern auf dem Weg in die Trauerhalle des Frankfurter Hauptfriedhofs. Ich lief neben Andrea, die meinen Arm die ganze Zeit über nicht loslassen wollte. So niedergeschlagen und seelisch zerrüttet hatte ich sie in meinem ganzen Leben noch nicht erlebt. Es war nichts übrig von der taffen, leicht raubeinigen Frau, die ich kannte.

In den darauf folgenden Wochen standen wir alle in intensivem Kontakt zu Andrea, um ihr beim Bewältigen ihrer Trauer zu helfen. Sie hatte es am schwersten getroffen.

Sie sollte erst Anfang Juni ihren Dienst wieder aufnehmen, aber dann direkt in Frankfurt. Nach dem Tod von zweien seiner Leute hatte Köster leichtes Spiel gehabt, seine beste Ermittlerin zurück in seine Obhut versetzen zu lassen.

Ende April
Der Engelmacher war endgültig tot und diesmal für alle Zeiten. Die Zeitungen überschlugen sich mit Spekulationen über seine Kindheit, sein Leben und der Beziehung zu mir. Von morgens bis abends mutmaßten Psychologen auf allen Fernsehsendern, was ihn zu seinen Taten getrieben haben könnte. Wie es möglich war, dass ihm Menschen folgten wie einem Messias. Mehrere Intendanten fragten Jay, ob sie in einer ihrer Sendungen auftreten wolle. Meine Freundin lehnte dankend ab. Sie wollte den Hype um einen Serienkiller nicht noch anfeuern. Carlo und Mutter wurden auch belästigt. Mutter weil sie Augenzeugin durch ihre Entführung geworden war und Carlo wegen meinem Halbbruder. Beide verweigerten der Presse jedweden Kommentar, was gut war.

Ein eifriger Anwohner des Ziegelhüttenwegs hatte mit einem Teleobjektiv Bilder von Larusso und mir in der Gartenanlage gemacht. Eines davon zeigte, wie Larusso Fleur die Waffe in den Bauch drückte und mich anschrie. Ich konnte mich lebhaft an die Situation erinnern. Jedes Mal überkam mich erneut eine Gänsehaut. Dieses Bild wurde am häufigsten von den Zeitungen abgedruckt. Sowie eines, das den Tod Larussos zeigte. Der Fotograf hatte zufällig im selben Moment abgedrückt wie Horn. Das erste Bild war auf den Titelseiten, das zweite zumeist in den dazugehörigen Artikel eingebettet. Nur ein Boulevard-Blatt zeigte das Todesfoto auf dem Cover. Weder mich noch meine Freunde überraschte das.

Mein Telefon stand nicht mehr still. Anfangs waren es Reporter, die allesamt ein Exklusivinterview haben wollten. Darunter war auch eine sehr penetrante junge Journalistin vom Frankfurter Kurier. Nach ein paar Wochen waren es Klienten, die mich beauftragen wollten. Und nur mich. Ich fühlte mich geschmeichelt, aber auch überfordert.

Mitte Mai
erfuhr ich von Vater, dass er und Mutter sich einmal pro Woche zum Kaffeetrinken treffen würden. Er hoffte auf mehr. Ich gönnte es ihm. Vielleicht hatte ich irgendwann wieder eine komplette Familie.

Ende Mai
rief mich der Chef einer weltweit operierenden Sicherheitsfirma an und offerierte mir einen Job. Das Gehalt war verlockend hoch, aber ich lehnte ab. „Sollten Sie es sich je anders überlegen, meine Tür steht Ihnen immer offen“, hatte er zum Abschluss unseres Gesprächs gesagt. Ich bedankte mich und versprach mich zu melden, sollte ich meine Detektei eines Tages schließen.

Mitte Juni
Jay und ich genehmigten uns einen ausgedehnten Urlaub in den Bergen. Weit ab von all dem Trubel und der Aufregung. Wir gönnten uns einen Wellness-Urlaub im Kleinwalsertal mit exzellenter Küche und einem schönen, beruhigenden Panoramablick.

Am achten Juni, wir saßen beim Dessert unseres Drei-Gänge-Menüs, biss Jay auf einen harten Gegenstand. Sie zog ihn aus dem Mund und zum Vorschein kam ein Ring. Als sie erkannte, was sie in Händen hielt, sah sie mich mit großen Augen an und schwieg.

Ich stand auf, kniete mich unter den neugierigen Blicken der anderen Gäste vor ihr auf den Boden und fragte: „Jasmina von Linde, möchtest du meine Frau werden?“

Ihre Augen wurden groß und feucht. Dann nickte sie und mit tränenerstickter Stimme antwortete sie: „Ja natürlich, du verrückter Kerl."

Anfang Juli
Jay und ich fanden ein Haus, das uns gefiel. Da wir schon länger planten, zusammenzuziehen, kam meine Entscheidung, die Wohnung in Schwanheim aufzugeben, zur rechten Zeit. Ich kündigte den Mietvertrag und Ende August, an den heißesten Tagen des Jahres, zogen wir nach Hattersheim Okriftel um.

Samstag, 07. September 2013, Okriftel

Das zweistöckige Haus befand sich im Sterntalerweg. Es war von einem kleinen Garten und einer hohen Hecke, die neugierige Blicke fernhielt, umgeben. Die Hecke garantierte ungestörtes Sonnenbaden oder wie heute, geselliges Beisammensein.

Wir hatten all unsere Freunde eingeladen. Es war ein Helferfest, da sie uns bei unserem Umzug unterstützt hatten. Es waren: Stefan Carstens und Silvia Veith, Cornelia Sander und Dorian Singer, Marco Bergmann, meine Eltern und Pfarrer Christopher Horn. Andrea Lamprecht war nicht gekommen, obwohl sie bei unserem Umzug geholfen hatte. Die Trauer um Till hielt sie fern. Es war ihr noch nicht möglich, Freude zu empfinden und andere Menschen glücklich zu sehen.

Ich stand am Grill und sorgte für Steak- und Würstchen-Nachschub. Durch die Massen, die vertilgt wurden, bekam ich den Eindruck, wir wären heute und nicht schon vor einer Woche umgezogen. Stefan gesellte sich zu mir. „Soll ich den Grillmeister ablösen?"

„Nein danke. Ich schaff das schon. Ihr müsst ja irgendwann mal satt sein."

„Am letzten Montag haben die Prozesse gegen Heppe und Zauner begonnen. Der Richter will Heppe separat verhandeln wegen der Schwere seines Vergehens. Heppe würde wahrscheinlich für immer hinter schwedischen Gardinen verschwinden, aber weil er uns geholfen und einen Deal mit der Anwaltschaft hat, wird er glimpflich davonkommen. Das widerstrebt mir wie sau."

Ich stimmte zu: „Mir auch. Der Kerl ist sowas von schmierig und er hätte uns alle erschossen oder erschießen lassen, wenn Schmidt nicht dazwischen gekommen wäre. Zauner hat niemanden getötet, hätte es aber gemacht, wäre es ihm befohlen worden."

Stefan steckte sich eine Zigarette an und blies den Rauch in den blauen Himmel. „Richtig. Ich denke, er wird fünf bis zehn Jahre bekommen. Die Nummer mit dem Bombenkasten ist angeblich auf seinem Mist gewachsen. Wenn sich das bewahrheitet, fährt er länger ein."

„Bist du nur deswegen zu mir gekommen?" Ich wendete die Steaks. „Oder ist da noch was?"

Stefan zog ausgiebig an seiner Zigarette. „Was denkst du über Silvia? Glaubst du, das könnte was werden?"

„Ich hab das Wahrsager-Business aufgegeben, da müsstest du dich an einen Kollegen wenden." Stefan boxte mir freundschaftlich auf den Arm. „Ach, ich sollte nicht in meine Kristallkugel schauen?", fuhr ich lachend fort. „Ganz ehrlich. Ihr seht beide glücklich aus. Warum sollte sie nicht die Richtige sein? Vor allem sind es schon mehr als deine üblichen drei Monate. Das will was heißen." Ich spürte einen leichten Stich in der Herzregion. „Denk an Till. Es kann ganz schnell vorbei sein. Genieße jeden Tag und verschwende keine Zeit."

„Lass uns auf ihn trinken!" Stefan hob sein Glas und wir stießen an. „Auf Till!" Dann blickte er verlegen auf den Boden. „Du hast recht. Ich bin total glücklich. Und ich liebe sie aufrichtig."

„Dann mach es wie ich, verlobe dich mit ihr."

„Fuck, ja! Da habe ich ernsthaft drüber nachgedacht. Aber erst werden wir zusammenziehen. Dann sehen wir weiter." Er hob die Hand und deutete auf ein knuspriges Steak. „Gibst du mir das bitte?"

Ich nahm einen Teller und legte es darauf. Dann rief ich die anderen zum Nachschlag holen. Dorian war der Letzte, der sich eine Bratwurst holte. Er und Cornelia würden im Dezember heiraten. Ich freute mich auf die Hochzeit, vor allem weil ich sein Trauzeuge sein durfte. „Wie laufen die Vorbereitungen?", fragte ich.

„Sehr gut. Cornelia hat alles in die Hand genommen. Sie ist nicht nur eine super Teamassistentin, sondern auch eine begnadete Planerin. Wenn ihr heiratet, hilft sie euch bestimmt."

„Danke, das Angebot nehme ich gerne an und Jay bestimmt auch."

Dorian biss in seine Wurst. „Hat mich gefreut, als ich von eurer Verlobung gehört habe. Ach ja, Bülow kommt auch zu meiner Hochzeit."

Ich hob die Brauen. „Und, was macht der so?"

„Er hat dafür gesorgt, dass dieses *schicken-wir-Killer-in-das-Ausland-Projekt* komplett eingestellt wird."

„Glaubst du daran?", entgegnete ich skeptisch.

Dorian zuckte die Schultern. „Wenn Bülow sich darum kümmert, denke ich, ja." Er biss ein weiteres Mal in die Wurst. „Wir werden sehen."

„Das ist aber nicht alles, oder? Du hast was auf dem Herzen."

Mein Freund druckste herum. „Ja…schon… Es geht um Jay."

„Was ist mit ihr?", fragte ich neugierig.

Dann erzählte Dorian mir eine Geschichte, die ich nicht glauben konnte. Ich war mir sicher, dass Jay nichts davon wusste. Während mein Freund sprach, hatte ich plötzlich das Gefühl, Jays Blick in meinem Rücken zu spüren. Als Dorian abrupt das Thema wechselte, wusste ich, dass sie zu uns kam. „… da hat Cornelia sie einfach ausgeladen."

„Was für Geheimnisse habt ihr beiden denn?", fragte sie.

„Dorian erzählt von den Hochzeitsvorbereitungen. Ach ja, sie haben uns Hilfe angeboten für die Planung unserer Feier." Dorian nickte zustimmend.

Doch Jay blieb misstrauisch, bohrte aber nicht weiter. „Schön, vielen Dank", sagte sie stattdessen.

Wir feierten bis spät in die Nacht. Von dem Gespräch mit Dorian erzählte ich Jay nichts. Zu einem späteren, viel späteren Zeitpunkt würde ich mit ihr darüber sprechen, aber jetzt sollte und musste die Vergangenheit ruhen.

Alles in allem konnte ich zufrieden sein, abgesehen von dem Verlust einer meiner besten Freunde. Die süßeste Frau der Welt hatte eingewilligt, mich zu heiraten. Meine Detektei lief besser, als ich je gedacht hätte. Ich trug mich sogar mit dem Gedanken, einen Helfer einzustellen. Ich wohnte in einem schönen Haus, auch wenn es nur gemietet war, in einer ruhigen, stress- und killerfeien Gegend. Ich hatte tolle Freunde, auf die ich mich jederzeit verlassen konnte, aber das Wichtigste war:

Der Engelmacher von Frankfurt war nur noch ein Echo der Vergangenheit.

ENDE

Die Polizei hatte den Westhafen Tower abgesperrt. Ich sah hinauf zu einem der oberen Stockwerke und erkannte das geborstene Fenster. Was war geschehen?

Langsam ging ich auf den Sichtschutz zu, der die Mainseite des Turms vor den Blicken der Gaffer verbarg. Ein Mann kam mir entgegen. Kräftige Statur, brauner Schnauzbart.

„Stehen bleiben!", brüllte er. „Latsch ja nicht über meinen Tatort!"

Ich kannte ihn. Stefan hatte ihn mir vor einigen Monaten vorgestellt.

„Kommissar Steiner, richtig?"

„Und du bist Martini! Hat man dich immer noch nicht eingebuchtet?"

Ich grinste schief. „Find`s auch schön Sie wiederzusehen. Was ist hier passiert?"

„Ein Typ ist aus dem Fenster gesprungen – oder gestoßen worden."

Mein Herzschlag setzte einen Moment aus. „Doch nicht etwa Robert Esslinger?!?"

„Woher weißt du das?"

„Wir sind verabredet gewesen."

„So, so." Steiners stahlblaue Augen musterten mich. „Seltsam, dass du immer dann aufkreuzt, wenn eine Leiche in der Nähe ist."

„Hey, ziehen Sie keine voreiligen Schlüsse! Mit der Sache habe ich nichts zu tun."

Steiner steckte die Daumen in den Bund seiner ausgewaschenen Jeans. „Schlage vor, wir klären das auf dem Revier, Ölauge!"

Martini und Steiner kehren bald zurück …

Danksagung:
Ich danke meiner Frau, die mit viel Geduld die gröbsten Schnitzer aus dem Manuskript entfernt hat. Ihre vielen lustigen und ironischen Anmerkungen haben mir das Überarbeiten des Texts „versüßt“… *Spannungsbogen Menschenskind!*

Danke auch an Thomas, meinen polizeilichen Berater, der mir wie in den ersten beiden Teilen mit Rat und Tat zur Seite gestanden hat.

Danke Marc Rybicki fürs Kontrolllesen. Durch Dich konnte ich die Steiner-Affäre zu einem erfolgreichen Abschluss bringen. Jetzt freue ich mich auf unser gemeinsames Buch.

Nicht zu vergessen Gerd Fischer, ohne den ich nie ein Buch veröffentlicht hätte.

Und danke an meine Familie, Freunde, Verwandte und Kollegen. Ich habe mal wieder mit geistiger und körperlicher Abwesenheit geglänzt. Sorry!